Los libreros de Coventry

VIDIS

HISTÓRICA

Es posible que de todo lo que despierta nuestra curiosidad, nuestro pasado, sea lo más intrigante. Porque es real aunque poco sepamos de esos hechos y de esas personas que vivieron años o siglos antes que nosotros.

Nos fascinan las películas históricas porque durante dos horas somos verdaderos testigos, vemos hasta el detalle lo que pudo ser en un auténtico viaje al pasado. *Hemos visto:* eso quiere decir VIDIS, nuestro sello de novela histórica.

Cada libro te transportará desde la Antigua Grecia a la Segunda Guerra Mundial. Descubrirás hechos, personajes, costumbres, tragedias y emociones que pudieron ser reales. Si te llegan como un relato imaginario, es porque *la Historia, para ser contada, debe ser imaginada.*

Cuando acabes la última página, sentirás que además de haber recorrido un viaje lleno de aventuras, emociones y puro entretenimiento, habrás descubierto un episodio de la Historia que no conocías y estarás feliz por haberte enriquecido.

Te damos la bienvenida a VIDIS, sabemos que ocupará un importante lugar en tu biblioteca.

¡Que lo disfrutes!

Título original: *The British Booksellers*
Edición original: Publicado en acuerdo con HarperCollins Christian Publishing
Inc. Derechos gestionados por Silvia Bastos SL. Agencia Literaria.

Traducción: Constanza Fantin Bellocq
Corrección de estilo: Elena Rueda

España · México · Argentina

ISBN: 978-84-19767-67-7
Depósito legal: M-11512-2025

Primera edición en España: septiembre 2025
Impreso en Romanyà Valls S.A.
Printed in Spain · Impreso en España

LOS LIBREROS
DE COVENTRY

Kristy Cambron

Traducción: Constanza Fantin Bellocq

VIDIS

HISTÓRICA

Para los libreros: lectores, escritores, forjadores de caminos y amigos. Un sincero agradecimiento por las historias que hemos compartido.

El tiempo consuela las aflicciones y suaviza la ira.
—Charles Dickens, *Dombey e hijo*.

PRÓLOGO

17 de octubre de 1908
Plaza de Broadgate
Ciudad de Coventry, Inglaterra

¿Cuántas veces en la vida podía un muchacho decir que estaba arriesgando el pellejo, haciendo lo que menos habría imaginado... por una chica?

Para Amos Darby, que había golpeado a la puerta de un tendero tratando de convencer al anciano de que le abriera después del anochecer, era la primera vez. Pero jamás imaginó que entraría en la tienda de segunda mano más extravagante de Coventry, en plena plaza del mercado, para vender pertenencias de una dama extraídas de un baúl de viaje. Imposible de creer si no fuera por las rarezas que lo rodeaban: una pared cubierta de relojes cuyas campanadas sonaban desacompasadas, torres de libros apilados al azar, sombreros de dama que parecían a punto de caer del mostrador y un cuervo taciturno que chillaba tras los barrotes de su jaula de bronce. Todo mientras el tendero se tomaba su tiempo para inspeccionar los objetos que Amos había traído.

El plan de entrar y salir en diez minutos no se estaba cumpliendo.

Si solo hubiera sabido que salir de la tienda sería la parte más fácil… Casi se arrepintió de haber ganado el tira y afloja al regatear por estos artículos lujosos. Después de cargar el estuche de madera del violonchelo y una bolsa repleta de libros por toda la calle adoquinada, pasó frente a las tiendas de dulces, tabaco y verduras, y regresó a la calle Greyfriars con los brazos doloridos por el esfuerzo.

El carruaje esperaba donde él lo había dejado, en las sombras del callejón, fuera del alcance de la luz de las farolas de gas.

Una mirada rápida por encima del hombro —por fortuna no había nadie que pudiera verlos en el crepúsculo— y Amos golpeó la puerta. Charlotte asomó la cabeza tras la cortina y entonces, como por arte de magia, su rostro se iluminó al ver el voluminoso estuche castaño que él apretaba contra su cuerpo.

La puerta se abrió con un chirrido de bisagras. Charlotte echó hacia atrás su capa de montar para que sus brazos pudieran alcanzar mejor el violonchelo.

—¡No puedo creer que haya funcionado! ¿Lo compró todo?

—Todo, incluido tu baúl. Aquí tienes. —Amos soltó la correa de la bolsa de mensajero que le colgaba del hombro dolorido y dejó caer la carga en el suelo del carruaje—. Podrás darme las gracias más tarde. Ayúdame a guardar todo esto y salgamos de aquí antes de que alguien nos vea.

Esta amiga suya —de cabello dorado y ojos tan brillantes como su contagiosa sonrisa— parecía completamente deslumbrada por la presencia del instrumento. Charlotte inclinó el estuche dispuesta a abrirlo allí mismo. Y aunque lo que más deseaba Amos era dejar que lo hiciera, los relojes de la tienda aún seguían marcando el tiempo.

—No tenemos tiempo Charlie. —Amos utilizó el apodo que había puesto a lady Charlotte Terrington años atrás. Subió al carruaje y se sentó frente a ella, cerró la puerta y golpeó el suelo con la bota para indicar al cochero que se pusiera en movimiento—. ¿Estás segura de que el cochero no dirá nada?

El carruaje se puso en marcha con un brusco movimiento hacia las afueras de la ciudad, a la hacienda familiar de ella.

—Por supuesto, jamás nos delataría, me cuida desde que nací.

Satisfecho por el momento, Amos asintió y se hundió en el cojín del asiento; el suave terciopelo le permitía aflojar sus músculos extenuados y respirar. Y tratar de no pensar en lo que se le acababa de ocurrir mientras Charlotte inspeccionaba el estuche de madera.

¿La consentía él también? O, peor aún, ¿sería él un niño consentido para ella?

¿Cómo, si no, podía esta menuda heredera de doce años haber convencido al hijo de un granjero, tan solo tres años mayor que ella, de vender vestidos de elegante diseño para comprar el amado violonchelo del que su madre se había deshecho? ¿Y cómo podía él, por su parte, obtener libros que jamás habría podido costearse? Amos no tenía respuestas. Lo único que sabía era que, milagrosamente, nadie había descubierto ni la alocada excursión a la ciudad ni la amistad secreta que mantenían desde la infancia.

—Si tu madre descubre que vendí tus vestidos…

—No lo hará y no fuiste tú, fui yo quien los vendió.

—¿Y si mañana los ve en el escaparate?

—Mi madre no pisa Coventry. Además, tengo tantos que no se dará cuenta de que no están. Solo mi doncella podría darse cuenta pero no dirá nada… y menos si le compro algo en nuestra próxima visita a Londres.

Charlotte desestimó el asunto con un movimiento de la mano y volvió a abrazar con fuerza la parte superior del estuche. No volvería a desprenderse de él con facilidad.

—Te dije que los nombres de diseñadores como Worth

y Lucile bastarían para convencer al tendero de que sabías más que él sobre su valor. Y aquí está mi tesoro, de vuelta entre mis brazos. ¿Cómo te lo podré agradecer?

—No hace falta —susurró Amos, sonriendo por dentro—. De todas maneras fue más mérito tuyo que mío, yo no sabía de lo que estaba hablando sobre el violonchelo, soltaba frases como "Es un Betts, pero no un modelo Stradivarius...".

Charlotte era mucho más astuta de lo que su crianza privilegiada dejaba entrever. Había rastreado la tienda donde su madre había vendido el violonchelo, había convencido al cochero de que los llevara hasta Coventry para recuperarlo y luego había fingido un dolor de cabeza para que ella y Amos pudieran escabullirse mientras el conde y la condesa entretenían a sus invitados en la cena. Era un plan admirable aunque a él le dolieran el cuello y los brazos el resto de la semana.

—Lo único que tuve que hacer fue imitar vuestras maneras elegantes de hablar para que el tendero mordiera el anzuelo. Su orgullo lo convenció de que necesitaba más lo que la tienda Hanover calle abajo no tenía que aferrarse a un violonchelo usado y a unos libros viejos.

—¡Ah, es cierto, los libros! Casi lo había olvidado. —Charlotte miró el tesoro dentro del bulto de lona a sus pies—. ¿Qué conseguiste?

—Todo lo que pediste: Jane Austen, Emily Dickinson, las Brontë, Keats y Kipling, aunque tu madre no lo aprobaría.

—Claro que no aprobaría que una jovencita se llenara la cabeza con frivolidades románticas cuando podría estar aprendiendo el noble arte de cómo casarse bien. No se da cuenta de que Austen podría ser un manual de instrucciones para ese propósito. —Charlotte hizo a un lado el violonchelo y extrajo un volumen de la bolsa—. *Dombey e hijo*.

—También elegí unos cuantos que quería yo en pago por el riesgo, claro. Si voy a ser dueño de una tienda algún día...

—*Vamos* a ser dueños —lo corrigió ella, ladeando la cabeza—. ¿Recuerdas? A partes iguales, como dijimos.

—Es cierto. Si vamos a ser dueños de una librería, más vale que leamos lo que vendemos. Dickens me pareció tan buen autor para empezar como cualquier otro.

—Yo habría abogado por Austen. —Charlotte intentó ponerse seria pero cedió y suavizó la expresión con una sonrisa al entregarle el libro—. Pero como hoy me has devuelto mi tesoro, no puedo enfadarme. Aunque no podré conciliar el sueño hasta poder escaparme mañana al invernadero y tocar todo el día. —En un tono más suave preguntó—: ¿Vendrás?

—Allí estaré.

El invernadero, su escondite cerca de la granja de Amos en Holt Manor, en un extremo de los jardines de la propiedad familiar de Charlotte. Sería el lugar perfecto para esconder el violonchelo que su madre consideraba inapropiado para una dama de su posición. Y también para ocultar los libros que, según el padre de Amos, eran una pérdida de tiempo para el hijo de un granjero. Pero ¿qué sabían los padres? Creían que cada hijo tenía su lugar en la jerarquía de la vida y debía saber cuál era.

Sin embargo, y a pesar de todo, Charlotte y Amos siempre habían logrado encontrar cierta libertad en la compañía del otro: ella tocaba el violonchelo hasta hartarse y él leía los libros de ambos en voz alta. Ninguno de los dos pensaba en que esos días estaban contados, ya que las hojas del calendario pasaban, ni tampoco en que la plenitud era algo sencillo que no se dejaba definir ni por un palacio lujoso ni por una humilde granja.

Amos bajó la mirada a sus manos callosas sin darse cuenta. Cuando sintió sus ojos mirándolo, levantó la cabeza y cruzó los brazos sobre el pecho, ocultando sus ásperas palmas. Charlotte lo observaba en silencio, con el dedo índice tocando una melodía silenciosa contra el estuche del violonchelo. Su expresión ya no mostraba la alegría de hacía unos instantes.

—¿Qué pasa? Pensé que estarías feliz.

—¿Ser granjero es algo que anhelas?

Amos suspiró, estiró las piernas y cruzó una sobre la otra; el remiendo en la rodilla era visible incluso en las sombras.

—No es necesario que hablemos de esto ahora. Disfruta de tu tesoro.

Con su estatura de más de un metro ochenta y su cabello castaño rojizo, Amos sabía que parecía mayor. Eso, así como la confianza de una mirada firme, tal vez le habían dado poder para regatear en la tienda de segunda mano. Pero la línea de suciedad permanente bajo sus uñas y los pantalones remendados no mentían, ni siquiera dentro de un carruaje oscuro. Por mucho que quisiera, el hijo de un arrendatario no tenía derecho a soñar más allá de los días de la infancia con la hija del conde, que vestía Worth y Lucile y urdía planes descabellados en su tiempo libre.

—¿Lo deseas o no?

Era fácil adivinar que ella no iba a darse por vencida.

—De acuerdo. No, no quiero ser granjero.

—Y, sin embargo, planeas suceder a tu padre como arrendatario algún día.

Él se encogió de hombros.

—¿Quién más lo hará?

—Te he prestado casi todos los libros de la biblioteca de mi padre. Lees más que cualquier tutor que haya tenido y es probable que también sepas más. ¿Por qué no intentas al menos recibir una educación formal?

—¿Y con qué dinero la pagaría? —Amos rio ante lo absurdo de la idea—. Con un padre granjero de Newcastle y una madre hija de granjeros de Coventry, algunos estamos destinados a nuestras vidas desde antes de nacer. No me quejo, simplemente es así.

Charlotte se inclinó hacia adelante, con esa ingenuidad juvenil de quien no veía los obstáculos que obligaban a Amos a pasar horas interminables trabajando en el campo todos los días. Cómo iba a entender esas cuestiones si su vida era pasear por los salones dorados de su mansión o disfrutar de expediciones de compras a Londres pagadas con el interminable flujo de dinero de las arcas familiares.

Un abismo separaba sus mundos. Ella no alcanzaba a ver lo que había al otro lado.

—"Los libros son un escape que libera al lector de las pesadas cargas de este mundo". ¿No me dijiste eso una vez? Pueden desafiarnos y también consolarnos. Entretenernos y educarnos. Incluso salvarnos de maneras inesperadas. Has utilizado las palabras *arte, oxígeno* y *vida* para describirlos. Alguien que ve tanto valor en esas páginas debería también entender que podrían alejarlo de un futuro que no desea. Es lo que Dickens escribía para sus personajes. ¿No es lo que deseas para ti?

—¿Yo dije todo eso? —Aunque sabía que era cierto, Amos entrelazó las manos detrás de su cabeza con una actitud despreocupada que intentaba desafiar cada palabra—. Suena bastante poético para alguien como yo. Quizá debería empezar por leer a Keats.

—Hablo en serio Amos.

—Yo también —respondió él, en el mismo tono directo que ella había usado—. ¿Qué quieres que haga, Charlie? ¿Cómo podrías entender tú lo que es un futuro ya trazado?

Charlotte frunció el ceño, dejando entrever que el comentario le había dolido y levantó el borde de su falda, disconforme con sus palabras.

"Mala jugada Amos".

—Tienes razón, lo siento. —Lo que menos querían era

discutir sobre el lugar de una joven en la sociedad cuando los dos estaban atrapados por las limitaciones que los rodeaban—. Sé que lo entiendes, sospecho que mejor de lo que lo entendería yo si estuviera en tu pellejo. Pero yo no tengo baúles para vender. Lo único que quise decir fue que algún día seremos mayores y tal vez nos veamos obligados a aceptar las cosas como son. Por eso nos encontraremos en el invernadero: yo leeré mis libros y tú tocarás el chelo. Lo seguiremos haciendo hasta que la realidad choque con esos sueños.

—¿Incluso si ambos sabemos a dónde nos llevan nuestros caminos?

—¿Y dónde es eso?

Amos sonrió, como lo hacía siempre que estaba con Charlie, la heredera que no tenía idea de las cosas que él callaba: que ese sueño compartido era lo que lo mantenía en pie. Ya había decidido en lo más profundo de su ser que, si existía un muchacho que arriesgaría el pellejo por una chica una y otra vez en su vida, ese sería él. Por ella.

Lo único que tenía que hacer Charlie era pedírselo.

—Por ahora a casa… ya veremos qué trae el mañana.

CAPÍTULO 1

24 de diciembre de 1913
Brinklow Road
Coventry, Inglaterra

SI LA FIESTA YA HABÍA COMENZADO... ESTARÍA FRITO.

Encontraba cierto consuelo en el hecho de que la familia de Charlotte no hubiera decidido celebrar la Navidad en su propiedad vecina, Terrington Hall; de lo contrario, con seguridad alguien lo habría visto desde el camino. De hecho, no se cruzó con nadie al atravesar a pie el campo con el caballo de carga en dirección al resplandor dorado de Holt Manor, la hacienda que vigilaba Brinklow Road desde la colina.

A nadie se le ocurría llegar tarde a una fiesta en Holt Manor, pero retrasarse media hora y llegar congelado con la librea cubierta de lodo resultaba inaceptable desde todo punto de vista. En especial si quería conservar su puesto de criado para las fiestas en la mansión. El único plan posible ahora consistía en entrar subrepticiamente por la puerta de servicio y rezar para que nadie lo viera.

Amos miró a su alrededor cuando avanzó con dificultad a través del patio, seguido por el caballo, cuyas herraduras resonaban contra el suelo. Tras dar una palmada al pobre animal, lo dejó a cubierto bajo el alero de la despensa y se detuvo para calentarse los puños entrecerrados con su aliento.

Cualquier cosa con tal de entrar en calor, incluso si la nube de vapor se convertía en una bruma gélida.

—¡Eh! ¿Dónde has *estao*?

Amos se volteó al escuchar el acento rústico y se encontró con los copos de nieve que cubrían la boina con visera y la chaqueta de paño de lana de Tate Fitzgibbons, que cargaba un pesado cajón lleno de verduras de la despensa. Limones y tallos de zanahorias sobresalían entre los listones de madera y se sacudían con el viento mientras el aprendiz de criado hacía equilibrio con el cajón y cerraba la puerta con el pie.

Tate miró a la dupla de arriba abajo antes de fruncir el ceño ante el aspecto de Amos.

—¿Qué te pasó?

—Una vaca iba a parir en lo de mamá. Pensé que podía ayudar y llegar a tiempo para la fiesta.

—¿Tuviste problemas?

Amos asintió con la cabeza.

—Se nos rompió un eje y nos caímos del puente al pantano. Tuve que dejar el carro en la zanja y traer a esta pobre bestia a pie hasta aquí. Habría muerto si lo hubiera dejado allí.

—Uy, amigo… —Tate miró hacia el cielo con expresión comprensiva: conocía bien la vida de la clase trabajadora aunque, en realidad, provenía del oficio portuario de Londres—. Yo sabía que un día ese carro desvencijado te iba a traer problemas.

—Hoy no fue un buen día y necesito este trabajo.

Mientras reacomodaba la carga que llevaba en los brazos, el criado más joven echó una mirada a la puerta de servicio.

—Les dije que estabas lustrando una bandeja de plata para la fiesta. Sabía que lo habías hecho ayer, así que tendrías unos minutos más para llegar. Y con el rumor de un gran anuncio por parte de milord esta noche, no notarían siquiera si la cocina se incendiara, mucho menos la llegada tarde de un criado y su caballo al patio.

—Gracias a Dios. —Amos dejó al pobre caballo viejo en el establo, atado en un compartimento, y luego arrebató una zanahoria del cajón que llevaba Tate para el animal y se la dio mientras le acariciaba el hocico con gratitud por haberse portado tan bien—. ¿Qué anuncio?

—Quién sabe... Algo relacionado con los ricos. Aquí tienes —Tate hizo un pequeño malabar con el cajón para meter una mano en el bolsillo y sacar un llavero—. Tomé la llave del armario de la platería. Busca lo que necesites para la fiesta y luego sal lo más rápido que puedas. Y no aparezcas en el comedor con esa facha o ambos terminaremos mañana en la fila para conseguir trabajo en Daimler.

Amos guardó la llave en el bolsillo.

—Gracias amigo. Tengo una librea de más para imprevistos, espero arreglarme con eso, pero no sé qué hacer con los zapatos.

—No te preocupes por los zapatos ahora. Vamos. —Tate condujo a Amos hacia el resplandor de las ventanas de la cocina—. No sé dónde esconderte para que no te vea el personal, la casa está llena de invitados por las festividades y los curiosos mayordomos y doncellas de las señoras han ocupado hasta el último rincón de la planta de servicio.

—Entonces me cambiaré en un rincón de la biblioteca de la planta baja. —Amos se arrancó la corbata de moño embarrada del cuello con una mano mientras caminaba—. Las alfombras oscuras y el abandono del lugar evitarán que alguien advierta que estuve ahí. Ya lo he hecho antes.

—¿Y si te pescan?

—¿En una biblioteca en desuso? No es probable. —Amos se encogió de hombros como si no tuviera importancia, aunque ambos sabían que la tenía—. Pero si ocurre tendrán que ascenderte a primer criado.

—Sabes que no aceptaría. Prefiero hacer zapatos de caucho en la fábrica que pasarme la vida sirviendo a esta sarta de pedantes pomposos... mucho menos sin ti para ayudarme a soportarlo. Ven, vamos de una vez. —Tate señaló la puerta de servicio con la cabeza y echó a andar—. Distraeré a la señora Cartwright hasta que llegues a la cocina con una fuente en las manos. Pero date prisa, ¿eh? Y no olvides poner la llave de vuelta en su lugar.

El episodio debería haber terminado allí.

Amos debería haber encontrado la biblioteca vacía: lo único que había allí eran bustos de mármol y fantasmas de nobles del pasado enmarcados en las paredes, como testigos de las veces en que había utilizado ese sitio como vestidor cuando se encontraba en apuros. Se quitó la camisa mojada y la ocultó en el escondite que tenía detrás de una hilera de libros en un estante del rincón. Luego sacudió una camisa limpia y pulcra que pareció flotar en el aire.

—Ah, papá —suspiró Amos. Metió los brazos en las mangas de la camisa y abotonó los puños—. ¿Qué pensarías al ver a tu hijo rebajarse ante un grupo de aristócratas pretenciosos? Me alegro de que no estés aquí para presenciarlo.

—¡Ay, perdón!

Amos se paralizó. Tragó saliva con dificultad y, agradeciendo no haberse bajado los pantalones, giró en dirección a esa voz suave. Como si hubiera recibido un puñetazo en el estómago, vio a lady Charlotte Terrington junto a la ventana detrás del piano de cola, enfundada en un vestido con cuentas de cristal que se iluminaban con la luz de la luna y una especie de corona de brillantes que le sujetaba el cabello.

Ella apartó la vista para volver a observar los copos de nieve que se deshacían del otro lado del cristal tan pronto como se cruzaron sus miradas. Por decoro, parecía haberse dado cuenta de que un hombre a medio vestir y una mujer solos en una biblioteca resultaría una situación letal si los descubrían, aun cuando se tratara de un encuentro inocente entre dos viejos amigos.

Amos le dio la espalda y comenzó a abotonar con rapidez el frente de la camisa.

—¿Qué haces aquí Charlie? ¿No deberías estar bailando por ahí?

—No sabía que había alguien aquí; de lo contrario no habría... —susurró ella y luego se rio. Se rio de verdad. Amos la miró por encima del hombro mientras luchaba con los botones de la librea, con prisa solo para proteger su reputación. ¡Y ella no tenía mejor idea que llevarse la mano enguantada a los labios para tratar de disimular que el incidente le parecía muy gracioso!

Irritado, Amos tomó la chaqueta de la librea y la sacudió con fuerza para ventilarla.

—¿Qué te causa tanta gracia?

—Nada, disculpa. De veras. Solo... —Carraspeó y enderezó los hombros para recuperar la compostura antes de volver a hablar—. Pensé que los pantalones iban a complicar la situación, incluso aunque se trate del reencuentro inesperado de dos amigos de la infancia.

—No es un gran reencuentro porque me viste en el campo la semana pasada —Amos negó con la cabeza con la esperanza de que ella notara el apuro en su tono de voz—. Y tampoco lo es porque tendré un problema grave si no me presento en el salón comedor en unos minutos.

—Así que... ¿somos pretenciosos?

—Creí que no había nadie aquí. Debí haber tenido más cuidado con lo que decía.

—Pero no con lo que piensas. —Charlotte se dio la vuelta para espiarlo. Al ver que estaba vestido, completó el giro; las sombras de la nieve que caía le oscurecían un lado del rostro—. ¿Piensas eso de mí?

—Sabes que no, pero... —La miró a los ojos. Ella, con

su vestido de fiesta para la gran celebración navideña de los Holt y él, a punto de colocarse los guantes para servir la mesa—. La situación es diferente. Esta noche tú eres lady Charlotte y yo soy un criado.

—No recuerdo que usaras títulos nobiliarios cuando nos escondíamos en el invernadero. No me digas que lo has olvidado.

—¿Cómo podría? —Se rio ante los recuerdos amables de su niñez—. Papá casi me mata cuando se enteró de que dejaba de hacer mis tareas para pasar un rato contigo. Nunca supe si lo que le molestaba era que no me encargara del ganado o que me atreviera a mostrar a la hija de milord una serie de libros que le enseñaban que podía pensar por sí misma.

—Sí. Y cuando mi institutriz me encontró con el violonchelo, mi madre me amenazó con encerrarme en una torre hasta el fin de mis días por semejante falta de decoro. Mi padre dio el brazo a torcer y me permitió conservarlo si prometía no volver a tocar en público —Se le esfumó la sonrisa e, incluso con el sonido de fondo de la música alegre de la fiesta, adoptó un tono solemne—. Amos, mi más sentido pésame.

Parecía realmente sincera.

Todos los de clase trabajadora conocían a su padre. Brendan Darby había sido una institución en el pub Lion's Gate, en los campos que labraba para lord Holt en la propiedad vecina a la de Charlotte y en la ciudad de Coventry desde tiempo inmemorial. Sin embargo, el hecho de que un pobre campesino hubiera fallecido meses antes no era un tema de conversación propio de una reunión de damas de la aristocracia. ¿Cómo se habría enterado?

—Gracias.

—Por favor, ¿podrías hacerle llegar mi pésame a tu madre?

—Lo haré.

El reloj encima de la chimenea rompió el silencio y su melodía llenó el salón.

Amos miró el resplandor de la fiesta que se filtraba por debajo de la puerta doble de la biblioteca. El cuarteto de cuerda seguía tocando, pero no faltaba mucho para que se sirviera la cena. Tendría que darse prisa si quería llegar a tiempo.

—Ah, sí. La hora. —Charlotte deslizó un dedo por el borde de madera lustrada del respaldo del sillón mientras se dirigía con pasos apresurados hacia la puerta—. Me temo que necesitaba un descanso de la fiesta y vine aquí en busca del libro que había perdido. Pero parece ser que irrumpí en la… privacidad de un caballero, así que te dejo tranquilo.

Amos se mantuvo firme y le devolvió la mirada.

—¿Qué libro?

Charlotte apartó los dedos de la manija de la puerta y se volteó hacia Amos.

—*Dombey e hijo*.

—Debería haberlo adivinado.

—¿Recuerdas nuestra aventura en Coventry el día que conseguimos nuestro primer ejemplar? —Sonrió con la misma autenticidad que siempre había existido entre ellos. Incluso en su adolescencia, Amos había sido consciente del honor que significaba ser el destinatario de una sonrisa como esa porque era sincera… y difícil de merecer. Y alguna vez había creído que se podía vivir de un momento de felicidad hasta el siguiente solo con la esperanza de verla sonreír de esa manera una vez más.

—Ajá. —"Por supuesto que me acuerdo".

La novela de Dickens se había convertido en su refugio favorito, donde habían construido un mundo propio y secreto con las lecturas de Shakespeare, Milton, Kipling y Keats, así como de las hermanas Brontë, Emily Dickinson y Jane Austen, a quien él apenas podía soportar, a decir verdad. Charlotte amaba *Emma* y *Orgullo y prejuicio*, pequeñas torturas que él se obligaba a sobrellevar.

Amos prefería *Waverley*, ya que sir Walter Scott relataba aventuras que le llegaban a los huesos, aunque Charlotte sostenía que los capítulos introductorios eran soporíferos en comparación con el ingenio y el mundo de altas apuestas del mercado matrimonial del período de la Regencia que poblaban las novelas de Austen.

Se trataba del único desacuerdo entre ellos. Solían sentarse en el invernadero junto a la rosaleda y la vieja estructura los ocultaba en medio de la alameda, acurrucados detrás del seto de endrinas que separaba la propiedad de los Holt de la de los Terrington. Con la espalda apoyada en el cristal patinado para ocultarse de las miradas vigilantes de institutrices y padres adinerados, disfrutaban del sarcasmo y del humor de su autor favorito, que siempre había sido Dickens.

Charlotte nunca había hecho a Amos sentirse inferior por conocer de cerca el mundo de Dickens. A pesar de la cruda realidad que describían las páginas, esas novelas los habían unido a través de historias vívidas, personajes inolvidables y palabras magistralmente hilvanadas. Sentada, deshojaba en silencio los pétalos de las flores silvestres en las macetas mientras él leía en voz alta. Por su parte, Amos cuidaba el pequeño jardín que habían cultivado en el invernadero cuando ella tocaba sus piezas favoritas de Bach en el violonchelo, con tropiezos en las notas que solo él y algunos estorninos podían escuchar.

—¿Recuerdas aquel día en el invernadero cuando terminamos de leerlo por primera vez? Lo tenías en la mano cuando prometiste que jamás abandonaríamos nuestro sueño de...

—De ser dueños de una librería algún día. Lo recuerdo.

Charlotte asintió con la cabeza y siguió sonriendo, como si los recuerdos aún conservaran su tibieza.

—La mitad de la tienda sería un salón de lectura donde tendríamos mis libros, esos que los clientes querrían comprar. Los tuyos estarían del otro lado.

—¿Del lado de las obras que nadie desea leer?

Ella negó con la cabeza.

—Tal vez sean los libros que los demás deberíamos leer si tuviéramos el valor de alejarnos del ingenio de Austen.

—Y tú tocarías el violonchelo para los jefes de Estado en los teatros más grandes del mundo, con tu nombre escrito en marquesinas luminosas y todo eso. —La mirada de él se tornó triste y Charlotte bajó la vista un instante, como si buscara un sitio donde posarse—. Bueno, es una bonita historia, por lo que cuesta mucho dejarla atrás.

—Sí. Estoy segura de que encontraré el libro en algún lugar. —Giró, abrió la puerta y espió en dirección al salón—. ¿Quieres que le pida al cuarteto que toque una o dos piezas más antes de que pasemos al comedor? ¿Así te alcanzaría el tiempo para… hacer lo que tienes que hacer?

—Sí, gracias.

Cuando Charlotte entreabrió la puerta, la luz del salón se reflejó en destellos sobre los brillantes que llevaba en el cabello; su mano enguantada no soltó el pomo…

Se giró para mirarlo y esa sonrisa arrebatadora le templó el corazón.

—Feliz Navidad, Amos —susurró.

Miró la puerta de roble cerrada durante varios segundos cuando ella salió.

"Feliz Navidad, Charlie".

¿Dejar atrás una historia hermosa como esa? Sí, le había resultado difícil, más difícil de lo que ella sabría jamás.

***

11 de octubre de 1940
Calle Bayley
Coventry, Inglaterra

LA CAMPANILLA DE BRONCE TINTINEÓ SOBRE LA PUERTA de la tienda.

Amos levantó la vista de los libros de contabilidad en la oficina trasera de Novelas Waverley, sacó su reloj del bolsillo del chaleco y presionó la corona tallada con el dedo pulgar. La tapa se abrió, revelando las iniciales grabadas en la cara interior y las imágenes del sol, la luna y las estrellas que ascendían en un arco colorido hasta las tres sobre la esfera dorada.

"¡Qué fastidio!"

"Un cliente cinco minutos antes de la hora de cerrar..."

Todo Coventry sabía que las tiendas cerraban temprano para cumplir con los apagones. ¿No podían venir en un horario razonable? ¿O decidían venir a buscar el último libro de moda en el preciso momento en el que deseaba cerrar las puertas de su tienda y dar un poco de descanso a su cuerpo junto al calor del fuego? Guardó el reloj en el bolsillo del chaleco y pasó la página en un intento por lograr que las cifras que no cuadraban coincidieran por fin.

Un día tempestuoso con fuertes chaparrones intermitentes había dejado a la librería con apenas un puñado de clientes. Si bien Amos habría preferido despachar a este de inmediato solo por la molestia que le causaba, en el fondo no le parecía justo hacerlo, sobre todo porque la Librería Eden, enfrente, recibiría con placer a un cliente disgustado con su competidor. Lo más probable era que Charlotte le preparara una taza de té al pobre infeliz y lo invitara a quedarse todo el tiempo que quisiera en ese salón de lectura dorado que tenía.

¿Entregarle siquiera un cliente en bandeja a las Holt?

De ninguna manera. Lo mejor sería permitir que el cliente recorriera la tienda, encontrara el libro que buscaba y confiar en que leería el cartel que decía que dejara el dinero junto a la caja registradora, así él podía quedarse en la tranquilidad de la trastienda.

—¿Hola?

La voz del cliente sobresaltó a Amos, que, sin quererlo, trazó una línea entrecortada sobre las cifras que estaba revisando. Emitió un gruñido por tener que borrar parte de la columna donde los números quedaron convertidos en una El cliente dio dos golpecitos entusiastas sobre el mostrador del frente.

—¿Hay alguien aquí?

Amos se rindió: dejó el lápiz en el medio del libro antes de beber el último sorbo de líquido color ámbar del vaso que estaba sobre el escritorio. Le puso el corcho a la botella de whisky Glenlivet y metió todo —el vaso, la botella y el libro contable— en el compartimento secreto del cajón inferior del escritorio. La botella rodó como siempre hacia el fondo de su escondite cuando lo cerró.

Limpiándose las manos contra los pantalones de lana, se levantó y avanzó por el pasillo. Las tablas añosas del suelo crujían bajo el peso de su andar malhumorado.

—Sí —respondió desde la penumbra bajo las escaleras; observó al joven al tiempo que señalaba el cartel colgado en la caja registradora: "Cerramos a las 15:00 en punto"—. Pero estamos a punto de cerrar... por los apagones, como sabrá.

Esperó, irritado, para luego pasar al desconcierto. No era común que los jóvenes de Coventry fueran vestidos como si recién volvieran de cenar en el Palacio de Buckingham. A pesar de que la lluvia le había mojado el impermeable y el cabello rubio sobresalía de su sombrero negro, resultaba obvio que este muchacho venía del interior de algún palacio.

—Ah, es cierto, los apagones. Sí, por supuesto —El joven carraspeó y echó un vistazo rápido alrededor de la tienda, como para asegurarse de que estaban solos—. Me dijeron que la librería de la calle Bayley es propiedad de la familia Holt. ¿Es verdad?

—Ajá. Es de las Holt.

—Bien. Entonces, quisiera hablar con la señorita Eden Holt, por favor. —El hecho de que un desconocido entrara en una tienda y nombrara uno de los apellidos más famosos de Coventry no le gustaba en absoluto.

Por más que la librería de Amos estuviera en conflicto con la de las Holt, a los lugareños no les gustaban los foráneos en tiempos de guerra. Y ese cliente no era ni más ni menos que eso: un desconocido joven y elegante en una parte de la ciudad donde todo el mundo conocía a todo el mundo y sabía desde los nombres de sus abuelos hasta los de los perros en la finca familiar. Con ese traje y esos ojos azules penetrantes que recorrían los rincones de la tienda, este muchacho que preguntaba justamente por Eden no tenía muchas probabilidades de recibir una bienvenida amable en ningún sitio de la ciudad, mucho menos en el local de un competidor.

Amos dio un paso hacia la luz para dejar que el joven advirtiera su coraza protectora una vez que dejara de buscar en su portafolios. Entonces, tomaría consciencia de la figura a la que se enfrentaba.

—Ah, aquí está. Tengo un asunto oficial que tratar con la señorita Eden Holt… —El joven extrajo un sobre sellado con cera y enmudeció al ver, por fin, la presencia imponente de Amos Darby.

"Adelante, mírame todo lo que quieras".

"Desahógate… y luego vete de mi tienda".

Así era la rutina habitual de sus interacciones con la gente.

Amos sabía que la combinación de su altura y su perfil

salvaje podía intimidar a cualquiera que viniera a husmear. Ocurría de vez en cuando: los niños de la escuela se acercaban a hurtadillas para espiar por las ventanas con el fin de avistar al ermitaño local. ¿Por qué no? La imagen inquietante de un hombre hosco de mediana edad con melena descuidada, barba rojiza salpicada de canas y cicatrices iracundas que le sobresalían del lado derecho del cuello y del rostro despertaba cierta fascinación. Sin embargo, este muchacho no retrocedió ni trató de disimular la impresión que le causaba su aspecto brutal como hacía la mayoría de la gente. En cambio, mantuvo su postura firme, casi a su misma altura y, curiosamente, miró a Amos a los ojos y esperó, impávido, como si tuviera todo el día para mirarlo y esperar que él bajara la vista. Amos tuvo la sensación de que, si se daba esa batalla entre ellos, este joven podría ganar.

"¿No tienes miedo? Bien".

—Supongo que usted es el señor Holt.

—¿Quién es usted?

—Mis disculpas —dijo el muchacho con cortesía casi exagerada mientras se quitaba el sombrero y lo colocaba sobre el mostrador, junto al portafolio—. Soy Jacob Kole, abogado y representante legal de la empresa de joyería de Detroit llamada Joyas Kole S. A.

Se detuvo después de aclarar "en los Estados Unidos" e hizo un gesto, aparentemente avergonzado por haber dado por sentado que Coventry era una ciudad poco ilustrada. Al fin y al cabo se encontraba en una librería con mapas enmarcados en las paredes y estantes repletos de libros organizados en secciones como "Filosofía", "Bellas Artes" y "Literatura".

—Disculpe. Solo quería…

—Un viaje largo, sobre todo en tiempos de guerra. —Amos se acercó y, apoyando la palma de la mano sana en el mostrador, tamborileó con los dedos sobre el roble gastado—. ¿No podría haber enviado un telegrama?

—No, no en este caso, me temo. Se trata de una cuestión legal algo delicada.

Amos sintió una opresión en el pecho.

Era verdad que él y Charlotte llevaban años enfrentados, pero algo en su interior no podía mantenerse al margen cuando las Holt se veían envueltas en alguna situación complicada. Más allá de la disputa entre las librerías, los asuntos legales relacionados con los hijos conllevaban un nivel de gravedad que no pensaba pasar por alto.

—Por si tiene alguna duda, señor —dijo el joven ante el silencio de Amos—, debo aclarar que he informado de mi presencia a la Embajada de Estados Unidos en la Plaza Grosvenor y el consulado en Londres sabe por qué me encuentro en el Reino Unido. No puedo decir que su gobierno confíe del todo en mí, a pesar de que soy un ciudadano estadounidense con plenos derechos y nada que ocultar.

—No me sorprende en los tiempos en que vivimos. Sin embargo, aquí no encontrará a las Holt, se ha equivocado de tienda, muchacho. —Amos hizo un movimiento con la cabeza en dirección a la calle y a las tiendas con los frentes pintados de rojo vivo, amarillo fuerte y azul Francia—. Es allí enfrente, la tienda azul con el borde dorado, las flores y el escaparate pretencioso que está en diagonal al cruzar la calle.

—Hay dos librerías. —El muchacho miró por encima del hombro hacia la calle a través de la ventana antes de guardar el sobre en el portafolio.

—También tenemos una biblioteca y un cine, aunque no lo crea.

—Me imagino, claro. Iré a la tienda de enfrente, entonces. —El joven señor Kole se puso el sombrero, pero se detuvo para mirar su reloj de pulsera—. Por casualidad, ¿hay algún hotel por aquí? Sospecho que no voy a llegar a tiempo para tomar el último tren a Londres si los horarios de los trenes son correctos.

Amos lo observó con atención y detectó un leve destello de vulnerabilidad en su mirada. Ambos sabían por qué.

Era el otoño de 1940; Londres sufría ataques de bombas que caían del cielo casi todas las noches.

Inglaterra ya había soportado las bombas de los ataques repentinos e intensos llamados *blitz,* que se habían cobrado varias víctimas. Habían padecido Dunquerque y la batalla continua por el control de los cielos. Incluso Coventry se preparaba para lo peor: las fábricas habían dejado de producir refrigeradores domésticos para fabricar ruedas y motores para los aviones ingleses Spitfire y ahora producían máscaras antigás para casi todo el país. El propio Amos había ayudado a cavar las trincheras en el parque Primrose Hill ese verano.

El centro de la ciudad ya había sufrido bombardeos en agosto y septiembre. Los dirigibles sobrevolaban los parques y las fábricas. Además, se habían instalado refugios más grandes —como los que se encontraban en Greyfriars Green y en el campo de críquet local—, pero después se habían reforzado con hormigón los techos de madera y aquellos cubiertos de tierra cuando se descubrió que los primeros no servían para evitar que las balas perdidas hirieran a la gente.

¿Qué podía saber este yanqui de la cantidad de chicos de la zona que se habían alistado e ido a la guerra? Tampoco debía saber que una corriente constante de campesinos convertidos en soldados partía de la estación de trenes de Coventry dejando las granjas vacías. Pronto los siguieron los niños, que llevaban etiquetas con su nombre cosidas a los abrigos, despachados en trenes con destino al campo para que los cuidaran sus parientes o incluso desconocidos. Solo quedaban las novias llorosas y las madres aturdidas que deambulaban por los andenes cubiertos de niebla y pasaban delante de su librería en el camino de regreso a las granjas y a los apartamentos vacíos.

Eso era solo una muestra del caos que había desatado Hitler desde 1938. Y si Amos conocía algo de Coventry, de su tierra y de la buena gente de esa zona del interior del país donde había pasado toda su vida, sabía que ningún hospedaje en todo Coventry le ofrecería una habitación a un hombre demasiado asustado para quedarse en Londres. Mucho menos a uno que hacía demasiadas preguntas sobre la familia Holt.

Amos negó con la cabeza.

—No hay muchos lugares donde hospedarse.

—No hay alojamiento... ¿En una ciudad de este tamaño, con dos librerías y un cine en su haber?

"Bravo. Está claro que es abogado".

—Podría intentar en el Hotel de la Reina, en la calle Hertford, pero estoy seguro de que estará lleno. El Hostal de Tipton queda en Bishop, calle abajo. —Amos movió la mano más o menos en dirección a ese hospedaje, sabiendo que el dueño y su esposa paranoica serían capaces de acusar al joven de ser un espía alemán en el preciso instante en que entrara por la puerta con su cabello rubio, sus ojos azules y sus preguntas.

—¿En la calle Bishop, dijo?

—Sí, pero... los panes son duros como piedras y el guiso de cordero puede enfermar a cualquiera. No se lo recomiendo a menos que tenga un estómago de hierro y ganas de suicidarse. Le conviene volver en tren a Londres... o quedarse a comer cordero y morir en el intento.

El señor Kole sonrió por fin y golpeó el mostrador como si la situación estuviera resuelta.

—Ya veo. Bueno, tal vez tenga razón, señor...

—Darby.

—Sí, señor Darby. Tal vez lo mejor sea volver a Londres esta noche, incluso con los apagones y los bombardeos nocturnos. —Extendió la mano para saludarlo—. Como se dice por ahí: "Hospitalidad al desterrado y guerra al tirano". No me gustaría abusar de la amabilidad de la gente de esta ciudad.

Sin querer, Amos alzó la ceja al reconocer la cita de *Waverley*, pero dejó la mano metida en el bolsillo del pantalón. No cabía duda de que el joven malinterpretaría el gesto, pero era inevitable.

—¿Quién es usted: el desterrado o el tirano?

El muchacho retiró la mano con el puño semicerrado, se tocó el sombrero y le sonrió con perspicacia. —Ya no lo tengo tan claro, pero le agradezco su atención. Que le vaya bien —Se volvió para marcharse.

—Espere. Las Holt… son buena gente. —Amos pateó con la punta del zapato el zócalo del mostrador, donde el señor no lo podía ver. ¿Otra vez se ponía a defender al enemigo? ¿Por qué no podía dejar de lado nada que pudiera afectar a Charlotte o a su familia?—. Sea lo que sea que tenga que tratar con ellas por favor hágalo con amabilidad… pero no les diga que alguien se lo pidió.

Como si fuera una señal, un trueno sacudió el techo. Amos sabía que debería haber dejado que el joven saliera y se enfrentara a la lluvia. Después de los sinsabores que Charlotte le había traído a su tienda a lo largo de los años, merecía que le enviara un abogado. Sin embargo, antes de que el muchacho llegara a la puerta, Amos sintió que algo irrefrenable tironeaba en su interior. Esa misma sensación que le había traído problemas tantas veces antes.

—Puede volver aquí si no quiere comer cordero —se escuchó decir.

"Bueno, ya dije lo suficiente como para lamentar haber nacido. Otra vez".

Como integrante de la Guardia Nacional, tal vez debería vigilar de cerca a este señor Kole y averiguar el motivo real de su visita.

—¿Cómo? —El joven se detuvo; desconcertado, frunció el entrecejo—. Me pareció que dijo…

—Tengo una habitación libre. —Amos suspiró y señaló hacia arriba—. La alquilo cuando las posadas están llenas. En la época de las carreras de caballos de Coventry por lo general, pero a veces también en otras fechas. Solo le pido que no lo comente mucho.

—¿Me alquilará una habitación? ¿Aquí en la librería?

—Bueno, además vivo aquí y si necesita alojamiento… Le advierto que no tengo teléfono. Deberá desayunar en el pub y el refugio más cercano queda a unas manzanas de aquí, por lo que tendrá que darse prisa si suenan las sirenas.

El muchacho enarcó una ceja.

—¿Las sirenas suenan a menudo?

—Casi todas las noches desde el verano, los periódicos estadounidenses deberían haberle informado lo que ocurre en Inglaterra. Le puedo ofrecer sábanas limpias y techo si tiene el valor necesario para quedarse.

—¿Y va a confiar en un exiliado, así como así?

—Cualquiera capaz de citar a sir Walter Scott no puede ser muy malo en mi experiencia. —Amos dirigió una mirada al nombre de la tienda en el cartel colgado en la pared, con las palabras *Novelas Waverley* escritas con pintura negra en caracteres latinos gruesos—. Creo que estoy dispuesto a arriesgarme.

El joven lo miró.

—Muchas gracias señor Darby, acepto entonces. —Asintió y se dirigió a la puerta de la tienda, donde se detuvo un momento para colocarse el sombrero a fin de protegerse del diluvio de un cielo lloroso—. Regresaré tan pronto como este asunto quede resuelto.

Salió haciendo sonar la campanilla de la puerta. Amos salió de detrás del mostrador y fue rápidamente hacia allí. Su reloj de bolsillo emitió un sonido a través de su chaleco para avisarle que ya habían pasado las tres de la tarde. Lo apretó con la palma de la mano ahogando la melodía y miró cómo el abogado se alejaba.

"Tan pronto como este asunto quede resuelto…"

"No sé si quiero saber lo que eso implica para las Holt".

Echó el cerrojo de la puerta y ató las cortinas de oscurecimiento al gancho de bronce en la pared con un nudo apretado. ¿Acababa de enviar más problemas a la tienda de Charlotte o les había permitido volver a invadirlo más adelante?

CAPÍTULO 2

11 de octubre de 1940
Calle Bayley
Coventry, Inglaterra

—Viene hacia aquí.

Ginny Brewster espiaba por el escaparate curvado de la Librería Eden, con la mirada fija en la fachada georgiana de Novelas Waverley, justo enfrente. Frotó con el puño sobre el cristal para limpiar la condensación que lo opacaba.

—¿Quién? —Eden levantó la vista del comprobante del envío de libros—. Ojalá sea un cliente.

—Ya sabe a quién me refiero: al sujeto *de traje* —Ginny apartó un mechón rebelde de su melena castaña y se colocó las gafas de montura dorada sobre su nariz respingona—, el caballero que entró en la tienda del señor Darby —movió la muñeca para mirar el reloj— hace menos de cinco minutos.

—¿En serio? Vaya, qué novedad, un cliente que entra en una librería. Debería salir en la primera plana de los periódicos de mañana.

Eden solía hacer un guiño cómplice a las ocurrencias de Ginny, pero también como encargada tenía que recordarle que había más libros para desembalar en la sección de ficción. Ojalá pudiera disuadir a la joven aprendiz de catorce años de su fascinación por lo que ocurría en la tienda de

Darby. Pero la verdad era que ni ella misma podía resistir la curiosidad. Llevaba el largo cabello negro recogido en la nuca con un peinado apretado que le permitía revisar la primera página de la lista del envío sin distracciones. Ya lo había hecho tres veces sin tener la menor idea de lo que acababa de releer. Tal vez era hora de darse por vencida y entrar en el mundo de intrigas de Ginny; la lluvia que caía no auguraba un buen día de ventas para ninguna de las dos librerías.

—Entró, sí. No hay duda.

—Pues ahí tienes Ginny, espionaje en su forma más pura. —Eden marcó otro título de la lista. Qué pena, no habían enviado copias de *Crepúsculo en Delhi* tampoco este mes. Varios clientes lo estaban reclamando—. Es una desgracia lo que ha tenido que soportar la editorial Hogarth Press en Bloomsbury. ¡Imagínate! Cayeron bombas sobre la casa de Virginia Woolf ¡y dos veces! Cuando se derrumbó el edificio afortunadamente nadie resultó herido.

—¡Mire! ¡Parece que al sujeto de traje lo han expulsado de la tienda muy rápido! —exclamó Ginny con los ojos muy abiertos.

—¿Cómo dices? —Eso sí que captó la atención de Eden.

Según su experiencia, un caballero con traje solo llegaba a esa parte de la calle adoquinada por uno de tres motivos: era abogado, banquero o se había perdido de camino a Londres. Si bien el sector industrial de Coventry había prosperado con la producción de automóviles durante la última década, muchos de los comerciantes locales habían pasado tiempos difíciles en los últimos años y más de uno hacía grandes esfuerzos para no cerrar sus puertas. Un hombre con traje significaba problemas, y si el señor Darby lo había echado de su tienda, debía de tener una buena razón. Eden solo podía rogar que ninguna de las tiendas amigas de la zona tuviera dificultades.

—¡Viene hacia aquí! Y además sin paraguas... a eso lo

llamo determinación: caminar bajo esta lluvia torrencial como si nada. —Ginny volvió a frotar el cristal y llamó a Eden para que se acercara—. Venga a verlo.

Eden se dio por vencida; abandonó la carpeta con documentos sobre el mostrador y se acercó a la ventana para apretujarse junto a Ginny y espiar desde detrás de las cortinas de oscurecimiento que estaban atadas a los lados. Allí estaba: el hombre de traje. Con el sombrero inclinado bajo el maletín que utilizaba para cubrirse, cruzaba la calle esquivando los charcos. En efecto, el hombre alto y de espalda ancha corría en diagonal hacia su lado de la calle Bayley. Y se le veía muy decidido como Ginny había dicho.

—¿Qué cree que está haciendo? —preguntó Ginny cuando al hombre se le hundió el zapato en un charco cerca de la acera y se detuvo, sosteniendo el maletín sobre su cabeza con ambas manos mientras daba saltos a plena vista de su ventana.

—Eh... no lo sé. —Eden rio por lo bajo y trató de que no le resultara graciosa la situación del pobre hombre, que se sacudía el dobladillo de los pantalones empapados. Parecía perdido y muy desdichado bajo la lluvia torrencial; una ráfaga furiosa de viento hizo que las hojas se arremolinaran junto a la ventana y le levantó la gabardina.

—Debe de estar muy desesperado por un libro —sugirió Eden, pero Ginny no mordió el anzuelo, sino que se limitó a observarlo a través de sus gafas.

—El caballero tiene suerte de estar vivo; deberíamos advertirle de que no vuelva a cruzar el umbral de ese hombre. Milady se lo diría.

—Ya basta de insolencias jovencita. —Eden jugueteó con las puntas del cabello de Ginny—. Sé que el señor Darby y mamá no se ponen de acuerdo en cuanto a la venta de libros, pero es más el chismorreo del pueblo lo que mantiene viva esa disputa que nuestras tiendas en sí. Y creo que deberías mostrar un poco más de compasión dadas las circunstancias del señor Darby.

—Compasión tenemos de sobra, pero ¿para ese hombre? Nunca. —Ginny, siempre tajante con sus opiniones, cruzó los brazos sobre el pecho y bufó mientras seguían mirando hacia la fachada de ladrillo rojo con ventanas estrechas y una gran puerta de cristal emplomado—. Para el señor Darby todo el mundo está en guerra y eso ya lo pensaba antes de que tuviéramos una guerra real con la que lidiar.

—Debe de haber visto bastantes cosas. Él luchó en una guerra, nosotras no.

La chica suspiró con el aire obstinado de quien se siente indignada porque "las chicas no pueden luchar", la clase de rebeldía que manifestaba que se habría unido a la Guardia Nacional sin pensarlo dos veces si se lo hubieran permitido. Pero en el caso del señor Darby… lo único que Eden podía pensar era que, en la guerra, incluso la que involucraba a dueños de librerías, el mundo no había sido particularmente amable con él. El hombre estaba lleno de contradicciones para ser un adversario tan implacable.

Circulaba el rumor de que el señor Darby no toleraba una palabra malintencionada contra la familia Holt. Sin embargo, su forma de enfrentarse a la madre de Eden era mucho más sutil y astuta. En la marea de aversión que se extendía a través de la calle, el librero conseguía adelantarse a cada una de las estrategias de ventas de su madre —o a las visitas de autores— con una precisión exasperante.

Si la Librería Eden conseguía que un autor los visitara en septiembre, Novelas Waverley ya lo había tenido en agosto. Su estrategia era publicitar más y mejor, y así lo hacía incluso en tiempos de guerra, superando los espacios publicitarios que su madre compraba en todos los periódicos en un radio de cien kilómetros. Y además el señor Darby se mostraba descortés y grosero, dando la impresión de que, aunque invitara a los clientes a su tienda, si llegaban a aparecer les cerraría la puerta en las narices.

Era un misterio cómo aquel hombre lograba mantenerse en el negocio.

Y así seguían desde hacía años.

Una partida interminable, una ida y vuelta constante a tal punto que las conversaciones en la barra del famoso pub Lion's Gate giraban todas las noches en torno a la guerra entre las librerías. Y aunque a Eden le costara admitirlo, el señor Darby incurría en una extraña contradicción: por un lado las protegía de las habladurías y al mismo tiempo las alimentaba.

—¿Y si "la Bestia" lo ha enviado para que nos espíe? —susurró Ginny, que al apartarse de la ventana hizo que la cortina volviera a su sitio.

—Por favor, no llames así al señor Darby. Es cruel. —Eden apoyo una mano sobre el hombro del suéter tejido a mano de Ginny y le dio un suave apretón.

—No soy yo la que lo llama así. Dicen mis hermanos que lo llaman así en la escuela, por su…

—Ya sé por qué lo dicen.

—Pero igual no entiendo por qué lo defiende. No significa nada para nosotras.

Eden suspiró. No, oficialmente el señor Darby no significaba nada para ellas, sobre todo si se tenía en cuenta la rivalidad entre las tiendas. Pero extraoficialmente había algo en él que Eden no podía ignorar. Parecía un cascarrabias sin mucho que hacer ni a quién gruñirle en particular. Vivía solo, con sus libros y su mala actitud. Tal vez eso bastaba para que mostraran un poco de amabilidad hacia él.

—Todos significamos algo para alguien, recuérdalo. Las cicatrices que llevamos deberían hacernos más dignos de comprensión, no menos.

La campanilla de bronce sonó con fuerza cuando el

hombre de traje irrumpió por la puerta principal, sacudiéndose la lluvia de la gabardina.

—Vete dentro —susurró Eden mientras se ubicaba detrás del mostrador—. Ponte a trabajar.

Ginny se dirigió a toda prisa al sector de ficción y fingió dedicarse a desembalar las novedades, aunque su mirada inquisidora iba hacia la entrada y volvía con la velocidad de movimiento de un colibrí.

El hombre se quitó el sombrero y se acercó al mostrador.

—Disculpe, estoy completamente mojado.

—No se preocupe. —Eden le devolvió una sonrisa amable mientras organizaba los pedidos de los clientes sobre el mostrador—. Estamos acostumbradas a los cambios de humor del clima por aquí.

—Cambios de humor… sí, en efecto.

Ginny miró a Eden con una sonrisa traviesa que no necesitaba palabras: "Se lo dije, el señor Darby lo echó…".

Eden movió ligeramente la cabeza para hacer callar a la señorita Brewster, y le indicó que se ocupara de apilar los libros mientras ella atendía al cliente.

—¿Me permite? —preguntó él señalando el sombrero para dejarlo sobre el mostrador. Una sonrisa, aunque pequeña, era una buena señal.

—Por supuesto —respondió Eden.

—Me pregunto si podría ayudarme señorita. Estoy buscando a las dueñas de la tienda, las Holt.

Ginny se incorporó al otro lado de la mesa de libros y lo observó con curiosidad, como si estuviera lista para someterlo a un interrogatorio al estilo de Scotland Yard.

—Tiene suerte. Yo soy una de las dueñas.

El hombre extrajo un expediente doblado y un sobre de su maletín, y los colocó encima del mostrador. Luego añadió un pequeño libro encuadernado en cuero color rojo oscuro y lo abrió para revisar una página marcada con una cinta.

—¿Es usted del banco? —preguntó Ginny. Como si Eden pudiera detenerla... Presa de curiosidad, revoloteaba junto al mostrador como un fantasma, sosteniendo un montón de libros en los brazos.

Los ojos del hombre —de un color celeste casi transparente y... ¿amables?— brillaron, divertidos, en respuesta a la pregunta directa de Ginny. Por suerte no pareció ofenderse.

—¿Del banco señorita? —dijo, dándose la vuelta hacia ella.

Ginny dejó los libros sobre el mostrador y apoyó los codos sobre el montón, como si tuviera intención de quedarse allí hasta obtener respuestas. Con un deje de ironía respondió:

—Sí. No recibimos muchos desconocidos por aquí y usted se parece a todos los banqueros que he visto en mi vida.

—Eh... no nos haga caso. —Eden trató de suavizar la brusquedad de Ginny y dio un paso adelante para desviar su atención—. Coventry es una ciudad pequeña con alma de pueblo. No tenemos demasiados clientes salvo los que vienen siempre y conocemos desde hace años.

—Entiendo. Bien, no, no vengo de un banco. Soy de Detroit, en realidad. Me llamo Jacob Kole —dijo, mientras abría el maletín y buscaba algo en su interior—. Soy abogado y representante legal de Joyas Kole, S. A. Puedo mostrarle mi identificación.

—Gracias señor Kole pero no creo que sea necesario. Es evidente que ha venido de muy lejos solo para hablar con nosotras. ¿En qué puedo ayudarlo?

El miró hacia el fondo de la tienda, más allá de la larga hilera de estanterías de dos pisos y el impresionante sistema de escaleras móviles que se extendía hasta desaparecer cerca del salón de lectura con paredes de color verde azulado, donde la famosa colección de libros raros de su madre estaba protegida de los dañinos rayos del sol.

—¿Es usted la señorita Eden Holt, única heredera del patrimonio de William Holt III?

—Soy yo, sí —dijo.

—Lady Eden Holt —lo corrigió Ginny, recalcando la palabra *lady*.

Él levantó la vista hacia el cartel sobre el mostrador, cuyo alegre tono azul Francia combinaba con los paneles exteriores de la tienda como para decir "¿Librería Eden?".

—Mi madre era bastante romántica en su juventud. Al parecer siempre quiso tener una librería. Y cuando eres joven e idealista, ¿qué haces sino ponerle el nombre de tu única hija a tu sueño? —Se sonrojó ligeramente. No sabía por qué, todo Coventry sabía por qué la tienda se llamaba así, pero por alguna razón ahora la idea le parecía aleccionadora.

—Sí, bueno… —El hombre soltó un suspiro pesado—. Ojalá eso cambiara un poco las cosas.

—¿Cambiara las cosas en qué sentido?

—Lamento tener que hacer esto, señorita, pero… —Deslizó el sobre por el mostrador y luego le acercó un libro encuadernado en cuero con las páginas abiertas en el centro, donde había un papel con líneas para firmar—. Esto es para usted. Firme aquí.

—No entiendo. ¿Qué tengo que firmar? ¿Qué es esto?

Él se movió, incómodo, y cambió de posición.

—Son sus derechos legales en los Estados Unidos y en el estado de Michigan. En el sobre sellado está el expediente oficial de la demanda judicial que se ha presentado en su contra.

—¿Una demanda judicial contra nosotras? ¿Contra la librería?

Ginny se acercó a Eden y desplegó los papeles doblados para ver qué contenían.

—No es contra nosotras. Es contra usted lady Eden.

El señor Kole carraspeó y señaló la línea en blanco del pequeño libro.

—Firme aquí por favor. Es un requisito para nuestros registros.

¿Sería ese el motivo por el cual el señor Darby lo había enviado hacia allí?

"Ay, no". Cuando su madre se enterara... sería como echar un camión de parafina al fuego que ya ardía entre las dos librerías. Eden giró hacia la ventana para mirar hacia el otro lado de la calle donde estaba la tienda del señor Darby. Las cortinas de oscurecimiento se movieron ligeramente y luego se cerraron de golpe.

—¡Ese déspota traidor! —exclamó Ginny. Volvió a doblar los papeles, cerró el libro con fuerza y lo empujó por el mostrador hacia el saboteador—. Milady tenía razón cuando dijo que no debíamos confiar en ese hombre.

—¿Perdón?

—No tiene por qué disculparse, señor Kole —intervino Eden, con una sonrisa incómoda. Ginny estaba tan enfadada como lo habría estado su madre. Aunque Eden llevaba tiempo intentando mediar entre las dos librerías, parecía que todos sus esfuerzos habían sido en vano—. Nuestra joven empleada aquí ha leído demasiados libros de Sherlock Holmes en su tiempo libre. Siempre está a la búsqueda de intrigas aunque no estén justificadas.

—Intrigas, nada —la interrumpió Ginny—. Puede decirle al señor Darby que las Holt no firmarán, ni siquiera con sangre. Si lo que quiere es una guerra, ¡la tendrá!

El señor Kole carraspeó de nuevo y modificó su postura. A decir verdad parecía estar esforzándose por reprimir una sonrisa ante la audacia de la chica.

—¿Y usted es una Holt, señorita?

—Honoraria —respondió Ginny con los brazos cruzados firmemente sobre su pecho.

—Creo entender de qué se trata todo esto —intervino Eden, intentando enfriar los ánimos antes de que la situación se descontrolara por completo—. Verá, cuando ocurrió el incidente en Novelas Waverley este verano, fui yo quien cruzó la calle para hacer las paces con el señor Darby, aunque no fue del todo nuestra culpa. Me disculpé por inundarle la tienda…

—¿Inundó su tienda? —Los ojos del señor Kole se agrandaron.

—No adrede, claro. Parece que algunas cajas de libros que habíamos pedido se entregaron por error en su librería. Me ocupé de que las trajeran aquí intentando ser buena vecina. Y aunque no fue culpa nuestra, de todas maneras, le ofrecí veinte libras para cubrir los daños causados por el agua.

—¿Daños causados por el agua? —Esta vez no se molestó en disimular la risa.

—Exacto. Algo se cayó y bloqueó la puerta trasera, lo que impidió que se cerrara bien y la lluvia del día siguiente inundó la parte de atrás de la librería del señor Darby. Un problema de drenaje en el callejón. Fue un accidente, de verdad.

—Sí, pero nos retractamos —intervino Ginny—. En nombre de lady Harcourt, exigimos que…

—¿Quién es lady Harcourt? —preguntó el hombre en un susurro a Eden, mientras Ginny seguía con su discurso.

—Mi madre —respondió Eden, justo a tiempo para escuchar el final de la declaración de Ginny.

—…y no le daremos el gusto a ese hombre. Si el señor Darby quiere llevar esto al siguiente nivel, entonces dígale que las Holt lo verán en los tribunales.

—¡Ginny! —estalló Eden.

—¡Y que se prepare para la guerra que ha iniciado! —Ginny levantó el puño en el aire, convencida de que era hora de dejar de hablar y pasar a la acción.

—Señoritas, les aseguro que no tengo la menor idea de lo que están hablando. No represento al señor Darby.

Eden se inmovilizó y parpadeó.

—¿No lo representa?

—No. Pero con el debido respeto, creo que si lo hiciera me lo replantearía si significara enfrentarme con alguien de esta tienda —dijo él con una gran sonrisa, evidentemente divertido por la situación—. De hecho acabo de conocer al caballero y aunque el señor Darby puede ser un poco intimidante, en realidad me pareció un buen hombre.

—Disculpe, no entiendo. Si no es el señor Darby, ¿quién ha iniciado acciones legales contra nosotras?

Los hombres de traje traían problemas. Eden debería haber escuchado a Ginny al respecto. Y si su madre hubiese estado allí, sin duda Charlotte Terrington-Holt habría estado completamente de acuerdo.

El desconocido suspiró y el destello de amabilidad en sus ojos desapareció, dejando solo la cruda y fría verdad.

—Yo —declaró, sin rodeos.

CAPÍTULO 3

24 de diciembre de 1913
Brinklow Road
Coventry, Inglaterra

"BUSCA ABANICOS EN MOVIMIENTO Y MIRADAS COQUETAS".

Charlotte solo quería ganar tiempo para Amos cuando salió de la biblioteca y volvió al salón de baile de la mansión Holt. Pero William, el heredero de las vastas propiedades de los Holt, era el único que podía retrasar la cena si Charlotte lograba apartarlo de su más reciente conquista de la noche.

En un extremo del salón de baile colgaban cintas escarlatas con peras que oscilaban como danzando; brillantes adornos dorados y de cristal decoraban el majestuoso abeto de Nordmann. Los ricos aromas de enebro, canela y vino caliente especiado impregnaban el aire. Un cuarteto de cuerda tocaba música y las parejas bailaban con elegancia. La luz de las velas iluminaba la repisa decorada con acebo donde por fin encontró a Will —envidiablemente guapo—, apostado junto a la chimenea. Había peinado su cabellera oscura con una impecable raya al lado; con su cuerpo longilíneo y elegante enfundado en un atuendo de etiqueta, su sonrisa traviesa y seductora y esa chispa en los profundos ojos verdes, sin duda habría dejado a más de una joven suspirando por ser la elegida para el próximo baile.

Charlotte logró captar la mirada de Will en un espacio entre los vestidos y movió la cabeza, indicándole que se acercara. Él se encogió de hombros con indiferencia, como si no pudiera escapar de ese mar de satén y sonrisas.

Tan típico de él.

Will había aceptado desde niño que su función en la vida era cautivar a toda Inglaterra. Más aún, tenía la firme intención de disfrutarlo al máximo. Cualquiera habría pensado que aspiraba a un cargo en el parlamento por la manera en la que manipulaba la opinión pública. Sin embargo, ver la bandada de damas que inevitablemente se congregaba a su alrededor y cómo Will las seducía a todas mientras el cuarteto disminuía el ritmo de su música para la hora de la cena fue lo que envalentonó a Charlotte para tomar una decisión en un segundo.

Si algo podía funcionar era esto.

Se abrió paso entre la multitud hacia el cuarteto. Le costó un poco convencer al violonchelista de por qué una dama de su alcurnia necesitaba pedir prestado su instrumento. Pero, para sorpresa de los músicos —y horror de su madre—, apartó con elegancia el dobladillo de su vestido de baile, apoyó la elegante silueta del instrumento contra su cuerpo y se dispuso a tocar antes de que alguien pudiera detenerla.

Tocar el violonchelo de nuevo era mágico, en Nochebuena o en cualquier otro día. Una vez que Charlotte se quitó los guantes y el arco rozó su piel, no hubo nada que hacer. No necesitaba partituras pues la memoria de sus músculos hacía que sus dedos volaran sobre el diapasón y el arco acariciara las cuerdas con facilidad. Simplemente tocaba; los acordes de la música parecían anidar en lo más profundo de su ser, donde no existía nada más que el instrumento, su dueña y la magia que creaban juntos.

Mientras las notas llenaban el aire, primero con los

tonos graves y profundos del propio instrumento, después con la melodía que se elevaba hasta el techo artesonado, el salón quedó en silencio; todos los presentes se maravillaron al darse cuenta de quién estaba tocando.

Con el corazón henchido y la exquisita tensión de las cuerdas bajo sus dedos, Charlotte consiguió olvidarse de dónde estaba. Todo era dejarse llevar por el ritmo de la música y deleitarse con la cercanía de un amigo querido.

A Will le resultó intrigante esa impactante exhibición. Y eso, más que cualquier otra cosa, era el tipo de diversión que siempre había preferido. Se había acercado al borde de la pista de baile y parecía disfrutar no de las damas que lo rodeaban, sino de la envidia que sentían ante el hecho de que el trofeo de la noche hubiera centrado su atención en Charlotte.

Entrar en la competencia por las miradas de Will no era algo que la atrajera. Pero tocar el violonchelo de nuevo... tener la oportunidad de hacer lo que más amaba en el mundo... eso era un asunto completamente distinto. Y si podía ayudar a Amos —y al mismo tiempo nutrir su corazón—, Charlotte no iba a privarse de ello.

—Continúa —la animó Will, mientras los gritos de "¡Otra, otra!" resonaban en la sala. Y en un sorprendente gesto de apoyo, le guiñó un ojo, se inclinó hacia ella y le susurró al oído—: ¡Muéstrales a esas damas lo que es el verdadero talento!

Charlotte llegó a la nota final de la segunda pieza; tras una pausa, los invitados aplaudieron educadamente, con suficiente entusiasmo como para traerla de nuevo a la realidad. Con una punzada de culpa, se dio cuenta de que se había metido tan dentro de sí misma que había olvidado todo lo demás. Su padre agitaba un abanico frente al rostro pálido de su madre. Will, por su parte, parecía encantado y aplaudía con entusiasmo sin preocuparse por las ondas de choque que rebotaban por el salón. La cena, de hecho, se había retrasado, pues hasta el personal de servicio se había detenido, boquiabierto ante la escandalosa transgresión de la heredera de los Terrington.

Will le tomó la mano con una sonrisa triunfal y la llevó a la pista de baile como un premio tácito.

—¿Qué se siente?

Charlotte, concentrada en contar mentalmente los pasos de baile, levantó la mirada.

—¿Eh?

—Dije qué se siente al haber captado por completo la atención de todo un salón de baile. Cualquiera diría que una joven se deleitaría en semejante baño de adoración.

—No estoy segura de que sea adoración. No puedo creer lo que acabo de hacer, mi madre…

—Tu madre se alegrará de que todas las miradas estén puestas en nosotros. Y, sin embargo, descubro que, de todas las damas que hay en este salón, estoy bailando con la única que mira a todas partes excepto al hombre que la sostiene en sus brazos. ¿Debería tomarlo como algo personal?

—Por supuesto que no. —"¡Rápido, piensa!" Charlotte esbozó una sonrisa dulce y se encogió de hombros en lugar de seguir buscando a Amos entre la gente—. Es que el salón está precioso. De verdad. Tu madre ha logrado que todos se sientan como en su casa. Me dejé llevar por el anhelo de tocar el violonchelo en Navidad como hice una vez cuando era niña.

—¿Precioso? —Will la miró con ese destello de diversión en los ojos, tan característico del veterano galán de la zona—. Coincido. La vista es preciosa.

Las palabras de Will, suaves como siempre, estaban bien elegidas y ensayadas. Sabía qué decir y cuándo decirlo. Pero su atención siempre había estado en otro lugar. Y como lo conocía tan bien, Charlotte podía bailar con él sabiendo que, al final, no significaría nada. Él pasaría a la siguiente joven de la fila, una fila a la que ella nunca se uniría.

—¿Charlotte?

—¿Sí?

—¿Podrías, al menos, tratar de aparentar que no sufres por estar en mis brazos? —Will le dedicó una sonrisa deslumbrante y le apretó la cintura de manera juguetona—. Era una broma, nada más.

—Lo sé. Es que nunca he tocado en público. Nunca. Creo que me ha dejado aturdida.

—Sabía que tocabas el violonchelo pero no que lo hacías tan bien. Pensé que lo habías abandonado. —La sonrisa se desvaneció; Will paseó la mirada por la habitación—. ¿Viste sus caras? Todas las mujeres del salón estaban verdes de envidia, te lo aseguro. Y algunos de los hombres también porque tuviste el valor de destacar. No sé si regañarte o felicitarte por semejante alboroto.

—Tomaré nota de tus halagos. —Trató de encontrar las palabras correctas para mantenerse en terreno seguro, pues el cumplido ambiguo y el murmullo de los invitados la habían inquietado.

—Bien, ¿qué ha capturado tu atención esta noche? Porque ambos sabemos que no he sido yo.

—Nada. Hace calor en la pista de baile.

Will suavizó el ritmo de sus pasos.

—¿Estás lista para pasar al comedor?

—Por supuesto, si es la hora.

—Bien, avisaré a mi madre. Ha retrasado la cena por ti.

—¿Por mí? —Charlotte miró hacia el árbol de Navidad donde estaba el conde de Harcourt, y con él, la reina de la fastuosa mansión Holt Manor, orgullosa de ver a su hijo haciendo girar a Charlotte por la pista de baile—. ¿Por qué haría algo así? Ella es la anfitriona.

Will levantó los hombros como si la respuesta fuera obvia.

—Yo quería bailar contigo y siempre obtengo lo que quiero.

—Pero soy una invitada.

Apretó la mano sobre la parte baja de su espalda un poco más fuerte esta vez; el pulgar la rozó en una caricia que le quemaba a través de la tela del vestido. Will se inclinó hacia ella, demasiado cerca como para disimular sus intenciones. Su mirada pasó de ser juguetona a reflejar algo que antes nunca había dejado entrever.

—Una invitada muy importante —susurró Will, acortando la distancia entre ellos—. ¿Crees que me importa algo que hayas dado un espectáculo tan escandaloso? Mientras sea yo el que baile contigo ahora...

La confianza que sentía Charlotte se evaporó y solo dejó avisos de alerta en su mente. Se echó hacia atrás, tratando de poner distancia entre ambos mientras Will inclinaba el rostro para rozarle los suaves mechones de cabello en la sien.

—¿Qué quieres decir?

Él respondió en un susurro de aliento tibio contra su cuello:

—¿No lo entiendes? Todos están aquí esta noche por nosotros.

—¿Por nosotros? —susurró Charlotte, conectando con esfuerzo los puntos entre los susurros que parecían seguirlos por el salón; su cuerpo se puso rígido en los brazos de Will.

—Sí, Charlotte. Por *nosotros*. —Rio, como si fuera una broma. Sin embargo, no lo negó. Le apretó ligeramente los brazos—. El menú incluye ganso asado, cuando los Holt tienen la tradición de comer pato a la naranja y salsa holandesa en Navidad. Para el postre, hemos hecho preparar los duraznos en brandy y el pastel de avellanas favoritos de lady Charlotte Terrington, a pesar de que mi madre detesta ambas cosas. Mi lugar en la mesa es junto al tuyo. Y bajo el árbol hay un sinfín de cajas de Harrods con tu nombre escrito en dorado en las etiquetas.

—Pero si ya me diste un regalo. —*El libro*. Ella lo había dejado olvidado en algún sitio, había ido en su busca a la biblioteca y, en cambio, se había topado allí con Amos.

—Y podría darte muchas más cosas si me lo permitieras. ¿Por qué crees que es?

—No podría adivinarlo.

Pero sí podía. Y no se atrevía a desearlo.

"No, no, no... Yo no".

"No, ahora no. Ni ahora ni nunca".

—Lo anunciarán durante la cena. —Will alzó una ceja, como si hubiera esperado que ella fuera más perceptiva. Debería haberlo imaginado. Y no tener reparo alguno con lo que ese anuncio significaría—. ¿De verdad me estás diciendo...? ¿Charlotte? Creí que lo sabías.

—¿Cómo lo iba a saber?

—Pero no puedes decir que te sorprenda.

—¡Claro que me sorprende! Creí que nuestra familia había sido invitada a Holt Manor como en años anteriores, para disfrutar de las fiestas con amigos y familia. Nada más.

—Familia, como ya eres, como deseo que seas.

—No puedes pensar que así se decide... el *matrimonio*. —Tragó con fuerza, temiendo atragantarse con la palabra—. ¿Sin siquiera un acuerdo entre ambas partes, las que se comprometerán frente a Dios?

—Querida, presta atención a eso. —Will hizo un movimiento de cabeza hacia los dos condes, que sostenían sus vasos de oporto junto al árbol mientras conversaban en voz baja sobre lo que sucedía en la pista de baile—. Nuestros padres comparten la idea de que no necesitan consentimiento para decidir el futuro de sus hijos. Cuando me lo plantearon de esa manera dije que no me parecía necesario ir hasta Londres —o, peor aún, hasta Nueva York— para buscar una esposa adecuada. No necesito una heredera, mucho menos cuando la mejor opción está justo aquí, en Coventry. —Will le apretó ligeramente la cintura, deslizando la mano unos centímetros hacia abajo—. El mismísimo ángel que tengo entre mis brazos.

—Will… por favor.

—¿Qué pasa? Desde que éramos niños sabíamos que llegaría este momento.

—Ya no somos niños. Y… tú no me amas.

Will tenía buen corazón, ella lo sabía. Quizá muy profundo, oculto bajo capas de ligereza y atuendos de etiqueta. Y apelar a él era el único recurso que Charlotte veía para desarticular sus palabras. Buscó en sus ojos, porque… ¿no debería escucharla? ¿No deberían sentir algún grado de amor si se esperaba que se casaran?

—¿Me amas?

—¿Cómo puedes hacerme esa pregunta?

"Táctica de evasión. Típico de Will".

—Eres un amigo, Will, un hermano muy querido, lo serás siempre —Charlotte le apoyó una mano sobre el hombro y presionó a modo de punto final—, eso no cambiará. Pero jamás sería tan pretenciosa como para querer arrogarme el papel de tu esposa…

—Puedes arrogártelo, Charlotte. Todo lo que quieras y durante el tiempo que desees, solo di que al final te casarás conmigo.

Las cuerdas se fueron apagando en un suave y melódico final y Charlotte exhaló cuando él le tomó la mano y se la besó, manteniendo los labios sobre sus nudillos de manera deliberada mientras el salón quedaba en silencio. Le costaba aceptar que él acabara de pedir a una mujer que compartiera el resto de su vida sin esperar su respuesta.

El trayecto desde el salón de baile hasta el comedor fue una confusa mezcla de sonrisas de los invitados y esplendor navideño. La luz parpadeante de las velas brillaba sobre la vajilla con borde dorado, la cristalería impecable y los candelabros adornados con flores color marfil. Mientras los invitados ocupaban sus lugares, Charlotte miró hacia donde los sirvientes de librea se desplazaban en los márgenes del comedor, desesperada por encontrar una tabla de salvación.

Su expresión debió de ser reveladora; Amos frunció el ceño mientras Will la llevaba de su brazo. Y ella captó el leve gesto tenso de él cuando vio a Will retirándole la silla con caballerosidad exagerada. Charlotte se dispuso a sentarse —y lo habría hecho— de no haber sido por el ejemplar de *Dombey e hijo* que vio sobre la silla.

Will la miró y, por un instante, su rostro palideció. Solo otra persona estaba al tanto de la importancia de ese libro. Carraspeó, negándose a reconocer el golpe a su orgullo que significaba enterarse de que había un acuerdo secreto entre Amos y ella.

Molesto, Will agitó el libro encuadernado en cuero en el aire, en un silencioso llamado al personal de servicio para que respondiera.

El mayordomo apareció de inmediato.

—Me lo llevaré señor. Me disculpo en nombre de quienquiera que lo haya dejado allí.

—No es necesario disculparse. —De nuevo las palabras suaves, aunque la actitud de Will no era tan benevolente como lo había sido en la pista de baile. Esperó a que Charlotte se sentara y luego dio un abrupto empujón a la silla hasta dejarla tan apretada contra la mesa que el borde acanalado presionó con fuerza contra su vestido—. Lo que menos deseamos es negarle a la clase trabajadora sus aspiraciones elevadas, aunque al final sean fútiles. —Will habló con tono ligero y en voz alta, obviamente dirigiéndose al resto de la sala, aunque sus ojos miraban con dureza hacia donde Amos estaba formado con el resto de los sirvientes—. Por lo visto Dickens los inspira mejor de lo que jamás podríamos hacerlo nosotros. ¿No es así lady Charlotte?

Una risa general aligeró la atmósfera. Y a partir de ese momento Will ya no le dedicó atención, sino que volcó todo su esfuerzo en cautivar a los comensales y tratarla como si fuera una niña caprichosa sorprendida con la mano en el tarro de galletas. Y cuando llegó el momento en el que lord Harcourt hizo tintinear un tenedor contra una copa de cristal y declaró que el regalo que su familia esperaba recibir con más alegría en el año entrante era una nueva nuera, Will se inclinó hacia adelante para estrechar las manos que lo felicitaban mientras Charlotte sonreía en silencio a los comensales. Y durante todo ese tiempo intentó que su mirada no volviera a dirigirse al personal formado en el fondo del salón, pero no lo logró.

Sus ojos se encontraron a la luz de las velas.

Amos le sostuvo la mirada durante varios segundos en los que ella temió respirar.

Permanecieron así, suspendidos, hasta que los invitados alzaron las copas de espumoso y brindaron por la feliz pareja. Charlotte tuvo solo dos certezas: Will la había elegido esa noche pero el corazón de ella había hecho su elección mucho tiempo atrás. Y no era ni sería jamás el hombre con el que ahora se había comprometido a casarse.

***

11 de octubre de 1940
Calle Bayley
Coventry, Inglaterra

EL FONÓGRAFO PHILCO SONABA DESDE *la sala de lectura al* fondo del pasillo: la *Suite número 1 en sol mayor para violonchelo* de Bach que Charlotte todavía reconocía de oído.

Cerró la puerta trasera de la librería y apoyó la frente contra la madera. La lluvia repiqueteaba una melodía contra las ventanas de cristal emplomado al fondo de la tienda; las damas del club de lectura acababan de salir a toda prisa bajo sus paraguas por el sendero que zigzagueaba hasta la verja de salida sobre la calle Bayley. Ya con la última clienta lejos, la fachada que Charlotte había mantenido en pie se derrumbó tras el refugio seguro de la puerta de la librería.

El club de lectura estaba pensado como una forma placentera de distraerse del creciente miedo a la invasión y el ulular de las sirenas todas las noches. Aunque *La hija de Robert Poste* había sido publicado varios años atrás, a las señoras les entusiasmaba intercambiar opiniones sobre esa comedia desenfadada que relataba el choque entre los ideales metropolitanos de una londinense y las sensibilidades rurales de los habitantes de un pueblo en Sussex. En su círculo literario las mujeres se veían a sí mismas con un pie en ambos mundos, igual que la heroína Flora Poste, y estaban ansiosas por intercambiar sus interpretaciones de la historia que era un éxito de ventas.

Lo que había comenzado de forma inocente calaba hondo en Charlotte. También lo hacía el hecho de que el té Earl Grey estuviera rancio y la harina y el azúcar racionados significaran que las galletas de té que la señora Farley había traído de la panadería de su familia cayeran como plomo en el estómago.

La autora Stella Gibbons sacaba todavía más el mundo de su eje…

La novela había abierto puertas que Charlotte creía cerradas desde hacía tiempo, desenterrando recuerdos de aquella Nochebuena en la que su mundo había cambiado por completo. No había podido dejar de cruzar y descruzar las piernas hacia el final de la reunión, moviéndose inquieta en la silla y enredando los dedos en el collar de perlas mientras rogaba al reloj de la repisa que hiciera avanzar el tiempo al doble de velocidad.

Comenzaron los truenos —gracias a Dios— y las señoras acordaron terminar antes de lo habitual ese mes. Charlotte las despidió con una sonrisa serena, pero en cuanto se fueron clavó las uñas en la madera de la puerta mientras luchaba por contener las lágrimas.

"Aleja de tu mente los recuerdos…"

Se dio la vuelta hacia la sala de lectura, que la recibió con su soledad habitual: paredes color verde azulado y cortinas de terciopelo rodeadas por estanterías empotradas, un sistema de escaleras de hierro flanqueando una gran chimenea de piedra y el suave resplandor de las lámparas situadas a ambos lados de un sofá azul claro. El estuche del violonchelo estaba solo, escondido en un rincón oscuro donde ya nadie lo veía. Tampoco nadie recordaba el chisme del condado sobre aquella escandalosa actuación en una Nochebuena tan lejana.

Recogió las tazas de té y apagó las lámparas para ahorrar electricidad. Como era su costumbre, llenó la caja azul claro de la panadería con las sobras que le daba a Ginny para llevar a su casa al final de su turno, que era en ese preciso momento si el reloj sobre la repisa no mentía.

El Philco sonaba desde su lugar contra la pared con las habituales sinfonías que, en opinión de las señoras, complementaban el "ambiente culto" de sus reuniones habituales, pero ahora lo único que conseguían era clavar en el corazón de Charlotte un aguijón con recuerdos crueles. Tras lanzarle una mirada fulminante, se acercó con grandes zancadas y giró el dial con brusquedad para poner fin a la música. El silencio reveló voces airadas en la tienda.

—¿Ginny? —murmuró Charlotte—. ¿Eres tú?

Era muy poco característico de su joven aprendiz y de Eden no mantener la paz y el orden en el salón del frente.

Eden mostraba gran determinación en cualquier tarea que emprendiera: una copia fiel de su difunto padre no solo en apariencia. Siempre era un ejemplo de amabilidad inquebrantable en sus interacciones con los vecinos. Pasaba mucho tiempo buscando el libro perfecto para cada lector o regalaba un *Almanaque del Agricultor* a los granjeros que se acercaban a la tienda con apenas unas monedas. Los clientes ante todo y punto.

En cuanto a su dedicación a Holt Manor y al legado de su padre, su naturaleza apasionada no tenía igual. Ninguna heredera podría haber sido más fervorosa y humilde al mismo tiempo. Se podía encontrar a Eden Holt en un corral de ordeñe durante el día y en un té con baile al caer la tarde, y no alardeaba en ninguno de los dos contextos. Charlotte amaba la combinación de rasgos en la personalidad de su hija, un espíritu tempestuoso sin ninguna duda. Pero algo debía de haber salido muy mal para provocar un estallido en la tienda bajo su supervisión.

—¿Milady? —Ginny golpeó la puerta de la sala de lectura y entró sin esperar.

—¿Qué es todo este alboroto? ¿Estamos en una librería o en un corral?

Ginny hizo un gesto con la mano para que Charlotte la siguiera.

—Será mejor que venga rápido milady. O de lo contrario creo que finalmente nos veremos obligadas a hacerlo.

Charlotte dejó la última taza de té sobre la bandeja y fue rápidamente hacia la puerta en forma de arco que llevaba a la tienda.

—¿A hacer qué?

—Matar a ese déspota de Novelas Waverley de una vez. "¿Amos?"

"Ay, por Dios. ¿Qué has hecho ahora?"

Charlotte salió de la sala de lectura hacia las filas de

estantes de roble pulido que bordeaban las escaleras; Ginny le pisaba los talones. Algunos clientes deambulaban por los pasillos, abriendo cubiertas y eligiendo los libros antes de cerrarlas, pero también dirigiendo miradas furtivas hacia las voces airadas que provenían del frente.

Nada como esto para alimentar los chismes sobre las tiendas.

—¿Qué ha sucedido?

—El señor Darby ha enviado un abogado milady. Y el hombre dice que ha traído una citación legal para lady Eden.

—No se atrevería… —Charlotte salió al vestíbulo con pasos silenciosos seguida por Ginny.

—El abogado alega que no representa al señor Darby, pero ha mencionado la herencia de lady Eden. Al parecer, ha presentado algún tipo de demanda contra Holt Manor. Lady Eden fue cordial con el caballero hasta que escuchó eso. Luego su lengua y su temperamento se prendieron fuego.

Se prendieron fuego, en efecto.

El pobre hombre no tenía ni idea de lo que acababa de hacer si había amenazado con quitar a su hija lo único que amaba más que la librería. No sería fácil sofocar las llamas que había avivado con amenazas contra Holt Manor, tan amada por Eden.

—¿Quién es ese abogado? ¿Lo conocemos?

Dieron la vuelta al rincón de la sección de poesía para llegar al frente de la tienda; la voz de Eden resonaba por entre los pasillos. Al ver que los pocos clientes se apresuraban a salir de la tienda, Charlotte dedujo que la razón era el acalorado intercambio que provenía del mostrador.

—No es de Coventry. Dice llamarse Kole y ser estadounidense —susurró Ginny mientras se acercaban al frente del local.

—¿En serio?

—Sí. Primero estuvo en la tienda del señor Darby y luego

cruzó hasta aquí bajo la tormenta. Parece que ha estado haciendo preguntas acerca de los propietarios de las tiendas sobre la calle Bayley. No me sorprendería que alguien lo denunciara como espía a la Guardia Nacional si no anda con cuidado.

—Bueno, no me preocuparía por eso. Hablaré con las autoridades locales si es necesario.

—¿Y el señor Darby? —Ginny frunció el ceño—. ¿Qué haremos con él?

—Nosotras no haremos nada, querida. —Charlotte se detuvo y apoyó una mano suave sobre el hombro de Ginny. En efecto, allí estaba su Eden, de brazos cruzados, con las mejillas encendidas, mirando fijo a un hombre de elegante traje—. Me encargaré de que todo se resuelva. Ahora, ve.

—¿Está segura milady?

—Muy segura. —Charlotte le dio unas palmaditas en el hombro para empujarla de vuelta hacia el pasillo—. Anda, ve. Te esperan las galletas en la sala de lectura. Enviaré a Eden contigo en un momento. Hoy pueden salir por la puerta trasera.

—Sí, milady. —Ginny aflojó los hombros con decepción.

Charlotte se adelantó con lo que esperaba fuera una sonrisa deslumbrante.

—Eden, cariño, ¿puedo ayudarte?

—Hola, mamá. —La expresión de Eden se suavizó cuando vio a su madre—. Lamento si interrumpimos la reunión del club de lectura.

—En absoluto. Terminamos a tiempo hoy por el clima. —Señaló el broche reloj que llevaba prendido en el bolsillo superior—. Pero ¿no deberías estar ya en camino? Tu cita…

—Ah, sí. —Eden miró el reloj de pared y frunció el ceño al ver que eran más de las tres—. Llegaré tarde.

Tras rodear el mostrador para situarse junto a Eden, Charlotte echó un primer vistazo al caballero. No parecía amenazador. Era joven; no debía de tener más de veinticinco años, la misma edad que Eden. Bastante guapo, alto y, si su instinto era correcto, con una expresión paciente en sus ojos celestes. Y una sinceridad en su silencio que dejaba en claro que no había disfrutado en absoluto con la citación legal que había transmitido.

—Señor Kole, esta es mi madre, lady Charlotte Terrington-Holt, condesa viuda de Harcourt. Dueña de esta tienda. —Eden hizo una pausa para dirigirle una última mirada de advertencia al hombre antes de meter libros y papeles de la tienda en su maletín de cuero—. Ella también peleará con uñas y dientes si es necesario para preservar la herencia de mi padre.

El hombre carraspeó e inclinó la cabeza como para tocar un sombrero invisible, pues el suyo estaba sobre el mostrador.

—Señora…

—Buenas tardes, señor Kole. Eden, Ginny y tú podéis salir por la puerta trasera. —Charlotte divisó la bolsa que contenía la máscara antigás colgada de una silla, la tomó de la correa y se la tendió a su hija—. No te olvides de esto, yo cerraré y nos veremos en casa para la cena.

Se oían truenos y la lluvia golpeaba con fuerza contra el escaparate. Eden asintió y dirigió una última mirada fulminante al señor Kole mientras aceptaba la bolsa. El caballero dirigió la vista al diluvio del otro lado del cristal.

—Pero ¿es prudente que salga ahora? Tal vez si esperara el autobús…

—Si usted puede soportar el clima, señor Kole le aseguro que nosotras también. Pero de todas formas le agradecemos su preocupación. —Eden tomó su gabardina del perchero y se la puso—. Creo que preferimos las bicicletas a molestarlo más de lo necesario.

Charlotte miró a su hija con una ceja levantada en una muda pregunta: "¿Bicicletas?"

No era extraño que el autobús no hubiera cumplido su horario. Ahora que la gasolina estaba racionada y se oían sirenas de día y de noche, casi no había horarios de autobuses ni trenes. Pero su hija parecía decidida a no esperar que apareciera un salvador sobre ruedas en la esquina de la calle Bayley.

—Que tenga un buen día señor Kole. —Eden miró a su madre y una comprensión muda se extendió entre ambas antes de que se girara y desapareciera por el pasillo.

Sí... el arrepentimiento era un enemigo formidable.

—Señor Kole, parece que ha venido a Coventry desde muy lejos. —Charlotte sonrió al joven, pero en lugar de revelar sus verdaderas intenciones (averiguar si Amos Darby había iniciado de hecho una nueva disputa entre sus tiendas) hizo lo que se esperaba de ella y se comportó como la hospitalaria anfitriona de la famosa sala de lectura de Coventry—. ¿Puedo ofrecerle una taza de té?

CAPÍTULO 4

11 de octubre de 1940
Brinklow Road
Coventry, Inglaterra

EL VIAJE DESDE LA CIUDAD DE COVENTRY HACIA EL CAMPO REVELÓ UNA VERDAD MUY INCÓMODA: Eden Holt era demasiado obstinada para su propio bien.

O para el bien de cualquier otra persona.

Por ser fiel a sus principios en lo concerniente al señor Kole, poco después de salir en bicicleta de la ciudad y frenar para subir a pie la larga cuesta de Brinklow Road, Ginny y ella se empaparon hasta los huesos. La silueta gótica de Holt Manor se alzaba en la distancia, vigilando las colinas cubiertas de niebla, mientras los mortales testarudos sufrían su castigo allí abajo.

Un viento helado enredaba las ramas de los abedules y castaños que bordeaban el camino. La tarde era tan desagradable que Eden se convenció de que el *Almanaque del Agricultor* había mentido con sus predicciones sobre un otoño agradable tras una primavera seca y un verano templado.

Sostuvo el paraguas sobre los hombros de Ginny cuando se detuvieron por segunda vez para que la chiquilla pudiera ocuparse de una ampolla que los calcetines le habían hecho en el talón.

—Que los santos nos amparen lady Eden —dijo Ginny, apoyando la bicicleta contra un muro de piedra cubierto de musgo para luego desatarse la bota—. Recuérdemelo otra vez: ¿por qué no tomamos el autobús?

—Porque no quería darle al señor Kole la satisfacción de habérnoslo sugerido —respondió Eden, indignada. Era difícil tener razón, sin embargo, cuando se encontraban a merced del peor humor otoñal por culpa de su terquedad.

—Sí, claro, seguro que eso le enseñará una lección. El señor Kole y su traje están bien calentitos y secos en la tienda de su madre, mientras nosotras estamos aquí con los calcetines empapados, a punto de pescarnos una pulmonía. Mi madre siempre dice que la vida de una persona depende del estado de sus calcetines. —Ginny levantó la mirada; sus ojos parecían haber vivido más de lo que les correspondía y mostraban pragmatismo aun en ese momento.

—Lo siento, de verdad. Es solo que…

—Cuando algo o alguien amenaza a Holt Manor, se le declara la guerra. Lo sé. Todos lo saben, Eden.

—Él no lo sabía. —Eden alargó la mano para comprobar la intensidad de la lluvia en su palma. Había amainado un poco, afortunadamente—. Vamos, ya casi llegamos. —Extendió un brazo para sujetar la bicicleta de Ginny—. Te ayudaré el resto del camino.

Ginny asintió y tiró del calcetín empapado.

—Supongo que, si usted no se queja, yo tampoco debería hacerlo. Al fin y al cabo es su propiedad la que está en juego.

Una caminata bajo la lluvia era un precio pequeño que pagar, pero Eden había empezado a preguntarse si habría algo de verdad en todo aquello. Los empleados de la hacienda trabajaban hasta el agotamiento para mantener todo funcionando en años que habían sido más de escasez que de abundancia. Las cosechas eran pobres, cada vez había menos personal y los trabajadores sentían una creciente atracción por empleos más estables en fábricas o en tiendas de la ciudad. Y ahora la vieja mansión necesitaba un nuevo techo y más cuidados de los que la cuenta bancaria podía permitir. Todo ello hacía que Eden se preguntara con temor si ese sería el final.

Si algo no cambiaba y pronto en su situación financiera, la hacienda colapsaría. Tendrían que vender parcelas de tierra poco a poco, solo para mantener un techo con goteras sobre sus cabezas. Y al final, aquello podría no ser más que una venda para una herida mortal; Eden podría terminar perdiendo todo.

Una demanda judicial en este momento podría ser su perdición.

—Esto no es negociar el precio del trigo ni llevar ganado a la feria, Ginny. Si ese hombre tiene una demanda contra nuestra propiedad es contra todos nosotros, contra la hacienda que da trabajo a la mitad del condado. Y contra el hogar que mi padre defendió con su vida. —Eden suspiró, conteniendo la emoción que sentía al recordar su infancia como hija sin padre; la única manera de defender el legado de él era conservando la hacienda—. Me dolería que un solo hombre viniera y destruyera de un plumazo lo que llevó generaciones construir; no permitiré que eso ocurra.

Ginny la miró; su expresión se había suavizado.

—Claro. Y recuerde lo que ha dicho: aceptar a las voluntarias del WLA, el Ejército Terrestre Femenino, en la propiedad ayudará.

Sí, Eden deseaba con todas sus fuerzas que así fuera. Si las mujeres del WLA lograban aumentar los niveles de producción, Holt Manor podría mantener sus contratos con el gobierno y así tal vez sobrevivir durante otro año.

—Solo espero que esta complicación con la llegada del señor Kole no entorpezca nuestros planes.

—No me preocuparía por eso. Tras dos segundos de

someterse a los poderes de persuasión de milady, hasta un espía revelaría sus secretos. Apuesto a que su madre habrá resuelto todo para la hora de la cena. Mientras tanto, tal vez debería... —Ginny se pasó el dedo índice bajo los ojos y luego señaló la cara de Eden—. Tiene marcas de rímel. En ambas mejillas.

¿De verdad? Ginny tomó el paraguas mientras Eden se apoyaba la bicicleta contra la cadera para poder abrir el maletín y buscar dentro. Hizo a un lado el estuche con la pluma estilográfica y la montaña de papeles que había guardado a toda prisa al salir de la tienda y siguió buscando. Allí estaba el maldito *Almanaque del Agriculto*r, al que todavía guardaba rencor. Frunció el ceño al ver la última edición de la revista *Vogue,* con su ridículo anuncio del nuevo rímel en crema que, según prometía la alegre modelo, duraba todo un día.

Cuando no vio ningún destello dorado de la polvera de Helena Rubinstein en el fondo del bolso, Eden comprendió que debía de haberla dejado sobre su tocador. Otra vez.

Se humedeció la punta de los dedos con las gotas que mojaban el manillar de la bicicleta y se frotó las marcas oscuras debajo de sus pestañas inferiores.

Se volvió hacia Ginny, levantando la barbilla para que pudiera verle el rostro bajo el ala del sombrero.

—¿Ahora está mejor?

—Puede ser —respondió la joven; entornó los ojos y usó el pulgar para limpiar una mancha que se había alojado en el hoyuelo de la mejilla de Eden—. Es lo mejor que puedo hacer. ¿Qué es esto, alquitrán?

—Yo también me lo pregunto. Rímel en crema; después de esto, pienso quejarme por carta a Max Factor. Tendrán que reembolsarme mi dinero.

—¿Por qué quiso probarlo? Pensé que detestaba esas cosas, son para chicas elegantes y usted no es así.

—Ah, muchas gracias.

—Usted me entiende. Solo quiero decir que no se da esos aires, nada más, nunca ha necesitado ninguna de esas tonterías. Y, además, puede que haga falta aguarrás para quitarse el resto.

—Fantástico. No soy una chica elegante y tengo ojos de mapache para demostrarlo. —Eden abandonó el intento de explicar y miró su reloj: eran más de las cuatro. Lo que habría llevado veinte minutos en un día de sol les había llevado una hora bajo la lluvia. La posibilidad de causar una buena impresión se alejaba cada vez más.

—¿Por qué no nos separamos aquí? Puedo ir a la granja por el salto de lobo y usted podrá entrar en la hacienda por los portones. Es mucho más rápido, no tendrá que llevarme y tal vez aún llegue a tiempo.

No. Esa no era una opción. En los últimos meses, la vigilancia se había extendido como un velo sobre el campo.

Cuando se había declarado la guerra, el otoño anterior, la idea de que el conflicto con Hitler llegara a las costas de Inglaterra parecía lejana, al igual que la posibilidad de que se convirtiera en un conflicto real. Pero la retirada preventiva de los vitrales de la famosa catedral de Coventry había conmocionado a todos, dejando claro que la guerra era real y no una "guerra de mentira", como la había apodado *The Times*. A medida que las cortinas de oscurecimiento y las libretas de racionamiento comenzaban a invadir los hogares ingleses, los edificios se pintaban con una capa de pintura de camuflaje y los coches circulaban con las luces apagadas, también crecía una sensación de angustia entre la población.

Eden y Charlotte se habían tomado la situación muy en serio y habían dado instrucciones precisas: cualquier miembro del personal que saliera de la librería o de la hacienda debía hacerlo con otra persona. Hasta su madre seguía esas indicaciones, y a menudo esperaba a que terminaran los turnos nocturnos de las fábricas para llevar en el coche a las operarias esposas de sus arrendatarios. El reducido personal que quedaba en Holt Manor estaba familiarizado con las sirenas, lo que significaba que nadie podía quedarse solo: ni siquiera una joven detective que era capaz de valerse mejor que la mayoría de los adultos.

—Mamá me colgaría sobre la chimenea si te dejara sola Ginny, y no la culparía. No podría vivir conmigo misma si dejara desamparada a una amiga tal como están las cosas ahora.

—Los alemanes no van a venir a buscarnos aquí. Tienen cosas más importantes que hacer.

—Puede que tengas razón. Pero, de todas maneras, no estoy dispuesta a tentarlos. —Eden hizo un movimiento con la cabeza hacia los pilares de piedra y el portón de hierro abierto donde comenzaba el largo camino de grava—. Vamos. Ya falta poco, y si nos damos prisa, todavía tendré tiempo para lavarme.

Se apresuraron a cruzar el portón, esquivando los charcos y caminando cuidadosamente por el camino que se empinaba en una lenta subida hacia la mansión.

Allí, la hierba del campo se agitaba en las colinas brumosas. Los pájaros volvían a cantar a medida que la tormenta se alejaba; los estorninos ahuecaban las alas y saltaban de árbol en árbol. El aire fresco daba vida a los aromas de la tierra, las hojas caídas, la mezcla de especias otoñales y la dulzura de las rudbeckias que asomaban desde los canteros junto al seto.

La belleza estaba allí para Eden, donde la tierra y el cielo se fundían sobre Holt Manor, no en la foto de una modelo en un anuncio de cosméticos. Estaba a punto de comentarlo cuando Ginny escuchó un ruido detrás de ellas, dejó caer su bicicleta y salió corriendo hacia el medio del camino, agitando los brazos como un buitre defendiéndose de un ataque. Las luces redondas de una camioneta Bedford verde aparecieron por la subida.

—¡Gracias a Dios! —gritó Ginny, agitando la mano para detener el vehículo, que avanzaba con dificultad—. Es el señor Cox.

Eden también soltó un suspiro de alivio. Qué oportuno.

La llegada del jardinero significaba que aún tendría tiempo para dejar a Ginny en su casa, entrar subrepticiamente en la mansión y ponerse presentable antes de tener que bajar a reunirse con las visitas en el salón.

La camioneta se detuvo con un chirrido de frenos; los limpiaparabrisas barrían de lado a lado las últimas gotas de lluvia que se aferraban al cristal. En la caja trasera, las gallinas empapadas batían sus alas dentro de los cajones, cacareando en protesta ante el clima que las había mojado.

Eden se acercó al lado del conductor.

—Señor Cox —dijo, agradecida de ver la cara sonriente del jardinero, que abrió la puerta y bajó—. ¡Cuánto nos alegra verlo!

—¡Vaya, lady Eden! —El señor Cox tomó el paraguas y lo sostuvo sobre ella, aunque ya casi no llovía—. ¿Qué hace usted aquí con este tiempo?

Ginny apareció a su lado, escurriéndose el agua del cabello.

—Un abogado tuvo la osadía de entrar en la librería y echarnos.

—Ejem… hoy vinimos de la tienda en bicicleta —la corrigió Eden—, aunque deberíamos haber tomado el autobús, a pesar de que llegaba con retraso.

El jardinero levantó una ceja y observó el estado en que se encontraban.

—El autobús, ¿eh?

—Sí, lo sabemos, no fue nuestra mejor idea —admitió

Ginny, sonriendo a Eden con una expresión de "te lo dije"—. Pero ¿podría llevarme a casa? Lady Eden desea arreglarse antes de que lleguen sus invitadas y tengo la impresión de que mi madre ya debe de estar que trina por mi retraso.

—Sí. Claro que sí, niña. Vamos entonces.

El señor Cox las guio hasta el lado del acompañante y abrió la puerta a lo que solo podía describirse como una explosión de moda: tres jóvenes refinadas, elegantes y con labios color amapola se apiñaban en el interior.

Una rubia lucía un atuendo verde esmeralda en un estilo militar que estaba ganando popularidad rápidamente en la nueva década. Junto a ella, una muchacha de rostro juvenil vestía un traje blanco impecable con detalles negros en los hombros, muy en el estilo de una estrella de Hollywood. Y la última, modesta pero no menos atractiva, llevaba un traje color melocotón con gabardina al tono, embellecido únicamente por su sonrisa luminosa y las gafas celestes de resina.

—Ah, no me di cuenta de que ya iba lleno. No queremos molestarlo, señor Cox. Ni a ustedes, señoritas —dijo Eden, mientras el grupo observaba desde la cabina de la camioneta del viejo jardinero, que parecía sacada de una tienda de ropa de Mayfair.

—Nada de tonterías. —La joven rubia vestida de verde sonrió y empujó a la muchacha de blanco para que se apretara aún más—. Muévete, Flo. Estas chicas necesitan un viaje.

—Solo yo. —Ginny señaló la caja de la camioneta, donde el señor Cox estaba cargando su bicicleta—. Puedo ir allí atrás, no falta mucho para llegar.

—Entones, ¿tú también te alojas en el castillo? —preguntó la rubia, embelesada ante la belleza de la mansión—. No podemos creer lo que es este sitio. Escuchamos que a algunas de las otras chicas del WLA las destinaron a un granero en Yorkshire. ¿Se lo imaginan? Sin calefacción ni agua caliente, aunque los baños están racionados a doce centímetros de agua en la tina. ¿Sabían que en Palacio de Buckingham han trazado líneas en la parte interior de las tinas?

Eden negó con la cabeza mientras la animada conversación proseguía.

—Lo único que tuvimos que hacer fue aceptar trabajar en una pintoresca librería para que nuestro alojamiento estuviera cubierto por completo. ¡Cuando se enteren las otras reclutas de que dormimos en una mansión digna de una reina! Si me dijeran que el señor Rochester, de la novela Jane Eyre, esconde secretos en ese desván, les creería.

—La granja de mi familia está justo allí. —Ginny sonrió y le dio un codazo a Eden—. Pero lady Eden va para… el castillo. De hecho, es la dueña.

—¡No me digas! —La rubia se inclinó hacia afuera, estirando una larga y elegante pierna para apoyar el talón de su zapato en el estribo del camión. Abrió el broche de perlas de un pequeño bolso de satén y extrajo un telegrama arrugado—. Tenemos entendido que usted es… —Miró el papel y leyó—: ¿la señora Holt?

Con la cara manchada de rímel y el sombrero bombín empapado, Eden sonrió e intentó aparentar algo de dignidad.

—Soy su hija.

—Es milady. Y esta es lady Eden Holt —interpuso Ginny, haciendo que Eden se ruborizara por el hecho de que tuvieran que dirigirse a ella de esa forma.

"Lo sé, tengo un título de nobleza, pero parezco salida de la suela de unas botas embarradas".

—¡Ay, qué suerte, lady Eden! —La rubia pasó con toda facilidad a imitar la formalidad de Ginny, mientras guardaba el telegrama en el bolso—. Hemos tenido la fortuna de encontrarla en medio de este clima tan rústico.

La supuesta estrellita de Hollywood se inclinó hacia adelante.

—Somos de Londres. Pero, aun así, ninguna de nosotras

ha visto un vendaval como este. Tenemos suerte de no haber perdido los sombreros.

—Sí, y si el señor Cox no se hubiera comportado como un héroe al vernos en la estación de tren en plena tormenta... —Con gesto coqueto, la rubia se acomodó los rizos perfectamente peinados bajo su sombrero—. Pero lo importante es que hemos llegado, y deberíamos presentarnos. —Señaló a la elegante estrellita de Hollywood—. Esta es la señorita Florence Abbot, Flo. Nuestra versión de Joan Fontaine, pero nacida en Chelsea. —Volviéndose hacia la muchacha vestida de color melocotón, agregó—: la señorita Ainsley Chapman, nuestra experta modista. Puede confeccionar un vestido más rápido de lo que un piloto de la RAF puede sacarla a una a bailar. Recuérdelo, y tanto usted como los muchachos de la RAF se lo agradecerán más tarde.

Guiñó un ojo y Ginny ahogó una carcajada. Eden sintió que se descomponía si este grupo era lo que sospechaba.

—Yo soy Dale Kramer. No tan interesante como estas preciosidades pero hago lo que puedo. —La rubia le tendió una mano enguantada a la última moda, con delicados botoncitos de perla en la muñeca—. ¿No es una suerte que nos hayamos encontrado en el camino a su casa, lady Eden?

—Puedes llamarme simplemente Eden —dijo ella con lo que esperaba fuera su mejor sonrisa—. ¿Pero el telegrama...?

—El tren se retrasó por la tormenta, pero gracias al señor Cox, llegamos a tiempo para nuestra cita. No veíamos la hora de estar aquí.

Una sensación de angustia invadió a Eden. Qué típico del WLA enviarle modelos en lugar de granjeras.

—¿Quieres decir que ustedes son nuestras nuevas...?

—¡Sí! —respondió Dale con un entusiasta saludo militar y una sonrisa tan brillante como el sol que volvía a asomar. Somos sus reclutas, listas para entrar en acción. ¡Nos morimos de ganas de ver nuestros uniformes nuevos!

CAPÍTULO 5

3 de enero de 1914
Brinklow Road
Coventry, Inglaterra

LA NIEVE, IGUAL QUE EL AFECTO, NO SE APIADABA DE NADIE.

Amos avanzó a través del frío implacable hacia el establo, cargando el cubo de agua que había calentado en la estufa de la cocina y pasándolo de una mano a la otra para poder meter la mano libre en el abrigo y protegerla del viento.

"Maldito viento". Le calaba los huesos con sus dedos gélidos. Y malditos los copos de nieve con su aspecto pacífico. No lo eran. Desde Navidad que no veía otra cosa excepto montañas de blanco.

Hacía semanas que el correo estaba retrasado. Los caminos y las vías ferroviarias que salían de Coventry estaban bloqueados por montañas de nieve más altas que un hombre. Los verduleros tenían una provisión más escasa de lo habitual debido al clima, aun si los Darby ya no podían comprar a crédito allí. Frente a las panaderías y carnicerías había filas de almas sufrientes que temblaban en las aceras, esperando que quedara algo cuando les llegara el turno. Y aunque Amos no podía quejarse de las noches de invierno que lo enviaban a la cama con un libro y un fuego en el hogar, el mal tiempo lo disponía a pensar. A rumiar. Y a devanarse los sesos sobre qué hacer tras haber sido despedido del servicio de los Holt.

Sí, la nieve daba demasiado tiempo para pensar en lo que ya estaba hecho. Pero, al final, era lo mejor: Amos no habría podido trabajar para el futuro señor de Holt Manor, ni tampoco quedarse de brazos cruzados viendo cómo Charlotte se casaba con esa ingrata familia.

Mantenerse fiel a sus principios era difícil, sin embargo, cuando dejaba a la familia Darby en una situación financiera complicada. Al igual que Tate, que también había sido despedido por el asunto de la llave del armario de la platería la noche de la fiesta de Navidad de los Holt, con cada día que pasaba, Amos se sentía más cerca de las largas horas de trabajo y los bajos salarios de las fábricas de la ciudad. El ganado había quedado débil tras un verano seco y de pastos escasos, y las enfermedades arreciaron cuando llegaron las nieves invernales. El año anterior había muerto su padre y también la mayor parte del ganado por una infección por clostridios.

"Es mala suerte".

"Solo mala suerte".

Amos tosió y su aliento se condensó en la fría mañana. Abrió la puerta del establo, lo que hizo chirriar las bisagras, y las vacas se movieron al sentir el azote del viento helado que arremolinaba copos de nieve en el interior.

—Ah, Bess. Buenos días pequeña. —Amos dejó el cubo y acarició a Guernsey, la vaca parda del primer corral; le rascó detrás de la oreja—. ¿Cómo estás hoy?

Era la mejor lechera. Un poco arisca por las mañanas pero confiable. Y si algo necesitaban en ese momento era poder confiar en algo.

—Puede que seas la última pizca de suerte que nos quede. —Amos dejó el cubo de leche vacío y usó el talón para empujar el taburete de madera a su sitio—. Vamos a empezar, ¿eh? Nos proporcionarás el desayuno a los Darby y el resto serán unas monedas en los bolsillos del amo.

Lavó la ubre de Bess con el agua tibia y apuntó los primeros chorros de leche hacia el suelo. Enseguida comenzó con el ritmo del ordeñe; el metal sonaba y se elevaba una ligera espiral de vapor a medida que cada chorro cálido golpeaba el fondo.

—¿Hola?

Amos miró por debajo del cuerpo de Bess hacia las puertas del establo.

"Nadie".

Solo más nieve que entraba desde el patio. Su mente le gastaba bromas mientras el viento sacudía las paredes del establo. Otra vez lo mismo, no. No podía ser otra vez el recuerdo de la voz que había escuchado en la biblioteca de los Holt… y en su mente durante las largas noches de invierno.

—¿Hola? ¿Amos?

Al escuchar los golpecitos contra el marco de la puerta Amos se paralizó, oculto entre las sombras detrás de la vieja Bess, y observó con incredulidad cómo una corona de cabello rubio, salpicada de copos de nieve, aparecía en su campo de visión. Era Charlotte, con un vestido color marfil con dobladillo de encaje y un elegante abrigo rosado, como si se dirigiera a la ópera; hermosa, pero enfundada en una tela tan fina como el aire, y a punto de ensuciarse con tierra en el establo de un hombre pobre.

—Lady Charlotte. —Carraspeando, Amos se puso de pie y habló con más sorpresa en la voz de la que habría deseado—. ¿Qué te trae por aquí en un día así?

—Parece que tengo la costumbre de encontrarte en los momentos más inoportunos.

Bess también eligió su momento: mugió y lanzó una buena patada que habría derribado a Amos si no hubiera estado atento. Ya estaba acostumbrado al carácter de la vaca. Si no la ordeñaban a intervalos regulares, y en sus propios términos, se hacía escuchar.

—Si me disculpas… —Amos señaló el taburete—. Bess armará un alboroto si no sigo…

—Ah, sí. Claro.

Amos se sentó y comenzó a ordeñar de nuevo para distraerse; Charlotte se acercó, sin que pareciera preocuparle que el encaje de su vestido se arrastrara por el heno, la tierra y los restos de estiércol que desbordaban de los corrales.

Charlotte se sentía cautivada por lo humilde de la misma manera que las damas de la burguesía se dejaban impresionar por sombreros y lazos dorados. La normalidad de las tareas matutinas parecía interesarle, a juzgar por su sonrisa, decidió Amos; nadie encajaba menos que ella allí, en el destartalado establo.

—Cuando llamé a la puerta, tu madre me dijo que te encontraría aquí. ¿Es muy temprano?

Amos se encogió de hombros.

—Ya llevo un rato levantado.

La miró de reojo varias veces y vio que observaba los estorninos que anidaban en el alero y luego se inclinaba para acariciar al gato traidor que se había acercado para enroscarse en el dobladillo de su vestido. Le pareció más seguro mantener el ritmo del ordeñe que quedar atrapado mirándola, de modo que apartó la vista. Fingió que no pensaba demasiado mientras transcurrían los segundos. ¿Por qué la Providencia se empeñaba en cruzarla en su camino?

Charlotte se apartó y rodeó a Bess para colocarse detrás de él. ¿Qué era esa fragancia, por el amor de Dios? Algo suave, como flores primaverales, atravesaba el aire muerto y congelado de enero. Sin duda, si conocía a la madre de Charlotte, un perfume traído de París. Lo distraía por completo. Amos no se atrevía a dejar de ordeñar para levantar la mirada.

—Pero ¿qué te ha llevado a llamar a nuestra puerta, lady Charlotte?

—Tengo una cita en Londres. Con la tregua que nos dio la nieve, tenía esperanzas de que esta mañana saliera el tren. Voy hacia allí ahora. A la estación de Coventry, quiero decir. Tu granja estaba de camino.

Amos miró hacia el patio, donde los copos de nieve volaban en el viento, como queriendo caer con más fuerza.

"Adiós a la tregua".

—Entonces, tienes un viaje largo por delante.

—Sí, pero tengo algo… un regalo de Navidad. Cuando me enteré de que te habían despedido, no supe cómo hacértelo llegar. Así que pensé…

Le acercó una pequeña caja rectangular envuelta en papel verde oliva con detalles dorados en los lados y una piña dorada en la parte superior. Debía ser algo que los Holt habían confeccionado para sus arrendatarios. No era inusual que el señor y la señora ofrecieran un regalo en las fiestas, aunque en general era una cesta de peras Williams o, si había sido una buena cosecha en un año de abundancia, un ganso pequeño para la cena de Navidad.

—Te lo dejaré aquí. —Charlotte se dirigió al poste más cercano y colocó el paquete sobre él.

—Gracias. —Amos asintió para que supiera que lo había visto. Pero siguió ordeñando como si nada. Las cosas eran diferentes ahora que estaba prometida y a punto de convertirse en una de ellos—. Por favor, dígale a lord Harcourt que los Darby agradecemos el gesto.

—Con gusto lo haría si fuera de parte de los Holt.

—¿Ah, no es así?

—No. Es un regalo de mi parte.

Algo había cambiado en su voz. Había una pequeña nota afilada que decía que Charlotte Terrington devolvía con la misma moneda, igual que cuando eran niños. Y aunque la heredera que tocaba el violonchelo podía haber crecido, algo en su tono le decía que debía recordar que no había cambiado tanto, después de todo.

—Amos Darby, ¿vas a mirarme a los ojos o no?

"No, si puedo evitarlo".

—Lo siento. Debo mantenerme concentrado en las tareas, como verás. —Dirigió una rápida mirada a la puerta y el exterior—. Y la nieve.

Amos contempló el cubo, el último lugar seguro que le quedaba ahora que tenía a Charlotte detrás de él. El dobladillo de encaje del bonito vestido se movió delante de sus ojos, demasiado rápido como para permitirle reaccionar cuando la punta del zapato de ella dio contra el lado del cubo e hizo rebalsar la leche.

—¡Eh! —Se levantó como un rayo y sacudió la pierna mojada del pantalón—. ¿Por qué hiciste eso?

—Para ver si estás vivo. —Charlotte apoyó las manos sobre la cadera y se quedó mirándolo—. Me alegra ver que es así.

Esos ojos dorados, directos y sinceros, le reprochaban que la ignorara. Amos se inclinó para estrujarse el pantalón mojado; las bellas facciones de Charlotte se distendieron en una inesperada sonrisa.

Amos comprobó con fastidio que hasta la leche tibia se congelaba en ese aire gélido. Su único par bueno de calcetines ahora estaba sucio. Y Bess parecía dispuesta a perder la paciencia si no obtenía un rápido alivio.

—No vine a causar problemas y... pagaré la leche derramada.

—¿Crees que ahora voy a cobrar la leche a la dueña de la hacienda? —Amos enderezó el cubo para salvar lo que quedaba en el fondo e intentó mostrarse indiferente.

—No soy la dueña de la hacienda.

—Pronto lo serás.

—Creía que éramos amigos.

—Lo somos. Pero ahora las cosas han cambiado. —Amos la desafió con una mirada directa—. ¿A qué has venido, además de a interrumpirme mientras trabajo?

—Bueno, si no fueras tan terco… Solo quería… —Otra vez se mostraba vulnerable. Bajó las manos a los lados del cuerpo y aflojó los hombros. Sus ojos se suavizaron y recuperaron su brillo—. Quería asegurarme de que estuvieras bien. Al fin y al cabo te despidieron por mi culpa, por lo que pasó en la cena de Navidad.

—Me despidieron por mi culpa.

—Pero si Will no hubiese visto el libro…

—La responsabilidad es mía —dijo, interrumpiéndola con suavidad—. Además, no iba a quedarme mucho en ese puesto. Milord prefiere que el dueño de estas manos ásperas trabaje como granjero arrendatario que como sirviente con librea en su comedor.

Sin que pudiera evitarlo, su mirada se posó en el dedo anular de Charlotte por un instante, pero la apartó de inmediato. Si había un diamante allí, estaba oculto debajo del guante. Además, tampoco quería ver la prueba de que Will había ganado el juego del matrimonio al que habían estado jugando los tres desde su infancia.

Al ver que ella se había percatado de su mirada, dijo:

—Vas a casarte.

—Así es. Y aceptaré tus buenos deseos, pero solo si tú aceptas mi regalo. Si quieres, lo consideraré una tregua entre amigos.

¿Cómo fingir que las amables palabras de ella no eran una bala de cañón en su estómago?

Amos señaló las puertas del establo, donde estaba estacionado el coche que comenzaba a cubrirse de nieve.

—Perderás el tren. Tu chofer debe de estar congelándose allí afuera.

—No lo creo, pues está en la casa tomando su té matinal.

Debió de haberlo imaginado; tuvo que esforzarse para no sonreír al escucharla.

—¿Cuándo aprendiste a conducir?

—Hace un tiempo. Le pedí al chofer de papá que me enseñara y lo hizo.

—Le pediste.

Ella alzó una ceja.

—Bueno, digamos que me mostré insistente y le dije que guardara el secreto. ¿Te sorprende?

—En absoluto; estamos hablando de una heredera que toca el violonchelo en secreto y pide que la lleven en el carruaje a la ciudad a vender sus vestidos de fiesta.

—Para horror de mi madre y sufrimiento de las institutrices, nunca fui buena para quedarme sentada y dejar que los demás hicieran las cosas por mí. —Cuando pensaba en voz alta, Charlotte tenía la costumbre de pasar el dedo enguantado sobre alguna superficie cercana; esta vez había elegido una tabla del establo—. En fin, queda el asunto del regalo. Debería ser un intercambio justo, ¿no crees?

—No tengo nada para darte. No hay baúles para vender, ¿recuerdas?

—Déjame ser quien lo decida. —Charlotte se acercó y comenzó a quitarse los guantes grises, de a un dedo por vez—. Enséñame a hacerlo.

—¿Quieres… ordeñar mis vacas?

—¿Por qué no? Sé conducir. Y tocar el violonchelo, aunque mi madre me lo prohíbe; y apreciar las obras de Dickens y a tu famoso sir Walter Scott, aunque este último no me convence del todo si quieres que te diga la verdad. Pero si algún día voy a ser la dueña de esta hacienda, debería poder demostrar que sirvo para algo más que ser anfitriona y redecorar salones. Lo consideraría un intercambio justo si me enseñaras a administrar una propiedad.

—¿Y tu prometido estaría de acuerdo con semejante arreglo?

El viento cobró fuerzas y sacudió el establo como si fuera una bestia furiosa. Se miraron, inmersos en esa batalla invernal; él esperaba su respuesta y ella no se decidía a dársela.

—No planeaba contárselo. —Charlotte enderezó los hombros y guardó los guantes de cuero suave en el bolsillo de su abrigo; luego se situó junto a él, con aire decidido—. Entonces, ¿qué hago primero? Es decir, sé qué debo hacer; siempre hemos tenido ganado. Pero quiero aprender a hacer las cosas bien y papá nunca me lo permitió.

Amos se quedó de pie detrás de ella. Paralizado en varios sentidos. Detestaba ver cómo el anillo de Will se burlaba de él cada vez que el diamante atrapaba la luz.

—Primero tienes que… calentarte las manos.

—De acuerdo. —Charlotte juntó sus manos y sopló sobre ellas—. ¿Y ahora qué?

—Debes lavar la ubre cuando empiezas, pero yo ya lo hice, así que puedes… —Amos se inclinó hacia ella, luego se arrodilló a su lado, intentando enseñarle sin tener que pasar por la dolorosa situación de tocarle las manos. Cerró la suya en un puño suelto y mantuvo las yemas de los dedos a un suspiro de distancia; su piel parecía cuero curtido y la de ella porcelana. Carraspeó y dijo—: Sujétala desde arriba, con suavidad. Manos ligeras pero firmes.

—¿Así?

—Sí. Luego aprieta hacia abajo. Los primeros chorros los echas sobre el heno.

—¿Por qué?

—Para evitar enfermedades primero hay que sacar la leche mala. Pero ya lo hice yo, así que puedes… —Dio un respingo al rozar la piel de ella; sintió que le ardía la mano—. Continúa. Y apunta bien, o ese dobladillo tan elegante acabará igual que mis pantalones.

Charlotte rio y su rostro se iluminó de alegría al ver cómo caían los chorros de leche en el cubo, formando espuma.

Unos pocos minutos robados se convirtieron en un largo tiempo regalado.

Años atrás, lo único que Amos había deseado era detener el tiempo de ese modo. Quedarse juntos, hablando, haciendo algo tan simple como ordeñar una vaca en una mañana nevada. Y si tuviera más valor, admitiría que también era lo único que deseaba en ese momento.

Si el mundo fuera diferente y tuvieran el poder de escribir sus propias historias, la suya sería estar con Charlotte.

El tiempo se desvaneció; el automóvil de ella se fue cubriendo de una manta blanca y las huellas de Amos a través del corral desaparecieron bajo una nueva capa de nieve. Cuando Charlotte se echó hacia atrás en el taburete, el cubo estaba casi lleno de leche.

—¡Fue divertido! —Charlotte sonrió, flexionando los dedos acalambrados, pero orgullosa como un pavo real por la cosecha que tenía delante—. Entonces, ¿es como montar una bicicleta? Ya sabes, cuando lo aprendes no lo olvidas.

—Con tiempo y práctica podrías hacerlo hasta dormida. Pero lo más probable es que sean las mañanas heladas las que te lo recuerden. No diría que es agradable en un clima como el de hoy, cuando te queda una veintena más de vacas por ordeñar. Pero es útil saber cómo seguir antes de congelarte.

La risa de ella fue suave, apenas un suspiro.

—Bien. ¿Cómo seguimos?

—¿No has tenido suficiente?

—El trabajo no termina hasta que está hecho. ¿No es así como funciona una granja? El regalo que te traje costó una buena suma.

—Entonces no puedo aceptarlo.

—Ay, sí puedes Amos Darby. Vas a enseñarme todo. Me parece justo que me des algunas lecciones de manejo de una granja. —Charlotte se puso de pie. "Cerca". Demasiado cerca, por lo visto, ya que, cuando se dio la vuelta, su nariz casi chocó con el hombro de Amos—. Para... eh... para...

—¿Equilibrar la balanza?

Charlotte asintió y retrocedió hasta que chocó con los tablones del establo. Amos extendió el brazo cerca del cuerpo de ella para tomar el regalo que estaba sobre el poste. Algo duro se movió en el interior cuando inclinó la caja en sus manos.

—Es pesado. Se ve que has dicho la verdad... —Amos hizo una pausa; luego apuntó con su barbilla hacia la nieve afuera—. Parece que has perdido el tren.

—Sí —dijo Charlotte con una media sonrisa—. Qué lástima.

—¿Quieres entrar para calentarte junto al fuego?

Charlotte miró la casa de piedra al otro lado del patio; la chimenea largaba humo y prometía un cálido refugio.

—Traje el violonchelo, por si podía tocar aquí. Si el regalo surtía efecto, quiero decir. —Se ruborizó, dejándolo sin aliento por un instante—. No puedo tocar en casa.

Amos sonrió y asintió.

—Entonces lo llevaremos adentro.

—¿Seguro que a tu madre no le importará?

—Todo trabajador de la granja recibe un desayuno en la mesa de los Darby. Son sus palabras, no las mías. —Amos se inclinó y tomó el asa del pesado cubo para levantarlo—. Y si una dama ha trabajado por ella, se ha ganado leche fresca en su té.

***

TUMBADO EN SU CAMA EN LA OSCURIDAD, AMOS TRATABA de contar las grietas del techo.

Tenía un brazo sobre la frente y con el otro jugueteaba distraídamente trazando círculos con el reloj de bolsillo sobre la manta que le cubría el pecho, luchando por conseguir lo que debería haber logrado un vaso de whisky: bloquear las imágenes de tantos ayeres.

En una noche amable, un elegante abrigo largo rosa entraba en su granero con aquel regalo envuelto en oro. El simple recuerdo de la dulce sonrisa de Charlotte mientras ordeñaba su primera vaca ya era tormento suficiente. El granero desaparecía en las peores noches, sustituido por la angustia de una tierra de nadie bañada en sangre, donde jóvenes soldados gritaban antes de que los abatieran los francotiradores, o jinetes y caballos caían bajo un ataque despiadado de ametralladoras. Era una maraña interminable de sangre, bombas y gritos guturales de soldados que quedaban despedazados ante sus ojos.

Amos se despertaba empapado en sudor frío en esas noches. Se agitaba tanto que creía que sus pulmones iban a estallar. Lo que más deseaba era estar sano y salvo en una granja de Coventry —aun si lo acosaba el fantasma de lady Charlotte— en lugar de en las fatídicas trincheras de Francia.

Ojalá fuera fácil olvidar.

En la juventud, no tenía fantasmas haciendo fila para atormentarlo durante las largas horas de la noche, marcadas por el tictac del reloj y por la cadencia de su propia respiración. Solo un hombre envejecido sabía que las horas crecían en silencio. Los espectros persistirían. Y lo único que él podía hacer era rogar que los tragos ardientes de whisky anestesiaran sus sentidos lo suficiente como para celebrar el olvido, dormir y llegar al día siguiente.

Hasta que las sirenas rompían el silencio en medio de la noche y le retorcían las entrañas como pocas cosas podían hacerlo.

Salió disparado de la cama. Dejó el reloj de bolsillo sobre la manta y tomó los pantalones que había colgado del pie de la cama. Metió una pierna, la otra y los abotonó con prisa. Guardó el reloj. Se acomodó los tirantes sobre los hombros de la camiseta de algodón y se apresuró a desatar las cortinas de oscurecimiento del pasador de bronce para echar un rápido vistazo al cielo sobre Coventry.

Las bombas, que habían caído por primera vez en junio, se habían cobrado tres víctimas en el cercano pueblo de Pailton. En los meses que siguieron, los reflectores de búsqueda comenzaron a encenderse con regularidad sobre los caminos de Brinkley y Radford. Se escuchaban zumbidos de motores de aviones en el cielo sobre Stoke Green. Y alguna que otra bomba de alto impacto había caído en Canley, en Cannon Hill y una noche en Hillfields. Se rumoreaba que los aviones buscaban la fábrica de Daimler y habían fallado el cálculo y caído sobre la zona residencial de la calle Cambridge; fueron las primeras víctimas que hubo en Coventry. Cuando llegó septiembre se escuchaba el sonido aterrador de las ametralladoras en la noche; en una oportunidad, cesó cuando la carga de bombas de un avión alemán dejó un cráter que partió en dos la calle Wallace.

Se encendieron los reflectores y abrieron caminos nítidos desde el techo al cielo, por encima de la catedral de San Miguel. La radio de banda ciudadana comenzó a crepitar con estática en el rincón de su habitación y una convocatoria urgente al puesto de la calle St Mary resonó contra las paredes.

Amos abrió la gaveta de la mesita de noche y parpadeó un par de veces al ver la copia del libro de Dickens que Charlotte le había regalado tantas Navidades atrás. Tragó con dificultad. Tardó solo un segundo en decidirse, mientras su dedo recorría las letras doradas en relieve de la cubierta, y luego lo extrajo. Cabría justo en el bolsillo interno de su chaqueta. Tomó la pistola de servicio cargada que tenía junto a él y fue hasta la banqueta que estaba al pie de la cama para ponerse las botas. Luego se puso de pie, guardó la pistola en la cintura y descolgó la chaqueta de campaña del perchero antes de salir.

Su mano se inmovilizó sobre el pomo de la puerta.

La botella de Glenlivet medio vacía seguía allí, al final de la fila de libros sobre la repisa de la chimenea, firme como un sujetalibros. Amos la miró mientras la radio volvía a crepitar con estática y la voz distorsionada de un hombre en el fondo emitía una advertencia. Pero el whisky llamaba con más fuerza, lo atraía hacia las sombras, recordándole que no era necesario que sufriera el resto de la noche si el alivio estaba al alcance de la mano.

Era fácil razonar frente al líquido ambarino, con sus promesas y susurros de justificación conocidos. Podría ser una noche larga. Sus hombres necesitaban un líder con los sentidos en estado de alerta. No serviría de nada que el jefe de la Guardia Nacional impartiera órdenes con las manos temblorosas y los ojos enrojecidos.

Amos no pensó sino que actuó impulsivamente.

La costumbre primó y llenó la petaca que llevaba consigo, enroscó bien la tapa y guardó su salvadora secreta dentro de la bota. Salió corriendo por el pasillo y estuvo a punto de chocar con un alarmado Jacob Cole, que se había detenido en el descanso al final de las escaleras.

"Ah, claro, el muchacho había regresado". Aunque Amos se había acostado temprano, su oído sensible había detectado el instante en que la puerta trasera se había abierto, seguido por el ruido del joven subiendo por la escalera de atrás.

—Qué bien que estés despierto. —Amos asintió mientras Jacob, somnoliento, se pasaba la mano por el cabello despeinado. Aunque era evidente que acababa de despertarse, sus ojos estaban alerta.

—Todo Coventry está despierto por lo visto. —Jacob se acomodó la camisa de algodón y, con un movimiento rápido, descorrió apenas las cortinas con un dedo para espiar hacia afuera.

—Te lo advertí.

—Así es. Entonces, ¿es real?

—Parece que sí. Pero no perdemos las esperanzas de que al final no lo sea.

Consciente, como siempre, de las cicatrices en sus dedos, Amos utilizó la mano buena para tomar unas cajas de fósforos del hueco en la pared de las escaleras donde guardaba algunos artículos. Se metió una caja en el bolsillo y le ofreció la otra a Jacob, sin levantar la mirada.

—Discúlpeme por ser tan directo señor Darby, pero me pareció que sus advertencias sobre los bombardeos eran una especie de broma. —Jacob tomó la caja—. Para ponerme a prueba, ¿sabe? Y sacarse de encima al abogado enemigo.

—En Coventry nos gusta gastar bromas y contar historias, pero nunca sobre esto. —Amos tomó un casco de lata y se lo tendió—: Toma, cortesía del Hotel Darby.

Jacob se colocó el casco sobre la mata de cabello rubio y tomó la linterna de metal que tenía al alcance de la mano.

—Entonces, ¿corremos a los refugios?

—Sí, pero de manera ordenada. No podemos permitir que haya pánico en las calles.

Amos tomó el fusil Enfield que estaba apoyado en un rincón, tratando de no pensar en lo rápido que había llegado el momento de confiar a un desconocido algo más que una puerta trasera sin cerrojo y una habitación para pasar la noche.

—¿Crees que sabrás manejarlo?

Si Jacob se sorprendió, no lo demostró. Simplemente guardó la linterna en un bolsillo, tomó el cañón del rifle con ambas manos y lo revisó con destreza para asegurarse de que estuviera cargado.

—Bien, entonces. Vamos. —Amos tomó la delantera y bajó por las escaleras a oscuras hacia el pasillo en la parte posterior de la tienda.

El piso inferior también había sido adaptado para el entrenamiento de la fuerza de defensa local. Habían movido las estanterías de los pasillos donde habían estado durante años para despejar y ensanchar el camino hacia la puerta. Un juego de llaves, que Amos solía llevar consigo durante el día y devolvía cada noche, colgaba de un clavo al pie de la escalera. El fusil adicional estaba escondido debajo del mostrador; Amos colgó la correa de su hombro mientras se dirigían a la entrada. En la bandeja de metal para zapatos junto a la puerta había un bidón de queroseno junto a unas gastadas botas de goma. Luchando contra la neblina de alcohol que aún lo dominaba, Amos se tambaleó apenas y luego se recuperó para enganchar el asa de la lata y levantarla con la mano derecha.

Si Jacob lo notó no dijo nada. Esperó mientras Amos echaba un último vistazo alrededor, grabando en su memoria el rostro en sombras de la librería. Habían tenido buenos años la vieja tienda y él. Una posible despedida le resultaba surrealista.

El aire estaba extrañamente espeso para ser otoño. La luna se asomaba entre las nubes irregulares y una neblina húmeda cubría las calles de la ciudad. Las sirenas aullaban mientras las puertas se abrían y cerraban en la oscuridad.

El viento engañaba a la mente haciéndole pensar que era un motor de avión surcando el cielo. Los habitantes de Coventry arrastraban los pies por las aceras; el viento arremolinaba periódicos sueltos. Daban unos pasos y volvían a escudriñar el cielo, vigilantes.

La marcha por la calle Bayley era ordenada; los ciudadanos salían de sus hogares sobre las tiendas y se unían en apresurada calma a una procesión como la del flautista de Hamelín hacia los refugios cercanos. El más amplio estaba ubicado en Drapers' Hall, el edificio del gremio textil, pero tenía capacidad para solo doscientas personas. ¿Cuántos más estarían descendiendo a los sótanos bajo las fábricas o corriendo hacia los refugios callejeros en las aceras? Todo sucedía tras ventanas y puertas oscurecidas, en callejones donde las farolas se habían apagado; los ciudadanos avanzaban como hormigas a través de las arterias de un mundo subterráneo.

Amos había visto desmoronarse hombres ante el primer indicio de batalla, por lo que le resultaba desconcertante ver que el yanqui se mantenía sereno. A pesar de ser extranjero y estar sufriendo su primer bombardeo alemán, Jacob no parecía dispuesto a huir hacia ningún lado: ciertamente no era lo que Amos había esperado cuando lo instó a marcharse a Londres más temprano ese día. Miró por encima del hombro y vio que Jacob se había quitado el casco de lata y se lo había dado al anciano señor Ansley; fusil en mano y con la mirada fija en el cielo, ayudaba al hombre a bajar a su esposa por los escalones de la tienda de pinturas.

Jacob también entregó la linterna al anciano cuando estuvieron en la acera. Amos habría jurado que Jacob estaba hablando con la señora Ansley, lo que le resultó extraño. Casi como si la consolara. Ella asintió varias veces, aunque su lengua materna era el alemán y su inglés era vacilante en el mejor de los días. No era nada que llamara la atención en la calle Bayley: la pareja tenía su tienda allí desde hacía mucho tiempo y nadie sospecharía que simpatizaba con un país contra el cual su propio hijo había sido enviado a luchar recientemente.

Amos desestimó esta sospecha, producto de su propia naturaleza desconfiada. Observó cómo Jacob enviaba a la pareja a un lugar seguro. Y en vez de ir a un refugio, se colgó la correa del fusil al hombro y se unió a Amos en la tarea de dirigir a los ciudadanos, mientras al mismo tiempo vigilaban el cielo. Mantenían la calma, pero los nervios terminaron por apoderarse de todos, por lo que el avance de los ciudadanos por la acera se convirtió en un apresurado juego de las estatuas en la oscuridad. Jacob señalaba los refugios, preguntaba a Amos cuáles se llenarían primero y luego indicaba a los ciudadanos hacia cuál dirigirse.

—Vete ya. —Amos le ofreció el bidón de queroseno y señaló hacia el edificio del gremio textil, Drapers' Hall—. Ponte a cubierto.

Jacob aceptó el bidón pero no se movió, sino que se quedó junto a Amos, hombro con hombro, y levantó la mirada hacia el cielo, como él.

—¿Y usted?

—Iré a mi puesto. El Centro de Control e Información sobre Ataques Aéreos, en la calle St Mary.

—¿Qué es eso? ¿El centro de comando?

—Ajá. —Amos señaló con su mano buena hacia las luces de los reflectores en el techo de Drapers' Hall—. El puesto de la Guardia Nacional. Soy el comandante de la sección correspondiente a la calle Bayley y zonas aledañas.

Jacob se quedó en la esquina de la calle, observando cómo la gente pasaba deprisa en la oscuridad. Los miraba uno por uno. Mujeres con pañuelos en la cabeza para cubrirse los rulos. Hombres con miradas de preocupación y camisas recién metidas a toda prisa dentro de los pantalones. Niñitos aferrados a sus ositos o trenes de juguete en brazos de sus hermanos mayores. Así, hasta que su mirada se desvió calle arriba, en dirección a la librería de fachada azul y escaparate curvo, envuelta en sombras.

—¿Y las Holt? ¿No deberíamos ver si hay alguien en la tienda? Solo para asegurarnos…

—Las Holt viven fuera de la ciudad, en la mansión sobre la colina que mira a Brinklow Road. —Amos vio que Jacob negaba con la cabeza y miraba calle arriba con expresión distante, mientras las sirenas seguían ululando—. ¿No lo sabías?

—Lady Harcourt me habló de su casa de campo pero no me dijo dónde estaba ubicada.

—¿Su "casa de campo"? —Amos rio ante la inocencia del muchacho—. Es la hacienda más grande de la zona y lady Harcourt es la reina extraoficial de Coventry. Puede que viva justo fuera de la ciudad, pero es muy querida en ella. Lady Eden es la que lleva el timón ahora, decidida a continuar el legado de su difunto padre con la hacienda. En cuanto a revisar la tienda de las Holt, ya se ha hecho. Tres veces hasta el momento. Y yo me encargaré de cuidarla durante el resto de la noche.

—Entonces, por eso…

Con el correr de los segundos algo cambió en la expresión de Jacob, como si su mente de abogado estuviera haciendo cálculos mientras contemplaba la librería cerrada.

—¿Por eso qué?

—Nada. —Jacob asintió y apretó con fuerza el asa del bidón, como si fuera un arma en su mano—. Muy bien entonces. ¿Por dónde vamos?

—¿A dónde?

—A la calle St Mary. Tenemos trabajo que hacer, ¿no? Deberíamos irnos ya.

Amos se quedó mirándolo mientras se preguntaba qué

era lo que el joven no le había dicho. Y por qué estaba dispuesto a arriesgar su vida por la multitud de desconocidos que pasaba junto a él.

—¿Irnos? ¿En plural?

—Así es. A menos que crea que a la gente de Coventry no le gustaría que un extranjero se meta en sus centros de mando ni en sus casas.

—Como comandante de la sección correspondiente a la calle Bayley, es mi decisión aceptar cualquier par de manos dispuestas a sostener un fusil. Siempre que sepa que el hombre detrás del gatillo sea digno de confianza. —Y siempre que pudiera vigilar al muchacho.

—Entonces, ¿qué opina? ¿Soy digno de confianza? —Jacob se mantuvo firme en su sitio, observando a la gente que pasaba.

—Dime una cosa, ¿todos los yanquis son tan entusiastas como tú?

—No lo sé, señor Darby, pero a juzgar por el ruido de esas sirenas, diría que los alemanes sí lo son. Y, de momento, con eso nos basta y nos sobra.

CAPÍTULO 6

28 de mayo de 1914
Brinklow Road
Coventry, Inglaterra

EL INVERNADERO SE ALZABA SILENCIOSO Y SOLITARIO, RO-
deado de álamos, como si tratara de ocultarse del mundo.

Charlotte pasó por la abertura en el seto de endrinas y
encontró al invernadero con el mismo hierro fundido antiguo y el cristal patinado que recordaba, con el techo empi-
nado y la bóveda central que se asemejaba a la del famoso
Palacio de Cristal de Londres. Sin embargo, ahora las rosas
trepadoras se enroscaban en los pilares de hierro y los pimpollos de color melocotón enmarcaban la arcada sobre el
sendero de adoquines gastados. Curiosamente, el portón de
hierro oxidado de antaño había sido reemplazado y estaba
en buen estado.

Charlotte apoyó la palma de la mano en la manija de
bronce de las puertas dobles al llegar al invernadero, y
sintió el metal húmedo y frío en la piel mientras empujaba
para abrirlas. Las puertas le dieron paso con el crujir de las
bisagras, invitándola a entrar.

No se trataba del lugar abandonado que recordaba de
su niñez. Ahora, la recibió la mezcla fragante de los aromas de la tierra y de las flores, exacerbados por la lluvia.

En la primera hilera de plantas había macetas con geranios, plantas de flox y rosas en diversas etapas de floración; en las hileras posteriores, brotes de alubias, plantas de tomates verdes y pepinos que trepaban hacia el techo por un enrejado.

Las macetas nuevas estaban apiladas en un estante de hierro, a la espera de su turno para ser de utilidad, cerca de un pulcro montón de trozos de macetas rotas. El tiempo que había pasado en la granja de los Darby le había enseñado que nunca se descartaba lo que pudiera usarse y esos trozos de terracota resultaban perfectos para armar el drenaje de las macetas. Había un par de guantes de trabajo sobre una banqueta y una pala en una cesta de mimbre, junto a una vasija llena hasta la mitad con turba.

Además, había… ¿libros? Un montón de libros ocupaba un estante alto, como tantos años atrás.

—¿Lady Charlotte?

Se sobresaltó: no al oír su nombre, sino al escuchar esa voz conocida, ronca y cálida, en medio del golpeteo de la lluvia sobre los cristales. Tras secarse las lágrimas de las pestañas con un movimiento rápido, Charlotte se giró con una sonrisa pintada en el rostro.

—Hola Amos.

—Eres tú. —Amos se acercó a las puertas y las juntó en el centro—. Hay que mantener las puertas cerradas porque, de lo contrario, incluso en medio de la lluvia, se llenará de estorninos y tendré que pasarme el resto del día echándolos.

—Sí, claro, lo había olvidado.

Hacía semanas que Charlotte no lo veía, desde que había dejado de ir a la granja de los Darby. Por algún motivo extraño, al verlo de pie frente a ella Amos le parecía mayor, como si hubiera envejecido en ese lapso tan corto. Vestía una camisa a rayas, una chaqueta de lona con los hombros mojados por la lluvia y unos pantalones de lana gastados.

La lluvia también le había empapado el cabello y había dejado a la luz el destello rojizo que Charlotte recordaba de los días de su niñez. Ahora los rizos oscuros y largos le cubrían la frente, pero no llegaban a ocultar la curiosidad que asomaba en esos ojos color avellana.

—Parece que tenemos la costumbre de sorprendernos el uno al otro. ¿Qué haces tan lejos de la casa?

—Caminaba por los jardines y... —Levantó la mirada hacia los hilos de agua que bajaban por los cristales y sonrió ante su contratiempo—. Me sorprendió la lluvia.

—A mí también. —Amos le devolvió el esbozo de una sonrisa, aunque ladeó la cabeza, quizá como si dudara de que esa fuera toda la verdad al respecto. Y si la conociera tanto como para sospecharlo, tendría razón.

La acostumbrada invitación a tomar el té había llevado a Charlotte y a su madre otra vez a Holt Manor. Will a veces aparecía en la gran entrada de mármol, como lo había hecho ese día, y saludaba con un beso en la mejilla a su madre y con un guiño a Charlotte. El encuentro siempre se desarrollaba de la misma manera: Will hacía un comentario ocurrente, como "Mejor dejar que las damas de alcurnia disfruten las delicias secretas de sus salones", y partía a dedicarse a alguna de sus actividades favoritas en la hacienda.

Charlotte estaba descubriendo con rapidez que Will tenía la intención de desentenderse de esas visitas con el fin de destinar su tiempo a sus otros grandes amores, los caballos y la caza, y evitar toda conversación sobre su inminente boda.

La tarea recaía en las damas en el salón rosado, con las paredes cubiertas de papel tapiz damasco y revestimientos de madera color marfil, donde se servía el té ante los ventanales que mostraban una extensión palaciega de jardines impecables. Charlotte sonreía, asentía con la cabeza, agregaba miel al té y luego apoyaba la delicada cucharita de plata junto a la taza de porcelana mientras escuchaba retazos de la charla: "... no sé qué con eneldo y una mousse de no sé cuánto... no sé qué con salsa de vino blanco... un helado de no sé qué de estación y un pastel de no sé cuánto...".

Su método funcionaba... un rato, hasta que sus pies empezaban a golpetear contra el suelo debajo del dobladillo de su vestido de tarde y su mirada atravesaba el ventanal con añoranza, como si los jardines de la mansión de los Holt pudieran salvarla de su destino matrimonial.

Con escasa comprensión o mucha indiferencia, su madre le había permitido salir a caminar, a pesar de que las nubes de tormenta amenazaban en el cielo y el aire estaba cargado de olor a lluvia. Las integrantes de la reunión se retiraron a sus respectivos rincones: las madres retomaron el ritmo usual de sus conversaciones y Charlotte partió a buscar consuelo en los campos de la hacienda.

—Apostaría que no han notado mi ausencia. —Charlotte se encogió de hombros, resumiendo la situación con ligereza en lugar de ahondar en el conjunto de preocupaciones que implicaba—. Ya sabes cómo son las madres y las bodas.

Amos miró el campo a través del cristal. Dio unos pasos hasta donde estaba ella junto a las flores, dejando huellas de tierra húmeda con sus botas en las baldosas.

—Estaba arreando el ganado hacia el portón del lado sur. Habría sido difícil no verte correr por el campo como un alma en pena, como si huyeras de algo que te aterrorizó. Pero eso fue antes de que empezara llover.

—Ah. Me viste...

—Ajá, te vi.

Mientras intentaba no pensar en las capas espumosas de su vestido color salmón salpicadas con lodo, Charlotte tomó la pala de mano y comenzó a llenar una maceta; cavar la turba húmeda y terrosa la distraía.

—No sabía que alguien se había ocupado de poner orden en este lugar otra vez. Está cuidado con mucho amor.

—No queda lejos de la Granja Foxhollow.

Su granja ahora.

—¿Quieres decir que…? —Levantó la vista con expresión perpleja—. ¿Lo has hecho tú?

—Los arrendatarios cuyos campos lindan con la hacienda nos vamos turnando para mantenerlo en condiciones para el conde. Era una pena que estuviera abandonado tantos años. Ahora volverá a ser de utilidad.

—¿Y cómo has tenido tiempo de hacerlo, además de atender tu granja y cuidar a tu madre y a Caroline?

—Solo me ocupo de la granja ahora. —Metió las manos en los bolsillos—. Mamá volvió a casarse. Se llevó a Caroline a Edimburgo, a las tierras de su esposo, hace unas semanas. Dije que me quedaría a cuidar todo.

—Ah, no sabía nada. Felicitaciones.

—Gracias, pero ¿por algunos chelines más por semana? —Miró a su alrededor; las macetas estaban llenas de vida. Y a juzgar por el carácter del hombre en que se había convertido, Charlotte estaba segura de que Amos hacía la mayor parte del trabajo sin que nadie lo notara—. No puedo darme el lujo de no hacer todo lo que pueda para mantener la granja a flote si va a ser mía.

Charlotte examinó su cara en busca de alguna señal que desmintiera que seguía sin querer lo que alguna vez había dicho no querer. Vio los lomos de los ejemplares apilados en el estante superior, los libros que habían robado juntos, y los señaló.

—¿Todavía están aquí? —A modo de respuesta, Amos se pasó la palma de la mano por la base del cuello con la sombra de una sonrisa incómoda—. Cuando iba a la granja solo te dedicabas al ganado y a las labores del campo mientras yo tocaba el chelo para las vacas en el granero. Supuse que habías abandonado los libros.

—¿Eso hacíamos? ¿Labores de campo? —Amos rio, pero

su risa no parecía indicar que lo que ella había dicho le resultara gracioso.

—Mi pregunta apuntaba a por qué los guardas aquí en secreto.

—Todo el mundo tiene secretos.

Amos se volvió hacia ella; la serena amabilidad que estaba acostumbrada a ver en él se había convertido en algo mucho más intenso. En el mejor de los casos la estaba desafiando y en el peor… ¿qué insinuaba?

—¿A qué te refieres?

—¿De qué huías? —susurró, y otra vez señaló con la cabeza las colinas cubiertas de niebla más allá de las paredes de cristal.

Charlotte tragó con dificultad y dejó quieta la mano con la que sostenía la pala. Se sonrojó. Esta conversación era demasiado sincera y su corazón se sentía atraído por la intensidad de las palabras de Amos.

—No deberías decir eso.

—¿Qué cosa? ¿La verdad?

—Un caballero sabe cuándo resulta apropiado…

Amos resopló.

—Bueno, jamás pretendí ser un caballero.

—Aun así, seré la dueña de esta hacienda algún día y tú trabajarás para mi esposo. Apuesto a que Will sabe cuándo hablar… —Charlotte hizo una breve pausa por la furia que le despertó su propia torpeza al permitir que se le escapara esa comparación. Bajó la voz y apenas murmuró el final de la oración— y cuándo no.

—¿De veras? —Amos suspiró, con menos intensidad esta vez, mientras hundía las manos en los bolsillos del pantalón—. Bueno, *Charlie*, estoy seguro de que Will Holt sabrá cómo desempeñar su papel a la perfección… cuando le dé la gana.

Le dolió la inferencia a un matrimonio sin amor.

Le dolió *mucho*.

—Ya no soy Charlie ni volveré a serlo. —Charlotte enderezó los hombros al escuchar el apodo de la infancia; el desdén en su propia voz la sorprendió incluso a ella misma.

—¿En serio? Me pareció haberla visto hace poco. Creo que le gustaba ordeñar las vacas y tocar el chelo en mi granero… y hacer regalos costosos sin ningún motivo real.

—Si hubiera sabido que los libros ofendían de tal manera la sensibilidad de un hombre, lo habría pensado dos veces. Y me remonto a aquella excursión en el carruaje. Tenías todo el derecho del mundo de rechazarlos. En cuanto a mis asuntos personales… —Levantó aún más la barbilla—. No tienes la libertad para emitir juicio. Además, deberías saber mejor que nadie que no puedo ignorar las responsabilidades de mi posición ni de esta hacienda.

—¿Pero sí puedes huir de ellas?

Charlotte clavó la pala en la maceta y se volteó para enfrentarlo.

—¿Por qué seguimos atrapados en este juego?

—¿Qué juego?

—El juego en el que tratas de avergonzarme cada vez que nos encontramos. —Le clavó la mirada en un reto de igual a igual—. ¿Te da placer hacerme sentir una tonta por las decisiones que tomo?

—No. Yo…

—Entonces, ¿cómo explicas tu enojo contra el lord que te ofrece la oportunidad de ganarte la vida?

—No tengo ningún problema con lord Harcourt, pero Will no es como su padre.

—No fue lo que quise decir —replicó ella.

La mirada que le devolvió Amos era de plena franqueza… y de vulnerabilidad. ¡Por Dios! Era la misma que había visto en el salón comedor de los Holt aquella Nochebuena. Abarcaba todo lo que ese hombre de trabajo, alto, callado y con las manos llenas de callos que había en él debería haber negado, pero no lo hizo.

Amos tragó con dificultad.

—Te pido disculpas. Pensé que… te habíamos ofendido de alguna manera.

No esperaba esa respuesta.

—¿Que me habíais ofendido?

—Durante meses venías a la granja, tocabas Bach en el granero, buscabas huevos de codorniz en el seto y me hacías compañía mientras reparaba la cerca. Llegaste a hornear pan para comerlo con mermelada de higos con mi hermanita mientras yo os leía en la cocina. De pronto dejaste de venir sin decir por qué.

Charlotte interrumpió la conexión entre ellos al bajar la vista para mirarse las manos, como si pudieran salvarla de esa situación.

—Lo sé y lo lamento.

Se había convencido de que había dejado de visitarlos por respeto a su prometido. A sus padres y a la familia de Amos. A su reputación, porque, si alguien decía una palabra, los rumores se esparcirían como un incendio forestal. Había esgrimido miles de pequeñas razones que ahora no parecían muy relevantes. Sobre todo, porque había salido corriendo como una niña asustada y ambos lo sabían.

—Caroline y mi madre se habían acostumbrado a recibir en su casa a la futura señora de la hacienda y lamentaron su ausencia hasta el día en que se fueron.

—Caroline y tu madre me echaron de menos…

—Ajá. —Amos golpeteó la mesa de trabajo con el puño entreabierto—. Supongo que todos sabíamos que las cosas tendrían que cambiar.

—No todo. Es lo que ocurre cuando una mujer, sea una heredera o no, pasa a ser propiedad de su esposo cuando se casa. Mis padres creen que es así y los padres de Will también.

Como mi primo más cercano va a heredar la hacienda de mi familia, no me queda otro remedio que casarme con alguien que herede la suya. Todos están contentos con este desenlace tan bien pensado. —Se detuvo por la desazón que le causaba esa realidad que acababa de describir—. Mientras yo visito a señoras de la alta sociedad que solo se dedican a intercambiar chismes aburridos a mis espaldas y a sonreír con falsedad cuando estoy presente, los demás deciden mi futuro. No creas que ignoro la verdad: me juzgan y creen que debería estar agradecida porque el príncipe del condado me ha elegido.

Charlotte se atrevía a ponerlo a prueba con sus palabras para ver si le mostraba compasión. O, peor aún, desdén, y solo por hacer lo que le habían inculcado desde su nacimiento.

Amos se llevó las manos a la cintura y entreabrió los labios como si fuera a decir algo, pero no lo hizo. Eso, sumado a la mirada de preocupación genuina de esos ojos que parecían sufrir por ella, dio a Charlotte la seguridad necesaria para continuar.

—¿Cómo hago para fingir siquiera que entiendo la situación? Puede ser que ya no lea los libros que amábamos, que no toque el chelo, ni conserve los sueños que teníamos de niños, más allá de lo entrañables que me resulten… —Se le quebró la voz por la emoción, pero se contuvo y se abrazó a sí misma para no sentir frío—. O aunque sean todo lo que quería en un momento o incluso lo que quiero ahora, en este instante.

Amos permaneció inmóvil. Suspiró. Luego se quitó la chaqueta y, con cuidado, se la puso sobre los hombros a Charlotte. Por fin susurró con voz áspera:

—¿Qué puedo hacer?

—¿Podrías hacer un pequeño favor a una vieja amiga?

Amos apretó la mandíbula.

—Milady.

—Déjame visitar la granja una vez más. No debería haber desaparecido de esa manera.

—Charlie —murmuró Amos con expresión de dolor al pronunciar su apodo—. No sería apropiado, no ahora que vivo allí solo. Lo sabes.

Charlotte se aferró a las solapas de la chaqueta y las apretó con fuerza hasta que casi logró sentir el calor del cuerpo de Amos en la piel. Lo miró con los ojos llenos de lágrimas que ya no intentaba ocultar.

—¿Y si te dijera que creo que unas semanas de belleza verdadera podrían ayudarme a pasar el resto de mi vida sin ella?

Amos estudió su rostro, sintiendo que ambos deseaban que la situación fuera diferente.

—Cada vez que pienso que te vas a casar con él, siento miedo… *por ti.*

Charlotte pestañeó para despejar las lágrimas mientras la lluvia repiqueteaba en el techo de cristal.

—¿Qué alternativa tengo?

Hacer lo mismo que las "heroínas obstinadas" de las novelas que Charlotte leía, de las que su madre siempre se quejaba, era una locura: implicaba dejar de lado los principios fundamentales de su educación. No importaba; nada importaba cuando sus manos suplicaban permiso para soltar la chaqueta y abrazar a Amos… o permitirle abrazarla. No le bastaba con sentir la tibieza de su chaqueta en la piel; necesitaba que se encontraran a mitad de camino, en un sitio donde ni los títulos nobiliarios ni las haciendas ni las normas matrimoniales pudieran atenuar una verdad expresada por fin en medio de las rosas y la lluvia.

Tal vez todo habría sido diferente sin esa sombra a caballo que apareció en la abertura del seto de endrina, desmontó y avanzó a paso vivo por el sendero de adoquines.

El aire se rasgó cuando Will abrió las puertas de un empujón y la intromisión repentina los obligó a apartarse.

Al verlo entrar, Charlotte trastabilló y se golpeó la base de la espalda con la mesa de trabajo. Will no demostró ninguna emoción al encontrar a su prometida sola con uno de los arrendatarios. Con *ese* arrendatario en particular. En cambio, le quitó la chaqueta de Amos de los hombros y se la devolvió a su dueño con mano firme. Mientras cubría los hombros de Charlotte con su propia chaqueta mojada, anunció que lord Harcourt se había caído del caballo en la cañada. Ya habían llamado al médico y Charlotte debía ir de inmediato a la casa a esperar las novedades con el resto de la familia.

Solo pudo mirar a Amos con desesperación mientras Will la alzaba para depositarla en la montura de su caballo y montaba detrás de ella. Amos se quedó de pie en el marco de las puertas del invernadero con la chaqueta en el puño apretado. Charlotte clavó la vista en esos ojos que conocía tan bien para implorarles, para implorarle, que entendieran.

Si bien esos momentos robados al destino se habían atrevido a sugerir que podría existir otra posibilidad, ambos sabían que en algún momento dejaría de llover. Y volvería a brillar el sol. Los estorninos escaparían del invernadero y de esos instantes preciosos a través de las puertas que quedaron abiertas de par en par cuando Amos se alejó.

Ambos sabían que la realidad mandaba y siempre triunfaría.

***

12 de octubre de 1940
Brinklow Road
Coventry, Inglaterra

CHARLOTTE ESTABA DE PIE EN LA PARTE POSTERIOR DE Holt Manor, con la mirada fija en el sitio donde el sol se colaba entre los álamos y el invernadero se topaba con las nubes de humo que se elevaban en el cielo de Coventry.

Cuando el bombardeo había comenzado la noche anterior, Charlotte y Eden, el personal de la hacienda y las reclutas del WLA habían buscado refugio en el sótano, donde se apretaron como sardinas enlatadas entre las paredes de tierra. Horas después del amanecer cesó el estruendo de las bombas y se acallaron las sirenas. Por fin pudieron estirar las piernas y los brazos cuando la calma volvió a la zona. Solo quedaba comenzar el día más tarde de lo habitual y mirar cómo los estorninos bailaban alrededor de los álamos sin saber que se habían salvado del bombardeo de la Luftwaffe.

Esta vez.

La sensación había sido similar a la de la primavera de 1914, cuando el mundo de Charlotte pendía de un hilo sobre un abismo. De la noche a la mañana, las conversaciones en el salón de lady Harcourt habían pasado de la organización de la boda del año en el condado a lamentos por un mundo que se desmoronaba ante la inminencia de la guerra. Nadie, a excepción de los fantasiosos, los desesperados o los temerarios de verdad, se animaba a planear un futuro con esa amenaza. No tenían ni idea de lo que iba a ocurrir.

El rugido de un motor llamó la atención de Charlotte, que se giró y ahuyentó los recuerdos.

La camioneta Bedford verde del señor Cox llegó con dificultad a la entrada de servicio; el acero corrugado se asomaba por la caja. Se trataba del primero de los refugios Anderson que llegarían y se entregarían a los arrendatarios de la hacienda en las semanas venideras. Resultaría un adefesio en la rosaleda, pero no había muchas alternativas para garantizar la seguridad de la gente en la hacienda. Charlotte había aceptado de inmediato la propuesta del señor Cox y de Eden de mudar las rosas al solárium de la mansión para enterrar la estructura de acero en su lugar.

En cuanto al resto del campo, hasta el invernadero con su seto de endrinas y el cementerio familiar en la arboleda, las colinas quedarían despejadas con la cosecha. Cuando llegara la primavera, Eden, las voluntarias del WLA y todos los que pudieran echar una mano se encargarían de arar y sembrar las tierras con el fin de producir el aporte de Holt Manor para satisfacer las necesidades del país durante la guerra. Todo formaba parte de la maquinaria bélica que avanzaba sin cesar.

—Buen día señor Cox. —Charlotte se colocó los guantes de cuero para conducir mientras se acercaba a la camioneta—. Aunque en esta situación, siento que debería decir que lamento mucho esta jornada.

—Milady. —El hombre se bajó del vehículo, se tocó la gorra de lana e inclinó la cabeza para saludarla. La siguió hacia la parte posterior de la camioneta mientras miraba a la bestia de acero que ocupaba la caja.

—Parece bastante resistente, ¿no? —Charlotte pasó la mano enguantada por el techo y sintió las ondulaciones del acero corrugado debajo de su palma.

—Creo que sir John Anderson sabe lo que hace. Tenemos dos más para traer aquí y uno para cada granja de los arrendatarios. Lady Eden tuvo una buena idea cuando sugirió enterrarlos en la colina en lugar de hacerlo en el jardín detrás de la casa. Es una opción inteligente para tratar de evitar que se inunden con las lluvias.

—Sí y, además, parece que mi hija leyó en algún lado que podemos plantar vegetales en la tierra apilada sobre el techo. Siempre está pensando en formas de aprovechar todo al máximo. Quizás el mejor sitio sea lo más cerca posible del invernadero.

—Sí, milady. ¿Vendrá usted a supervisar la excavación, entonces?

—No, no. Confío plenamente en usted para realizar esa tarea. —Charlotte sonrió y señaló el Rolls-Royce Silver Ghost que el chofer conducía hacia ellos en ese preciso momento: el modelo 1923 que la madre de Will había insistido en comprar después de la guerra y que Charlotte no había tenido ni las fuerzas ni el dinero para sustituir. El coche, sin embargo, estaba impecable y brillaba al dar la vuelta en el otro extremo del camino a la cochera. Cuando detuvo la marcha, el chofer bajó y la esperó con la puerta abierta—. Me voy a la ciudad. Me pareció más fácil para todos conducir yo misma en un día como hoy.

—En el sector de servicio no se hablaba de otra cosa esta mañana, milady. Todos nos preocupamos al enterarnos del bombardeo en el centro de la ciudad. —Charlotte sintió que el temor le oprimía el pecho mientras el señor Cox proseguía—. Lanzaron bombas sobre Queens y en las calles Warwick y Bishop...

Charlotte también había sido un manojo de nervios desde que salieron del sótano esa mañana y vieron el humo que se elevaba hacia el cielo. Miró en dirección a las tierras de Holt Manor y las propiedades vecinas antes de escudriñar las colinas que descendían hasta los caminos que conducían a Coventry.

—Recibí un informe muy similar de la Guardia Nacional esta mañana —confirmó, aunque todavía no tenía la información sobre lo que más necesitaba para calmarse.

—Las casas de la calle Leicester no tuvieron suerte. —El

hombre movió la cabeza con pesar—. Quedaron diezmadas, al igual que el centro comercial. No quedó en pie ni uno de los frentes de las tiendas. Ahora veo el humo y me pregunto qué se estará incendiando y a cuál de nuestros vecinos le toca sufrir hoy.

—Me sucede lo mismo. —Por esa razón, Charlotte había estado temblando desde que llegaron las noticias del bombardeo. Ansiaba conocer el estado de la calle Bayley. ¿Se habían salvado las librerías? De ser así, ¿por cuánto tiempo?

—Supongo que pasaremos más tiempo rezando en la iglesia mañana.

—Sí, señor Cox, así será y haremos todo lo posible por ayudar a nuestros vecinos en este momento tan difícil. Por eso voy a la ciudad. Me parece prudente ir a visitar a los comerciantes de la calle Bayley y ver qué ha pasado allí.

—Todos contribuimos con nuestro esfuerzo, milady.

—Creo que es verdad y, sin embargo, no me parece justo que usted vaya a cavar fosas mientras yo me jacto de apilar libros y preparar té en una olla. —Charlotte enarcó una ceja crítica hacia su atuendo: un abrigo y un traje suelto de color azafrán oscuro, con una blusa de lunares color marfil y un collar de perlas, además de una boina elegante y los prácticos zapatos de tacón con cordones. No era precisamente el atuendo ideal para trabajar en el jardín.

—De ninguna manera, milady. Estoy seguro de que una taza de té caliente y unas palabras amables es justo lo que esos comerciantes necesitan.

—Esperemos que así sea. ¿Lady Eden está en el campo, supongo?

—Sí, milady. —Movió la cabeza en dirección al tractor y a la joven de cabello color ébano que llevaba un mono, un jersey de lana gruesa y un pañuelo color cereza brillante que le apartaba la trenza larga de los ojos mientras maniobraba la pesada máquina por el campo—. Ya lleva cerca de dos horas recorriendo la hacienda para ver si hay daños y prepararnos en caso de que haya más bombardeos.

—Es lo que suele hacer mi hija. Confío en que usted se asegurará de que no… corra peligro, ¿verdad?

—Así lo haré, milady. No tiene sentido que vayamos a revisar lugares de la hacienda que no requieren nuestra asistencia en este momento. Voy a estar alerta y le informaré cuando todo esté bajo control.

Una brisa sacudió los rizos oscuros que sobresalían por debajo del pañuelo de Eden y su corazón de madre no pudo evitar sonreír cuando la joven detuvo el tractor para examinar las hectáreas onduladas de Holt Manor. Eden vio la camioneta con el refugio de acero en la caja y enseguida puso rumbo hacia allí.

—Por lo visto tendré que recordar a mi hija que puedo conducir sola, a pesar de que tal vez las calles de la ciudad estén plagadas de cráteres.

En ese momento, la tropa de voluntarias del WLA salió por la puerta de servicio. El pequeño ejército irrumpió en el patio con sus blusas de color beige claro y cuello babero, sus suéteres tejidos y sus pantalones de montar bien planchados: una milicia de labios pintados lista para una sesión fotográfica de moda. Las jóvenes sonrieron e hicieron una pequeña reverencia a Charlotte. Después de saludar al señor Cox comenzaron a elegir azadas, rastras y picos en el cobertizo para cargarlas en la camioneta del jardinero.

Parecían alegres a pesar de que habían pasado su primera noche en Coventry amontonadas en un sótano húmedo y, cuando salieron, recibieron un desayuno inglés racionado de té con leche fresca, morcilla sin especias, alubias enlatadas y lonjas de tocino tan finas que eran casi transparentes. Por fortuna, la hacienda todavía contaba con vacas lecheras y gallinas ponedoras; de lo contrario, las muchachas además habrían tenido que pasar hambre. Aún parecían ignorar por completo lo que les esperaba en esa jornada en el campo.

"Son maravillosas…"

—Me imagino que ya le han presentado a nuestras nuevas reclutas milady…

—Así es, gracias. Las conocí esta mañana y mucho me temo que el entusiasmo de mi hija por el protocolo sufrirá… ciertos embates en el futuro cercano por varias razones.

—Lady Eden resolverá cualquier inconveniente en un santiamén.

—Por supuesto —aseguró Charlotte con una sonrisa contenida—. Entonces lo dejo en sus manos señor Cox, mientras mi hija se encarga de dar a nuestras huéspedes las instrucciones pertinentes para sus tareas.

La más atrevida, llamada Dale, iba delante de las demás. Al ver a Eden cruzando el camino de entrada, la saludó con la mano; luego, se puso en posición de firmes y le hizo un simpático saludo militar tocándose la punta del sombrero de fieltro color café. Charlotte se encontró con Eden en el medio del camino y observó cómo la joven miraba a las muchachas y las herramientas de jardinería; notó que, al pasar, había visto que el coche no tenía chofer.

—¿Qué pasa, mamá? ¿No te irás?

—Sí, Eden, querida. —Dio un beso en la mejilla a su hija—. Me voy a abrir la tienda.

—¿De veras crees que alguien va a querer un libro en un día como hoy, después de que nos bombardearan toda la noche? Me comeré el sombrero si entra un solo cliente en la librería.

—Tal vez los días como hoy son la razón por la cual existen los libros: para recordarnos que no todo está perdido, aun si nos encontramos en territorio desconocido. Me gusta pensar que brindamos refugio al peregrino y lo ayudamos a acordarse de que tiene un hogar en algún sitio.

—Sí, ya sé, la filosofía de los libros y todo lo que le aportan al mundo. —Eden desechó el existencialismo como si se tratara de un pensamiento pasajero—. En un sábado corriente estaría de acuerdo, pero hoy tenemos asuntos que atender, horarios que coordinar, zanjas que cavar y tus rosas que trasplantar. Además, está la cuestión del señor Kole... Dijiste que hablaríamos del asunto.

—Y lo haremos cuando vuelva. Mientras tanto, confía en mí cuando te digo que todo está bien. Holt Manor está a salvo... del abogado guapo, aunque no de Hitler.

Eden abrió la boca para responder, pero se quedó sin palabras cuando vio a las señoritas que parloteaban en la camioneta y palideció de manera notable.

—¡Ay, no! ¿Ya las viste?

—Sí y creo que el WLA nos envió unas muchachas con mucho brío.

—¿Brío? —Eden se detuvo, horrorizada—. ¿Acaso no ves el problema que tenemos?

—¿Qué problema tenemos?

Charlotte se mordió el labio inferior detrás del guante al ver a las reclutas que posaban con su vestimenta para las cámaras invisibles. Se parecían más a Rita Hayworth en la alfombra roja que a granjeras que muy pronto estarían enterradas hasta la rodilla en el suelo inglés.

—Sabes bien que no me importan nada las reglas y las normas, siempre y cuando trabajemos por el bien de la hacienda. Pero ninguna lleva la insignia en el brazo y es verdad que todavía no hay un manual del WLA, pero tomé apuntes en la reunión de propietarios. —Eden extrajo varios papeles del bolsillo de su mono, los desdobló y examinó el contenido de la primera hoja. Señaló una de sus anotaciones—. Aquí está: "Las voluntarias deberán llevar los sombreros bien puestos; una buena voluntaria es buena publicidad". ¿Te parece que es así en este caso?

Charlotte disimuló una sonrisa.

—Creo que un grupo de chicas llamativas que nos sacudan un poco podría ser justo lo que necesitamos.

—Pero son las primeras voluntarias asignadas al condado y la presidenta del condado de Warwickshire me advirtió con mucha firmeza que el WLA debe acatar estrictamente el protocolo para evitar que se revoque la asignación. Las reclutas deben llevar el uniforme completo, tal como está indicado, y mira: se han colocado el sombrero más atrás para que se luzcan los rizos que se han hecho en el cabello, además llevan pendientes. ¡Y rubor en las mejillas, por el amor de Dios! ¡Qué barbaridad!

—Bueno, no deberíamos pretender tanto de ellas en su primer día. Podemos enseñarles cómo es la vida en el campo poco a poco. Además, a veces, hay que ser menos estricto con las reglas, ¿no crees? —Charlotte rozó el hombro de su hija con el suyo.

—Sí, pero no puedo dejar de ser estricta cuando se trata de lo que debo hacer para que esta hacienda siga funcionando. Si la presidenta las ve así en el campo... —Eden miró en dirección al camino al divisar un coche que giraba hacia la entrada principal y avanzaba hacia la casa—. ¡Ay, no! ¡Por favor, dime que no es ella! No estamos listos para que venga.

—Estoy segura de que la presidenta...

—La señora Fielden, de la Casa Kineton, pero la que se encarga de las operaciones cotidianas es una de las secretarias. Creo que se trata de la señorita Hildreth, que vive en la calle Old Square de Warwick.

—Ah, sí, conozco a la señorita Hildreth. Se ha involucrado bastante en la campaña para plantar huertas en los parques de la ciudad, además de apoyar a la biblioteca del condado y participar en la organización del programa de libretas de racionamiento en Coventry. No obstante, supongo que ha pasado la noche en un refugio, al igual que nosotros, y ahora tiene cosas más importantes que hacer que andar por ahí aterrorizando a los propietarios de las haciendas.

—La señorita Hildreth es una feroz defensora del protocolo y te diría que lo peor que hicieron los aviones de Hitler anoche fue desbaratarle sus horarios, por lo que debe de estar furiosa.

—Puede ser, pero trata de tener presente que estas jóvenes se han ofrecido para trabajar en esta hacienda y en la librería por el bien de la Corona y del país. ¿Me permites que te sugiera que elijas con cuidado tus batallas en este momento? No debilitemos su entusiasmo inicial.

Charlotte acarició la mejilla rosada de Eden con la mano enguantada y se encaminó hacia el automóvil. Saludó con la cabeza al chofer mientras se sentaba en el asiento del conductor y él cerraba la puerta del coche. Charlotte bajó la ventanilla y sonrió al ver que el otro vehículo no se dirigía al frente de la mansión sino a la parte posterior, donde se encontraban todos en ese momento.

—Te apuesto a que la persona que acaba de llegar no es la secretaria de la señora Fielden.

—¿Cómo lo sabes? —Eden fijó la mirada en el automóvil que se detenía detrás del coche de Charlotte. La figura ágil del abogado asomó del vehículo en pantalones de vestir y camisa. Con la chaqueta del traje colgada de un hombro, las saludó con la mano.

"Tan norteamericano…"

—¡El señor Kole! —susurró Eden entre dientes—. ¿Para qué diablos habrá venido? ¡Está consumiendo gasolina como si el racionamiento fuera una mera sugerencia!

—Caramba, me temo que yo lo invité y debe de haber conseguido que alguien lo traiga desde Coventry.

—¿Cómo? ¿Por qué?

—Si bien jamás pensé que lo haría, lo autoricé a venir y a

conocernos mejor mientras se encuentra en Coventry. Creí que era una buena idea para que, al mismo tiempo, nosotras lo conozcamos mejor a él. Por lo menos parece capaz de usar una pala.

Para disgusto de Eden, Charlotte miró al yanqui, que caminaba bajo el sol de media mañana y, luego, a las dicharacheras voluntarias, que habían enmudecido al ver el atractivo perfil del señor Kole Luego, ahogó una carcajada.

—¡Ay, mamá! ¿Cómo pudiste hacer semejante cosa? ¿Cómo voy a lograr que esa banda de corazones solitarios trabaje si él está aquí?

Charlotte se cubrió la boca con el puño enguantado para toser.

—Querida, creo que el señor Kole no es el enemigo que imaginas. Si hubiera tenido oportunidad de contarte esto anoche, lo habría hecho. Pero no te preocupes: el señor Kole ha venido a ayudarte y el señor Fitzgibbons de la Granja Foxhollow se comprometió a reunirse contigo en la arboleda en la cima de la colina. Por lo tanto, no tendrás que lidiar sola con nuestro huésped. —Movió la muñeca para mirar su reloj de pulsera—. ¡Uy! Debido al racionamiento de gasolina, prometí pasar a buscar a un grupo de señoras para llevarlas a la fábrica a comenzar su turno y voy a llegar tarde.

—Tienes razón. Todos debemos hacer un esfuerzo, supongo que puedo soportar al señor Kole por un día. —Resignada, Eden asintió con la cabeza—. Me imagino que tienes pensado pasar por la tienda del señor Darby, ¿no?

Charlotte se tensó de inmediato, como si hubieran descubierto sus íntimas inquietudes.

—¿Por qué?

—No lo sé… ¿Para comportarte como una buena vecina, tal vez?

Sus hombros se enderezaron aún más. En realidad, se

trataba de una pregunta razonable: era lógico querer saber cómo el bombardeo había afectado a determinada tienda de la calle Bayley.

—Entonces, ¿te gustaría que nos hiciéramos amigas del enemigo?

—No tanto como amigas. Solo me preguntaba cuántos bautismos se habrán cancelado si el centro de la ciudad quedó tan destruido como se rumorea. La panadería Farley debe de tener una tonelada de *godcakes*, sus típicos pasteles de carne dulce, que los padrinos no van a regalar ahora a sus ahijados, como de costumbre, y quedarán sin consumir. Me imagino que la Guardia Nacional tendrá algún plan para ayudar a los damnificados y tal vez la Librería Eden pueda contribuir de alguna manera, ¿no crees?

"¡Qué jovencita tan inteligente!"

Eden se apartó un poco del coche y Charlotte lo puso en marcha con una sonrisa. Su hija obviamente quería unir a las dos librerías con la excusa de la beneficencia y creía que su madre no se percataba de su intento de lograr una tregua entre las tiendas sin que sus dueños se dieran cuenta.

Más allá de la animosidad entre las partes, Eden no sabía nada de la historia tempestuosa entre los propietarios de ambas librerías ni por qué ninguno de los dos había tendido un puente entre las tiendas en todos esos años.

—Quizá tengas razón. Después de todo, el bombardeo afectó el centro de la ciudad y debemos ayudar como podamos. Si tú puedes hacerlo aquí, yo también debo hacerlo en la tienda. Pasaré a buscar a Ginny en el camino y te veré a la tarde en la librería, ¿de acuerdo? —Charlotte le arrojó un beso con los dedos enguantados—. Puedes traer a la primera de las reclutas para que aprenda lo que hay que hacer en el turno de la tarde.

Eden trotó junto a la ventanilla abierta del coche.

—Entonces, ¿irás a la tienda del señor Darby para…?

—No te preocupes. Confío plenamente en tu capacidad para manejar la situación aquí mientras me ocupo de la tienda —exclamó Charlotte mientras dejaba que el coche avanzara—. Las Holt sabemos cómo manejar las situaciones complejas.

Miró por el espejo retrovisor al alejarse y vio a Eden reunirse con el resto del grupo mientras el señor Kole ayudaba a cargar los implementos de jardinería en la parte trasera de la camioneta.

No resultaba fácil aceptar que había que hacer lo que era mejor para un hijo, aunque en el momento de llevarlo a cabo uno se sintiera horrible. Sin embargo, cuando esa hija demostraba ser más inteligente que la madre, Charlotte no sabía cómo transitar ese territorio desconocido. Por supuesto rezaba para que Holt Manor sobreviviera una vez más. No obstante, en esta ocasión, más allá de las batallas que separaban a los libreros de la calle Bayley, haría todo lo posible para asegurarse de que Eden no cometiera los mismos errores que ella había cometido en el pasado.

Una sonrisa seductora podía destrozar sueños de muchas maneras.

CAPÍTULO 7

12 de octubre de 1940
Brinklow Road
Coventry, Inglaterra

La niebla causada por el humo se disipó hacia el mediodía.

Eden estaba de pie en la parte posterior de la camioneta, con una bota de goma apoyada con firmeza contra las tablas de madera, observando el horizonte mientras su grupo avanzaba cuesta arriba. Por desgracia, su posición le permitía ver más de lo que habría querido. Apenas llevaba cinco minutos en compañía del misterioso señor Kole y ya se veía obligada a admitir que nada tenía un efecto tan hipnótico sobre las muchachas de la ciudad como un hombre con un traje elegante y una sonrisa cautivadora.

Si a esa combinación se le agregaba un dedo anular sin anillo, quién sabía qué podía suceder.

La escena se desarrollaba como una de las novelas favoritas de su madre, esas de Austen, con las chicas del WLA sentadas sobre los fardos de heno, haciendo todo lo posible por familiarizarse con la hacienda en lugar de lanzar miradas furtivas a su "señor Darcy" de carne y hueso. Pasaban de cotorrear sobre el buen clima para trabajar al aire libre a batir las pestañas bajo el ala de los sombreros de su uniforme.

El señor Kole, en tanto, había abierto una libreta de cuero y anotaba con rapidez, ajeno a los encantos de las muchachas, mientras Eden le señalaba los aspectos de la hacienda en los que esperaban involucrar a las jóvenes en los próximos dos años. Desde medir la madera, que requería una formación especializada que ninguna de ellas aún tenía, hasta la jardinería, la rutina de ordeñar, el trabajo en el invernadero, el mantenimiento de los muros de piedra y de los setos que se extendían por toda la propiedad, e incluso la ingrata labor de las cuadrillas de eliminación de roedores... la lista era extensa. Y sin hombres fuertes disponibles, cada día se hacía más larga.

—¿Todo esto pertenece a la hacienda? —El señor Kole señaló el muro de piedra que se curvaba hasta una granja al fondo.

—Bueno, nos pertenece *a nosotras.* —Eden miró desde su posición elevada—. Pero sí, es parte de la hacienda.

Él retrocedió unas páginas y golpeó el lápiz contra la libreta.

—Eso sería la Granja Foxhollow, arrendada por la segunda generación de la familia Fitzgibbons, ¿no es así?

¿Cómo había logrado el señor Kole obtener esa información tras menos de veinticuatro horas en el condado? Debía de haber hablado con mucha gente, sobre todo si había pasado la noche en un refugio, como el resto. A Eden no le agradaba la idea de que él hubiera aprovechado la situación para sonsacar información a los aterrados ciudadanos de Coventry sobre el mayor terrateniente de la zona mientras los aviones surcaban el cielo sobre sus cabezas.

—Así es... y los Fitzgibbons son arrendatarios muy leales.

—No lo dudo. —Él marcó algo en la página, escuchando solo a medias—. ¿Y quiénes arrendaban la tierra antes que ellos?

En realidad, Eden nunca se lo había preguntado.

—Tendré que preguntar a mamá.

—Pero es la hacienda más grande del condado. ¿Cuántas hectáreas son?

La ligera arruga en su ceño parecía indicar que conocía tan bien como Eden las cifras exactas de cada parcela asignada a la propiedad. Y que el señor Kole hiciera referencia al linaje de la tierra no hacía más que ponerle los nervios de punta.

Eden suspiró.

—En términos estadounidenses unas cuatrocientas, más o menos.

—Con las granjas arrendatarias, la casa señorial, los jardines y el terreno forestal… es una cantidad sustancial. Deben de existir registros de cuando la hacienda pasó a manos de su padre. —Hizo una pausa, como para tomar aire, mientras seguía golpeando el lápiz contra la libreta, cual matemático calculando fechas y cifras en su mente—. ¿Podría recordarme el año en que se casó con milady?

—Señor Kole.

—¿Mmm? —Siguió haciendo anotaciones mientras ella esperaba a que comprendiera. Cuando el silencio se tornó atronador, levantó la mirada—. ¿Sí?

No fue hasta que esos ojos celestes se encontraron con los de ella —de la misma manera que lo habían hecho en la librería— que Eden sintió dudas respecto de su deber. Aun así, cruzó los brazos sobre su mono con la autoridad de un comandante apostado en la cubierta de popa y lo miró desde su altura. ¿No era ese el caso, precisamente? La hacienda era su nave. Y según la ley inglesa que permitía que las mujeres heredaran, ella sería la próxima capitana. Y punto. Si ella no ponía a ese caballero en su sitio, ¿quién lo haría?

—Apreciamos su interés en nuestros asuntos, pero no veo cómo algo de esto puede ser pertinente a su ofrecimiento de ayudarnos. Está aquí para eso, ¿no es así? ¿Para ayudar a cavar trincheras para los refugios Anderson?

—Sí, lady Eden. Por supuesto. —El tono de ella mitigó su curiosidad; cerró la libreta y la guardó en el bolsillo de la chaqueta—. Es precisamente el motivo por el que estoy aquí. Para trabajar como voluntario junto a estas alegres reclutas.

—Ah, pero nosotras no somos voluntarias. A nosotras nos pagan. —Dale le sonrió, revelando unos dientes perfectos y relucientes.

El señor Kole, que se estaba enrollando las mangas de la camisa, se detuvo y preguntó con humor:

—¿A todas?

Las muchachas asintieron una por una, en fila; incluso Ainsley salió de su ensimismamiento para sonreír y asentir.

—La bonita suma de treinta y ocho chelines por semana. Es más que la tarifa estándar. Y también nos pagan horas adicionales para hacer turnos en la librería. —Dale se tocó el ala del sombrero—. Lo lamento, amigo. Los uniformes del WLA hacen que todo sea oficial.

—¿En serio? Entonces, por lo visto, han sido más astutas que yo. Tendré que acordarme de negociar una mejor remuneración en la próxima reunión de reclutamiento. —Alargó el brazo y tomó una pala con mano firme, pero la inspeccionó como si fuera la primera vez que veía un objeto tan extraño—. Me pregunto si mientras tanto podré entender cómo se usa esto.

Las risitas llegaron en oleadas. Exasperada, pero en silencio, Eden se volvió para contemplar el campo. Con el dedo pulgar y el índice, se pellizcó el puente de la nariz mientras inspiraba profundo para calmarse.

¿En qué podía haber estado pensando su madre cuando permitió a este hombre la entrada en la hacienda? Los acontecimientos de las últimas veinticuatro horas estaban poniendo a prueba su paciencia, y las responsabilidades inherentes a la administración de la propiedad, sumadas al racionamiento y a un presupuesto acotado, amenazaban con tensar aún más sus nervios. ¿Y encima ahora tenía que soportar este descarado coqueteo cuando necesitaba que trabajaran durante todo el día?

No sabía qué era peor.

A pesar de que deseaba que no fuera así y se esforzaba mucho para desmentirlas, las finanzas no mentían. Tampoco lo hacían los registros bancarios. Y la amenaza de tener que vender la propiedad de su padre parcela por parcela se tornaba cada vez más real. Pensar que ese alegre grupo era lo único que quedaba entre ella y una hacienda en ruinas hacía que Eden quisiera provocar al señor Kole para iniciar una pelea. Aun si significara que más tarde lloraría sobre la almohada.

—Disculpe, señor Kole —dijo Flo con voz aterciopelada—. Para ser un hombre de negocios, hace usted preguntas muy intrigantes. ¿A qué se dedica exactamente?

La pregunta corría todos los velos. Era una bomba arrojada en plena misión de reconocimiento de las damas con aspiraciones matrimoniales. A la espera de la respuesta, las jóvenes se inclinaron hacia adelante, cautivadas y ansiosas por escuchar la respuesta.

—Soy un servidor de la ley, señorita.

—¿Es abogado? —Flo soltó una risita dulce—. Cielos, ¡debe de ser muy inteligente!

—Y ya puede dejar de decirnos "señorita" —intervino Dale—. Las reglas habituales de la vida rural no se aplican con nosotras, las chicas de la ciudad. —Dio un suave codazo a la estrellita hollywoodense—. Esta es Flo. Aquella de allí es Ainsley. Yo soy Dale. ¿Y usted es?

—Jacob.

—Acabamos de bajar del tren desde la estación Charing

Cross, Jacob. Y ¡qué viaje que ha sido! Hoy en día nunca sabes dónde terminarás si viajas en tren. —Guiñó un ojo a Flo y sonrió aún más—. ¿Ha venido de Londres? Estoy segura de que recordaría el placer de haberme cruzado con usted en las calles de Piccadilly.

Ay, el coqueteo. Cualquiera con dos orejas se daba cuenta de que era un yanqui, con solo escuchar su acento.

Jacob pareció percatarse de ello también y dirigió una rápida mirada a Eden antes de responder:

—No. Eh… de Detroit, señorita.

Al menos no había mordido el anzuelo; era obvio que había repetido adrede el "señorita" en lugar de usar los nombres de las jóvenes. Y por ese único detalle misericordioso, Eden tuvo que admitir que tal vez el señor Kole no carecía por completo de cualidades morales.

—¿Un yanqui? —Dale cruzó una estilizada pierna sobre la otra, y se apoyó contra las tablas de la camioneta en posición relajada—. Vaya, vaya. Cuénteme qué lo llevó a viajar hasta Inglaterra solo para cavar trincheras con nosotros, en el medio de una guerra, nada menos. ¿Llegarán más norteamericanos guapos para unirse a la lucha de los británicos, como usted? Se vería muy apuesto con un uniforme de la RAF.

—No tengo estómago para pelear. Al menos, fuera de un juzgado.

—¿No? —Incapaz de soportar una trivialidad más, Eden se volvió para enfrentarlo cara a cara—. ¿Y cómo sería eso, señor Kole? Explíquenos, por favor, por qué nuestra hacienda en particular despierta tanto su interés.

—Lamento decepcionarla. Apuesto a que circunstancias similares a las que trajeron a estas damas de la ciudad hasta aquí me han traído también a mí hoy.

—¿Y cuáles vendrían a ser exactamente esas circunstancias? Si, como dice, no ha venido a pelear, ¿por qué está en esta hacienda si no es por algún motivo oculto?

Quizá podría haberse ahorrado el filo glacial en sus palabras, pero una vez que las dijo, ya no podía retractarse. Y por las miradas de las jóvenes, que se quedaron calladas y boquiabiertas, y la expresión estupefacta del señor Kole, supo que el golpe había sido certero.

—He venido a ayudar, no a hacer daño, lady Eden. —La camioneta se detuvo y él bajó de un salto al camino para ofrecer una mano a las damas mientras descendían—. Diría que con una guerra que afrontar, todos estamos aquí solo con el propósito de cuidar de nuestros vecinos.

El resto del grupo no tenía idea del trasfondo de ese intercambio. Pero la mirada de enormes ojos abiertos y bien delineados de Dale y el meloso "Gracias, Jacob" de Flo cuando él la ayudó a bajar lo decían todo. Podía ser muy inteligente y hábil con las palabras, pero el hombre que la estaba demandando judicialmente ahora parecía un héroe. ¿Y Eden? Una terrateniente ingrata que imponía su autoridad sobre todos.

—¡Vamos, todos abajo!

El grito amable del señor Cox rompió el hielo; el jardinero también descendió para comenzar a descargar y alinear las palas y azadas junto al seto. Presentó a las damas a Alec Fitzgibbons, de la Granja Foxhollow; ellas lo saludaron con más alegría de la necesaria mientras él repartía guantes de jardinería de cuero.

Eden se volteó hacia la camioneta para organizar la arpillera y las herramientas manuales del viejo cajón de jardinería. Trató de enfocarse en la tarea y olvidar que la habían puesto en su lugar. Con un movimiento rápido, se enjugó una lágrima rebelde; inspiró hondo para serenarse y enderezó la espalda.

—¿Puedo ayudar? —preguntó Jacob en voz baja desde atrás, sin ninguna nota de triunfo en su tono.

Eden se encogió de hombros.

—Como guste.

—¿Qué hago?

—Cada parcela recibe un paquete con arpillera, cuerda y herramientas manuales: una pala y una azada. La arpillera nos permitirá trasladar los rosales a la camioneta. Luego los plantaremos en macetas en la mansión antes de colocarlos en el invernadero. Mi madre los aprecia mucho, así que debemos ser muy cuidadosos.

—Bien. —Se ubicó junto a ella y señaló uno de los contenedores asegurados a los laterales de la caja de la camioneta con cuerdas, cubiertos por un mantel a cuadros—. ¿Y esto?

—Arrollados de Bedfordshire.

Él frunció el ceño para dar a entender que no tenía idea de qué era eso.

—Un almuerzo tradicional de los trabajadores del campo. —Levantó el mantel para liberar un delicioso aroma y revelar un montón de pasteles rectangulares envueltos en papel encerado—. Carne de vaca, patata y puerro por un lado. Ciruela y manzana por el otro. No es nada lujoso. Y menos apetitoso ahora que lleva una mezcla de sebo y cebada en vez de mantequilla y harina, puesto que hemos compartido casi todas nuestras reservas con los arrendatarios. Pero llenan el estómago.

—¿Y el sebo es…? —Agitó las manos en el aire—. ¿Sabe qué? Mejor no me lo diga. Como dicen, la ignorancia es una bendición, ¿no?

Ella volvió a colocar el mantel a cuadros.

—En este caso lo es, sí.

Jacob sonrió con expresión dulce y sincera, y Eden deseó que no se esforzara tanto por ser amable. Y deseó aún más que no le saliera tan bien.

—Le pido disculpas por el momento en que he venido, lady Eden, pero pensé que lady Harcourt ya le habría explicado el asunto. La situación legal, digo.

"De comida y sonrisas a cuestiones legales en un abrir y cerrar de ojos". Eden sintió un nudo en el estómago y se volteó hacia los contenedores.

—Lo habría hecho, sí. Pero no hubo tiempo. Fui directo del trabajo en la hacienda a pasar la noche en el sótano rodeada de empleados. Y cuando cesaron las sirenas esta mañana, tuvimos que ponernos a trabajar enseguida. Luego apareció usted. Lo único que me dijo mamá fue que lo hablaríamos más tarde, pero que tal vez sería mejor que fuera usted quien explicara el porqué de... este viento nefasto que sopla sobre nuestra propiedad.

—¿Eso dijo lady Harcourt?

—Bueno, no lo del "viento nefasto". Esas palabras son mías. —Le pareció ver el esbozo de una sonrisa en el perfil de él cuando asintió sin añadir nada—. Pero frente a todo esto, debo preguntarme si hablaba en serio. ¿Quería ayudar y no hacer daño al venir aquí hoy? ¿O se refería a que vino a Coventry con la intención de no perjudicarnos?

—¿No pueden ser ambas cosas?

—Entonces, ¿lo son? —Lo miró directo a los ojos—. ¿Ambas cosas?

—No soy quién para pedirle que me crea. Pero cuando aseguro que estoy aquí para comprobar el estado de la propiedad, lo digo por lo sucedido anoche. Cuando escuché que habían caído bombas en las afueras... —Jacob se pasó una mano por el pelo y la dejó apoyada en la nuca, como si lo hubieran descubierto. Se encogió de hombros—. Solo quería asegurarme de que todos estuvieran bien aquí.

—Ah. —Maldita su lengua de abogado. Si la estaba manipulando, el caballero era sigiloso como un avión Spitfire para maniobrar—. Entonces, ¿por qué tantas preguntas sobre la propiedad? ¿Fechas y escrituras de tierras?

—¿Me creería si le dijera que solo quería saciar mi curiosidad?

Eden lo miró fijo a los ojos y esperó. Era mucho más fácil manejar las expectativas con un déspota como el señor Darby. Al menos con él una sabía dónde estaba parada. Pero este hombre era una extraña combinación de discursos poco claros y franqueza, por lo que Eden no sabía qué pensar.

—En realidad le creo señor Kole. Al menos, respecto de por qué ha venido hoy. Juzgaré el resto más adelante.

—Llámeme Jacob por favor.

—Muy bien, *Jacob* —dijo Eden, remarcando la palabra, aunque decir su nombre le parecía una familiaridad para la que no estaba preparada—. La curiosidad no explica por qué se quedó cuando podría haber respondido a todas sus preguntas desde el camino de grava allí atrás. Nuestra casa sigue en pie. No han caído bombas aquí. Entonces, ¿por qué se ofreció a cavar con un traje que cuesta más que el salario anual de un granjero? —Entornó los ojos—. Sea sincero conmigo. ¿Está aquí para ganarse nuestra confianza antes de arrebatarnos todo? ¿Para aliviar la culpa por lo que está por venir?

—No lo había pensado, aunque la idea tiene fundamento —bromeó él, tocándose con un dedo sobre la barbilla y esbozando esa misma sonrisa que había dedicado a las reclutas. Enseguida dejó de lado la broma y se puso serio de nuevo—. Mire, ¿y si le dijera que hay un poco de verdad en ello? Que sí tenía una razón para venir a Coventry. Pero no es para llevarla ante un tribunal estadounidense cuando todo esto termine. Me gustaría llegar a un acuerdo fuera del tribunal.

—¿De verdad? ¿Y de qué se trata?

—De la muerte de mi padre.

—Ah —suspiró ella; al mirarlo, descubrió que el hombre que antes parecía ser el alma de la fiesta se había ensombrecido de manera visible—. Lamento mucho su pérdida. No lo sabía.

—¿Cómo podría saberlo? Pero gracias de todas maneras. —Jacob observó el bullicio de las muchachas mientras buscaban su lugar en la rosaleda—. Y no he venido para hablar de la pérdida. Para ser franco, necesito respuestas.

—¿Respuestas a qué?

—A por qué se hicieron enmiendas en el testamento de mi padre que eran desconocidas para todos salvo para él y su abogado, hasta que se leyó el testamento hace apenas dos semanas. Y como la nombra a usted coheredera del patrimonio de los Cole, significa que estoy aquí representando el interés de mi familia, sobre todo el de mi madre y el fideicomiso para mis hermanas menores, y el futuro de todas ellas.

—No comprendo. ¿Dijo coheredera?

Él suspiró.

—Así es. Por lo visto, el título de heredera se le aplica dos veces.

—¿O sea que no está aquí para arrebatarme Holt Manor?

—No. —Jacob se rio, mirando hacia el vasto paisaje de colinas verdes, álamos y el viejo invernadero con cristales rotos y la pátina entibiada por el sol—. Me da gusto dejar esta porción de paraíso en lo que parecen ser manos muy capaces. Al contrario, el hecho de que usted sea heredera de esta propiedad puede, en realidad, fortalecer nuestro caso en su contra.

—¿El caso en mi contra? Disculpe, pero para ser abogado, parece gustarle mucho andar con rodeos.

—Entonces, permítame ser directo. Necesito saber por qué la única hija de William Holt está destinada a heredar exactamente la mitad del valor de la compañía Joyas Cole, el equivalente a cerca de un millón de libras. Y estoy aquí, lady Eden, con el objeto de hacer todo lo que esté a mi alcance para asegurarme de que no reciba ni un centavo de ese dinero.

CAPÍTULO 8

28 de mayo de 1914
Granja Foxhollow
Coventry, Inglaterra

CUALQUIER GRANJERO QUE SE PRECIARA DE SERLO SABÍA que unos golpes a la puerta en plena madrugada solo podían significar una de tres cosas: un nacimiento, una muerte o ambos.

Amos se tambaleó hasta la cocina en lo que debió ser una apacible noche de primavera, sobresaltado por los ladridos incesantes de los perros ovejeros en el patio. No tardarían en alborotar a las vacas si no salía al establo para calmarlos. Se frotó la cara con las manos, tratando de enfocar sus ojos cansados mientras removía las brasas que apenas chisporroteaban en la chimenea. Echó otro leño al fuego y miró el viejo reloj sobre la repisa; en ese momento, oyó una serie de golpes urgentes a la puerta de entrada.

"Ni siquiera es medianoche". Amos gruñó… qué mala suerte para un granjero tener que perder las pocas horas de sueño que le quedaban.

—¡Eh, Flaxon, ya estoy despierto! —gritó hacia la puerta, mientras se dejaba caer en la banqueta del vestíbulo para calzarse las botas de trabajo que había dejado debajo. El viejo pastor de ovejas, que vivía en la granja vecina, le había dicho el día anterior que tal vez necesitaría ayuda con una oveja que estaba a punto de parir. Debía de ser eso.

Arrancó del perchero su abrigo de lana a cuadros con un bufido de indignación, protestando por lo bajo:

—Y ya que estás, ¿por qué no despiertas a toda la zona?

—¿Amos? ¿Estás allí?

"Esa voz". Sin aliento, Amos dejó caer la chaqueta y deslizó el cerrojo para abrir la puerta en un solo movimiento.

—¿Qué demonios…? ¡Charlotte! —Miró rápidamente detrás de ella, la atrajo hacia las sombras del pequeño vestíbulo y cerró la puerta.

Ver a Charlotte en su casa en plena noche era lo último que esperaba. Pero allí estaba, con un sencillo vestido azul y un abrigo demasiado fino para el aire frío de la noche. Los pequeños pendientes de diamante parpadeaban a la luz tenue del fuego; a pesar de sus esfuerzos por no dejar entrever que sentía frío, el ligero temblor de su cuerpo la delataba.

—Ven, acércate al fuego para calentarte un poco. —Amos la guio alrededor de la mesa de la cocina hasta la chimenea y acercó una silla; dio una palmada en el respaldo para indicarle que se sentara. Encendió una vela y la cubrió con un fanal de cristal; solo entonces notó que ella no se había movido.

—Discúlpame por venir a esta hora —dijo Charlotte aún de pie.

La educación familiar le había enseñado a mantener la compostura exterior sin importar lo que se agitara en su interior. Pero sus ojos estaban enrojecidos, sus mejillas también y Amos había visto las marcas de las ruedas del automóvil en el fango del patio y la puerta abierta; parecía que hubiera frenado en seco y corrido hacia la casa como si su vida dependiera de ello.

Amos cedió y se adelantó hacia la luz del fuego para

escudriñar el rostro de Charlotte, pero lo cierto era que quería revisarla de pies a cabeza para asegurarse de que no estuviera herida. Al ver sus ojos intensos, la barbilla que intentaba no temblar y las manos que retorcía delante de su cintura, la mente de Amos se desbocaba con todo tipo de especulaciones, una peor que la otra.

—¿Qué ha pasado?

—Es lord Harcourt. —Charlotte hizo una pausa, como si pronunciar las palabras le causara dolor—. Ha... ha muerto. Hace una hora.

Amos asintió. Apoyó las manos en la cintura y se miró las botas durante unos segundos. Por mucho que lo intentara, no sabía qué pensar.

—El médico lo confirmó; una herida en la cabeza por una caída mientras cabalgaba en el valle. Tan grave que no pudo recuperarse. —Charlotte aspiró con fuerza, tratando de contener el llanto que le nublaba los ojos—. Ya han notificado al obispo. Y el coche fúnebre vendrá al amanecer para preparar el entierro.

Un funeral que organizar en lugar de planear una boda. Los Holt debían de estar devastados.

Se suponía que pasarían años antes de que el conde de Harcourt entregara la antorcha a su pretencioso hijo. Años para que Will aprendiera a administrar una propiedad. Años para madurar, para despojarse de las ambiciones altivas de su linaje y aprender realmente a guiar a su gente, tomando luego su lugar junto con su esposa para beneficio de todos los empleados de la hacienda. Pero una tragedia como esta no debería haber ocurrido, mucho menos horas después de que Will hubiera encontrado a Amos y a Charlotte a tan solo unos centímetros de distancia en el invernadero de su padre, atrapados al borde de un precipicio desconocido.

Si Amos hubiera sido afecto a las apuestas, se habría

jugado el todo por el todo a que Will no dejaría pasar lo sucedido. Menos ahora.

—Lamento mucho lo sucedido. Lord Harcourt era... un buen hombre. —Amos suspiró con una fatiga que nada tenía que ver con la hora que marcaba el reloj—. Y bondadoso con sus arrendatarios y con el resto del personal de la hacienda.

—Lo era, y es precisamente por eso por lo que estoy aquí. —Charlotte miró rápidamente por encima del hombro hacia la pequeña ventana de la entrada, donde estaba aparcado su automóvil—. ¿Aún tienes el libro?

Amos sintió un millón de agujas en el estómago ante la oleada de recuerdos. La imagen de ella en la biblioteca de Holt Manor en la víspera de Navidad... su propia audacia al dejar el ejemplar de *Dombey e hijo* sobre su silla... el pesar en los ojos de Charlotte cuando lord Holt anunció el compromiso... y la opresión en su propio pecho cuando desenvolvió el regalo después de Navidad y encontró dentro la copia del clásico de Dickens.

Ese libro guardaba un secreto entre ellos.

Suyo, si no de ella. Y ese secreto seguía allí donde lo habían dejado, mudo, conocido solo por lo más profundo de su ser. Ahora el libro estaba guardado en la gaveta de la mesita de noche de Amos y no respondía a nadie, al igual que todos los volúmenes de la tienda de segunda mano de años atrás que todavía ocupaban la repisa de su habitación. Esos libros representaban los momentos robados con Charlotte —todo lo que habían leído, conversado y compartido— y significaban infinitamente más para él de lo que jamás podrían haber significado para ella. Al menos, eso era lo que Amos se había dicho una y otra vez.

Hasta ahora.

—Ajá. Lo tengo —asintió. Lo mejor era mostrarse impasible. Alejar los pensamientos inútiles.

—Bien. Ve a buscarlo, por favor.

Amos no se movió.

—¿Por qué?

—Lo necesito antes de que vengan.

—¿Antes de que vengan quiénes?

Charlotte abrió grandes los ojos con una expresión que decía "sabes de quiénes estoy hablando" y algo se encendió dentro de él. Qué rápido podía correr la sangre por las venas de un hombre, haciéndolo cerrar los puños con fuerza y sentir la necesidad de atravesar una pared a golpes. O pegarle a alguien si ese miserable había sido el causante de la angustia que veía en Charlotte.

—¿Te ha hecho daño? Dime que no se ha atrevido a ponerte una mano encima, porque si lo ha hecho…

—No —respondió ella y esa única palabra fue suficiente para calmarlo al instante.

Sus manos encontraron el rostro de Charlotte antes de que él pudiera hacer algo al respecto; con los pulgares, le apartó las lágrimas de los ojos. En un gesto que significó mucho para él, las manos de Charlotte se encontraron con las suyas y sus palmas se unieron en el primer contacto genuino, piel con piel, que habían tenido desde aquellos lejanos recuerdos de la infancia.

—No es eso —susurró Charlotte, negando con la cabeza—. Will jamás haría algo así. Pero intentará hacernos daño de otra manera si no actúo ahora. ¿Conoces el escudo de la familia Holt? Muestra un zorro corriendo entre los álamos.

—Sí.

—Nunca me había fijado, pero el escudo está estampado en la portada del libro que te regalé. Si hubiera sabido que provenía de la biblioteca de lord Harcourt, jamás…

Amos soltó un suspiro áspero.

—Claro. No me lo habrías regalado.

Como un tonto, había dado por hecho que el libro era de ella. Nunca había revisado la portada tampoco. Creyó que ella había conseguido un ejemplar en algún sitio. Con tantos viajes a Londres que hacía todo el tiempo, habría sido fácil entrar en una librería y comprar un ejemplar adicional. Y si era cierto, tal vez significaba en alguna pequeña medida, que Charlotte había pensado en él como él pensaba en ella.

—No creí que a Will fuera a importarle que ese libro hubiera desaparecido. Solo era especial para ti y para mí. Precisamente por eso sospecho que quiere herirme haciéndote daño a ti.

Amos resopló y cruzó los brazos sobre el pecho.

—Will Holt no puede hacerme nada.

—No... escucha. —Charlotte levantó una mano con suavidad y le aferró el antebrazo—. Esta vez es distinto. Will ha presentado una apelación ante el magistrado local para que se investiguen las circunstancias de la muerte de su padre. El agente de policía Abbott vino a Holt Manor esta noche y, al escuchar las exigencias de Will, al menos pretende arrestarte por robo. Y creo que si pudiera... Will haría que el magistrado abriera una investigación completa sobre dónde estabas en el momento del accidente de su padre.

—¡Él sabe bien dónde estaba!

—Sí, lo sabe. —Charlotte bajó la mirada por un momento y negó con la cabeza, como si deseara con todas sus fuerzas que fuera mentira—. Pero también sabe que tú y yo estuvimos en la biblioteca en Nochebuena.

—¿Cómo?

—Yo pensé que había dejado el libro allí, ¿recuerdas? Y más tarde le dije que había ido a la biblioteca a buscarlo. En aquel momento no le di ninguna importancia, pero cuando él lo vio en mi silla en el comedor, supo que lo habías dejado tú. Eso significaba que nos habíamos encontrado en la biblioteca... *a solas.*

—Fue algo inocente.

—Por supuesto que sí. Pero ahora que su padre ha muerto y él es el conde de Harcourt, Will tiene poder. Y un título. Y usará ambas cosas para presentar cargos contra ti aunque los dos sepamos que son infundados. —Charlotte tragó con dificultad; Amos tuvo la impresión de que estaba reuniendo valor para seguir hablando—. Pero ahora su familia y la mía también saben que esos cargos no tienen fundamento.

Una oleada de temor lo sacudió.

—Por favor, dime que no estás diciendo lo que creo que estás diciendo.

Aunque su expresión se suavizó, Charlotte lo miró, vacilante.

—Les dije que no podías haber estado en el valle cerca de donde lord Harcourt tuvo el accidente, porque estabas en el invernadero... conmigo. Donde Will nos encontró.

—Charlotte... —Amos se pasó una mano por el pelo, abrumado por las implicaciones de sus palabras—. ¿Qué has hecho?

No había vuelta atrás: quedaría arruinada.

—¿No lo entiendes? Si devuelvo el libro Will se queda sin cartas que jugar. Puede que pierdas el arrendamiento de esta granja y yo lo que queda de mi reputación pero, al menos, saldrás libre. ¿Acaso limpiar tu nombre no es lo único que importa ahora?

—¿Deseabas que lo tuviera?

Charlotte no respondió enseguida. Arrugó el entrecejo, ese pequeño gesto que siempre hacía cuando algo la inquietaba, y balbuceó en voz baja:

—Claro que sí, pero...

—Entonces, no lo entregaré. Sabes que esto no se trata de un libro. Will me habría echado de sus tierras, de todas maneras, en cuanto tuviera la oportunidad. Esto es un asunto personal, de un chico que nos sorprendió en el invernadero hace muchos años y contó el secreto a nuestros padres, cuando una amistad jamás debería ser un secreto. Él te quiere a ti, Charlotte, no busca vengarse de mí y hará lo que sea para ganar.

—¡Pero esto no es un juego! Vine para evitar que te arresten. ¿Por qué tienes que ser tan terco?

—¿Lo soy?

—Sabes que sí. Si solo tuviera tiempo para hablar con Will, para pedirle que te deje continuar como arrendatario… creo que podría hacerlo cambiar de idea. Pero si haces esto, Will te hará arrestar en cuanto llegue. ¿De verdad estás dispuesto a arriesgarlo todo?

—¡*Sí*!

Amos se sorprendió a sí mismo ante la vehemencia de la respuesta; rodeó a Charlotte con sus brazos como había deseado hacerlo mil veces antes. Armado de valor al sentir el cuerpo de ella contra el suyo, inclinó la cabeza hasta que sus frentes se rozaron.

—¿Qué podría hacerme Will, Charlie, cuando lo único que me ha importado siempre eres tú?

Si su confesión lo condenaba, que así fuera. Creía en esa corriente subterránea que unía dos almas y guiaba todas sus decisiones. Y eso despertaba en él una lucha que había estado dormida durante demasiado tiempo. Ya no tendría que reprimir lo que había estado en su corazón, oculto y no correspondido, durante años. Si Amos podía decir su verdad y ella la recibía, entonces, todavía quedaban esperanzas.

—Le dije que no puedo casarme con él —confesó ella de pronto y las palabras ardieron entre ambos.

Amos se echó hacia atrás para mirarla a los ojos; examinó su rostro, con la esperanza de que realmente hubiera dicho esas palabras en voz alta.

—¿Qué dijiste?

—Bueno, en realidad le dije a Will que no me casaré con él. Delante de todos. Creo que mi madre ya se había desmayado para cuando abrí las puertas de la biblioteca de par en par, salí y robé el coche de nuestro chofer, que estaba afuera. Sé que fue una locura, pero simplemente empecé a conducir… y terminé aquí.

Amos no podía pensar. No podía respirar. Ni siquiera hablar. Y Dios sabía que lo intentaba. Mientras pasaban los segundos entre ellos, rogó tener el valor suficiente como para preguntárselo de nuevo. Sí, para decir lo que tenía para decir y escuchar su respuesta.

—¿Rompiste tu compromiso?

Charlotte tragó con fuerza.

—Sí…

—¿Por qué?

—Porque mientras el cuerpo de su padre yacía frío arriba y todos estaban conmocionados por el dolor, las primeras palabras de Will hacia mí fueron… de furia, exigiéndome el libro. Me obligó a mirar en mi corazón, a escuchar lo que decía y a decidir dónde deseo estar. En mi corazón siempre he sabido que quiero ser independiente. —Sus manos suaves acariciaron la camisa de Amos; Charlotte se elevó de puntillas hasta que sus labios se detuvieron a un suspiro de los de él—. Pero ese lugar siempre ha sido… junto a *ti*.

La última palabra, apenas un susurro entre los labios de ambos, fue el eclipse que Amos había esperado.

Se encontraron como dos mitades perdidas de un todo, en un beso que fue exactamente lo que Amos había imaginado. Y lo que ahora, como hombre, había esperado. Las palmas de Charlotte se cerraron en puños, aferrándose a su camisa con desesperación, mientras él la sujetaba con fuerza, apretando las manos contra la curva de su espalda y deleitándose con cada respiración, cada segundo precioso que transcurría. Teniéndola tan cerca, no había lugar para que el tiempo, el pasado, o siquiera el aire se interpusieran entre ellos.

Un estrépito fuera los arrancó de su trance.

Charlotte se tensó en sus brazos y sus labios se inmovilizaron sobre los de Amos cuando oyeron el chillido de frenos. El ruido de unos motores se apagó. Lo miró, aterrada, paralizada, mientras su aliento tibio aún acariciaba el labio inferior de Amos.

—No te vayas, por favor.

—Todo estará bien. —La apretó contra él y luego la soltó—. Quédate atrás.

Amos rodeó la mesa, fue hasta la ventana del vestíbulo y apartó las cortinas. La luna recortaba las siluetas de tres autos; Will iba adelante, liderando el ataque, seguido por un coche que Amos no reconoció. Y en la retaguardia un camión policial, por cuyas puertas abiertas salían agentes uniformados.

Las puertas de los coches se cerraron de golpe. Resonaron voces de hombres en el patio. Cuando Amos dejó caer las cortinas y se volvió hacia Charlotte, ella no tuvo que preguntar cuán grave era la situación.

—Esto no vale tu futuro, Amos.

—¿No lo vale? Después de haber esperado años para oír lo que acabas de decir, para poder abrazarte así... Lo haría todo de nuevo, aunque solo fuera por ese momento —le aseguró Amos; la lágrima que resbalaba por la mejilla de Charlotte y se detenía en sus labios casi le hacía desear enfrentarse al mundo entero si con eso lograba arreglar el desastre en el que estaban metidos—. ¿Y si te mando a buscar en cuanto sea libre? ¿Vendrías conmigo?

—Amos... —murmuró ella.

Malditas las circunstancias que obligaban a un hombre a hacer una propuesta a medias y a una mujer a sacrificarlo todo para aceptarla, aunque fuera verdadera para ambos. A pesar de que Amos la había imaginado miles de veces, ahora sonaba débil, una burla de lo que debería ser un gesto romántico, con un camión de policía afuera, ladridos de perros en el patio y hombres listos para llevárselo esposado. Pero la desesperación fue más fuerte y algo se quebró en su interior. Era ahora o nunca.

—¿Te casarías conmigo?

—No podemos —respondió ella, bajando la mirada hacia sus zapatos—. Aún no soy mayor de edad.

Amos se acercó a Charlotte y colocó su mano en la mejilla de ella, obligándola a mirarlo.

—Podemos ir a Gretna Green, donde no necesitamos el consentimiento de nuestros padres para casarnos. Hay una posada cerca, en Durham. Te enviaré un mensaje y nos encontraremos allí. Me pondré en la fila de cada fábrica de Coventry, tomaré turnos de sol a sol el resto de mis días si es necesario. Lo único que sé es que contigo soy un hombre mejor. Y solo para tener la oportunidad de hacer real el voto que acabas de hacerme, estoy dispuesto a arriesgar todo para caminar a tu lado el resto de mi vida.

Amos contuvo la respiración, con la esperanza de que ella lo mirara. Charlotte desvió la mirada hacia el ruido que provenía de afuera. Desesperado, Amos volvió a tomarle la cara entre las manos, obligándola a mirarlo a los ojos.

—Dime que te casarás conmigo —suplicó—. Dime que sí y daré mi vida para seguirte y estar donde estés tú.

Charlotte miraba de la puerta a Amos y otra vez a la puerta; de pronto, sonaron unos golpes con inconfundible autoridad.

—¡Soy el magistrado! ¡Abre la puerta, Darby!

Amos se ubicó delante de Charlotte, con las manos a los lados del cuerpo y esperó.

Se mantuvo firme cuando el cerrojo por fin cedió y la madera astillada cayó en el suelo del vestíbulo; los agentes uniformados irrumpieron en la casa.

Detrás de ellos entró el magistrado, el agente Abbot, quien, tras su bigote tupido, parecía más apenado que nunca. Amos recordaba bien las muchas cervezas que habían compartido en el pub local. Los ojos de Abbot se agrandaron al ver a Charlotte en la cocina con Amos. Ese gesto resultó extraño a Amos, puesto que el coche de ella estaba estacionado afuera. Sin embargo, el agente les dirigió una mirada nerviosa.

—Buenas noches Amos —lo saludó Abbot, inclinando levemente el sombrero al entrar. Esquivó los restos de madera astillada y asintió—. Disculpa la intromisión. —Carraspeó, y con incomodidad evidente, repitió el gesto hacia Charlotte, como si hubiera esperado encontrarla allí, pero al mismo tiempo lo temiera—. Lady Charlotte.

—Albert. ¿Podemos ayudarle en algo?

—Bueno, sí, Amos. Lo siento mucho… pero es sobre el asunto de lord Harcourt.

—Ya nos hemos enterado —respondió Amos con calma, mientras sus ojos se posaban en Will, que acababa de entrar detrás del grupo—. Lamento mucho la pérdida y extiendo mis condolencias a la familia Holt. Pero este grupo me resulta algo numeroso solo para traerle noticias tristes a un arrendatario.

Will no dijo nada. Sin dejar entrever sus pensamientos, se mantuvo frío y distante mientras observaba el modesto espacio con mirada impasible, negándose a mostrar la furia que Amos sabía que debía arderle bajo la piel al ver a Charlotte allí, junto a él.

El fuego crepitaba en la chimenea, llenando el silencio tenso entre los dos hombres atrapados en un mudo desafío.

Will, sin apartar la vista de su adversario, dijo al agente.

—¿Agente Abbot?

—¿Milord?

—Que sus hombres acompañen a lady Charlotte afuera. Sus padres la están esperando allí.

—No. —Charlotte dio un paso adelante para quedar junto a Amos, hombro con hombro. Cada fibra del cuerpo de él deseaba sonreír ante la firmeza de ella en manifestar lo que deseaba—. Me quedo aquí.

—Charlotte, basta. No es aceptable que mi esposa...

—No soy tu esposa. Y no te pertenezco.

—Ya la escuchó *Holt* —intervino Amos, añadiendo un toque de desprecio al pronunciar el apellido sin ningún título—. Charlotte es libre de irse o quedarse. En última instancia, es su decisión. Y si quisiera estar con usted no estaría aquí, a mi lado.

Ambos hombres se lanzaron al ataque; Will primero, enrojecido de furia, dio una zancada hacia adelante. Amos también lo enfrentó, empujando una silla de la cocina que se estrelló contra el suelo; Charlotte ahogó un grito. Amos se plantó frente a Will como una muralla de piedra, a solo unos centímetros de su rostro.

—¡Ya basta! —exclamó el agente en voz alta, pero terminó en un suspiro pesado cuando se volvió hacia Amos. Le apretó el hombro y lo empujó hacia atrás—. Escucha, muchacho. Nadie quiere que esto se torne desagradable. Solo estamos aquí para recuperar un objeto que ha desaparecido de la mansión. Revisaremos rápidamente el lugar y aclararemos las cosas...

—¿Es un libro, por casualidad? —interrumpió Amos con deliberación. Comprendió que había dado en el blanco cuando Will alzó la barbilla y estiró un poco el cuello, como si quisiera liberarse de la tensión. El nuevo conde se recompuso, se alisó el chaleco de seda y clavó su mirada en Amos.

—Así es —dijo el agente—. ¿Tienes algo que decirnos al respecto?

—No. Solo que no encontrarán nada en esta granja que no me pertenezca.

—Excepto la granja misma. Y dime, Darby, ¿no es cierto

que fuiste despedido de nuestro servicio la víspera de Navidad, después de que se encontrara la llave de nuestro armario de platería en tu bolsillo? —contraatacó Will y esperó.

Amos asintió tras varios segundos. No importaba lo que Charlotte había tratado de decir en su defensa.

Ahí Will siempre ganaría.

—Ahí la tienen, caballeros —dijo Will, señalando la habitación de Amos con un ademán autoritario—. Empiecen por allí. No tengo dudas de que encontrarán el objeto de mi propiedad que ha sido robado. Y luego podremos dejar atrás este desagradable asunto y dejar al ladrón a merced de los tribunales.

Se oyó un estruendo de muebles y cajones volcados en la habitación, pero Amos se mantuvo firme, con la mirada fija en su adversario; una furia silenciosa crecía entre ellos. Si este aristócrata henchido de poder buscaba pelea, la tendría. Will podía hacer que los uniformados revisaran cada rincón de la habitación, pero Amos se desquitaría allí afuera y empezaría por reacomodar la nariz impecablemente respingada de su rival con un buen puñetazo.

Hasta que... sintió el suave roce de unos dedos en los suyos. El pulgar de Charlotte acarició su puño apretado hasta relajarlo y tomó contacto con la palma de su mano. Sus dedos se entrelazaron lentamente, en una caricia tan leve como reconfortante. A Amos no le importó cuando los agentes emergieron triunfantes y entregaron el libro al nuevo conde de Harcourt. Ni tampoco cuando Will revisó la portada y asintió al policía, que suspiró y también asintió mientras sacaba las esposas de su cinturón.

—Lo siento, Amos, pero con esta prueba tengo que llevarte. Confío en que no harás que sea más difícil, ¿verdad?

—No, señor.

Amos dio un apretón suave a la mano de Charlotte antes de soltarla, deseando con toda el alma que Will lo notara.

Alargó los brazos y aceptó el frío acero que rodeó sus muñecas.

—¿Recuerdas lo que te pregunté? —murmuró, apostando todo a la respuesta de ella.

—Lo recuerdo —respondió Charlotte, tragando con fuerza. Luego, entre lágrimas, ofreció una promesa, una palabra que resonó con fuerza, determinación y amor, como si estuviera dispuesta a enfrentarse al mundo entero con él—: *Sí*.

Amos asintió. Cuando los policías lo empujaron afuera, mantuvo los ojos fijos en los de ella mientras con un movimiento de labios susurraba las palabras: "Nos veremos allí".

Había tenido razón: esa noche los golpes a la puerta habían traído malas noticias. Esposado, en el aire frío de la noche, rodeado por los perros que ladraban desesperados, entendió también otra verdad: los golpes a la puerta en las horas más oscuras también podían traer esperanza. Al menos, ahora sabía que había una fecha marcada en el calendario: el futuro que ambos habían soñado empezaría el día que fuera liberado.

El pensamiento le permitió sonreír mientras lo llevaban a la cárcel del condado.

***

12 de octubre de 1940
Calle Bayley
Coventry, Inglaterra

—Señor Darby.

Amos levantó la vista de la olla humeante de papas y vio a la joven Ginny, que se asomaba por la puerta de lo que en un momento había sido el depósito de Novelas Waverley, ahora convertido en comedor comunitario.

—Señorita Brewster. ¿Algo en particular que necesite hoy la Librería Eden?

Ella entró despacio, ocultando su mirada escéptica detrás de las cajas de panadería que cargaba en sus brazos.

—He traído los *godcakes*, señor.

—Ya lo veo.

—Son para usted. Se cancelaron los bautismos debido a los bombardeos y el señor Farley no quería que todo ese relleno de carne se echara a perder. Trajo algunos desde la panadería. Para la Librería Eden, quiero decir.

—Y los has traído... ¿a modo de qué? ¿De ofrenda de paz? Los chismosos de esta ciudad dirían que debería revisarlos por si contienen arsénico.

—A mí no me consta que estén envenenados... esta vez —respondió Ginny con una sonrisa, mientras dejaba las cajas sobre el desordenado mostrador—. Pero hoy no hemos tenido clientes. Se desperdiciarían en nuestra tienda, así que milady sugirió que los trajera aquí.

Amos miró por encima del hombro y vio que Ginny se estiraba para ver la fila de gente que llegaba desde la puerta abierta hasta el callejón.

—¿Quién está allí afuera?

—Un par de voluntarios de la Guardia Nacional están atendiendo a la gente.

—¿De la Guardia Nacional? —repitió ella, intrigada.

—Así es. Y yo me encargo de lo que pasa aquí dentro. Como dijiste, nadie compra libros hoy.

—Necesita ayuda.

—Nos las arreglaremos —dijo Amos sin volverse, mientras desaparecía dentro de la pequeña cocina para tomar la tetera que silbaba en la estufa.

"Ya puedes irte".

"La Bestia esperará aquí dentro hasta que te marches".

Aunque en realidad, la chiquilla tenía razón.

Amos había estado llenando tazas de té, apilando las usadas para lavarlas y sirviendo platos de comida tan rápido que no estaba seguro de poder seguir a ese ritmo. Unir esfuerzos entre la Guardia Nacional y los comerciantes de la calle Bayley significaba que no daban abasto para repartir té caliente y estofado, y ahora se sumaban los *godcakes*. A pesar de que la mantequilla y el azúcar que se utilizaban en esos pastelillos típicos de Coventry estaban racionados, la panadería Farley había logrado preparar un festín digno de reyes para los cansados residentes que hacían fila detrás de la tienda.

El flujo de trabajadores era constante; llegaban agotados tras despejar calles llenas de escombros y dirigir el tránsito. Los miembros de la Guardia Nacional no habían dormido, y mucho menos comido; Amos tampoco. Los trabajadores se habían mantenido en sus puestos en los techos durante toda la noche, por lo que sesenta puntos de la ciudad tenían unidades ARP, de Precauciones contra Ataques Aéreos, que estaban esperando comida. Y eso sin contar a los ciudadanos que, a pesar de haber sufrido daños en sus propias casas, no dudaban en subir a la catedral de San Miguel para ayudar a despejar los escombros.

Amos se detuvo. Escuchó, esperando lo peor.

Lo sentía venir: la chiquilla rondando en la trastienda, merodeando para observarlo y quizá mirar sus cicatrices. Pero ¿se habría ido tal vez? Todo estaba en silencio, salvo por el murmullo apagado de la gente en la fila del callejón. El tintineo de porcelana le advirtió que seguía allí. Sí, y estaba a punto de romper algo en lo que no tenía por qué estar metiendo las narices.

Amos salió corriendo de la cocina y la encontró con un delantal atado a la cintura, enrollándose las mangas del suéter para comenzar a ordenar el caos frente a ella.

—¿Qué haces? Vete a casa.

—Admítalo, señor Darby, necesita ayuda. Y soy tan buena como cualquier miembro de la Guardia Nacional. Mejor, incluso; ordenaré este lugar en un abrir y cerrar de ojos —respondió Ginny mientras se acomodaba las gafas y le daba la espalda para ignorarlo—. Además, tiene una visita en el frente.

—Si es un cliente volverá y si es mi inquilino saldaré cuentas con él más tarde.

—No es un cliente. Viene de Holt Manor.

Amos se paralizó.

—¿Lady Harcourt está aquí?

—Sí. Y milady dice que el señor Kole fue a la hacienda esta mañana. Vaya entrometido, se inmiscuyó en el plan de lady Eden para enterrar los refugios Anderson en la rosaleda. Y justo en su primer día con las nuevas reclutas del WLA.

—No me digas.

Ginny asintió, mientras envolvía un paño de cocina alrededor del mango de la tetera humeante para salir y llenar las tazas con té caliente.

"¿Así que eso era lo que buscaba? ¿Molestar a las Holt de nuevo?"

"¿Y en un día como este?"

—Una taza de té y un *godcake* por persona —dijo Amos, secándose las manos con un paño que luego colgó del respaldo de una silla—. Y trata de no incendiarme la tienda mientras no estoy.

—No puedo prometerlo.

Amos reprimió una sonrisa ante esa chiquilla testaruda y valiente a la que, a regañadientes, empezaba a apreciar. Se apresuró por el pasillo, tratando de decidir qué diablos le diría a Charlotte ahora. Hacía meses que no se hablaban. Y antes de eso, años. Al menos hasta el incidente que inundó la parte trasera de su tienda. Como un tonto había salido a la calle, enfurecido, y había discutido con Charlotte cuando en realidad era lo último que quería hacer.

Últimamente no parecían tener motivos para volver a hablarse. A menos, claro, que una nueva guerra decidiera poner todo patas arriba. Como sucedía ahora.

Se detuvo al llegar al final del pasillo para ver a Charlotte junto a la estantería más cerca del mostrador. Pasaba un dedo enguantado por los lomos de los libros, inspeccionando los títulos de ficción que él había puesto a la venta.

¿Cómo era posible que no aparentara ni un solo día más de lo que él recordaba?

Charlotte había cambiado su peinado; ahora llevaba una melena recta que le caía sobre los hombros. Prefería colores más vivos que en el pasado y de vez en cuando lucía ese traje amarillo brillante. Las pequeñas arrugas en las comisuras de sus ojos revelaban las risas que había compartido con otros a lo largo de los años. Sin embargo, si Amos se atrevía a mirarla el tiempo suficiente, aún podía ver a la joven Charlotte en la matriarca que tenía delante. Sus ojos seguían teniendo esa profunda bondad y ese brillo que iluminaba sus facciones dejando claro que aún podía entrar en una habitación, sonreír y cautivar a todos.

No importaba cuántos años hubieran pasado: Amos corría peligro de desintegrarse cada vez que la miraba. En el fondo de su mente, lo torturaba la idea de que ella debería haber sido suya. Y tal vez lo habría sido si él hubiera tenido el valor de ser el hombre que Charlotte necesitaba en aquellos tiempos.

Charlotte alzó la vista cuando el crujido de las tablas del suelo bajo sus pies lo delató.

—Ah, estás aquí.

—Milady —dijo Amos; metió las manos en los bolsillos del pantalón y se quedó detrás del mostrador, apartando apenas el rostro—. ¿En qué puedo ayudarte?

—Los *godcakes* que trajimos de la panadería Farley. Además, encontré tu tarjeta en nuestra caja registradora. —Charlotte se acercó al mostrador y sus tacones resonaron sobre el suelo. Levantó unos papeles y los agitó frente a Amos—. ¿Junto con un billete de diez libras por el té?

—Así es.

—Pero ¿no es un poco exagerado por unas hebras sueltas, incluso en tiempos de guerra?

—Tiempos drásticos requieren de medidas drásticas, ya sabes. Con el racionamiento de sesenta gramos por semana, en un abrir y cerrar de ojos se me terminó todo lo que tenía. Era ofrecer tu té o hacer que la gente que esperaba afuera hoy tuviera que tragar achicoria. No podía hacerles eso.

—¿O sea que tienes una llave de la Librería Eden? —preguntó Charlotte.

—Bueno, lady Eden me la dio hace algunos meses. Pensé que lo sabías.

—No lo sabía.

—Vaya. —Amos suspiró. El aire entre ellos chisporroteaba como si fuera a encenderse—. No volverá a suceder, te lo aseguro.

—Crees que estoy molesta porque entraste en la librería y tomaste prestado… —Charlotte hizo una pausa. Deslizó el billete por el mostrador hacia él con un dedo enguantado—. ¿O debería decir *compraste* mi té sin pedirme permiso?

—¿No lo estás?

—No —respondió ella con una sonrisa suave e inesperada, casi pícara—. Habría hecho lo mismo contigo, lo que significa que no puedo aceptar una cantidad de dinero tan exorbitante a cambio. A menos, claro, que nos envíes algo de achicoria. —Hizo una pausa para mirar a su alrededor, examinando las paredes, las ventanas y las estanterías—. La tienda se ve bien, aunque los libros que están en los estantes principales no son los que más se venderán.

—Ah, ¿no?

—Yo habría puesto *Kitty Foyle* a la altura de los ojos. Por lo visto, a Hollywood le ha resultado intrigante, pues están haciendo una película. Y a los lectores les encantan las historias sobre mujeres fuertes, así que podrías aprovechar y mostrarla —dijo Charlotte, sacando un libro de un estante bajo y colocándolo en la parte superior para exhibir la cubierta. Luego señaló el espacio abierto más allá del mostrador—. Tal vez podrías poner una mesa de novedades aquí, con *La señora Miniver* o *Qué verde era mi valle*. A nuestros clientes les han gustado muchísimo y, además, los llevan hacia otros títulos que tal vez no conocen. Es la misma estrategia que usan en la librería Foyles.

—Ya veo. Aunque una librería de Londres no debe tener los mismos gustos que la ciudad de Coventry ni tal vez una sala de lectura como la de la Librería Eden.

—¿Qué quieres decir?

—Una distribución así no dejaría mucho espacio para el *Almanaque del Agricultor* o el nuevo libro de Hemingway que sale este mes o *Las uvas de la ira* de Steinbeck. Han sido bastante populares aquí. Entre la gente trabajadora, obreros de fábricas, granjeros y sus esposas. Gente que debe ganarse todo lo que tiene pero, claro, nunca hemos coincidido en lo que define la gran literatura. Ni en cómo venderla, ¿no es así?

—Solo una vez, de hecho.

Ah, cómo deseaba devolverle la sonrisa.

Amos la sentía. Burbujeando en su interior. Quería extenderle una rama de olivo y mostrarse amistoso en lugar de quedarse con las cicatrices que lo hacían parecer distante. Pero tragó con fuerza, buscando algo que decir que no lo hiciera parecer un tonto, ni revelara lo que sentía por dentro.

—Solo trataba de decir que me alegra que todo esté bien aquí en Novelas Waverley, incluidas las ventas.

—Mis puertas siguen abiertas. Aunque parece que tal

vez tengan que estar abiertas a toda hora si volvemos a tener otra noche como la de ayer. Solo para poder seguir atendiendo la fila para el té.

—Así es —respondió Charlotte, dirigiendo una mirada al pasillo desde donde provenían ruidos de tazas y platos en el depósito—. ¿Y la Guardia Nacional eligió la calle Bayley porque es una calle céntrica?

—Por eso y porque hemos tenido suerte en esta parte del centro de la ciudad, cuando en otras no ha sido así. El cementerio de la iglesia sufrió un ataque, pero no fue grave. Todavía hay voluntarios limpiando. Parece que lo peor fue en la fábrica de carburo de tungsteno, que quedó casi destruida. Y en la calle Leicester hay un cráter del tamaño de un autobús.

—Lo vimos. Varias calles estaban bloqueadas cuando fui a llevar a algunas esposas de los arrendatarios a sus turnos en las fábricas. También hay daños en la calle Bishop.

—Ajá. La Hostería Tipton quedó completamente destruida, pero todos lograron salir antes de que la bomba de alta potencia la alcanzara.

—¡Qué alivio! —exclamó Charlotte.

Amos asintió, pero ¿existía realmente alivio en tratar de no pensar en los crueles designios del destino, que decidía quién viviría y quién moriría? ¿Quién se enfrentaría a la tragedia en ese primer día del bombardeo de la Luftwaffe, o el *blitz* local, como ya lo estaban llamando en las calles después de lo ocurrido la noche anterior? ¿Y quién tendría que hacer frente a las mismas decisiones fatídicas al día siguiente?

Si Jacob se hubiera hospedado en la Hostería Tipton o si una bomba hubiera caído cuando todavía estaban dirigiendo el tráfico peatonal en las calles, o si Charlotte y Eden hubieran regresado a su tienda en el momento equivocado... No era muy diferente de las trincheras de Francia, donde por cualquier motivo —o en ocasiones sin motivo aparente— un soldado encontraba la muerte. En un abrir y cerrar de ojos. Cualquiera de ellos podría haber sido otra vida que pesara en la conciencia de Amos si las cosas hubieran sido apenas un poco distintas. Era imposible saber cómo lidiar con el peso abrumador de las cargas que volaban por todas partes de esa manera y aterrizaban sobre sus hombros.

Olvidó la presencia de Charlotte hasta que el silencio lo trajo de nuevo al presente. Al levantar la mirada, la encontró observándolo. Otra vez. Como aquella noche en el carruaje. Con la diferencia de que, esta vez, Charlotte había ladeado la cabeza ligeramente, como si estuviera sumida en pensamientos profundos y mirara más allá. No miraba las cicatrices en la superficie, sino que iba tras algo en sus ojos que parecía conducir directo a su alma. Y se quedaba allí, más tiempo del que Amos le había permitido a nadie.

—Quise decir… qué alivio que el señor Kole encontrara un lugar aquí, contigo.

Amos carraspeó, buscando las palabras.

—Te lo contó.

—Sí, ayer por la tarde apareció en la librería, después de irse de aquí. Y tras un intercambio de palabras que tuvo con mi hija, intenté calmar los ánimos con una taza de té. Fue entonces cuando mencionó que le habías ofrecido una habitación para pasar la noche.

Amos tragó con dificultad, recordando que el muchacho había dicho algo sobre la discreción característica de los abogados. Los pocos a quienes él había conocido eran sanguijuelas devoradoras de dinero, pero esperaba que, si los había honestos, Jacob hubiera cumplido su palabra de no contarles que le había pedido que fuera amable con ellas.

—¿Tienes alguna objeción?

—No exactamente. En circunstancias normales, no habría dicho nada sobre tus asuntos privados. Pero en este caso, me siento obligada a preguntar. ¿Es sensato invitar al señor Kole a quedarse aquí, aunque solo sea por una noche?

—¿Quién dice que es solo por una noche?

Charlotte frunció el ceño.

—¿No lo es?

Jacob y Amos no habían hablado demasiado al respecto. Habían pasado la mayor parte de la noche recibiendo informes de bombardeos y enviando a las cuadrillas del AFS, el Servicio Auxiliar de Bomberos, a contener los focos de incendios para evitar que se extendieran por la ciudad. Eso dejaba poco espacio para conversaciones casuales. Jacob solo le había dicho que sus asuntos no podían resolverse en un día. Y le pidió alquilar la habitación encima de Novelas Waverley por más tiempo; en realidad, por tiempo indeterminado.

—No depende de mí. ¿Pero, entonces, Jacob te contó por qué está en Coventry?

—Digamos que sí. Es un asunto legal que todavía no comprendo del todo. Pero me temo que podría afectar a Holt Manor y al legado de mi difunto esposo. Y eso lo convierte en algo de suma importancia para mí.

—Entonces, si se trata de Holt Manor, con el debido respeto, milady, no es asunto mío.

Charlotte parpadeó, señal de que la tajante respuesta había dado en el blanco, y Amos se odió por ello, por esa constante lucha interna, por las enconadas heridas que Will y Holt Manor y toda esa historia habían dejado abiertas en ellos.

La sola mención del asunto lo convertía en un ser cruel e insensible.

—Sí. Bueno, lamento haberte molestado. —Charlotte se volvió, alterada, y al girar rozó el borde del mostrador; su bolso cayó y el contenido se desparramó por el suelo—. No debería haber venido en una mañana como esta, cuando todos estamos tan tensos... —Su voz se apagó cuando se inclinó debajo del mostrador para recoger sus pertenencias.

Amos sintió deseos de golpearse la frente con la palma de la mano por dejar que su orgullo lo dominara otra vez. Dio la vuelta al mostrador, se arrodilló a su lado y sin pensarlo, comenzó a recoger los objetos que se habían caído: un lápiz labial, un estuche dorado de polvo compacto, un pequeño costurero, un estuche de gafas... ¿Charlotte usaba gafas, ahora?

En ese momento, Charlotte levantó la vista. Lo miró a los ojos. Y Amos se arrepintió de haber quedado expuesto a la luz del sol que entraba por las ventanas. Justo donde ella podía ver cada quemadura, cada cicatriz, cada dolorosa marca grabada a fuego en un lado de su rostro. Sus manos, que no habían tenido un solo momento libre para llevarse una botella de whisky a los labios ese día, temblaban visiblemente, lo que hizo que el estuche de las gafas se sacudiera ligeramente cuando se lo ofreció.

—Esto es tuyo... —Se lo entregó y se puso de pie como un rayo, ocultando lo que no quería que Charlotte viera mientras se levantaba junto a él. Intentó disculparse—: Lo siento; hablé sin pensar.

Charlotte se irguió y se colgó del hombro la correa del bolso. No parecía molesta. Ni preocupada porque a él le temblaran las manos, si es que lo había notado. En realidad, Charlotte parecía divertida por la torpeza del momento, como si quisiera reírse, pero se mordió el labio inferior para reprimir esas ganas.

—No hubo daños permanentes —respondió ella con suavidad.

Amos cruzó los brazos sobre el pecho. Solo quería esconder las manos sin que ella se diera cuenta de que lo estaba haciendo. Y como su postura podía malinterpretarse, añadió en un tono más suave:

—Querías saber algo sobre Jacob, ¿no es así?

—Es que apareció en Holt Manor hoy. Lo invité, creyendo que no aceptaría. Me preguntaba si podrías decirme... ¿lo consideras una persona de fiar? Quiero decir, ¿crees que nos hará algún daño?

—¿Me estás preguntando si creo que quiere hacer daño alguien que os está demandando?

—Parece una pregunta tonta, sí.

—No sabría qué responder. Jacob está aquí por sus propios motivos, algo sobre una herencia familiar. No dio muchos detalles. Pero como miembro de la Guardia Nacional y sabiendo que la gente desconfía de cualquier desconocido rubio pensando que puede ser un espía alemán, hice averiguaciones en el consulado de Londres.

—¿Y?

—Es quien dice ser. ¿Qué clase de hombre es? Solo puedo decir que lo he visto comportarse de manera honorable.

—¿En qué sentido? —Charlotte ladeó la cabeza, esperando que continuara.

—Anoche, en estas calles, Jacob no pensó ni por un momento en su propia seguridad mientras ayudaba a nuestros vecinos a llegar a los refugios. —Amos omitió el detalle de que había escuchado al muchacho hablando en alemán con fluidez. Era mejor guardar esa información por el momento—. Se unió a mí y al resto de la Guardia Nacional sin dudar. Ni dormir. Ni quejarse. Hasta fue a la iglesia esta mañana para sacar ramas rotas del cementerio, cortó leña con sus propias manos mientras otros lo miraban con recelo por ser un forastero. Y tengo entendido que ahora está en Holt Manor, ayudando allí. Cuando esta ni siquiera es su guerra.

Amos la miró a los ojos, recordando esa noche fatídica en su cocina y el desastre que le había seguido.

—¿Vuelve eso honorable a un hombre? —añadió—. ¿Mantenerse firme ante una pelea que él no empezó?

Charlotte entreabrió los labios para responder, pero se detuvo, como si lo hubiera pensado mejor. En lugar de hablar, miró hacia los rayos de sol que entraban desde el callejón.

—Coincido contigo, Amos. En una pelea que realmente importa, los valientes son los que se presentan para ocupar la primera línea. Bien, entonces, ¿dónde está la fila del té?

—Eh… afuera, atrás. —Amos movió la cabeza hacia el pasillo—. Ginny ha ido al callejón, solo hasta que yo vuelva.

—Eso era lo único que quería saber. —Charlotte pasó junto a él, quitándose los guantes—. Somos libreros, pero hoy ninguno de nosotros va a vender un solo libro, destacado o no. Así que ¿nos ponemos manos a la obra con el trabajo que importa de verdad?

—¿Y cuál vendría a ser?

—Acordar que seremos civilizados el uno con el otro esta mañana, al menos hasta que hayamos servido a todos o hasta que se acabe la comida. Lo que ocurra primero.

Podían ser como dinamita en librerías rivales tras tantos años de silencio pétreo entre ambos. Pero su naturaleza soñadora del pasado y la pragmática del presente eran prueba de que el viejo dicho era cierto: a veces, para el bien de todos, ciertos libros debían quedar sobre el estante, sin nunca volver a abrirse.

CAPÍTULO 9

29 de junio de 1914
Pueblo de Gretna Green
Dumfries y Galloway, Escocia

EL SOL DE LA TARDE COMENZABA SU LENTO DESCENSO TRAS los árboles, dando paso a nubes y a una bruma que marchitaba el ramo de flores silvestres de Charlotte y oscurecía su traje de viaje, tiñéndolo de un azul más profundo.

Más de una pareja había llegado soltera y se había marchado casada mientras Charlotte permanecía en el umbral de la herrería, observando el camino del norte con la esperanza de que un coche apareciera en el horizonte. Revisaba una y otra vez el bolsillo donde guardaba el telegrama que había recibido al llegar al Hotel Morritt Arms en Durham la noche anterior:

LUNES MEDIODÍA.
HERRERÍA DEL PUEBLO DE GRETNA GREEN.
NOS ENCONTRAREMOS ALLÍ. CON AMOR: A.

Amos solo se había retrasado tras cumplir una miserable condena de catorce días en la cárcel del condado por un hurto menor y poner en orden sus asuntos antes de dirigirse al norte; era lo único que Charlotte se permitía creer.

Había emprendido un largo viaje el día anterior, de Coventry a Leicester y luego a Leeds en tren; allí había alquilado un automóvil y emprendido el áspero camino hasta Durham —por fortuna sabía conducir— intentando acallar la culpa que sentía por no haber contado nada a sus padres. Se repetía que, si lograba reunirse con Amos, capearían juntos el temporal. No fue hasta que llegó a la posada de campo a un lado de la carretera principal y sostuvo el telegrama en sus manos que los planes le parecieron lo suficientemente reales como para creer en ellos.

Aquel había sido el último mensaje de Amos y ahora se aferraba a él; podría haber sido una novela de D. H. Lawrence en Coventry: la hija de un conde rechazaba al soltero más codiciado de Inglaterra por un humilde granjero de su hacienda. Los periódicos estaban llenos de rumores y suposiciones para vender la historia como el escándalo del momento. Pero quizá la noticia todavía no había llegado a una posada tan al norte y los periódicos no habían tenido tiempo de difundir su fotografía.

Nadie alzaría una ceja cerca de Gretna Green al ver que una dama llegaba sola un día y partía con un esposo al día siguiente. Y si bien su madre creía que ella había viajado a Mayfair a visitar a una amiga de la familia y a ocultarse del escándalo que los había sacudido el pasado mes, Charlotte no creyó que estar dos días fuera de casa fuera a preocupar a sus padres. Hasta que despertó al día siguiente, el día de su boda.

La noticia más terrible llenaba la primera plana de todos los periódicos del país: el heredero al trono austrohúngaro y su esposa habían sido asesinados a tiros por un joven nacionalista serbio en una calle de Bosnia. Los editoriales ya especulaban sobre lo que esto significaría para Austria-Hungría, Serbia, Inglaterra y, por extensión, el mundo entero.

Era probable que su madre ya hubiera sucumbido al

pánico con los tiempos que corrían, temiendo por el viaje de su hija en tren y querría que Charlotte regresara de inmediato. Un telegrama enviado a Mayfair bastaría para que la buscaran, descubrieran la verdad y la hallaran esperando a su prometido en un refugio para amantes.

—Señorita… —Una voz a sus espaldas carraspeó y habló con el suave acento del norte—. Mi esposa quisiera saber si le apetece otro té.

"El vicario".

En realidad no.

El herrero que iba a oficiar la ceremonia de unión matrimonial y su esposa habían invitado a Charlotte a su hogar, y le habían ofrecido té y budín de frutos secos para hacer más llevadera la espera. El hombre se mantuvo unos pasos atrás mientras ella esperaba en el umbral de la Sala del Yunque, el infame santuario del herrero, con un yunque en el centro, techo de vigas, paredes de piedras blanqueadas con cal, una única ventana que daba al camino y un altar sencillo sobre los escalones de piedra decorado con velas parpadeantes.

—¿Señorita? —volvió a preguntar más alto esta vez.

Charlotte se giró; comprendió que el hombre le ofrecía una pequeña cortesía en su intento de… ¿de qué? ¿De consolarla? ¿De apiadarse de ella? ¿De ser amable? O quizá simplemente reconocía, inclinando la cabeza canosa, que si el prometido llevaba más de medio día de retraso no llegaría.

—Disculpe, ¿cómo dice?

—Le preguntaba si deseaba entrar para no mojarse más, señorita.

—¿Qué hora es por favor?

Él ya lo sabía porque no miró el reloj.

—Ya son casi las seis. Lo siento mucho, pero…

—Tiene otras bodas que celebrar. Claro. —Charlotte se levantó la falda con una mano y dejó caer el brazo que sostenía el ramillete. Dio un paso hacia el camino adoquinado, pero calculó mal la firmeza de su tacón y casi cayó en un seto lleno de zarzas.

El hombre la sujetó del codo con firmeza.

—Lo siento mucho —murmuró ella, tratando de no dar paso a las lágrimas.

—*Dinna fash*. Está bien —susurró el hombre. Recogió el ramillete del suelo y se lo devolvió. Sí, era amabilidad lo que Charlotte percibió en la voz y en la expresión del anciano—. La ayudaremos, no se preocupe.

Años de bodas, décadas de parejas e incontables sonrisas bondadosas habían dibujado esas amables líneas de expresión. Había visto de todo sin duda. Pero ¿cuántas veces habría pasado por una situación así? Al ver que abandonaban a alguien en el altar, ¿cuántas veces había salvado a ese desolado ser de tropezar y caer en el seto mientras su esposa calentaba el agua de la tetera para ofrecer una compasiva taza de té?

Parecía saber exactamente qué hacer cuando la ayudó a enderezarse de nuevo.

—Por favor, entre para no mojarse más —dijo, tras asegurarse de que ella pudiera mantenerse de pie. Cuando Charlotte levantó la barbilla, mostrando esa fortaleza que su madre siempre le había enseñado, el hombre asintió.

Las luces de un coche iluminaron el camino y el corazón de Charlotte se aceleró.

Corrió hacia adelante, tambaleándose sobre el empedrado, cuando un vehículo apareció traqueteando en el horizonte. Su corazón volvió a llenarse con la esperanza de que fuera Amos el que se apeara cuando el motor se detuviera. Pero el que salió de un salto fue un joven uniformado; abrió la puerta del acompañante y sostuvo un paraguas para la joven vestida de violeta que lo tomó del brazo con naturalidad y empezó a caminar junto a él.

—¿Ves? Te dije que no seríamos los únicos en tener esta

idea tan ingeniosa —dijo la joven novia sonriendo a Charlotte y luego a su prometido, un soldado que no tendría más de veinte años.

El soldado movió la cabeza en dirección al herrero.

—¿Aún recibe parejas? Es decir, siempre que no nos hayamos adelantado en la fila…

Charlotte negó con la cabeza.

El herrero soltó un suspiro.

—Así es, hijo. Adelante.

—Tome… —Charlotte levantó el ramo y se lo ofreció a la novia vestida de violeta—. Lo necesitará.

—¡Ay, querido! ¡Mira! —exclamó la joven, dirigiéndose al soldado; sacudió las gotas de lluvia de los pétalos de las flores amarillas y sonrió—. ¡Qué amable de su parte! Los periódicos están llenos de noticias y con tanto alboroto no se me ocurrió pensar en traer un ramo. ¡Y usted me regala el suyo!

Charlotte sintió una punzada de angustia en el estómago. ¿Se estarían refiriendo al chisme que había corrido como reguero de pólvora en Coventry? Pero al mirar a la pareja vio que sus rostros expresaban algo muy distinto a sus propios temores.

—¿Llenos de qué noticias?

La pareja parpadeó y se quedó mirándola.

—De la guerra —respondió el soldado.

—Sí, claro. Disculpen. —Charlotte trató de ocultar su vergüenza por tantas cosas, la menor de las cuales era darse cuenta de que el mundo era mucho más grande que su humillación personal y que la guerra no se detendría por el dolor de nadie—. Es una noticia terrible si realmente va a haber guerra.

—Muchos de nosotros nos hemos alistado ante la posibilidad de que llegaría y ahora será una realidad. Pero no hay que preocuparse: Inglaterra está lista. Les lanzaremos todo lo que tenemos y esto seguro se acabará en dos semanas —dijo el soldado con una nota agridulce en la voz; miró a su prometida y la besó con dulzura en la mejilla.

—Es mejor no esperar para empezar a vivir, ¿no? —La joven sonrió con una expresión ingenua que irradiaba amor.

—Así es mi vida. No hay segunda oportunidad para el amor.

"No", pensó Charlotte. "No la hay".

—¿Está segura de que no las quiere? Mi madre guardó flores de su ramo de novia en un libro. Las conservó siempre —dijo la novia, sin saber que su amabilidad era una daga en el corazón de Charlotte. La muchacha arrancó una luminosa flor amarilla y se la ofreció—: ¿Le gustaría hacer lo mismo?

—Gracias pero no. —Aunque Charlotte aceptó la flor, no pudo ocultar las lágrimas en sus ojos y bajó la mirada.

Tal vez el herrero los llamó para que pasaran o tal vez los jóvenes se dieron cuenta de que esa novia estaba sola y que si todo hubiese salido como estaba previsto, no sería así. De cualquier manera, el soldado se llevó la mano al sombrero en un saludo y con el ramo de Charlotte, los jóvenes tomaron por el camino adoquinado hacia el resplandor de la Sala del Yunque, donde las velas parpadeantes y la puerta abierta serían testigos de sus primeros pasos como marido y mujer.

Charlotte extrajo el telegrama de su bolso, leyó de nuevo las palabras, "Nos encontraremos allí…" y lo soltó.

El papel cayó al suelo y los bordes se arrugaron en una muerte silenciosa cuando tocaron la superficie de un charco a sus pies. Charlotte pasó por encima de él y siguió su camino. El telegrama era el último testigo de un sueño que no se cumpliría. Y a pesar de lo que pudiera esperarle mientras conducía hacia el sur durante la noche, Charlotte decidió que nunca más volvería a esperar para vivir su propia vida.

***

12 de octubre de 1940
Calle Bayley
Coventry, Inglaterra.

LOS AROMAS DE UNA LIBRERÍA: CUERO, PAPEL, EL TOQUE cítrico de la cera de muebles y el dulzor penetrante del té Earl Grey con miel. ¿Existía alguna combinación mejor en el mundo?

Charlotte descubrió en Novelas Waverley la misma nostalgia cálida que tanto apreciaba en la Librería Eden: su propio té, que habían tomado prestado, se servía en la puerta trasera de la tienda de Amos. Pero aventurarse en las profundidades de su librería era descubrir un caos diferente.

Parecía como si hubiera sido saqueada por una horda de ladrones. Los pasteles que Ginny había traído estaban a punto de caerse de las cajas de la panadería; montañas de libros se apilaban contra las paredes para despejar el lugar y el mostrador estaba abarrotado de tazas y platitos como si el Sombrerero Loco fuera a presentarse a tomar el té. Los pobres desafortunados que esperaban en fila en el estrecho callejón casi chocaban con los voluntarios que iban y venían por la puerta trasera, llevando teteras y bandejas como trenes a punto de descarrilarse. Con el sistema actual —o la falta de uno— no cabía duda de que los voluntarios terminarían chocando entre sí, los libros se estropearían y ya no podrían venderse, y los dueños quedarían desolados al recibir de vuelta sus tazas de porcelana con los bordes astillados.

Charlotte miró a Amos desde el umbral de la puerta, levantando una ceja con expresión interrogante.

—Es menos que básico, lo sé —Amos había logrado interpretar su expresión. Casi como solía hacerlo—, pero intenta mantener la mente abierta. Una decisión de último momento significa que debes arreglarte con lo que tienes y esto es lo que tenemos.

—En realidad solo iba a preguntarte por dónde te gustaría que empezara.

—Bien. La señorita Brewster tiene todo bajo control afuera. Así que… ¿té? —Señaló con la cabeza las latas de la tienda de Charlotte que estaban sobre el mostrador—. Es la especialidad de milady según dicen.

—Vamos con el té entonces.

—Voy a poner más agua a hervir. —Amos asintió como si no hubiera nada más que decir y desapareció por la puerta hacia la habitación contigua.

Se oyó el chirrido del grifo, luego el sonido del agua en un recipiente de metal; Charlotte se quitó la chaqueta del traje y la cambió por un delantal rayado que encontró colgado de un gancho en la pared. Colgó su boina con la chaqueta, pasó el delantal por su cabeza y se lo ató en la espalda; luego soltó los botones de perla para remangarse la blusa.

Era la segunda vez que entraba en la librería de Amos y nunca había estado en la trastienda.

Pero ahora eso no importaba.

El avance hasta los confines del campamento enemigo despertaba su curiosidad, por lo que no pudo resistirse a investigar un poco. Pasó un dedo por una fila de lomos de libros como si acariciara las teclas de un piano y leyó los nombres de los autores, no muy distintos a los títulos que tenían en la Librería Eden. Una ventana en la esquina dejaba entrar luz natural que iluminaba un escritorio de tapa abatible sobre el que había una lámpara de bronce, un tarro con lápices y un marco de peltre. Levantó el marco y se encontró con las sonrisas en tonos sepia de Caroline, la hermana de Amos, junto a su esposo y sus tres hijos, todos de pie frente a una iglesia de campo, quizás en el bautismo del más pequeño. La foto tenía varios años. De hecho, Charlotte había recibido de tanto en tanto cartas de Caroline y sabía que el hijo mayor ya estaba casado y tenía su propia familia.

Vaya si los años tenían alas... y las usaban.

El agua dejó de correr; Charlotte dio un respingo y dejó la foto enmarcada. Asomó la cabeza por el marco de la puerta y espió a Amos.

Estaba frente a la estufa de una pequeña cocina, removiendo una olla de estofado con una cuchara de madera de espaldas a ella, lo que le dejaba ver sus hombros anchos. Una mesa de trabajo dominaba el espacio en el centro de la habitación. Contra la pared más lejana había una mesita y dos sillas. Una torre de ollas de hierro en un rincón —¿cocinaba, acaso?— a la que faltaban las de mayor tamaño, tal vez porque estaban en uso. Y en el rincón opuesto una agradable chimenea presidía el lugar con una repisa llena de libros de lomos coloridos y asientos de mampostería con cojines, ideados para reunirse en las frías noches de invierno.

Sintió una extraña ternura cuando vio un surco en un cojín a rayas de color cobalto y un taburete tapizado frente a él. Un libro, abierto por la mitad, descansaba sobre el brazo del sillón, como un viejo amigo medio abandonado. ¿Tendría Amos a alguien especial que se sentara a su lado? O peor aún, ¿leería allí solo cada noche?

Apartó esos pensamientos de su mente y se concentró en lo inmediato.

—¿Lavamos las tazas? —preguntó.

—Ajá —respondió él—. Están en el suelo, junto a tus pies.

Un cajón con tazas usadas, que tenían anillos de té marcados en el fondo, asomaba debajo de la encimera. Charlotte se inclinó y lo movió, pero calculó mal el peso y falló en su primer intento de levantarlo, por lo que el cajón golpeó contra otro detrás. La carga se sacudió y se oyó una melodía de cristal contra las tablas despintadas. Pensando que serían más tazas se inclinó hacia las sombras, enganchó los dedos en uno de los bordes y arrastró el cajón hacia la luz.

"Botellas…"

Media docena o más, todas vacías.

Miró las etiquetas: whisky Glenlivet con el logo del león y el nombre George & J. G. Smith estampado en el frente. Pero no estaban polvorientas, no era un montón de basura olvidada en algún rincón lleno de telarañas. Estaban limpias y, aunque escondidas, se encontraban alineadas con precisión, como si esperaran para que se las llevaran en la próxima recolección de envases.

"Ay, Amos… ¿qué estás haciendo?"

—¿Las encontraste?

—Eh… sí. —Charlotte volvió al presente, guardó las botellas y empujó el cajón hacia la oscuridad otra vez—. Acabo de encontrarlas.

Llevó las tazas al fregadero junto a la estufa. Se situó junto a Amos observando cómo sus hombros se tensaban al sentirla cerca y notando cómo giraba apenas el rostro hacia la pared al encender la llama del quemador con un fósforo.

¿Esto era lo que hacía ahora? ¿Apartar su rostro del mundo?

¿Y de ella?

Salvo por los pocos momentos en el frente de la tienda, cuando Amos había corrido al otro lado del mostrador y se había arrodillado junto a ella, Charlotte no lo había visto de cerca en años. La barba era ahora más grisácea que rojiza. Las cicatrices de su cara siempre intentaban ocultarse. Y los ojos color avellana, que en un tiempo había conocido tan bien, ahora tenían una mirada vacía, con sombras bajo las pestañas inferiores que sugerían que no había dormido. Ni comido. Aunque Amos le seguía resultando tan atractivo como siempre, le faltaba energía vital. Charlotte no podía dejar de suponer lo obvio: las botellas eran evidencia de algún dolor privado, un dolor al que ella no tenía derecho a acceder pero que ahora conocía, a pesar de que en teoría eran enemigos.

Desplegó un paño de cocina sobre la encimera y abrió el grifo; al sentir el agua helada en los dedos, soltó un grito ahogado.

—Así: tienes que… —Amos se inclinó y le rozó la mano mientras forcejeaba con el grifo de agua caliente. Luego se apartó con la misma rapidez, dejando que fluyera el agua tibia—. Dale un minuto. Es caprichosa.

—Gracias. —Charlotte comenzó a lavar y enjuagar a medida que el agua se calentaba, con la mirada fija en sus manos y en las tazas delicadamente decoradas con pimpollos de rosas y bordes dorados—. Traer los *godcakes* fue idea de Eden. Y como te dio una llave de nuestra tienda, para emergencias por supuesto, supongo que cree que deberíamos trabajar juntos. Por el bien de toda la calle Bayley.

Él suspiró y dejó escapar un gruñido de frustración.

—Por supuesto. Fantástico.

—No. —Charlotte rio—. Solo quise decir… ¿has comido? Te puedo traer un pastel.

—No tengo apetito.

—¿Has dormido un poco?

—No. —Amos removía la olla en la estufa, sin levantar la mirada—. ¿Tú?

Creía que ella estaba… ¿tratando de mantener una conversación trivial? Así, de pronto. ¿Después de tantos años?

—Lo intenté. Pero los sótanos no son precisamente el mejor lugar para dormir, menos cuando la tierra se sacude bajo tus pies hasta el amanecer.

Amos se quedó inmóvil.

—¿Bombardearon Holt Manor?

—No. Tuvimos suerte esta vez. Pero incluso con los nuevos refugios Anderson en la rosaleda y las sirenas de alerta, me pregunto durante cuánto tiempo más tendremos viento a favor. —Colocó las tazas sobre el paño para que se secaran y solo entonces se atrevió a mirar su perfil. La misma mandíbula fuerte y los ojos expresivos que recordaba. ¿Por qué dolía mirarlo ahora?—. A veces me pregunto si alguna vez podremos volver a dormir una noche entera.

—Bueno, ¿quién necesita dormir?

—Diría que el comandante de sección de nuestra Guardia Nacional se ha ganado el derecho.

Amos negó con la cabeza mientras se movía alrededor de la estufa como un chef con un ejército al que alimentar.

—No puedo. Hay demasiado que hacer.

—Si me permites ser franca, no estoy de acuerdo. Seguiremos adelante como todos en Inglaterra. Pero mucha gente en esta calle depende de ti tanto como de mí en Holt Manor. Y no podemos hacer nuestro trabajo si vamos por allí chocándonos con las paredes.

Amos estuvo a punto de volverse hacia ella... ¿de manera instintiva quizá, como en el pasado, cuando podían intercambiar opiniones con total franqueza, sin reservas? Siempre habían conversado de manera natural. A pesar de su crianza o de las agotadoras restricciones de sus posiciones, la relación de ellos era... diferente. Como volver a casa sin siquiera haberte dado cuenta de que te habías ido. Y la forma en que se desafiaban nunca era cruel sino siempre respetuosa. Pero reprimió ese impulso y mantuvo la vista fija en la estufa como si la tarea más importante del mundo fuera ver cómo hervía el agua.

—No voy a discutir. Hoy no al menos.

—Hemos progresado entonces si no queremos matarnos tras cinco minutos —dijo Charlotte, sacudiendo las gotas de agua de la última taza antes de alinearla con las demás sobre el paño. Luego se volvió hacia él—. Tanto que me pregunto si podríamos llegar a un acuerdo. Sé que hay suficiente historia entre nuestras tiendas como para escribir diez libros. Pero si van a seguir los bombardeos, tal vez podríamos unir fuerzas más allá de esta mañana: Librería Eden y Novelas Waverley.

—¿No te preocupa que los curiosos del pub no tengan de qué hablar si comenzamos a comportarnos de manera civilizada entre las dos tiendas?

—¿Qué? ¡No me digas que hablan de nosotros! —Sonrió pensando en los viejos chismosos en sus taburetes, divirtiéndose con las disputas entre dos librerías—. No importa. No dejo de pensar en las esposas y en los hijos de los empleados de la hacienda que se han ido a la guerra. Y en las obreras de las fábricas que mantienen la producción para que la RAF siga volando. Y también en los vigías y las brigadas del AFS que apagan incendios a todas horas. Y en aquellos que ya han sufrido daños por los bombardeos. Aunque deseamos que no se repitan días como el de hoy, debemos prepararnos como si fuera a suceder. Quizá podamos encontrar un terreno común desde el cual trabajar mientras dure el conflicto, aunque sea solo para servir té a nuestros vecinos.

—¿Quieres decir que, aunque el país esté en guerra, nuestras tiendas no tienen por qué estarlo?

—Yo estaría dispuesta a dejar atrás el pasado y... —Charlotte calló cuando él se giró de golpe y la miró a los ojos. Sentía un aleteo en su interior. ¿Acaso él también pensaba en Gretna Green en ese instante?—. Quiero decir, podríamos dejar de lado nuestras opiniones para luchar contra el enemigo mayor.

Él asintió lentamente, como considerando sus palabras. Luego añadió con un destello de humor en los ojos:

—Eso me convierte... ¿en el enemigo menor?

—En ningún enemigo. —¡Cómo deseaba añadir "al menos para mí"! "Y por favor, que fuera cierto".

—¿Quieres servir comida aquí, desde Novelas Waverley, en lugar de en tu sala de lectura? Pensé que estaba hecha para eso, un lugar elegante para charlas sofisticadas y meñiques levantados.

—Es cierto, solo que la sala de lectura está abierta para quien desee usarla, levante el meñique o no. Pero si podemos organizarnos y mantener la amabilidad... —hizo una pausa, para dejar que la insinuación calara tras el comentario de los meñiques—, deberíamos hacerlo aquí. Estás más cerca del refugio de Drapers' Hall y es una ubicación central respecto de la iglesia. El armario de té de nuestra librería estaría a tu disposición. Y recientemente hemos conseguido una unidad de reclutas del WLA para trabajar en la hacienda y han aceptado tomar también turnos en la tienda. Después de haber visto lo mismo en Londres, no dudo de que aceptarían un puesto estable para ayudarnos a servir. Tendremos suficiente ayuda. ¿Y lo demás? Que ocurra lo que tenga que ocurrir.

La tetera comenzó a silbar y Amos envolvió un paño alrededor del asa y la llevó hasta la mesa. A Charlotte le partía el corazón ver cómo de manera instintiva ocultaba su perfil.

—Si aceptas tú también una llave de mi tienda para emergencias, supongo que podría ver con buenos ojos tu sugerencia.

—Bien. Nosotras también. Se lo propondré a Eden y armaremos un cronograma para que lo revises, pero conozco a mi hija. Si cree que hemos dejado atrás las rencillas en favor de la paz, estará de acuerdo. Y con entusiasmo.

—Ajá. ¿Y con Jacob en el medio? ¿Cómo hacemos?

"Cielos. Era cierto". Por un momento, las amenazas inminentes de Hitler habían eclipsado por completo el asunto del señor Kole y sus ambiciones legales.

—Me ocuparé de él más tarde. Pero mientras tanto, ahora que hemos establecido una tregua, tengo una última petición y me temo que no es negociable si quieres acceder a mi té.

—De acuerdo. —Amos esperó.

Charlotte miró el techo.

—¿Qué hay arriba?

—Habitaciones —respondió algo tenso. Lo había sorprendido—. Habitaciones.

—Entonces elige una. Y úsala. Enviaré a alguien a que te despierte dentro de una hora. Para entonces debería tener todo esto en orden y más manos para ayudar a que todo funcione.

—Pero vas a necesitar...

—Me encargaré. Tenemos a Ginny y a los otros voluntarios para ayudar. No tienes que preocuparte más por esto, Amos. Ve. —Desvió la mirada hacia la puerta—. Por favor.

Charlotte no sabía si Amos era consciente de que apenas podía mantener los ojos abiertos y de que la mano con que sostenía la cuchara de madera temblaba. Tal vez aceptó solo por eso o para no prolongar la incómoda conversación. De cualquier manera, extrajo su reloj de bolsillo del chaleco, presionó la corona para abrirlo y mirar la hora y suspiró.

—¿Una hora? —preguntó.

—Solo una hora.

—¿Y no dejarás que el estofado se seque?

Charlotte se atrevió a lanzarle una mirada burlona. ¡Qué pregunta! Como si Amos hubiera olvidado las veces que ella había visitado la granja y revuelto mermelada en la cocina de su familia.

—Sé manejarme en una cocina, te recuerdo. Estaremos bien.

Amos asintió y se dirigió al pasillo. Desapareció por las escaleras haciendo crujir la madera mientras subía.

Charlotte no pudo evitar recordar que una vez lo había esperado, mirando el reloj también, sin querer marcharse ni siquiera cuando el sol ya se había puesto sobre Gretna Green y ella seguía sola. Pero algo en su interior le susurraba que no era el momento de echarle eso en cara. Si el cajón en el depósito contenía algo, era más humildad y dolor que la vergüenza de botellas vacías. Y el modo en que él había caminado hacia las escaleras —cansado, arrastrando los pies, sin volverse— le decía que quizás a Amos le pesaba más aquel día en Gretna Green de lo que ella había imaginado.

—¿Es usted, milady? Nos estamos quedando sin *godcakes*. —Ginny entró varios minutos después en la cocina con una bandeja. Y se quedó boquiabierta al ver las cajas de pasteles ordenadas, las tazas limpias alineadas sobre la encimera y una tetera humeante lista para llenarlas.

—Ah, Ginny, qué suerte que estás aquí. —Charlotte le entregó una nota—. Necesito que vuelvas a la librería por favor. Coloca esto en la puerta para que nuestros clientes sepan dónde estamos. Si desean comprar libros hoy será en Novelas Waverley. Y te pido que, antes de cerrar, llames a Holt Manor para pedir refuerzos.

—¿No podemos hacerlo desde aquí?

—Creo que el señor Darby no tiene teléfono. —Charlotte miró su reloj de oro—. Bien, creo que podrían llegar dentro de una hora. Dime, ¿tienes amigos aquí en la ciudad?

—Eh… algunos, milady. Los amigos de mis hermanos viven cerca de la calle Radford. —Ginny frunció el ceño y se acomodó las gafas sobre la nariz.

—Perfecto. Llámalos también por favor. Necesitaremos la mesa de exhibiciones de nuestra librería… sabes a cuál me refiero. Harán falta un par de hombres fuertes para traerla hasta aquí. Queremos que esté en el frente; moveremos todo lo que está en el callejón hacia dentro de la tienda. Dos filas serán más rápidas: una para el estofado y otra para el té y los pasteles. Y los clientes pueden curiosear entre los libros mientras esperan. Tú te encargarás de la caja registradora y guardarás los recibos para que el señor Darby los revise después. Y una vez que estemos instalados, los amigos de tus hermanos pueden pasar por la verdulería Mason para ver qué nos pueden donar y por la carnicería Luckett para conseguir los cortes de carne que tengan disponibles. Nos quedaremos sin estofado en un santiamén si no lo hacemos. Y no me gustaría tener que rechazar a la gente por eso.

Ginny parpadeó detrás de sus gafas, mirando primero la pequeña cocina vacía y luego a Charlotte.

—Con todo respeto milady, pero el señor Darby no permitirá… —se detuvo para corregirse—, no querrá la fila dentro de la tienda. Estoy de acuerdo en que la gente debería estar en la acera del frente en lugar de en ese callejón oscuro. Pero el señor Darby echará a todos cuando vea lo que hemos hecho.

—Entiendo por qué lo pensarías. Pero el señor Darby está… —Charlotte miró hacia el pasillo, recordando la figura exhausta de Amos cuando había desaparecido de su vista. No, él nunca querría estar en la parte delantera de la tienda. Y mucho menos desearía que cualquiera que estuviera trabajando en la trastienda comentara algo tan privado como la existencia de las botellas. Aunque si Amos tenía más botellas arriba, Charlotte temía que el día había concluido para él.

—¿Está qué, milady?

—Nada. No importa. —Charlotte corrigió el rumbo y alejó la preocupación de su mente. Podía esperar hasta comprender mejor la situación y, entonces, decidiría con cuidado qué pasos seguir para manejarla—. Lo que puedo decir es que el señor Darby no volverá a bajar hoy. Nos ocuparemos nosotras.

—¿No vendrá?

—No. Y me ha dejado a cargo. Así que, manos a la obra, tenemos mucho que hacer.

Charlotte decidió enviar a alguien a ver cómo estaba Amos cuando hubiera pasado una hora como había prometido. Y aunque pronto la tienda se llenaría de voces agradecidas y del tintineo de tazas sobre platitos mientras los clientes recorrían los pasillos antes de que llegara el toque de queda, estaba segura de que Amos no despertaría durante varias horas.

¿Una última plegaria en la que poder depositar todas sus esperanzas?

"Que las sirenas guarden silencio esta noche. Y que él descanse".

CAPÍTULO 10

12 de octubre de 1940
Brinklow Road
Coventry, Inglaterra

UN MILLÓN DE LIBRAS...

El número repiqueteaba una y otra vez en la mente de
Eden, como la cinta de un teletipo. Pensó en esa cifra mientras descargaban los rosales y las herramientas de jardinería
de la camioneta, y ese pensamiento también la acompañó
mientras volvían a la casa para el descanso de la tarde. Sin
duda, le resultaría difícil concentrarse en la homilía del clérigo durante el servicio religioso de la mañana siguiente.

A Eden ya le había costado trabajar todo un día con
las reclutas del WLA. Desde el momento en que pasó por
primera vez el rastrillo por la tierra, los pensamientos se
sucedían de forma inexorable en su cabeza, como en un
interminable efecto dominó. Mientras preparaban los rosales para su traslado y enterraban los refugios Anderson, su
mente iba creando una lista de los problemas que el dinero
de Kole podría resolver sin poder frenar ese pensamiento.

Hacían falta reparaciones en el techo que iban más allá
de los parches y las cubetas para salvar el ático de las lluvias torrenciales: habría que reconstruirlo por completo.
Hacía años que había que sustituir las ventanas y reparar

los cobertizos, modernizar los establos y las tuberías, además de restaurar los vehículos. Incluso el pobre invernadero de la colina se encontraba deteriorado, con algunos cristales rotos por el paso del tiempo y el vuelo errático de algunos estorninos. No se podría usar el invernadero durante los meses fríos si las reparaciones no se realizaban pronto, cuando se necesitaba cada centímetro cuadrado de la hacienda para acrecentar la provisión de comida en el invierno.

Más allá de las necesidades inmediatas de la hacienda, Eden solo podía pensar en que tal vez se trataba de la posibilidad de asegurar la supervivencia de Holt Manor durante una década... quizá más. Si lo que Jacob había dicho era verdad podrían recibir los fondos a partir del final del juicio, en un plazo de noventa días, siempre y cuando el fallo las favoreciera a ellas y no a él. La pregunta clave para todas las partes radicaba en las implicancias concretas del "final del juicio".

—Disculpe lady Eden.

—Sí, señora Mills, ¿qué necesita? —Eden se concentró en el presente para atender al ama de llaves, una irlandesa delgada de cincuenta años, con pecas en la nariz y ojos bondadosos, que había aparecido en la parte delantera de la mansión. Eden bajó de la camioneta de un salto y comenzó a descargar las herramientas con Jacob—. Ya sé que llegamos tarde, ¿mamá estaba preocupada?

—No, pero tengo un mensaje telefónico urgente de la señorita Brewster de parte de su madre.

—¿Urgente?

Por fortuna habían hecho instalar unos años antes teléfonos en la oficina del mayordomo, en la entrada de la mansión y en la biblioteca de la planta baja. No obstante tal vez necesitaran más si en el futuro iban a entrar llamadas relacionadas con los bombardeos.

—Sí, milady. —La señora Mills le entregó una nota en un papel doblado por la mitad.

El corazón de Eden empezó a latir con rapidez, hasta que leyó la misiva y se dejó invadir por el alivio que le suponía cada palabra.

—No son malas noticias, ¿verdad? —Jacob se acercó.

Debía ser una costumbre estadounidense eso de espiar por encima del hombro de una dama y leer los mensajes que recibía sin su permiso. Tal vez era la cercanía de ese hombre, más que el descaro de que leyera su correspondencia, lo que la inquietó lo suficiente como para que guardara el papel en el bolsillo delantero de su mono y se apartara de él.

—No, por suerte, pero me necesitan en la ciudad, en la librería. Mi madre pide que vayan también un par de voluntarias si pueden arreglarse sin ellas aquí.

—¿No dijo que vayamos a la tienda de Amos? ¿Por qué allí?

Jacob se había percatado de lo curioso del mensaje. Después de su llegada a la Librería Eden el día anterior, ya estaba al tanto de la rivalidad entre las dos tiendas.

—No, pero pronto se dará cuenta de que cuando mi madre pide algo, siempre tiene un buen motivo... además de una hacienda llena de trabajadores leales dispuestos a dejar todo y acudir de inmediato cuando los llama. —Eden se llevó la trenza hacia la espalda para despejar su campo de acción y arrastrar una maceta con rosas al borde de la caja de la camioneta—. Espere. ¿Dijo vayamos?

Jacob se pasó el antebrazo por la frente ya que el sol seguía fuerte a pesar de que la tarde se había enfriado.

—No me molestaría refrescarme un poco.

—¿Perdón?

—En Novelas Waverly, ya sabe, la librería. Me hospedo en lo del señor Darby.

Este hombre estaba lleno de sorpresas: un juicio, la

bendición potencial de un millón de libras al alcance de la mano y, ahora, la novedad de que se hospedaba en la casa del enemigo, en la acera de enfrente de la calle Bayley. ¿Siempre provocaba semejante vértigo con sus declaraciones? ¿Cómo sería tener una conversación normal con él alguna vez?

—Se aloja… en la tienda del señor Darby.

—Así es. ¿Hay algún problema?

—¿Problema? —repitió con ironía. Por supuesto que era un problema, por lo menos para su madre—. ¿Por qué se ha hospedado allí? Hay otras hosterías en Coventry.

—Porque el señor Darby me ofreció alojamiento. —Jacob se encogió de hombros—. Bueno, ayudaré a llevar el resto de las rosas al solárium y después emprenderemos la marcha.

Se subió a la caja de la camioneta sin esperar respuesta ni tener en cuenta que nadie lo había invitado a acudir a la llamada de su madre. Empezó a levantar macetas con flores y a pasárselas a Alec y al señor Cox; se veía bastante apuesto, con la piel algo bronceada por el sol y esa sonrisa jovial con la que cautivaba a las muchachas del WLA que todavía revoloteaban a su alrededor como mariposas perdidas.

Eden negó con la cabeza. Las jóvenes parecían inmutables… frente al trabajo, así como ante el caballero en cuestión. Incluso Flo, que había mantenido su aspecto de modelo a pesar de las horas que habían pasado trabajando la tierra y sudando bajo el sol, se bajó de un salto de la camioneta para sonreír a Jacob.

—Necesitamos voluntarias —le dijo Eden—. Nos vendrían bien un par en la tienda esta tarde. ¿Te gustaría venir?

—Me gustaría lady Eden pero…

Flo levantó las manos y mostró sus palmas blancas como la porcelana, ampolladas y ensangrentadas. Eden no comprendía cómo la joven había seguido trabajando con las manos en ese estado. Debía admitir que su primera impresión de Flo había sido equivocada: la belleza de la muchacha solo escondía la fortaleza de su espíritu, ya que había trabajado con tanto ahínco como los demás durante todo el día. Sin embargo, su vitalidad le había costado cara y Eden se horrorizó al pensar cómo sufriría Flo esa noche con el dolor de esas manos lastimadas.

—¡Ay Flo, lo lamento! Debí haberte advertido sobre lo difícil que sería el trabajo con esas herramientas.

Flo cerró los puños para ocultar las llagas.

—No hay problema, lady Eden. Debí haberme puesto los guantes, no sé por qué no lo hice.

—Yo sé por qué no se puso los guantes. —Dale negó con la cabeza—. Por el esmalte de uñas. No quería estropear esas uñas color cereza con la presión de los guantes. Estoy segura. Tu sacrificio valió la pena querida.

—Vamos a buscar a alguien que te ayude con esas manos. Conseguiré unos guantes más suaves para que uses de aquí en adelante. —Eden condujo a las jóvenes hacia las puertas de entrada. No quería humillar a una voluntaria en su primera jornada laboral: llevaba tiempo aprender a trabajar en el campo—. Ainsley, ¿podrás venir a la librería con nosotros? He recibido un mensaje de mi madre y nos necesita cuanto antes.

A la muchacha se le iluminó el rostro.

—Me encantaría lady Eden.

Dale no parecía molesta en lo más mínimo y guiñó un ojo en dirección a Jacob.

—Suena fantástico, a menos que tengamos que vestirnos para la cena, por supuesto. ¿Conservan esa costumbre aquí en Holt Manor? Tengo algunos amigos bastante elegantes en Mayfair que se visten de gala para la cena. Todas las noches, de hecho.

—Solíamos hacerlo, pero no tanto desde la guerra… Me

refiero a la primera. Ahora nos vestimos de gala en algunas ocasiones cuando tenemos visitas o algo así pero por lo general no es así.

—¿Por qué? —preguntó Dale.

—No nos resulta práctico. Vuelvo tarde del campo y mi madre también trabaja hasta tarde en la librería, así que suelo cenar con una bandeja en mi habitación y luego me voy a la cama con un libro, a menos que suenen las sirenas. En ese caso la única diferencia es que leo en el refugio.

—Pero querida, mire este lugar: ¡es una joya! Esta mansión fue hecha para recepciones y fiestas. Cualquier soltero que se precie de tal quedaría embobado al entrar, listo para proponerle matrimonio antes del plato principal, y usted terminaría la noche bailando con un anillo de compromiso en el dedo.

—No estoy buscando esposo ni pienso hacerlo en el futuro cercano —replicó Eden, bajando la voz para que los hombres no la escucharan. Mejor dejar en claro las cosas con las muchachas desde un principio: el primer objetivo era ganar la guerra y el segundo (casi igual de importante) salvar la hacienda. No necesitaba un anillo para lograr ninguna de las dos cosas.

—Bueno, no parece muy divertido que digamos, ¿no? Pensaba ponerme un vestido que me hizo Ainsley digno de una velada palaciega. Espié el salón comedor de la mansión. —Dale entrelazó el brazo con el de Ainsley y miró hacia los caballeros que maniobraban con las macetas de rosas—. Muy elegante. Creo que, si nos esforzamos un poquito, podemos armar una lista de invitados para una cena con baile, ¿no cree?

—¿Señorita Flo? —dijo alguien que carraspeó detrás de las jóvenes.

Se hizo un silencio general. Eden se quedó inmóvil y las muchachas también. Incluso Jacob y el señor Cox se volvieron para observar a Alec Fitzgibbons con el sombrero en las manos, el rostro sin afeitar y los ojos castaños fijos en una voluntaria en particular.

Flo metió las manos en los bolsillos de su pantalón de montar.

—¿Sí?

—Disculpe señorita, pero pida a la cocinera que le prepare una mezcla de una cucharada de miel de abejas y dos cucharadas de aceite de oliva. Luego la derrite y coloca la preparación en un envase. Después de lavarse y secarse las manos, frótelas con la mezcla una vez que se haya enfriado lo suficiente. Le aliviará el ardor esta misma noche.

Un antiguo remedio de campesino.

Eden podría haberle recomendado lo mismo y lo habría hecho, además de aconsejarle usar harina de avena en las palmas para evitar manchas aceitosas en las sábanas. Pero Alec era un personaje callado, siempre concentrado en su trabajo, hábil con el tractor y a menudo más entendido que los veterinarios que venían a ver el ganado. Todo remedio que sugiriera haría maravillas, pero lo que más llamaba la atención del grupo es que hubiera hecho una recomendación.

—Muchas gracias señor Fitzgibbons. —Flo esbozó una sonrisa tierna y dulce, con un dejo de vulnerabilidad—. Estoy segura de que funcionará a la perfección.

—Señorita. —Alec volvió a ponerse el sombrero, lo tocó a modo de saludo y regresó a su trabajo. Las reclutas y Eden se quedaron en la entrada como peces fuera del agua.

La mirada de Eden se perdió por un momento. Creyó que los ojos de Jacob estarían clavados en una de las muchachas de Chelsea, con sus labios pintados, su brío y sus sonrisas seductoras, pero no. En cambio, se encontraba de pie en la caja de la camioneta y, con la misma expresión auténtica de Flo, la miraba a *ella*.

Granjeros y mujeres; sudor y sol, y un abogado que proponía una disputa por un millón de libras que podrían mitigar muchas de las aflicciones que aquejaban a una hacienda antigua… Eden estaba convencida de que era imposible predecir cómo terminaría una jornada de trabajo. Y de qué color sería el amanecer del día siguiente. Sin embargo, si a esa conjunción se le agregaban la presencia de las reclutas, una invitación a entrar en territorio enemigo y el mundo entero puesto patas arriba por la guerra, quedaba claro que debían acostumbrarse a esperar lo más inesperado.

CAPÍTULO 11

8 de agosto de 1914
Camino de Brinklow
Coventry, Inglaterra

SI AL ACERCARSE AL INVERNADERO AMOS YA SENTÍA QUE SE le desgarraba el corazón, escuchar a Charlotte tocar el violonchelo allí dentro casi convertía esa sensación en realidad.

Los únicos testigos de su música en ese espacio ahora vacío eran algunos plantines en macetas que habían quedado allí cocinándose bajo el sol de verano, los estorninos en las ramas de los álamos y el soldado petrificado de miedo en la entrada a la espera de que ella notara su presencia. Amos la miraba tocar y observaba cómo cerraba los ojos y se dejaba llevar por la melodía; el vestido de encaje color marfil, que resaltaba su figura y delineaba el contorno del chelo que acunaba con su cuerpo, resaltaba su belleza casi sobrenatural.

Algo se le deslizó en la mano izquierda e hizo que la palma chocara contra el diapasón.

"Ah… un anillo nuevo".

Charlotte inclinó la cabeza y soltó el arco mientras cubría el brillante engarzado en la sortija con la palma, como si quisiera eliminar algo más que el dolor físico.

Amos golpeó con suavidad la puerta de cristal y el

sonido hueco reverberó en el invernadero vacío. Charlotte levantó la mirada y lo encontró allí de pie, con el uniforme de sarga color caqui de chaqueta y pantalones, sumado a un gorro militar de lana con visera. La forma en que clavó la mirada en su atuendo militar resultaba muy elocuente: Charlotte no sabía que se había alistado.

—Me dijeron que tal vez te encontraría aquí. —Amos se quitó la gorra, la hizo girar con las manos y movió la cabeza en dirección a los campos que se extendían detrás de él—. Fui a la granja a despedirme y a retirar el resto de mis cosas. Allí me enteré de que le dieron Foxhollow en arrendamiento a Tate Fitzgibbons.

—Sí —respondió en voz baja, como si todavía no hubiera recuperado del todo la voz—. Así es.

—¿Intercediste ante milord en favor de Tate? —Al ver que ella no respondía y solo le devolvía la mirada para mostrarle que no le iba a alcanzar con charlar de trivialidades, continuó—: No te imaginas lo mucho que significa para él y su mujer, Marni, instalarse en un lugar antes de que partamos… y antes de que nazca el pequeño.

—Entonces, ¿tú también te marchas?

—Sí, mañana. El tren sale a las seis. —Amos no tenía idea de dónde lo mandarían después del entrenamiento básico, aunque, con gran optimismo, todos en el centro de reclutamiento decían que el conflicto terminaría antes de Navidad. De no ser así… Como un tonto se dio media vuelta; no podía soportar la culpa que sentía al verla ahora y saber que sería la última vez hasta… ¿quién podía saber hasta cuándo?—. Bueno, entonces me voy.

—¿Y nada más? —susurró ella detrás de él.

Amos se volteó.

—¿Y nada más qué?

—¿Y nada más nos despedimos?

—Milady…

—No te atrevas a llamarme así. Merezco algo más que la deferencia distante de un título nobiliario.

—Está bien.

—¿Por qué no fuiste? —preguntó Charlotte y se levantó de un salto; el violonchelo se le deslizó del hombro y emitió un pequeño quejido mortal al aterrizar en las baldosas junto a sus pies.

Amos se quedó quieto, atónito ante el hecho de que ella dejara allí tirado su preciado chelo, como si mereciera el castigo de la madera rota.

—Charlotte... no es necesario que hablemos del tema.

—Si nos estamos despidiendo, te pido que me digas la verdad antes del adiós definitivo.

"No me pidas eso".

"Pídeme lo que quieras, menos eso".

¿Cómo decirle que había ido a Gretna Green aquel día, que había aparcado lejos, que había caminado bajo la lluvia y se había quedado observándola mientras ella esperaba en la puerta de la herrería? Se veía tan ilusionada y tan hermosa con su vestido azul nuevo, que Amos había estado a punto de cambiar de parecer y correr hasta ella.

—Ojalá pudiera decir lo que pasó ese día.

—Habíamos dicho que, si los dos sentíamos lo mismo, allí estaríamos, el uno para el otro. Yo fui y te esperé... todo el día.

—Lo sé.

—Entonces, ¿por qué no fuiste? ¿Acaso ya no sentías lo mismo? Estaba dispuesta a dejar todo por ti, Amos. Pensé que tú también dejarías todo por mí. ¿No íbamos a construir una vida juntos, tú y yo? ¿A pesar de los chismes y los periódicos y el daño irreparable a nuestra reputación? Nada de eso me parecía importante, porque nada me importaba tanto como tú. Los sueños de los que hablamos aquel día en el carruaje hace tanto tiempo, cuando recuperaste mi chelo y me lo devolviste. Esos sueños no tenían que terminar aquí. —Hizo una pausa—. Yo te amaba —agregó en un susurro triste y quebrado.

"Te amaba".

El pasado del verbo lo golpeó como un vendaval.

Amos trató de hablar. No pudo. Lo volvió a intentar. Deseaba caer muerto ahí mismo, en ese sitio, por haberla lastimado de esa manera. Le pareció que Charlotte comprendía la expresión que debía tener en el rostro mientras el dolor le desgarraba con ferocidad las entrañas. No tenía nada que decir para remediar lo ocurrido.

—También lo sé; pero, por lo visto… —Amos carraspeó y enderezó los hombros. El nudo de emoción que sentía en la garganta era una piedra—, es momento de felicitarte.

Charlotte asintió con la cabeza y se miró el dedo donde llevaba el anillo; lo apretó con las yemas de los otros dedos, como si quisiera ocultar el diamante casi del tamaño de un huevo de petirrojo.

"Sí, eso".

Había salido en la columna de sociales del periódico: "El nuevo conde contraerá matrimonio con su condesa". Lady Charlotte Terrington pertenecía ahora a la familia Holt. Y ese enorme anillo que llevaba en el dedo indicaba que el escándalo que había causado Amos se disiparía con el tiempo y, de ser necesario, moriría con él en las trincheras de Francia. Junto con el anillo Charlotte había recibido el título, el rango y el estatus necesario para que su pasado quedara olvidado y su futuro asegurado más allá de lo que la guerra les deparara.

—Sí, ya me felicitaste cuando estábamos en el granero de tu granja aquel día después de Navidad. —Con aire distraído, jugueteó con el anillo que tenía en el dedo—. Pero no buscaba que me felicitaras cuando le dije al señor Fitzgibbons que te informara que estaría aquí.

Charlotte levantó el estuche del violonchelo y lo abrió. Con todo el coraje que Amos deseaba tener, extrajo un libro. Pasó los dedos por el título escrito con letras doradas en la cubierta, *Dombey e hijo*, y se detuvo para tomar aire. Luego, se lo entregó.

—Toma. —Nada en su rostro reflejaba que el libro la afectara en lo más mínimo. Tenía la mirada fría, apagada, distante—. Es tuyo.

—No puedo quedármelo.

—Lo harás. Alguien me dijo una vez que es una historia difícil de olvidar —dijo ella con lágrimas de rabia y con las mismas palabras que habían compartido aquella noche en la biblioteca—. Te vendrá bien en tus viajes, como el resto de tus libros dondequiera que el destino te lleve ahora.

Ante el gesto indiferente de ella, Amos se dio por vencido y tomó el libro. Sintió el frío del lomo en la mano cuando Charlotte lo soltó y el obsequio volvió a ser suyo.

—Fue la condición que puse para casarme con Will. Lo único que pedí a cambio fue que pudiera devolverte el libro. Antes de que me lo preguntes, él sabe que estoy aquí, contigo. Cuento con el permiso de mi futuro esposo para dar por terminado este desafortunado capítulo entre nosotros. Charlotte se giró, levantó el violonchelo herido y volvió a guardarlo en el estuche.

—Te deseo suerte soldado. —Las palabras fueron lo único que quedaba entre ellos cuando se dio la vuelta para marcharse y dejarlo solo en el invernadero por segunda vez—. Y que la Divina Providencia te proteja para que regreses sano y salvo a tu hogar, dondequiera que sea.

Amos volvió a ponerse la gorra y enderezó la espalda mientras la miraba irse por el sendero hacia la mansión. Salió en la dirección opuesta, hacia el camino que asomaba detrás de los recortes de sol entre los árboles. En el mundo real no había lugar para los sueños de la infancia.

Ahora lo sabía. La música que los unía se había desvanecido con el tiempo y la afinidad entre ellos se convirtió en una cuerda que se cortó cuando las ilusiones la estiraron demasiado. El hogar de Charlotte era Holt Manor. ¿Y el suyo? Amos no lo sabía por primera vez en su vida. Solo le quedaba la esperanza de que el libro entrara en la mochila de soldado para permitirle llevar un trozo de su hogar donde fuera que la guerra lo encontrara.

***

13 de octubre de 1940
Avenida de la Catedral
Coventry, Inglaterra

LA ESTATUA DE SAN MIGUEL VIGILABA DESDE SU ALTURA los antiguos asientos de madera. La luz matutina atravesaba los vitrales bañando con un brillo colorido la nave central y las paredes de piedra de la catedral. Por fortuna, los feligreses no habían llegado aún.

Amos podía entrar a esa hora, pasar inadvertido y escabullirse antes de que el sol se elevara por completo en el cielo y los bombardeos del día anterior llevaran a los más devotos a rezar allí. Se sentó en soledad. Con traje y corbata, se situó en las sombras de la última fila con el perfil desfigurado hacia la pared, y levantó la vista hacia la estatua del arcángel en el muro que sostenía la torre principal de la catedral. Impaciente, comenzó a golpetear el suelo con un pie.

San Miguel llevaba armadura y escudo, con las alas desplegadas en todo su poderío hacia los cielos. El arcángel también había desenvainado su espada con gallardía para proteger las almas que pronto se aglomerarían en el santuario para las oraciones matinales. ¿Era eso, quizá, lo que la gente necesitaba en ese momento? ¿Saber que toda la creación se encontraba en estado de alerta? Y que se habían convocado todas las espadas para asegurar que, a pesar de las bombas, los incendios y las embestidas del enemigo que sacudían al mundo entero, no habían sido abandonados.

"Sí, yo también lo creí alguna vez".

"Ya no".

Era deber de un combatiente primero recordar por quién y por qué peleaba y segundo usar esos recuerdos en la batalla. Sin embargo, Amos había visto el rostro de la guerra en las distintas formas de sufrimiento a las que los hombres se sometían unos a otros. No había gloria alguna en los sitios donde las bombas ennegrecían la tierra. Pelear significaba solo sobrevivir un día más en la guerra. Amos no era el hombre valiente y fiel a sus principios que había anhelado ser cuando se alistó: había vuelto roto y herido. Ni siquiera la espada del arcángel podía luchar contra esa realidad.

—Ah, Amos. Aquí estás. —El padre Dick Howard acomodó su alta figura en el asiento junto a Amos—. Buenos días.

Tenía el cabello oscuro peinado con impecable precisión como siempre. Sus ojos amables lo miraban desde detrás de los lentes con armazón de metal. La humildad que emanaba de su rostro era la más genuina que Amos había visto en un hombre. Lo obligaba a pensar cómo ese clérigo podía perdonar que él no hubiera pisado la catedral en años —salvo que hubiera recibido un llamado, como en esta ocasión— sin juzgarlo por ello.

Amos saludó al clérigo con la cabeza.

—Usted me llamó, padre, y vine.

—Sí, te llamé y debería pedirte disculpas por la hora.

—No se preocupe. Anoche las sirenas tuvieron la amabilidad de dejarnos dormir.

—Así es, por lo que tal vez sean menos los que se

duerman durante mi homilía esta mañana. Dios sabe que le estoy muy agradecido por eso. —Sonrió, con la mirada perdida en la vista que tenían delante. Señaló la imagen del arcángel que brillaba en la pared de la torre después de respirar hondo un par de veces—. Es hermoso, ¿no? ¿Sabías que san Miguel es el patrono de los militares?

Amos asintió con la cabeza. Sí, lo sabía. Lo había aprendido hacía mucho tiempo, antes de que todo cambiara.

—Sí, es el santo patrón de los que corren peligro y buscan protección de sus enemigos. Pero ¿sabías que se lo convoca para luchar por los luchadores: los soldados, los policías, los médicos y cualquiera dispuesto a resistir para proteger a otros? Entonces, san Miguel pasa a protegerlos a ellos. Notable. —El clérigo se echó hacia adelante lo suficiente como para que la madera de la fila de asientos crujiera y entrelazó los dedos sobre el respaldo del asiento de adelante—. Diría que se parece a la Guardia Nacional.

A Amos no le gustaba mostrar la incomodidad que le causaban los elogios inmerecidos, mucho menos en una iglesia y sobre todo con las cicatrices que, como él esperaba, despertaban la curiosidad y el espanto de la gente. Los feligreses habían comenzado a entrar con lentitud, lo que implicaba que debía salir deprisa antes de que avanzaran por las filas de asientos, dirigiéndole miradas furtivas.

—Te llamé por una razón, Amos. Y ahora me resulta difícil plantear el tema, pero debo hacerlo.

—Está bien. —Con cierto recelo, Amos se acomodó en el asiento—. ¿Qué puedo hacer por usted? Por favor, dígame que se trata de algo más que una conversación sobre las esculturas en las paredes.

—Por supuesto. —El clérigo asintió y volvió a reclinarse sobre el respaldo de la banca—. Iré al grano. Se ha corrido la voz sobre la fila del té y la gente se sintió reconfortada en una mañana que debió haber sido aciaga. Ha impresionado mucho el hecho de que dos librerías que solían rivalizar hayan dejado todo de lado para ayudar a los demás. Ayer tuve aquí mi propia fila de gente que quería expresar su agradecimiento por lo que han hecho nuestros libreros. No obstante, cuando hablé con lady Harcourt, negó haber tenido algo que ver en el asunto; dijo que la idea de asistir de esa manera a la gente de la ciudad fue toda tuya. ¿Es cierto?

—En realidad no fue tan así. Realmente comenzamos a hacerlo cuando un integrante del AFS que había combatido incendios toda la noche entró en mi tienda y me preguntó si tenía algo caliente para beber. Le di una taza de té y, a partir de entonces, seguimos sirviendo té a todos los que se acercaron.

—Fue más que eso, Amos. Se trata del mismo cuidado y protección que podría haberles dado san Miguel. Sé que tal vez no quieras mostrarte en público, pero me gustaría que consideraras la posibilidad de convertir ese episodio en una costumbre en la calle Bayley. Todos necesitamos de vez en cuando un recordatorio de que lo que vemos y escuchamos todas las semanas en esta catedral es lo que se vive realmente fuera de ella. Las bombas jamás podrán destruir la caridad, la compasión y el amor si los ponemos en acción. Las personas comunes como nosotros se convierten en guerreros extraordinarios cuando tratamos de servir y de amar a los demás. Nos gustaría darles el apoyo económico necesario desde la iglesia para que lo sigan haciendo.

—¿Señor Darby? ¿Padre? Buen día. —Por encima del hombro, Amos oyó la voz de Charlotte que venía desde el pasillo. Comenzó a ponerse de pie cuando ella alzó la mano enguantada para detenerlo—. No se levanten por favor.

Se deslizó en el asiento delante del de Amos y luego se dio la vuelta hacia atrás. Él se olvidó por completo de las estatuas antiguas y de los vitrales de colores. El atuendo dominical de Charlotte consistía en un traje azul claro que iluminaba su sonrisa y daba un tinte dorado a sus ojos; en los siglos que llevaba la catedral allí, ni Dios había podido crear una belleza semejante para adornarla.

—Muy oportuna lady Harcourt. Me temo que debo irme, mi trabajo me reclama. ¿Le molestaría continuar la conversación con Amos y explicarle la idea que hemos tenido?

—En absoluto. —Extendió la mano para saludar al clérigo—. Muchas gracias otra vez.

—Con su permiso. —El padre Howard colocó la mano en el hombro de Amos durante un instante y se apartó—. Me da gusto verte.

El clérigo se marchó. La cantidad de feligreses comenzaba a aumentar y Amos empezó a respirar más rápido. La gente en los asientos y Charlotte sentada a tan poca distancia que podía mirarlo a los ojos… No era la imagen perfecta de una mañana de domingo para un ermitaño. Si bien las sombras le habían brindado un lugar apacible para sentarse solo unos instantes antes, el avance veloz de la mañana le dejaba menos sitios donde refugiarse a medida que la luz del sol cubría las paredes de piedra.

—A veces da la sensación de que el padre Howard ha estado en la ciudad desde que nacimos, ¿no? —La mirada de Charlotte se posó en el clérigo, que se encontraba rodeado de gente del otro lado de la catedral. Saludó con la cabeza a un conocido en la multitud y, luego, se giró para mirar a Amos—. ¿Dormiste algo?

"¿Por qué tienes tanto interés en mis hábitos nocturnos?"

Asintió con la cabeza.

—Sí, toda la noche y hasta tarde. Me jugaste una mala pasada cuando me mandaste arriba temprano, sabiendo que me despertaría esta mañana para lidiar con las secuelas del caos que fue mi tienda ayer.

Charlotte sonrió, en apariencia muy a su pesar… o quizá solo a pesar de él.

—Estaba segura de que nos saldríamos con la nuestra. Bueno, de todas maneras, estoy aquí por eso; en realidad, ambos estamos aquí por eso.

—¿Te refieres a la fila del té?

—Sí y no. —Charlotte levantó la barbilla—. Me gustaría contratarte.

—¿Contratarme? —No era lo que había esperado oír. Ni lo que deseaba. Ni lo que iba a considerar, siquiera—. No estoy disponible milady; no en esta etapa de vida, cuando tengo mi propio negocio que manejar y mis obligaciones en la Guardia Nacional.

—¿Acaso no te pedí una vez que dejaras de lado esa tontería del título nobiliario? —lo reprendió Charlotte, aunque con tono divertido—. Si hemos acordado que nuestras tiendas serían amigas, deberíamos tratarnos como amigos.

—Ajá, pero resulta difícil cambiar de hábito después de tantos años.

—Está bien; entonces escucharé todas las quejas que quieras plantear aquí en este santuario sagrado después de que haya dicho lo que vine a decir.

—No es justo. —Amos rio; fue una risa suave y casi para adentro, pero una risa al fin. Era imposible no reaccionar ante el perenne ingenio de Charlotte.

—Lo sé, pero ¿qué tiene de justa la guerra? Venimos armados con lo que necesitamos para cumplir con nuestro deber. Mi misión es anunciarte que al padre Howard le gustaría que nuestras librerías trabajaran juntas en algo más que la fila del té. Por supuesto continuaremos con esa tarea, pero él propone financiar una alianza más formal entre nosotros.

Amos tragó con dificultad: ya lo habían intentado antes y no creía que embarcarse de lleno en una coalición peligrosa fuera una decisión inteligente en ese momento.

—¿En qué sentido?

—Ya te conté que hemos recibido a un grupo de reclutas del WLA en la hacienda. Parte del acuerdo consiste en que las jóvenes trabajen algunas horas en la Librería Eden y ahora también ayudarán con la fila del té en Novelas Waverly, cuando sea necesario, por supuesto. Con tus conocimientos sobre labores del campo y literatura, pensamos que podrías enseñarles en ambos sitios.

—¿Qué les enseñaría yo en Holt Manor?

—Bueno, les enseñaríamos juntos. Eden lleva a cabo una gestión sólida, pero quedan pocos trabajadores en Holt Manor y no alcanza. Contando a los granjeros, solo somos las reclutas del WLA, Eden, yo, el señor Cox y Alec Fitzgibbons, pero este último tiene su propia granja que atender... Foxhollow. —Hizo una pausa ante el recuerdo de tantos años atrás—. Conoces a Alec, ¿verdad?

—Su padre y yo éramos amigos... antes de la guerra... la primera.

—Sí. Su madre y yo nos hicimos amigas cuando nuestros esposos estaban lejos... sobre todo en el primer año, cuando ella recibió el telegrama del Ministerio de Guerra. —Charlotte bajó la cabeza, quizás al recordar el momento en que ella había recibido la misma misiva. Pareció notar que se había estado frotando las manos enguantadas en la falda y las dejó quietas—. Bueno, cuando Marni se mudó otra vez a Londres hace unos años, Alec se hizo cargo de la granja por completo. Nos será de gran ayuda y ahora contamos con el señor Kole, siempre y cuando un abogado norteamericano resista ese tipo de trabajo... O hasta que muestre sus intenciones con respecto a la herencia.

—¿Crees que lo hará?

Charlotte negó con la cabeza.

—No tengo idea pero, más allá de que el joven me caiga bien o no, no nos ha dicho toda la verdad acerca de los motivos por los que viajó hasta aquí.

—Y por esa razón le has permitido que vaya a la hacienda.

—Por ahora sí. —Charlotte debía de haber pensado en el tema mucho más de lo que admitía, como era su costumbre, y sabía que él entendería sin que tuviera que explicarle demasiado—. También está el señor Cox, pero no es un verdadero granjero, por lo menos no como lo eras tú, que manejabas un establecimiento grande. Hay que arar hasta la última hectárea de Holt Manor y usar toda la tierra para producir alimentos. Dentro de todo, si consiguiéramos hacer eso y, al mismo tiempo, organizar el asunto del té, lograríamos alivianar un poco la carga que soporta la gente de esta ciudad. Y yo sé que eso es muy importante para los dos.

Amos miró a su alrededor y vio a las mujeres con los sombreros remendados y a los hombres con los trajes emparchados. Incluso algunos trabajadores parecían haber decidido entrar solo por haber pasado por allí, pues tenían el polvo de las calles pegado en las corbatas y las chaquetas. Sin saber por qué, se encontró considerando la propuesta.

—¿Y qué hacemos con las librerías?

—Ah, sí. Tal vez podríamos compartir los recursos: si hay escasez de libros o se demoran los envíos de productos, una tienda asiste a la otra. Podríamos asociarnos para los eventos con presencia de autores si fuera necesario y dividiríamos las ganancias por la mitad.

—La venta de libros es mi negocio, pero tengo una responsabilidad mayor con la Guardia Nacional en la calle Bayley: cumplo un turno en la guardia rotativa de incendios y horarios programados en la azotea de Drapers' Hall con las brigadas antiaéreas. Incluso el padre Howard forma parte de la brigada de bomberos de la catedral. Todos tenemos tareas que hacer.

—Por supuesto y lo tuve en cuenta. ¿Qué pasaría si te nombráramos encargado de la hacienda y tuvieras acceso a todos nuestros recursos?

—Encargado de la hacienda...

—Sí, podrías venir a Holt Manor y supervisar a las reclutas y ayudar a Eden con los aspectos más complejos del manejo de un importante establecimiento agrícola. Quedaríamos bajo tu dirección durante todo el proceso. Podrías ir y venir cuando quieras y según haga falta, pero siempre estarías de regreso en la ciudad a la noche. Tendrías nuestro coche y nuestra ración de gasolina a tu disposición para que no estés afuera después de los apagones.

En todos los años que habían pasado desde el último día en que se vieron en el invernadero, Amos jamás había pensado que volvería, no solo a pisar de nuevo la hacienda de los Holt, sino esta vez, a manejar la propiedad. ¿Quién imaginaría a Amos Darby en el puesto de encargado de Holt Manor?

—Parece que has pensado en casi todo, pero ¿qué dice lady Eden de este plan?

—Estará de acuerdo.

—¿Estás segura? La hacienda es su bien más preciado. ¿No pensará que es un plan mío para arrebatárselo?

—Por el bien de la hacienda y por el bien mayor que podemos hacer aquí, creo que verá las ventajas de este plan. Pero solo podremos hacerlo si trabajamos juntos. Entonces, lo que en verdad estoy haciendo es pedirte ayuda, Amos.

Por el bien mayor. "Juntos".

Cómo deseaba creerle. Cómo deseaba no sentir esa urgencia por alejarse mientras los asientos se llenaban de gente y no poner un pie sobre esa tierra que alguna vez lo dejó solo con lo que llevaba puesto. ¿Acaso en eso consistía la valentía de un hombre? ¿No en dar un paso adelante cuando no sabía a qué se enfrentaría, sino en volver a la lucha una y otra vez, siempre sabiendo lo que le esperaba?

Tomó la boina y se aclaró la garganta al tiempo que se ponía de pie, listo para partir.

—¿A qué hora?

A Charlotte se le iluminó el rostro. Debió de pensar que Amos se negaría cuando se levantó.

—¿Te parece bien mañana a las nueve? Sé que al municipio le gustaría que las tiendas sigan cerrando a las tres de la tarde para que los trabajadores puedan volver a sus casas antes de que comiencen los apagones. Así las reclutas tendrían tiempo suficiente para trabajar de la mañana a la tarde y tú para volver a tu puesto en la calle St Mary.

—Ajá. Entonces a las nueve. Allí estaré.

Charlotte nunca hacía las cosas a medias: era capaz de vender todos sus vestidos en lugar de detenerse luego de deshacerse de algunos. Tampoco podía fingir cuando quería algo de verdad. Además, si había algo que Amos sabía de los campesinos de la región central del país era que bastaba empeñar la palabra y darse un apretón de manos para cerrar un trato.

Ella extendió la mano izquierda para estrechar la mano sana de Amos y él sintió una chispa de emoción al ver que lo conocía tan bien que tenía en cuenta ese pequeño detalle, incluso después de tantos años.

—¿De acuerdo?

Amos extendió la mano izquierda y, sin más, estrechó la de Charlotte.

—De acuerdo.

Se trataba de un gesto corriente, un simple apretón de manos. Charlotte se puso de pie y se alejó por la nave de la catedral para dirigirse a la pared que homenajeaba a los jóvenes de la ciudad que habían muerto en la Gran Guerra. Se besó la punta de los dedos enguantados antes de pasarlos por la placa al pasar junto a ella.

Amos no se quedó; no estaba listo para sociabilizar. Sin embargo, consideró que era una buena señal dejarse llevar por el deseo de mirar a Charlotte rodeada por la gente de

Coventry, sus vecinos y amigos, antes de retirarse hacia el cementerio, con el sol en la espalda y una sonrisa que le entibiaba un rincón del alma.

CAPÍTULO 12

24 de agosto de 1914
Camino de Brinklow
Coventry, Inglaterra

EL AMANECER PINTABA PAISAJES INCOMPARABLES EN HOLT Manor y Charlotte comenzó a sentir que esos momentos la hacían revivir.

La niebla trepaba desde las colinas bajo el cielo nublado casi todas las mañanas. El horizonte parecía pintado con una paleta de acuarelas que iban desde el azul oscuro al castaño rojizo y los colores se mezclaban con las nubes detrás de las torres de las caballerizas y las copas de los álamos. Los estorninos se despertaban con el sol, al igual que los caballos en los establos y las ovejas y las vacas en el granero. El alba se convirtió en un refugio para Charlotte; se despertaba con las demás criaturas, salía de la casa por la puerta de servicio y pasaba las primeras horas del día tocando el violonchelo en compañía de los animales.

Una brisa ligera entraba por las puertas abiertas del granero y jugaba con los mechones de cabello que habían escapado del pañuelo que llevaba en la cabeza, haciéndolos bailar alrededor de su cuello. Charlotte miró hacia las colinas, disfrutando de la paz y del sosiego que le brindaba el sol al entibiarle la piel en la mañana fresca.

—Ahí estás. —Will apareció en el vano de las puertas del granero; estaba agitado, como si hubiera corrido por toda la hacienda; bloqueaba la entrada con la camisa casi fuera de los pantalones, el cabello revuelto, la chaqueta abierta y las manos apoyadas en la cintura.

—¿Will? —Charlotte entrecerró los párpados para protegerse los ojos del resplandor del sol—. ¿Estás bien?

—¿Quieres morir de una pulmonía?

—¿Pescarme una pulmonía aquí en el granero en pleno verano?

—Sabes a qué me refiero. —Will escudriñó el granero desde la puerta con el ceño fruncido como si de pronto hubiera comprendido algo. Entró y se dirigió a la vieja silla de madera donde Charlotte estaba sentada con el chelo apoyado en las piernas enfundadas en pantalones. —¿Qué demonios haces aquí?

—Me pediste que no tocara en el invernadero.

Will negó con la cabeza.

—Te *sugerí* que no lo hicieras y pensé que mi postura quedaba clara solo con plantearla. No es apropiado tocar ese instrumento, ya no.

—Pero no te molestó en Navidad cuando toqué delante de todos los invitados a la fiesta.

—Era distinto.

—¿Por qué? —La irritación de Charlotte aumentaba cada vez que Will cuestionaba su comportamiento como si fuera una niña—. Puede que mi madre haya tratado de convencerme de que tocara el piano cuando era niña… o incluso el violín, al que consideraba un sustituto adecuado. Creía que dejaría el chelo, pero me enamoré cuando asistí a un concierto y escuché Bach en el chelo en el escenario. No he conseguido acallar esa música en mi interior desde entonces. Estoy segura de que entiendes lo que siento, yo entiendo tu pasión por los caballos, no hay ninguna diferencia.

"Me enamoré…".

"Qué frase poco feliz Charlotte". Lo que Will menos quería era que le recordara todo lo que ella había amado alguna vez: el chelo, los libros, los sueños de su infancia y al hijo de un granjero con quien los había compartido. Tuvo la sensación de que Will dejó de escuchar el resto cuando pronunció esas dos palabras.

—Pareces una campesina querida.

Por instinto, Charlotte se pasó la mano por el pañuelo con el hermoso estampado en ocre y amarillo que había formado parte de su ajuar y que ahora llevaba alrededor de la trenza sujeta a la nuca. También llevaba las prendas de campo que le había prestado la esposa de Tate Fitzgibbons: un mono con tirantes, un suéter color ciruela oscuro y un par de zapatos de goma que, si bien no eran elegantes, le mantenían los pies secos en las mañanas húmedas.

Tal vez Charlotte no encajaba con la imagen perfecta de la belleza femenina de la época, pero tampoco podía decirse que hubiera asistido a una velada de gala con el último modelo de saco de patatas. Consideraba que se mostraba bastante respetable, cubierta desde el cuello hasta los pies.

—He pedido prestada esta ropa para no ensuciar los vestidos caros.

—¿A quién se la pediste prestada?

—A la mujer de uno de los granjeros. La señora Fitzgibbons ha sido amable conmigo y aunque soy la nueva señora de la hacienda, le pareció razonable que no quisiera tocar en el granero con un vestido elegante —comentó con humor y sonrió, pero Will no estaba de humor para bromas. Con tono más serio, agregó—: Sabes que no puedo tocar en la casa, tu madre me lo ha prohibido y no hay ningún otro sitio donde el personal no me vea ni me oiga.

—No me gusta que estés aquí afuera —Suspiró hondo—. Me desperté con la voz del ama de llaves en la habitación en lugar de la voz de mi esposa. Cuando la mujer abrió las cortinas y entró la luz, me di cuenta de que estaba solo en la cama… otra vez.

—Por favor Will —susurró y sintió que se sonrojaba cuando vio al mozo de cuadra por el rabillo del ojo.

El pobre muchacho parecía desconcertado al haber sorprendido al propietario de la hacienda y a su esposa en medio de una conversación tan íntima. A Charlotte no le llamaba la atención su reacción. ¿Acaso era normal hablar de esos temas sin ninguna delicadeza? La vida matrimonial había resultado una lección interminable de brusquedad tras pocas semanas y los estados de ánimo de su esposo se habían convertido en la parte más inquietante de toda la situación. Y eran lo que la hacía sonrojarse ahora.

El joven optó por irse y cerrar la puerta al salir.

—Te eché de menos Charlotte.

—Lo sé y lamento que hoy te despertaras solo, pero… —Hizo girar el arco con los dedos, deseando poder usarlo para tocar y no como distracción para no mirar a Will en un diálogo tan mortificante—. Me desperté y no pensé que querrías que desayunáramos juntos, dado que anoche saliste hasta tarde.

"Otra vez". Will pasó por alto la insinuación sin hacer ningún comentario sobre las numerosas veladas que disfrutaba en sus clubes de caballeros, tanto en Coventry como en Londres. Jamás se molestaba en dar explicaciones ni en reconocer que se trataba de una conducta más grave que tocar el violonchelo en el granero por la mañana.

—Es el único momento que tengo para tocar, Will, para aferrarme a algo mío aunque sea pequeño. ¿Lo entiendes? —El sol ya había salido del todo y el amanecer daba paso a la mañana detrás de los hombros de Will. Sintió una punzada de dolor al pensar que podría perder ese momento—. Solo tengo el amanecer.

—Más allá de la cuestión del desayuno mi esposa se había ido sin decirme nada a mí, a su esposo, sin importarle que mi madre hubiera organizado algunas citas para hoy. ¿No lo sabías? Ahora tal vez ella no llegue a tiempo por tu falta de consideración.

—Ay, cielos. —Charlotte se echó hacia atrás y guardó el violonchelo en el estuche. Trató de no mirar esa pequeña línea en la madera, la única señal de que se había rajado una vez y lo habían reparado. No quería recordar por qué—. Me temo que lo olvidé. Todavía no hemos tenido tiempo de coordinar nuestras agendas para la semana, pero supuse que eso implicaba que haría esas visitas sin mí.

—Deberías haberte dado cuenta de que eso ya no es posible, ahora *tú* eres la condesa de Harcourt. El título será tu responsabilidad diaria de aquí en adelante. No puede ser tan distinto de la vida en casa de tu padre, las obligaciones de tu posición no han cambiado.

—No, no han cambiado. —Suspiró; había sido una tonta al pensar que, de alguna manera, la situación sería diferente. Esa había resultado ser la mayor revelación de la vida de casada.

—En el futuro deberás tener en cuenta los sentimientos de mi madre, aprender de ella y ocupar el lugar que te corresponde en esta familia y en la sociedad.

Una chispa de rebeldía le recorrió el cuerpo. Cerró de un golpe el estuche del chelo y luego se plantó erguida frente a su esposo.

—Entonces, ¿este matrimonio seguirá los dictámenes de una suegra en lugar de regirse por la capacidad de un hombre y de su esposa para hablar sobre las distintas situaciones y tomar sus propias decisiones?

—Un hombre y su esposa, Charlotte. Se supone que llevas mi anillo en el dedo. ¿Y? —Le miró la mano—. ¿Dónde está?

—Ah, sí… —Charlotte cubrió el dedo anular desnudo con los demás dedos y recordó el anillo de diamantes y la alianza matrimonial guardados en el joyero egipcio que estaba en su tocador—. El engarce es tan hermoso que no quiero que se dañe y no puedo tocar con los anillos puestos. El diamante es pesado y gira en el dedo hasta que me lastima la palma. Además, correría el riesgo de volver a romper el chelo y ya viste cómo me afectó la última vez que ocurrió.

—Sí, casi no tenías consuelo. Pero ¿no me ocupé de hacerlo reparar? Puedo pedir a nuestro joyero que te achique los anillos. Mi esposa lo merece.

—Quiero decir que me resulta más fácil tocar sin alhajas. ¿De qué me sirve un diamante aquí… o un vestido, para el caso? Ese tipo de cosas forman parte de la vida de una heredera, pero yo quiero más que eso. Tenía la esperanza de que pudiéramos disfrutar de nuestras pasiones y trabajar también en la hacienda… juntos.

—Eso es a lo que me refiero. ¿Para qué? Tengo los medios para contratar gente y tú tienes acceso a cada rincón de la casa para hacer lo que desees, para dedicarte a lo que quieras: decorarla, organizar cenas o ayudar a las entidades benéficas de Coventry que elijas. Como mi esposa, debes representarme en el condado en tu rol de condesa y ser la madre de mis hijos. Y, sí, en esas tareas, te debería asesorar la mujer que llevó ese título con honor desde que se casó y pasó a formar parte de esta familia. Sin embargo, me enteré por mi madre de que ya has deshonrado esa tradición al consultar al encargado sobre la situación financiera de la propiedad.

Charlotte se quedó boquiabierta.

—Sí, es verdad, pero no pensé que deshonraría a la familia por hablar con el encargado de *nuestra* hacienda. Además, el señor Hall fue muy amable.

—¿Con qué propósito crees que te corresponde hablar con el personal no doméstico?

—Leí un artículo en el periódico esta semana y me surgió una pregunta al respecto. La nota estimaba que, en este momento, Inglaterra importa alrededor del ochenta por ciento del trigo que se consume en el país, así como la mayor parte de los alimentos.

Will se cruzó de brazos.

—¿Y qué tiene que ver eso con nosotros?

—Nuestro acceso a las provisiones disminuirá si el conflicto continúa, lo cual, según los periódicos, es lo más probable. Solo pregunté cuándo deberíamos plantar el trigo de invierno. El señor Hall recomendó que esperáramos por lo menos hasta septiembre por el impacto de los insectos y el potencial de plagas que trae el clima húmedo. Así que tendremos tiempo de analizar el tema y preparar los campos del sur... si decidimos avanzar con la siembra. Creo que deberíamos hacerlo.

—¿Quién dijo que vamos a sembrar los campos del sur? Son pastos.

—Ya sé, pero... la guerra cambiará todo el panorama y debemos enfrentar los desafíos que traerá aparejados. Ya había escuchado los planes del señor Fitzgibbons para la granja Foxhollow antes de que partiera para el frente; su esposa ha planteado algunas ideas interesantes para que aprovechemos mejor esa tierra. Marni me recomendó un libro de agronomía escrito por sir Daniel Hall que debería aportarnos cierto fundamento teórico. Encontré un ejemplar en la biblioteca y ya leí el primer capítulo, he marcado algunas páginas porque tal vez podríamos estudiar un poco la cuestión y tomar una decisión...

—¡Qué manía tienes con la biblioteca de mi padre!

El comentario resultó algo hiriente pero le sirvió para demostrar su argumento.

Charlotte bajó la voz.

—Will, no me refería a eso.

—Claro que no, perdóname. —Se detuvo, suspiró y se pasó la mano por el cabello negro despeinado como si la verdadera razón de su disgusto no fuera la observación de ella sino el hecho de que planteaba una serie de problemas. O quizás el problema fuera Charlotte, un problema que *él* debía resolver.

Will se arrodilló junto a ella y la miró con una ternura que ella no había visto hasta ese momento y que le despertó un atisbo de esperanza. Tal vez podrían construir juntos una vida y él podría responder con sensibilidad cuando ella se mostrara vulnerable frente a su esposo. Quizás hasta podrían compartir esa vulnerabilidad...

—Tú tienes una misión aquí mi amor, pero no es tocar el chelo delante de mis vacas ni discutir sobre teorías agrícolas a partir de lo que lees en la biblioteca. Necesito un hijo... o, por lo menos, necesito saber que voy a tener un hijo antes de irme.

Esta vez sus palabras calaron más hondo.

Charlotte se quedó mirándolo.

—¿Antes de irte a dónde?

—Querida, sabes que no puedo quedarme sin hacer nada mientras los demás hombres van a la guerra. No voy a esperar a que me pidan que me ponga el uniforme. —Will apretó la mandíbula y extendió la mano lentamente. Tomó una de las manos de ella entre las suyas y le acarició con suavidad el dorso—. Me enrolé y parto dentro de una semana.

—¿Qué? —Retiró la mano de un tirón y se puso de pie de un salto—. No estamos hablando de salir a caminar por la mañana. ¡Se supone que tenemos que tomar juntos estas decisiones! Tú y yo, marido y mujer. ¿No fue eso lo que nos prometimos el uno al otro? ¿Cómo pudiste decidir algo así sin pensar en consultarme?

—No hubiera cambiado de idea.

—Ni yo hubiera intentado disuadirte.

—Quizás… a menos que… —Volvió a suspirar con la vista clavada en el heno debajo de sus botas. Luego se levantó junto a ella—. ¿Estás embarazada?

Las mejillas de Charlotte se encendieron con una mezcla de vergüenza y furia. Hablar de los planes para tener familia en medio del anuncio de su enrolamiento como soldado… ¿Acaso solo la quería para tener hijos? Cruzó los brazos a la altura de la cintura.

—No… o no lo sé. ¿Cómo podría saberlo? Hace poco tiempo que nos casamos.

—Entonces quizá deberías pasar las mañanas en la habitación de tu esposo y no en su granero, ¿no te parece?

Pronunció las palabras con suavidad en un intento fallido de mostrarse afectuoso. Sin embargo, Charlotte las percibió como un jarro de agua fría.

Lo miró en silencio y parpadeó. Desesperada, buscó un vestigio de algo auténtico en sus ojos, pero el rostro más apuesto del condado, con esa mandíbula cincelada que parecía aún más férrea en la luz matinal, mostraba la total ignorancia de Will sobre lo que ocurría en el corazón de su esposa. También se lo veía resignado y carente de la comprensión que Charlotte siempre había esperado encontrar en el hombre que se convirtiera en su esposo.

—Vamos, querida. —Will le tendió la mano. Si Charlotte quería lograr por lo menos que existiera un vínculo cordial entre ellos, debía dejar de lado las fantasías románticas y aceptarlo.

A regañadientes, Charlotte apoyó la palma en la mano de él para permitirle que la condujera hacia la puerta.

—¿Y mi…? —Se volteó en busca del estuche del violonchelo mientras Will la llevaba hacia afuera.

—Yo me ocuparé, no soy un hombre sin compasión. Tal

vez encontremos un lugar para guardarlo en el ático donde mi madre no lo vea, creo que hace años que no sube allí. Ahora vamos. —Le guiñó un ojo a modo de concesión y se detuvo en la puerta, al tiempo que señalaba la mansión con la cabeza—. Quítate esos harapos y ponte un vestido de día antes de ir a repasar tu agenda con mi madre. Voy a conversar con el señor Hall esta mañana para que sepa que no debe preocupar a mi esposa con las minucias del trabajo de campo y, que si eso ocurre, le costará el empleo. ¿Entendido?

"Perfectamente".

Charlotte debería comportarse como una dama.

Le resultaría larga la caminata hasta la biblioteca de la planta baja para volver a colocar el libro en el estante correspondiente. Todavía más largo le parecería el trayecto por el campo para devolver la ropa de trabajo que le había prestado Marni Fitzgibbons. No obstante, si esa era la vida que Will imaginaba para ella, Charlotte temía que no le gustaría saber que planeaba otras caminatas para su futuro. Iría a la iglesia a rezar cuando Will se fuera a la guerra. También visitaría las tiendas en Coventry, una vez que él hubiera partido, para comprar prendas de trabajo y un *Almanaque del Agricultor*. Luego se dirigiría a la joyería para que le achicaran los anillos. Y todas las mañanas, si tenía ganas, se instalaría en el granero para tocar Bach ante las vacas de su esposo y los estorninos perdidos en el cielo matinal.

Había comenzado la guerra.

Su mundo cambiaría en consecuencia. A pesar de que en su interior continuaba la lucha entre lo correcto, lo esperado y lo aceptable en su posición social, Charlotte se prometió levantarse todas las mañanas a enfrentar los desafíos que se le presentaran… incluso cuando, dentro de una semana, tuviera que hacerlo sola.

***

Por la forma en que las reclutas del WLA conversaban sobre las sombrererías de Londres, con su variedad infinita de modelos que marcaban tendencia desde las calles Oxford y Bond, como, por ejemplo, el Sombrero de las Seis de la Tarde, bautizado así por la hora en que se terminaba la jornada laboral y comenzaba la velada para divertirse, para Charlotte fue una sorpresa comprobar que cumplían sus horarios a rajatabla y trabajaban sin cesar en sus tareas diarias.

Aunque el sol se elevaba en el cielo, la mañana conservaba su frescura y el aire estaba cargado de los aromas del otoño. Charlotte había enviado a Ainsley y a Ginny a las librerías, mientras que Flo y Dale ya habían desayunado y la esperaban en la camioneta con Eden.

Allí estaba, como la dueña y señora de Holt Manor de antaño, con su mono, una camisa de cuello babero que le había prestado su hija y un pañuelo de seda que le sujetaba el cabello... casi como si fuera camino al granero con un violonchelo. No podía igualar el uniforme de las reclutas con sus pantalones de montar, sus calcetines, sus sombreros y los jerséis debajo de las chaquetas color caqui, todo de acuerdo con el reglamento. Sin embargo, parecían complacidas al ver a la propietaria de la hacienda preparada para trabajar con ellas y le sonrieron en señal de aprobación cuando vieron su atuendo.

—Son casi las nueve, ¿estamos listas? —Charlotte se colocó los guantes de jardinería mientras se acercaba a la camioneta. Eden estaba al mando, con la mano a modo de visera para evitar que el sol le diera en los ojos.

—Con lo justo. —Eden respiró hondo y señaló con la

cabeza el coche que se acercaba por el camino de entrada. Luego, bajó la voz y susurró—: ¿Estás segura, mamá? Todavía hay tiempo para cancelar este plan alocado si crees que alguno de los dos no puede tratar al otro con un mínimo de cortesía.

—No te preocupes querida. Por mucho que nos cueste admitirlo, necesitamos la ayuda del señor Darby y no soy tan orgullosa como para negarlo.

—Ginny se preguntaba por qué habría aceptado salir de su madriguera ahora. Yo me pregunto lo mismo aunque no me gusta la palabra que usó; el señor Darby tiene bastante que hacer en la ciudad con la Guardia Nacional, ¿por qué querría venir a trabajar con nosotros?

—Porque le pedí que se encargara de la hacienda.

Eden guardó silencio por un momento. Luego, asintió con la cabeza y clavó la mirada en una tabla gastada de la caja de la camioneta, mientras recorría la pintura descascarillada con el dedo.

—¿Es porque le di una llave de nuestra librería?

—Claro que no. Me dijiste por qué lo hiciste... después de hacerlo. Me parece bien asegurarse de que alguien pueda entrar y echar una mano si es necesario con todo lo que está ocurriendo.

—¿Y, a pesar de que he manejado esta hacienda durante los últimos años, no me consideraste para el puesto de encargada?

—El señor Darby debe de ser uno de los últimos granjeros sanos que quedan en esta parte del país. Sé que no entiendes todo lo que está ocurriendo, pero te suplico que dejes de lado los prejuicios y no sientas que no se notan o no se valoran tus esfuerzos... en especial por ser mujer. Trata de recordar quién es tu madre y cómo te ha criado.

Charlotte no pudo reprimir una leve sonrisa. Sus primeros años en Holt Manor no habían sido nada fáciles, eran más las noches en las que se quedaba dormida llorando que las que no. Al poco tiempo se quedó sin el lujo de tocar el chelo al amanecer; la guerra se convirtió en su única preocupación y el instrumento se cubrió de polvo en un rincón. Sin embargo, cuando tuvo a su hija, Charlotte prometió que educaría a Eden para que fuera autosuficiente y audaz para tomar sus propias decisiones, más allá de lo que la sociedad intentara imponerle. Su hija podría tocar todos los chelos que hubiera en Inglaterra si quería.

—Ya hemos aprendido que la guerra es un enemigo impredecible. Creo que el señor Darby encarna la mejor posibilidad de conseguir que esta hacienda sea de utilidad para la gente que depende de nosotras en este momento. Si te importa ese objetivo, y yo sé que es así, escucharemos lo que nos diga y haremos lo que nos pida.

Charlotte casi se había convencido a sí misma con ese discurso tan apasionado.

En realidad, esa mañana se había despertado con tal revuelo interior que solo había logrado beber media taza de té. Tenía las palmas de las manos húmedas adentro de los guantes de trabajo. Al ver la figura alta de Amos descender del coche, Charlotte sintió un nudo en el estómago y las dudas la invadieron mientras lo miraba acercarse.

¿Funcionaría el plan? ¿Podría volver a confiar en él... con todo lo que había en juego ahora?

—Lady Harcourt, lady Eden, buen día. —Amos giró de modo tal que su perfil sin cicatrices quedara del lado de la camioneta. Se tocó el sombrero para saludar a las jóvenes sentadas en la caja—. Señoritas. —Luego se dirigió a estrechar las manos de los hombres que conocía.

Las muchachas lo saludaron; Charlotte se situó delante del grupo. Estaba lista, pero se sentía como un pez fuera del agua después de tantos años alejada de los guantes de jardinería, los graneros y los monos cómodos de los granjeros.

—Bien, manos a la obra entonces. Les presento al señor Amos Darby, el nuevo encargado de la hacienda; debe ver todo lo que hacemos para poder asesorarnos. Tenemos la recolección de leche de las granjas arrendadas, aunque las tareas de ordeñe y de enfriamiento de la leche ya terminaron por hoy. —Le guiñó un ojo a Eden al tiempo que señalaba los cobertizos donde se ordeñaba a las vacas—. El señor Cox ha logrado conseguir cristales para sustituir los que se rompieron en el invernadero y empezará a colocarlos de inmediato. Además, tenemos los plantines de col rizada, repollo, lentejas, ruibarbo, tubérculos y setas para plantar y cosechar en el invierno. Llevaré al señor Darby a recorrer las instalaciones y los veremos a todos otra vez en el invernadero para darles más instrucciones. ¿Está bien?

—Ajá. —Amos asintió con la cabeza—. Me parece bien.

Charlotte aplaudió con las manos enguantadas.

—Adelante señor Cox por favor.

El jardinero se tocó el sombrero y, después de responder con un "milady", emprendió la marcha. La camioneta se alejó con lentitud mientras Charlotte trataba de disimular una sonrisa al ver cómo Eden intentaba ignorar la simpatía evidente de Jacob. Las reclutas por su parte parecían haber notado que hasta Alec estaba más contento en medio del grupo; daban la impresión de ser un grupo de jóvenes de camino a un almuerzo junto al río en lugar de dirigirse al campo a trabajar toda la jornada. El pobre señor Cox tendría que vigilar el coqueteo entre las palas y los rastrillos. Charlotte se aseguraría de que se le aumentara el salario con la certeza de que se habría ganado hasta el último centavo.

—Déjame adivinar. Ahora estás imaginando un almuerzo en Box Hill, ¿no? —Amos se situó a su lado, siempre listo para hacerle una broma sobre su amor por la literatura.

¿Por qué Charlotte siempre cruzaba los brazos en un gesto de fingida rebeldía?

—Sigo sosteniendo que existe una referencia a Jane Austen en casi todas las situaciones de la vida. Y Emma, la más ingeniosa de sus personajes, tendría algo que decir en muchas ocasiones.

—Esperemos que no tengamos que pedir disculpas como tuvo que hacer ella después de ese episodio.

—¿Leíste el libro?

Amos suspiró casi con dolor.

—Tú me obligaste.

Aunque trató de no reírse, como siempre con él, Charlotte no pudo evitar una carcajada allí, bajo el sol, mientras observaban cómo la camioneta desaparecía en la distancia.

—Supongo que así fue. Hace mucho tiempo.

La necesidad de separarse del resto del grupo durante la mañana había surgido de forma natural, en especial por lo que quería mostrarle. Debían alejarse de los demás e ir a pie al sitio en cuestión; tendrían que pasar gran parte del día recorriendo Holt Manor solos. Charlotte sintió que tal vez no lo había pensado del todo bien ahora que ya no podían ver la camioneta por la cuesta.

¿Cuándo había sido la última vez que habían estado a solas? Más aún, ¿cuándo había sido la última vez que habían reído juntos? La última vez que lo había visto antes de la guerra había sido aquel día en el invernadero cuando se despidieron. Su pobre chelo había sufrido el daño de su dolor. ¿Había pasado el tiempo suficiente para que ya pudiera dejar de lado el sufrimiento y reír con él?

Amos carraspeó.

—¿Dónde vamos primero?

Otra vez debía fingir que su compostura no era ficticia.

—Comenzaremos por los viejos establos que están más allá de los jardines, detrás de la casa.

—Te sigo. —Amos extendió el brazo para que ella avanzara primero, aunque ambos sabían que conocía la hacienda de memoria. Dejaron atrás la mansión y tomaron el sendero de grava que pasaba por los jardines y bajaba la colina.

—Ha pasado mucho tiempo, ¿verdad?

—¿Desde que ambos usábamos ropa de trabajo, milady? —No sonrió, pero su tono de voz parecía indicar que le habría gustado hacerlo.

—Me refería a tu última visita a la hacienda.

—Sí, lo sé; quería romper el hielo con un poco de humor pero parece que no me sale tan bien como a Austen.

—El hecho de que hayas conservado tu sentido del humor me lleva a creer que puedo ser franca con respecto a la razón por la que estás aquí hoy. Sé que no necesitas ver las vacas que se están ordeñando ni recorrer el resto de las instalaciones. Estoy segura de que recuerdas todo lo que hay que saber sobre la hacienda y ya te las ingeniarás para ver lo que haya cambiado.

—Ajá.

—Mi pedido de ayuda para el manejo de la hacienda fue sincero, pero… no es la única razón por la que estás aquí.

—¿El padre Howard también sabe por qué estoy aquí?

—No, no sabe nada de este motivo en particular, pero te aseguro que se trata de una cuestión honorable. Es más, creo que si se lo pudiera contar estaría totalmente de acuerdo con mi decisión. —Miró el perfil de Amos, el lado del rostro que no tenía cicatrices. ¿Acaso vislumbraba allí una leve sonrisa?—. ¿Cómo te diste cuenta de que no te había contado todo?

Amos se encogió de hombros.

—Jamás hablaste tanto ni tan rápido como hace un rato cuando recitaste esa lista de verduras a un grupo de jóvenes que no podían mostrarse más indiferentes… A menos que tuvieras otra preocupación en mente y, para serte franco, eso es lo que me preocupa a mí. —Asintió; la grava crujía bajo los pies de ambos—. Entonces, ¿qué es lo que de veras quieres mostrarme? ¿Refugios escondidos en los establos o artículos del mercado negro guardados en el sótano?

—No precisamente.

Los establos de piedra y el granero estaban en uso, aunque ahora más como depósitos para repuestos del tractor y utensilios de jardinería que antaño. Se habían construido establos nuevos después de la primera guerra que, de momento, eran suficientes para los animales que había en la hacienda. Además, con las ventanas rotas cubiertas con telas oscuras, las bisagras oxidadas en las puertas de madera gastada y la cantidad de nidos de pájaros que había en los aleros, los edificios que aparecieron frente a ellos daban pena y no habían cumplido ninguna función durante décadas.

Hasta ahora.

—Las vacas para ordeñe solían ocupar este establo... hace muchos años. —Charlotte tomó una llave del bolsillo de su mono y la insertó en un candado nuevo que sujetaba la cadena que mantenía las puertas cerradas.

Amos se detuvo ante las puertas y pasó la mano por el marco y el dintel para verificar su solidez.

—Parecen un poco deteriorados.

—Sí, pero hace poco hice revisar estas construcciones para comprobar si eran seguras. Son edificios sólidos y me han dicho que van a resistir a menos que reciban un impacto directo, por supuesto.

Amos la miró de reojo y alzó una ceja con expresión interrogante.

—Bien. ¿En qué te has metido?

—¿Recuerdas los temores de una invasión que se difundieron el mes pasado? —Charlotte negó con la cabeza mientras retiraba la cadena que unía las manijas; el metal tintineó y las puertas quedaron libres—. Perdona. Por supuesto que lo recuerdas: todos en Inglaterra estuvimos nerviosos el fin de semana de la invasión.

—Ajá. La Guardia Nacional estuvo en alerta las veinticuatro horas durante cinco días.

—Todos estuvimos en alerta, recuerdo que tuvimos que cerrar las tiendas por primera vez. Los temores finalmente se convirtieron en una realidad horrible cuando las primeras bombas cayeron sobre Londres. Tanta gente llenó la catedral de Coventry que la fila llegaba hasta la calle y se agotaron las velas. Parece ser que lord Beaverbrook, el ministro de Producción Aeronáutica, después de recorrer un aeródromo de la RAF en las afueras de Oxford, comenzó a preocuparse por el nivel de producción necesario para mantener la provisión de aviones de caza Spitfire. No solo dividieron las fábricas de Londres y expandieron la producción a ciudades más pequeñas en la provincia, sino que el ministerio creó un plan para evitar la pérdida de una gran cantidad de aviones en un solo ataque. En vista de que la RAF ya está luchando por el espacio aéreo de Londres, las ciudades del interior se han vuelto mucho más importantes para el plan del gobierno.

—Nos enteramos en la Guardia Nacional. Si hubiera una invasión comenzaría con ataques de la Luftwaffe para destruir nuestros aviones y diezmar a la RAF; después enviarían tropas terrestres por mar para ocupar el país.

—Sí. La RAF es el arma más poderosa que tenemos por esa razón. En los días posteriores a ese pico de temor por la invasión recibimos un telegrama del señor David Farrer, el secretario personal del mismísimo lord Beaverbrook, en el que planteaba una oportunidad para que Holt Manor desempeñara un papel estratégico en la guerra.

—Tengo la impresión de que no solo vamos a plantar verduras en el invernadero para el WLA, ¿no?

—No, y debo pedirte que no le cuentes a nadie lo que voy a mostrarte. El ministerio me ha hecho jurar que guardaré el secreto.

—¿Lady Eden no sabe nada?

Charlotte negó con la cabeza.

—Solo lo sabe el señor Cox y ha tratado de mantenerla alejada de estos edificios viejos. Pero debo advertirte que Eden cree que no se la consideró para el puesto de encargada de la propiedad. Además, la destruiría saber que Holt Manor podría correr peligro aunque se trate de nuestro deber. Te pido tu ayuda por la seguridad de todos.

Charlotte respiró hondo y abrió las puertas del antiguo edificio.

El sol inundó el interior y se reflejó en la pintura de camuflaje color oscuro y el aluminio de tres aviones caza Spitfire prístinos y listos para volar.

—Hay tres más en la hacienda escondidos en establos de los arrendatarios. El señor Cox nos echa una mano cada vez que suenan las sirenas, quitamos los candados de las puertas por si la alerta es real y la RAF necesita los aviones y cerramos los candados de nuevo cuando se apagan las sirenas.

Amos pasó el peso del cuerpo de una pierna a la otra y miró los aviones como si calculara la enormidad de los riesgos que implicaba lo que Charlotte le acababa de contar. Y no, no parecía gustarle nada la situación por más que se tratara de honrar al rey y a la patria.

—¿Por qué querrías mostrarle esto a tu librero enemigo?

—Porque ahora las sirenas suenan de día y de noche y, como van a llegar más aviones, necesito a alguien de confianza que nos ayude a mantenerlos escondidos, de modo tal que Holt Manor no se convierta en el próximo objetivo de la Luftwaffe. Y sabía que esa persona eras tú.

CAPÍTULO 13

14 de octubre de 1940
Camino de Brinklow
Coventry, Inglaterra

TRES HORAS HABÍAN TENIDO EL DESCARO DE PASAR VO-
lando.

Eden se alegró, arrodillada en el invernadero, mientras
se tomaba un pequeño descanso de la siembra. Se sentó sobre los talones y se masajeó el hombro acalambrado. Estiró
los brazos y las piernas tras ponerse de pie y miró cuánto
habían avanzado.

Jacob y Alex se habían encargado de desenterrar un tocón con el tractor en un extremo de la rosaleda y después
habían cortado el resto del tronco para hacer leña. El señor
Cox y las muchachas habían hecho maravillas en el invernadero, que casi resplandecía con los cristales impecables,
las hileras de macetas listas y los alambres colgados del techo para que los tomates y los pepinos treparan durante el
siguiente año. Había filas y filas de macetas preparadas para
alojar a un pequeño ejército de hortalizas que crecerían
para convertirse en alimentos para el invierno.

La lista mental de tareas de Eden podría quedar termi-
nada antes del fin de semana al ritmo que trabajaban: cosechar el resto del heno y las patatas para el invierno, y podar

los setos de los caminos que habían crecido demasiado, por lo que conducir sin luces durante los apagones podía resultar peligroso. Tal vez hasta podrían modernizar un poco la producción de leche... si recibían el dinero de Cole...

"Basta, no empieces con eso otra vez".

Si bien se trataba de una posibilidad, distaba mucho de ser una certeza. Además, más allá de que solo ella y su madre eran conscientes de las deudas que la hacienda acumulaba, era peligroso cifrar sus esperanzas en algo que quizá no ocurriría jamás.

Eden miró por los paneles de cristal y vio a Jacob y a Alec extraer con fuerza las últimas raíces del tocón de la tierra.

¿Por qué estaba Jacob allí? Aunque él había explicado el motivo de su viaje, si Eden heredaba una fortuna la suya se vería reducida a la mitad. Sintió que su propia especulación le despertaba una punzada de culpa. Jacob había mencionado hermanas y una madre viuda. Después la invadió una cierta curiosidad. ¿Por qué estaba allí, trabajando codo a codo con la familia que debería ser su enemiga como si, en realidad, deseara que fuera su aliada?

Esa actitud no era muy diferente de la del señor Darby, que había llegado a Holt Manor por su propia voluntad cuando la animosidad entre las tiendas durante estos años la había convencido de que eso nunca iba a suceder. ¿Por qué el cambio ahora?

—¿Es "la recolección de la leche" lo que me parece que es? —La pregunta de Dale interrumpió los pensamientos de Eden.

La joven carraspeó y dejó de mirar a Jacob para retomar la tarea de remover la tierra del borde de la maceta.

—Es probable. Se trata de ordeñar las vacas y embotellar la leche además de llevar mantequilla y leche a los arrendatarios de la propiedad y de las zonas aledañas.

—Qué glamuroso.

—Te aseguro que la gestión de un establecimiento agropecuario no tiene nada de glamuroso, pero la recolección de la leche también conlleva alegrar el día a las mujeres cuyos esposos se han ido a la guerra. La mantequilla escasea en todas partes menos en las granjas lecheras; alegra la mesa del desayuno en los hogares donde falta un comensal cuando la compartimos. Además hay que llevar las cuentas, pero suelo hacerlo por la noche cuando ha terminado el resto del trabajo del campo.

—¿Alegrar el día a las esposas con mantequilla? Habría pensado que preferirían pintalabios y pantys de seda. —Dale guiñó un ojo y chocó su hombro con el de Eden mientras dirigía la mirada hacia Jacob, que seguía cortando leña—. ¿Sabía que hay un lugar en Londres llamado Salón para Piernas al Desnudo, donde pintan los pantys en las piernas con una línea perfecta en la parte de atrás? ¿Existe algo así en Coventry?

—No tengo la menor idea.

—No se preocupe: las londinenses tenemos un don especial para encontrar los salones de belleza con una rapidez increíble. Me pregunto quién valoraría los esfuerzos que hacemos las damas para mantener cierto nivel de belleza en el interior del frente.

Eden desvió la mirada a fin de evitar dar la impresión de que le interesaban los hombres para algo más que para compartir el trabajo de campo.

—Bueno, estoy segura de que cuando el nuevo encargado de la propiedad nos ayude a implantar un sistema de trabajo, todo funcionará a la perfección. Eso me alegrará más que los pantys de seda… reales o pintados.

—Sabe que es preciosa, ¿no? Tiene esos ojos brillantes… —Dale le apartó unos rizos de las cejas—, pero él nunca los va a ver si están siempre escondidos.

Dale era una mujer de vanguardia incluso según los

parámetros londinenses, pero la sola idea de que se atreviera a hablar de esa manera de un hombre dejó pasmada a Eden, que no pudo ocultar su asombro. El amor no funcionaba así en el campo… por lo menos ella nunca había visto algo similar.

—¿Cómo dices?

—Mire, no tiene nada que envidiar a esa belleza, Hedy Lamarr. Además, dicen que es tan inteligente como hermosa, igual que usted. Cualquiera la confundiría con una estrella de cine si se cortara el cabello… hasta aquí, tal vez. —Dale pasó el borde de la mano por la trenza de Eden a la altura de la clavícula, como si la cortara de un sablazo—. Por los hombros… ¿O tal vez un corte elegante con el cabello hasta la barbilla? Siempre es bueno probar algo novedoso. Es más seguro para las chicas en las fábricas, así no corren riesgos en la maquinaria con el pelo largo. Por eso el cabello corto se está imponiendo en todo el país. Vamos, córteselo, póngase pintalabios y hágase pintar los pantys en las piernas para que ese bombón no tenga más remedio que caer rendido a sus pies.

Eden se apresuró a corregirla cuando Dale hizo un movimiento de cabeza en dirección a Jacob:

—No, no. Has entendido mal: el señor Kole ha venido a la hacienda por un asunto legal y nada más.

—Cariño, no está cortando leña ahí por un asunto legal. ¿Acaso cree que a un hombre inteligente como ese le gusta trabajar gratis en una granja en el interior de Inglaterra?

Tenía sentido… demasiado. Lo único que se le ocurrió a Eden fue desviar la conversación.

—Su ayuda resulta útil. —Se encogió de hombros para restar importancia al asunto—. Me sorprende que Jacob se dé maña con el ganado, incluso con los caballos, aunque comentó que a su familia siempre le han gustado y la familia de su padre tenía caballerizas cuando él era niño.

—Claro. Debilidad por los caballos, ¿no? Y por cortar leña y cavar fosas en los jardines para enterrar refugios de metal… lo que usted diga. Pero tiene que haber una razón por la cual sigue viniendo día tras día. Y no creo que sea porque le guste embarrarse o pasar un rato con los caballos en un establo… mucho menos en medio de un grupito de reclutas a las que pasa por alto todo el tiempo para mirarla a usted.

—Yo… —¿Acaso era cierto? Eden se quedó sin voz… y sin ninguna respuesta.

—La cosa se pone interesante en el momento en que una pesca a un caballero mirando a una chica cuando cree que nadie lo ve.

—¿Interesante?

Dale señaló a la estrella del grupo de reclutas, Flo, quien se veía elegante incluso mientras plantaba semillas en las macetas junto a la pared de cristal del invernadero.

—Mire a Flo, por ejemplo, la criatura más agraciada que ese granjero guapo verá en toda su vida. —Dale hizo una pausa y dio un codazo a Eden para que mirara más allá de las puertas de metal en dirección a Alec, que cortaba leña junto a Jacob. Eden notó, por el comentario de Dale, que el joven se esforzaba por no mirar a Flo—. Ahora mire hacia allí. Alec solo le ha hablado para decirle que se ponga cera en las manos (es increíble que haya juntado el valor para hacerlo) o para soltar algún que otro comentario sobre el ganado y el clima. No ha ido a la guerra por una antigua herida que le dejó esa pequeña cojera, ¿verdad?

—Sí. Tengo ese recuerdo de mi niñez. —Eden desvió la mirada mientras se acordaba del día en que la madre de Alec había ido a la casa a pedir ayuda y habían mandado buscar al médico—. Lo tiró un caballo y se rompió una pierna. El médico le tuvo que colocar el hueso y supongo que no se soldó del todo bien.

—¿Acaso él cree que ella es demasiado elegante para él por ese motivo? ¿Y ella? ¿Cree que él es demasiado humilde, incluso con esos ojos de cordero degollado que podrían derretir a una piedra? Es como poner piezas de ajedrez en el tablero y ver cómo se desarrolla el juego. El amor va derribando a los jugadores y determina quién ganará la próxima partida. Ni Agatha Christie podría haber escrito una trama mortal tan perfecta.

—¿Agatha Christie te hace pensar en una situación romántica? —Eden rio y se volvió hacia la encantadora recluta—. ¿Has leído a Agatha Christie?

—Querida, yo leo de todo.

—¿En serio? No recuerdo haber visto que te interesaran los libros en tu solicitud de inscripción en el WLA. Habría sugerido que trabajaras en la librería desde un principio si lo hubiera sabido.

—No lo incluí en la solicitud. —Dale se quitó el sombrero y se abanicó el rostro como si se encontraran bajo el sol de verano y no de final de otoño—. El trabajo es trabajo pero no es vida. Cada uno hace lo que tiene que hacer para sobrevivir. Lo sé bien: lo he hecho desde que tenía catorce años.

—¿Catorce?

—Todo tiene que ver con las historias que nos contamos a nosotros mismos, ¿no es cierto? Todos tenemos un papel que desempeñar. Usted es la heredera que trata de fingir que no le preocupa que este sitio se caiga a pedazos a su alrededor.

La reacción de Eden fue automática: no pudo evitar quedarse boquiabierta ante la descripción que solo un experto podría haber resumido con tal precisión. Al observar su entorno, con un equipo de gente reducido al mínimo, las instalaciones cada vez en peor estado, el ganado mantenido con centavos y las sirenas que taladraban los oídos por la noche, pensó que quizá fuera momento de dejar atrás su fantasía de querer engañar a todos.

—¿Es tan evidente? —Suspiró. Dale era muy astuta pero, por suerte, parecía contar con un pragmatismo igual de afilado que su mente—. Creí que nadie se daba cuenta.

—Lo sé y también sé lo que la gente ve cuando me mira. A veces la fantasía nos ayuda a olvidar la verdad. Mi verdadera historia comenzó en un hogar para niñas, donde me quedé hasta que no pude aguantar más el techo con goteras, la directora malhumorada y veinte chicas apretujadas en una habitación helada todo el invierno. Solía quedarme despierta leyendo hasta tarde con una linterna encendida debajo de las sábanas para que un libro me sacara de ese mundo y me transportara… bueno, a cualquier otro sitio. Incluso llegué a pensar que algún día sería escritora. ¡Qué tontería! En cuanto pude me marché y no regresé jamás.

—No es una tontería. Lo he notado en el poco tiempo que llevas aquí: trabajas sin quejarte y las demás muchachas te siguen. Me ha costado mantener tu ritmo de trabajo. Esa ha sido la sorpresa más inesperada y fantástica de toda esta cuestión. No me importan nada las reglas ni los uniformes si logramos avanzar en serio y me encanta ver que es así.

—Bueno, no es porque el personal de la presidenta del WLA del condado nos lo exija. —Dale soltó una carcajada que indicaba que las suposiciones de Eden, basadas en la juventud y la belleza de Dale, habían sido erróneas—. Cada uno vive como está acostumbrado a vivir.

—¿Y tú, a qué estás acostumbrada?

—A ver: trabajé en una sombrerería y en una mercería. También fui camarera en el Savoy y modista en Chelsea. Allí conocí a Ainsley, que es una verdadera artista. Ya le dije que algún día tiene que mudarse a París y dejar sin trabajo a Coco. Flo trabajaba en una compañía teatral cuando la conocí. Yo era vendedora de cigarrillos en el teatro, iba detrás de los hombres que no me convenían y cometía todo tipo de errores. Ella cantaba y bailaba en el coro tratando de abrirse paso en el ambiente artístico de Londres. ¿Lo ve? Todas tenemos sueños frustrados. De vez en cuando, pulimos un poquito nuestra historia, aunque no sea más que para enrolarnos en el WLA... quizá la excepción sean las jóvenes bondadosas como usted; creo que es una de las personas más auténticas que existen.

¿Una de las personas más auténticas que existen?

Con la necesidad de salvar la hacienda, las expectativas que la abrumaban y las bombas que caían del cielo cada noche, Eden casi no había pensado en otra cosa que en sí misma. No obstante, al ver a otras personas trabajar en el viejo invernadero, se dio cuenta de que había estado a punto de perderse una oportunidad. Hacía tiempo que Eden no pensaba en la amistad ni en ponerse pintalabios... y mucho menos en pintarse pantys en las piernas para captar la atención de un hombre. ¿Cuándo se habían convertido en muchachas que hablaban de sus sueños como si estuvieran muertos y enterrados?

—Dale, tal vez te enteraste antes de marcharte de Londres. Algunos refugios han comenzado a publicar sus propias gacetillas con novedades sobre los bombardeos en sus barrios. Tengo un ejemplar de una de ellas en casa, se llama *La casita suiza*; es de una estación de metro cerca de una taberna que se parece a una cabaña suiza y a algunas construcciones del centro medieval de nuestra ciudad. Se me ocurrió que podríamos hacer algo similar aquí en Coventry para la gente de la calle Bayley.

Dale no le prestó demasiada atención.

—Podría ser.

—¿Qué opinas de darle una oportunidad?

—¿Yo? —Se mordió el labio inferior—. ¿Está bromeando?

—¡No! En absoluto. Acabas de admitir que eres escritora.

Tal vez podrías entrevistar a algunos de los propietarios de las tiendas o conocer a las personas de la fila del té y escribir sobre nuestros refugios. Te podría presentar al padre Howard para que te cuente cosas sobre la catedral y el centro de la ciudad. Podría llevarte a la librería... hoy mismo si quieres. Tenemos una máquina de escribir Remington en la oficina; puedes escribir todo lo que quieras mientras estás allí.

—Está bien. Lo pensaré... —se le iluminó el rostro y tocó la trenza a Eden—, pero solo si me deja cortarle el cabello para dejarla parecida a Hedy, ya que tiene la misma inteligencia.

El sol bañaba el camino de grava que llegaba desde la casa por donde aparecieron dos siluetas. El señor Darby y su madre caminaban hacia ellas conversando tranquilamente.

—Si no le molesta mi pregunta, ¿dónde están las piezas de ajedrez en ese tablero?

—¿Qué? ¿Entre mamá y el señor Darby?

Dale asintió con la cabeza y una chispa en los ojos.

—¿Se conocen mucho?

—Sí, se conocían mucho antes de la Gran Guerra, pero creo que ahora ni siquiera se tratan. Solo ha habido indiferencia entre las dos librerías desde que tengo uso de razón.

—¿Indiferencia? —repitió Dale con una sonrisa enigmática y se volvió a colocar el sombrero—. Sí, diría que esa es la descripción exacta.

Lo más extraño era que, al verlos allí juntos, el sarcasmo de Dale resultaba... acertado. La pareja que subía la cuesta hacia ellas parecía una pareja.

La postura defensiva de su madre era la misma de siempre: caminaba con el porte perfecto y mantenía la distancia adecuada que imponía el decoro. No obstante, se notaba una cierta naturalidad en su actitud que Eden no lograba descifrar. Sus facciones tenían una suavidad inusual mientras caminaba con soltura, las manos en los bolsillos del mono.

El sol daba de lleno en su cara, como si no le importara que le salieran pecas o más arrugas por la edad. Se veía... feliz, parecía estar de paseo: de vez en cuando levantaba la vista para mirar al señor Darby y asentir con la cabeza o incluso reír ante algún comentario gracioso.

Fue entonces cuando tuvo una revelación: ¿el señor Darby tenía sentido del humor? ¡Parecía imposible!

Eden se puso de pie y se limpió las manos en el mono al tiempo que salía en dirección al sendero de adoquines.

—¿Mamá? Ya has vuelto.

—Sí, ya estamos de regreso. Teníamos bastante terreno por recorrer. —Miró su reloj de pulsera casi con demasiada prisa como para ver la hora y... ¿Podía ser que su madre se sonrojara? Eden la miró con detenimiento—. Bueno, el señor Darby ya debe marcharse, pero me gustaría invitar a nuestros huéspedes a cenar para agradecerles todo el trabajo que están haciendo. Iré a decir a la cocinera que prepare todo. Después nos encontraremos en la casa para ir a cubrir el turno de la tarde en la librería.

Dale y Flo prestaron atención de inmediato. Las jóvenes parecían tener un radar interno que detectaba toda señal de algún evento elegante que requiriera un atuendo a la moda.

—Nos pareció escuchar algo sobre una cena, milady. —Dale se acercó por detrás y miró a Eden con entusiasmo.

—Exacto, y nos vestiremos para la ocasión si lo desean, con sombreros de moda y todo... una verdadera velada detrás de las cortinas de oscurecimiento. —Charlotte dirigió una mirada extraña y divertida a su hija—. La invitación incluye a los caballeros si lo deseas.

—Sí, los invitaremos —acordó Eden—. Ah, y Dale te acompañará a la librería esta tarde para sustituir a Ainsley. Tiene mucho interés en ver cómo funciona la tienda y tal vez quiera usar la máquina de escribir que está en el salón de lectura.

—Por supuesto, será un placer. Entonces, las veré en la entrada después del almuerzo.

—Se lo agradecemos mucho milady —exclamó Dale radiante.

Hizo una pequeña reverencia y Charlotte sonrió antes de darse la vuelta para hablar otra vez con el señor Darby. Eden no pudo evitar observar que, mientras ambos conversaban, el hosco dueño de la librería de enfrente no parecía tan hosco como antes. Todavía tenía la barba, las cicatrices y la melena de color castaño rojizo que el viento desordenaba a su antojo pero, por primera vez, el señor Darby se encontraba en medio del grupo como si fuera parte de él. Es más, parecía que siempre lo hubiese sido.

—¿Ve? Con la cena comienza la partida de ajedrez —susurró Dale y volvió a guiñar un ojo a Eden como si todas sus predicciones estuvieran a punto de convertirse en realidad—. Y sospecho que milady sabe jugar mucho mejor de lo que todos creemos.

CAPÍTULO 14

15 de septiembre de 1914
Condado de Northumberland
Newcastle upon Tyne, Inglaterra

Hombres, bigotes y ejercicios de marcha.

Amos había pasado las dos últimas semanas en la Escuela de Caballería del Ejército inmerso en ese contexto. También estaba el campo de críquet con filas interminables de caballos listos para sumarse a la unidad montada de la Séptima División de Infantería del Ejército Británico.

Todavía no podía acostumbrarse al bigote reglamentario para la brigada montada, que le raspaba el labio cada vez que trataba de soplarse las palmas para calentarse las manos heladas por la mañana temprano. Si bien suponía que el agua y las navajas limpias escasearían en el frente de batalla, también sabía que la prohibición militar de afeitarse podría no resultar tan conveniente como los soldados creían. El bigote no permitía que las máscaras antigás calzaran a la perfección. Aunque un soldado no debía cuestionar las órdenes de sus superiores, a Amos le indignaba no poder pensar y actuar con la libertad de siempre.

Tate y Amos se habían embarcado en el proceso de reclutamiento para dejar de ser campesinos y convertirse en soldados con rapidez y precisión. Ese proceso los llevó de esperar en una larga fila en el centro de reclutamiento para pasar el examen físico básico, recitar el juramento solemne de defender la patria del rey e incorporarse cada uno a una unidad diferente, que los separó en el andén de una estación de tren. Tate había partido para un campo en las afueras de Londres que se llamaba Aldershot, según decía en su carta, con una división de infantería que pronto marcharía al frente junto con la BEF, la Fuerza Expedicionaria Británica.

Amos, hijo de un granjero del Condado de Warwickshire, no debería haber terminado en la distinguida Brigada Montada de Yorkshire. Sin embargo, su experiencia con los caballos, su capacidad para cuidar a los animales con la mente fría y los conocimientos que había acumulado durante años gracias a su pasión por la lectura le permitían competir con un cirujano veterinario. Por esa razón resultaba de utilidad a las primeras unidades de la infantería de los húsares de Northumberland. Pocas semanas después ya lo habían ascendido a sargento herrador dentro del cuerpo de intendencia y no reconocía al hombre con bigote que veía en el espejo.

Pasaba los días enseñando equitación a los soldados, aprendiendo los conceptos básicos de tiro y combate mano a mano que utilizaría para pelear con los alemanes, o en su litera leyendo las obras de Dickens, de sir Walter Scott o cualquier otro libro que lograra conseguir, mientras el resto de su unidad pasaba su tiempo libre en el pueblo. También cavaban tantas trincheras que Amos llegó a pensar que toda la población de Inglaterra podría instalarse bajo tierra.

Las noches le resultaban más largas. Pasaba la mayor parte de esas horas oscuras despierto en las barracas, acompañado por los sonidos de un ejército que dormía a su alrededor. Trataba de no imaginar lo que podría haber vivido con Charlotte ni pensar demasiado en la posibilidad de un mañana compartido para arreglar las cosas.

—¿Sargento Darby?

Apareció un soldado y trajo a Amos de regreso al presente. James, el hijo de un maestro de cuadra de una hacienda en Yorkshire que vivía su primera aventura fuera del hogar, pasó por detrás de una fila de caballos. Como un tonto.

—Ahí está.

—¿Quieres quedarte sin brazos ni piernas antes de llegar al frente? Te dije que siempre pases por delante de los caballos. —Amos señaló las marcas en la cabeza del caballo—. Tienes que respetarlos: podrían salvarte la vida en el campo de batalla.

—Pero traigo novedades. Hay una taberna... varias en realidad, en Lyndhurst, con billares, cerveza y chicas. ¡Iremos a bailar mañana! Es tan buena noticia que me arriesgué a pasar detrás de los caballos para compartirla.

Tal vez, pero el traslado a un nuevo campamento en las afueras de Lyndhurst al día siguiente era la noticia que más importaba a Amos en ese momento. Había varios caballos con infecciones de piel causadas por el clima lluvioso y por lo menos dos con abscesos en los cascos. Además, el semental alazán al que estaba observando no cesaba de levantar un casco como si sufriera el dolor de una inflamación. Si fuera algo más grave, el oficial veterinario ordenaría al nuevo sargento herrador que lo sacrificara antes de que comenzaran a cargar los trenes a la mañana siguiente. Amos no toleraba la idea de hacerlo sin antes haber agotado todas las posibilidades de que el caballo tuviera los cuatro cascos sanos.

—Un grupo de muchachos iremos al pub mañana a la noche cuando terminemos de acomodar a los caballos. ¿Vendrá con nosotros?

—Voy a fingir que no dijiste eso. —Amos negó con la cabeza y se agachó para examinar el corvejón del semental—. Y te recomiendo que nadie te encuentre tambaleándote al regresar de un pub que sabes perfectamente que está fuera de los límites del campamento. Además, va a llegar el nuevo capitán. No querrás empezar con el pie izquierdo, sobre todo porque ya hay dudas sobre la calidad de los reclutas.

—¡Ah! Entonces, no se ha enterado todavía: el capitán ya ha llegado y ha preguntado al oficial veterinario por usted.

Amos levantó la cabeza de inmediato.

—¿Por qué preguntó por mí?

—No lo sé… ¿Quizá porque le llamó la atención que un granjero sin formación militar haya ascendido a sargento herrador en apenas unas semanas y sin haber estudiado veterinaria? Eso es suficiente para llenar los titulares de los periódicos en esta zona. —James tomó las riendas del caballo—. Parece que el capitán quiere conocer los antecedentes de algunos soldados en su tropa y ha comenzado con usted. Puede conocerlo en el cuartel general del regimiento.

—¿Ahora?

—Sí, señor. —James movió la cabeza en dirección a varias gorras de uniformes de oficiales que apenas se vislumbraban detrás de la yeguada—. Es el que está al frente del grupo. Ha venido a evaluar a la tropa.

—Ajá. —Amos exhaló y pasó la mano por el corvejón del caballo una vez más antes de ponerse de pie—. Vigílalo; parece que tiene dolor y no debería ser así. Ponle una compresa fría en esa pata hasta que yo vuelva.

—Sí, mi sargento —James lo saludó y se arrodilló para atender al caballo.

—Y recuerda lo que te dije. Puede que a los alemanes no les importe lo que haces en tus horas libres, pero a los oficiales sí les importa. Ten cuidado.

Cuando Amos se dirigió al campo de críquet caía una llovizna fina.

Así eran las cosas: los soldados llegaban y se marchaban, bajo la lluvia o bajo el sol.

Los superiores tenían que enviar refuerzos para cubrir puestos en la línea de ataque porque la BEF sufría bajas en el frente de batalla. Amos solo sabía que, en lugar de designar a un veterinario para ocupar el cargo de segundo oficial al mando después del mayor de la división, habían enviado a un joven capitán, un caballero con una buena educación, cierto interés en los caballos de carreras y un apellido aristocrático... como si esas características sirvieran para definir a un líder.

Los oficiales formaban un semicírculo frente a la oficina de reclutamiento mientras inspeccionaban las filas de caballos y observaban los ejercicios de marcha, con el ruido de fondo de los camiones que transportaban provisiones. Apenas había amanecido y una niebla espesa colgaba sobre el campo de críquet como una humareda, pero eso no fue lo que hizo que Amos se quedara de una pieza.

Will Holt. Allí de pie, arrogante con su uniforme de capitán recién estrenado.

Amos sintió que una descarga eléctrica le recorría el cuerpo. Dio unos pasos lentos, avanzó con la mandíbula apretada y se obligó a saludar de forma mecánica. Amos esperó a ver cómo el capitán decidía manejar la situación cuando resultó evidente que Will no se había sorprendido en absoluto ante el encuentro.

—Sargento herrador Darby a su servicio, mi capitán.

Will escuchó, con sonrisa altanera, la explicación del oficial veterinario con respecto a la habilidad que había demostrado Amos en el manejo de los caballos y de los soldados, por lo cual se lo había asignado a un puesto de liderazgo en el pequeño regimiento.

—Sí, el oficial subalterno también lo elogió. Usted es un granjero del interior, ¿no es cierto, Darby?

"Lograste que pareciera un insulto".

—Sí, señor.

Will se dirigió al mayor que se encontraba a su lado.

—Darby es oriundo del condado de Warwickshire, igual que yo, señor. Pero provenimos de diferentes lugares. —Hizo una pausa y miró a Amos a los ojos, como había hecho aquella noche en la cocina de la granja. Ambos sabían que se refería a distintos estratos sociales—. El ejército ha adoptado un concepto nuevo: los Batallones de Amigos. Reúne a los hombres que se alistan en las mismas oficinas de reclutamiento para que presten servicio juntos, con la idea de que los batallones formados por gente que comparte un mismo origen pelearán mejor gracias a la camaradería que los une. Por lo visto aquí también lo ha puesto en práctica.

"Es una lástima que hayan enviado a Tate a otro regimiento y no a ti".

Lo que más molestaba a Amos era la insinuación de que los unía algo remotamente similar a la amistad.

—¿Qué lo llevó a alistarse, sargento? ¿Algún problema en su pueblo?

Will apoyó la mano izquierda encima de la derecha, haciendo alarde de su decisión de no usar la alianza matrimonial sino un sello de oro en el meñique con el escudo de los Harcourt, el mismo que había enviado a Amos a la cárcel del condado tres meses antes.

Amos volvió a apretar la mandíbula. No podía evitarlo: o rechinaba los dientes o tumbaba al capitán de un puñetazo y pasaba el resto de la guerra en una prisión inglesa.

—No, señor. He venido a luchar por mi rey y por mi patria.

—Bien, muy bien. En nombre de todo el personal de veterinaria, debo decir que tenemos suerte de contar con un trabajador tan comprometido. Todos esperamos ansiosamente ver su extraordinario talento desplegado en el campo de batalla. —Will dirigió la mirada al sitio donde Amos había estado unos minutos antes y donde ahora James atendía al semental—. ¿Qué le pasa al ruano sargento? No me diga que ya tenemos un caballo herido...

—Es solo por prevención; tiene inflamado el corvejón.

—¿Y cómo sabe que no es una fractura del tarso?

"Porque el caballo está de pie, idiota".

—No es grave, señor. Me quedaré con él esta noche para asegurarme de que la inflamación ceda. Estará bien por la mañana.

—Supongo que sabe que nos trasladaremos mañana, lo cual quiere decir que, si hay alguna posibilidad de que el caballo esté herido, debemos resolver el problema ahora.

—Con todo respeto, señor, no estoy de acuerdo. El semental está...

—¿Tiene con qué matar al caballo, sargento? —Will levantó la barbilla y le clavó una mirada helada desde la altura de su nariz perfecta y aristocrática. Amos asintió solo una vez—. Confío en que tenga claro que estamos en el ejército. No hay lugar para el sentimentalismo cuando las vidas de los soldados están en juego. Esperamos que no dude en realizar las tareas que se le han asignado de aquí en adelante.

—A la orden, señor. Me encargaré del asunto.

—Bien. —Will asintió con aire autoritario—. Retírese.

Amos se llevó la mano a la sien para hacer el saludo militar. Sentía furia por haber adoptado esa actitud sumisa ante Will Holt, como si la subordinación fuera un reflejo condicionado en él. Apretó los dientes mientras los oficiales seguían recorriendo las filas de caballos, ajenos al hecho de que Will acababa de ordenar la ejecución de un animal con el único propósito de demostrar su poder, aunque fuera de manera tácita y solo ante Amos.

Los esperaban los campos de batalla de Francia: todos en las barracas lo sabían. Ninguna noche de baile ni partida de billar en el pub podía borrar ese destino de la mente de un soldado. Amos no había imaginado que lo primero que le ordenarían matar sería un semental en el apogeo de su vida, pero sabía que no sería la última vez que la muerte se cruzaría en su camino. Tampoco sería la última vez que desobedecería las órdenes de ese capitán.

El semental sobrevivió: Amos lo mezcló con los demás caballos a la mañana siguiente. Sin embargo, esa victoria no alcanzaba como consuelo en la nueva situación en la que se encontraba. ¿Serían las bombas alemanas o la ira lenta y calculada de Will Holt lo que acabaría con él? Las probabilidades parecían estar repartidas a partes iguales.

***

14 de octubre de 1940
Calle Bayley
Coventry, Inglaterra

YA NO ERAN LOS SUEÑOS Y LAS SIRENAS LOS CULPABLES DE que Amos no durmiera. La nueva pesadilla incluía imágenes de aviones alemanes que cruzaban el cielo sobre Holt Manor y Charlotte que corría a quitar los candados a las puertas de los establos mientras las bombas explotaban a su alrededor. Con aviones Spitfire en los cobertizos de tres granjas de arrendatarios, otros tres en los viejos establos detrás de los jardines de Holt Manor y dos más que llegarían a un taller de reparación de automóviles en construcción cerca del camino de Brinklow —en el extremo de un campo amplio que podía usarse de aeródromo—, la seguridad se había vuelto un asunto muy complicado.

Y de mucha preocupación para Amos.

Sentado en la silla de su escritorio en Novelas Waverley, detrás de las cortinas de oscurecimiento, con el gastado ejemplar de *Dombey e hijo* abierto sobre el escritorio y la fotografía que guardaba en el interior del libro, hacía girar el líquido color ámbar en el fondo del vaso mientras luchaba, ofuscado, contra la tentación de ahogar los recuerdos de aquellos primeros días de la Gran Guerra. No podía olvidar aquel asunto terrible de casi haber tenido que matar a un caballo incluso décadas después, ni todo lo que había ocurrido después de aquel primer presagio de muerte, en especial la crueldad del destino que había llevado a que su camino volviera a cruzarse con el de Will Holt.

Will seguiría vivo de no haber sido así.

El reloj repiqueteó en el bolsillo de su chaleco y su melodía le advirtió que ya eran las seis de la tarde. Pronto se sentarían a cenar en el salón comedor de Holt Manor. Charlotte ocuparía una silla como lo había hecho aquella Nochebuena tantos años antes; la acompañarían lady Eden, las muchachas del WLA y Jacob. Quizá también estuviera allí Alec Fitzgibbons; todos tratarían de actuar con normalidad a pesar de la amenaza persistente de los aviones alemanes en el cielo.

Amos no podía explicar por qué había rechazado la invitación.

A pesar del pasado que compartían y por motivos que Charlotte no comprendería, Amos jamás habría podido aceptar esa invitación. Cuando Will y él se encontraron ante la yeguada en el campo de críquet aquel primer día, se produjo el giro en los acontecimientos que la guerra utilizaría para cambiar todo lo que ocurriría de allí en adelante. Charlotte lo odiaría si supiera por qué. Amos podía al menos así, quedándose solo, formar parte de alguna manera de su vida. Y con eso iba a tener que bastarle.

Si las sirenas no habían sonado hasta ahora ya no lo harían. Y Charlotte no necesitaría la ayuda del nuevo encargado de su hacienda esa noche, como no la había necesitado durante las últimas dos décadas. Amos apagó la lámpara del escritorio tras el último trago de su bebida y apoyó la frente en las páginas del libro para dejar que el olvido lo adormeciera.

***

Las sirenas sonaron con fuerza y sacudieron los cristales de las ventanas.

Amos se levantó de un salto y se restregó los ojos con las manos mientras el eco de las sirenas se esparcía por las calles. Trató de sacar torpemente el reloj del bolsillo del chaleco para ver la hora: apenas habían pasado sesenta minutos desde que se le habían cerrado los ojos.

Apartó las cortinas para espiar el callejón oscuro detrás de la calle Bayley por los huecos que dejaba la cinta de refuerzo aplicada en forma de X para evitar el estallido de los cristales en el caso de una explosión. Aunque mucha gente pasaba las noches en sus propios refugios, algunos habitantes de la ciudad ya deambulaban como fantasmas en dirección a los refugios públicos y cruzaban por la abertura del callejón que daba a la calle St Mary.

No había tiempo para revisar la planta alta.

Tampoco para buscar un casco o una linterna ni tomar los recuerdos que tenía en la mesa de noche. Menos aún para recargar la petaca que llevaba en la bota para pasar la noche. Era un ataque real: el procedimiento a seguir establecía que los guardias de incendios ubicados en la azotea de Drapers' Hall debían dar la voz de alerta al Centro de la calle St Mary si se avistaban aviones.

Y entonces sonarían las sirenas.

Amos se metió el libro en el bolsillo de la chaqueta, tomó el fusil que guardaba detrás del mostrador de la tienda y manoteó las llaves que colgaban de un gancho mientras se dirigía a la puerta trasera a toda velocidad. Corrió tan rápido como pudo hasta el coche para emergencias que siempre tenían listo en la calle St Mary. Escudriñó el cielo en busca de pájaros de metal y condujo con cuidado para no atropellar a las personas y a los cochecitos de bebés que cruzaban de acera en acera para llegar a los refugios. Comprendió que, de ahora en adelante, cada vez que sonaran las sirenas tendría que tomar una decisión: ¿se quedaría a cuidar la calle Bayley o partiría, raudo, con la esperanza de llegar a Holt Manor antes de que fuera demasiado tarde?

Supo cuál era su decisión aún antes de tomarla.

CAPÍTULO 15

16 de noviembre de 1914
Calle Bayley
Coventry, Inglaterra

CHARLOTTE SE QUEDÓ DE PIE ANTE LA ENTRADA DEL CONsultorio del médico y leyó por segunda vez la misiva: "… síntomas correspondientes al segundo trimestre de embarazo…".

No hacía falta que esas palabras confirmaran lo que su cuerpo ya sabía pero, de todas maneras, el corazón de Charlotte se llenó de felicidad, Tener un hijo había sido la aspiración máxima de Will y asegurar la descendencia era la aspiración máxima de los padres de ambos. Sin embargo esta nueva vida no era un peón en un tablero de ajedrez: era un regalo. Y ella necesitaba entender lo que eso significaba para su futuro.

Guardó el papel en el maletín, inclinó la cabeza y bajó los escalones de la entrada del consultorio mientras protegía el sombrero morado con pluma del recio viento otoñal.

La guerra estaba en todas partes.

Una tienda de periódicos mostraba los últimos titulares odiosos y desesperantes de las primeras páginas. La gente iba y venía; algunos hombres de uniforme se dirigían a la estación de tren con sus mochilas y otros vestidos de civil

formaban una fila en la acera fuera de la oficina de reclutamiento. También había filas en las carnicerías y en las pescaderías, incluso en las papelerías, como si todos quisieran
escribir cartas y enviar cajas navideñas a las trincheras de
Francia y tuvieran miedo de quedarse sin papel y tinta para
hacerlo.

Charlotte esquivó las filas hasta llegar a las puertas de
la única librería que había en el centro medieval de la ciudad para evitar las aglomeraciones. Era un edificio de dos
plantas, con ladrillos rojos y ventanas georgianas que no
parecían encajar en un sitio donde el estilo Tudor seguía
reinando.

Sonó una campanilla cuando entró en la tienda y lo
que había comenzado como una diligencia obligada para
conseguir el *Almanaque del Agricultor* se convirtió en un
paseo por las estanterías llenas de viejos amigos. Sir Walter
Scott... Dickens... Austen... las hermanas Brontë... Charlotte deslizó las puntas de los dedos por las hileras de los
lomos y encontró sus libros favoritos. Sonrió al recordar los
personajes que parecían tan reales como los habitantes de
su mundo. Por primera vez tenía un motivo para dirigirse
a la sección de literatura infantil y detenerse ante los libros
llenos de imágenes y de cuentos de hadas, mientras soñaba
con las carcajadas y sonrisas que acompañarían los relatos
a la hora de irse a dormir. Había una razón para buscar un
atisbo de esperanza en esas historias que creaban mundos
nuevos para los niños, mundos donde tal vez no existiera la
brutalidad de la guerra.

Charlotte encontró *Bajo las lilas,* una novela infantil escrita por Louisa May Alcott que encerraba la promesa de
múltiples aventuras, en una edición que tenía la cubierta de
un color azul alegre. Le hacía bien pensar que el comienzo
de algo nuevo podía ocurrir en un sitio inesperado. Compró el libro y volvió a salir a la calle. Solo le quedaba un

recado antes de regresar rápido a su casa, por lo que se dirigió al cementerio junto a la catedral de San Miguel, donde estaba el buzón rojo brillante junto al cerco de hierro en la esquina de la calle Bayley.

Había escrito la carta para Will unos días atrás y, ahora que la noticia estaba confirmada, solo quedaba enviarla por correo. Besó el sobre y rezó para que ese regalo llegara a su destino pronto, tal vez incluso para Navidad. Empujó la tapa de la rendija del buzón y dejó caer la carta con la noticia de la futura llegada de un nuevo integrante de la familia Holt para que se mezclara con el resto de los mensajes de papel y tinta que partían hacia el frente de batalla.

**

14 de octubre de 1940
Camino de Brinklow
Coventry, Inglaterra

LA GUERRA TRAÍA APAREJADOS CAMBIOS EN TODOS LOS aspectos de la vida, incluso EN las cenas. Atrás habían quedado las comidas de diez platos de la época del reinado de Eduardo VII, cuando la madre de Will era la condesa y se cumplían normas estrictas de etiqueta y decoro. Ahora ya no hacía falta servir *crudités* ni pudín. El racionamiento de alimentos y las filas largas en las carnicerías, pescaderías y fruterías hacían que la situación se pareciera mucho a lo que había ocurrido en la Gran Guerra y que el menú en Holt Manor fuera una incógnita hasta que la comida llegaba a la mesa.

En esta velada la cena consistía en pastel de Woolton con masa de coliflor y relleno de carne y riñones, y en una nueva versión del pastel de pistacho que llevaba zanahorias y miel en lugar de azúcar. Dependiendo de la programación de la radio, el horario de la cena se situaba entre el informativo de quince minutos de la BBC a las siete de la tarde y los programas de noticias de la noche que se transmitían a las nueve. Por orden del gobernador para reducir la cantidad de espacios en uso y así ahorrar combustible, los invitados permanecían juntos en el comedor en lugar de beber el cóctel antes de la cena en la sala de estar. El personal de servicio obedecía las mismas normas y mantenía las luces y las chimeneas apagadas en las habitaciones en desuso. Además, en caso de que sonaran las sirenas, se preparaban abrigos y linternas junto a las bolsas con las máscaras de gas, como una fila de soldados listos para salir de inmediato.

El fuego en la chimenea y el oporto en las copas entibiaban el salón comedor esa noche. Charlotte miró a los invitados sentados alrededor de la mesa y el corazón se le llenó de alegría: a pesar de las ventanas con los postigos cerrados, las cortinas de oscurecimiento y el racionamiento, que podrían ensombrecer la velada, la guerra no disminuía el entusiasmo juvenil que iluminaba el ambiente.

Las muchachas del WLA brillaban como el sol en una mañana de verano, con sus elegantes vestidos londinenses, sus rizos, sus adornos y los pintalabios de colores intensos que guardaban para ocasiones especiales. Eden también estaba elegante con el cabello recogido en la nuca y el vestido de gala color ocre que ya tenía algunos años. Charlotte se había vestido para la velada con su vestido rosa favorito, que tenía terciopelo color piel en el cuello y la cintura entallada. Incluso había rescatado un par de pantys de seda del fondo del ropero. Nunca se sabía lo que podía pasar en la guerra, así que mejor darles uso.

Recorrió con la mirada los rostros alegres de los comensales hasta llegar a una de las sillas vacías junto a la mesa. Mientras pensaba en las personas ausentes en esa cena, su mente se detuvo en Amos, el hombre que, a diferencia de su esposo, estaba vivo y cerca, aunque parecía tan distante e intocable como Will.

Volvió a prestar atención a su plato de comida y movió el relleno de riñones con el tenedor. Se preguntó con pesar qué atormentaba a Amos, por qué se había recluido durante tanto tiempo y cuál sería el dolor que soportaba con ayuda de las botellas amontonadas en el depósito de la librería.

—¿Mamá? —Charlotte levantó la vista y se encontró con la expresión preocupada de Eden—. ¿Escuchaste lo que dije?

—No, querida, perdón. —Esbozó una sonrisa rápida y puso los ojos en blanco—. Estaba distraída...

Súbitamente las sirenas comenzaron a sonar a lo lejos y la interrumpieron.

Todos se quedaron inmóviles; las sonrisas se apagaron y los tenedores quedaron apoyados en los platos de porcelana. Los comensales apartaron las sillas de la mesa y se levantaron para cumplir el ritual nocturno de tomar los abrigos y las provisiones, y dirigirse con rapidez a los refugios Anderson enterrados en la rosaleda.

—Bueno, la cena terminó. —Charlotte depositó su servilleta junto al plato y se puso de pie. Apagó las velas mientras rodeaba la mesa para seguir al grupo que se encaminaba hacia la entrada. Se acercó a su hija—. Eden, ¿podrías buscar el botiquín de primeros auxilios del baño? Por favor, acompaña a nuestros invitados a los refugios.

—Sí, claro. —Eden tomó el abrigo que Dale le ofrecía, se cubrió los hombros con la piel de visón y después se dio la vuelta para mirar cómo el resto hacía lo mismo en el corredor. De pronto se dio cuenta de que el abrigo de Charlotte no estaba con los demás—. ¿No vienes con nosotros?

—Los alcanzaré enseguida. —Charlotte esperaba que su hija no notara su subterfugio, lo cual era casi imposible—. Solo quiero verificar que el sector de servicio esté vacío y que la casa quede bien cerrada antes de ir.

Jacob se encontraba detrás de Eden... tal vez un poco más cerca de lo que Charlotte se había percatado. El joven abogado miró hacia arriba, como si los aviones estuvieran a punto de destruir la mansión con ellos dentro. Tal vez así fuera...

—Yo puedo ocuparme de eso, milady. Debe ir al refugio.

—Gracias señor Kole, pero no. Le agradecería que esta noche me ayudara asistiendo a mi hija y cuidando a nuestros huéspedes —Charlotte vio que las reclutas salían con Alec—. Ambos deben asegurarse de que todos lleguen bien a la rosaleda y se queden allí hasta que se emita el aviso de que ya no hay peligro. —Tomó la mano de su hija, la apretó un instante y luego la soltó—. Por favor, cuidaros mucho. Hacedlo por mí.

—Sí, mamá.

Charlotte miró a Jacob con la esperanza de que el joven comprendiera que le encargaba su tesoro más preciado. Él asintió con la cabeza y esperó mientras Charlotte besaba la sombra del hoyuelo de la mejilla de Eden. Abrazó a su hija un instante y luego la miró a los ojos color esmeralda, mientras recordaba el instante en que supo que sería madre y revivió el momento en que compró el primer libro para las dos y envió la carta a Will, como si el tiempo no hubiera pasado.

—Id; os seguiré en unos minutos.

Charlotte asintió con aire sereno en un intento por reconfortar a Jacob y a Eden antes de que salieran. Su hija se detuvo un segundo para mirarla por encima del hombro mientras ella cerraba las puertas con llave.

Al recorrer con rapidez las distintas estancias, Charlotte sintió que los espacios vacíos habían absorbido el pánico de las sirenas que seguían retumbando en las paredes impávidas. Regresó al salón con las ventanas cerradas que daban a los jardines de la parte posterior de la casa y se sentó en una banqueta alargada para cambiarse los tacones por las botas de lluvia que había escondido detrás.

Qué ridículo resultaba prepararse para una travesía por el campo vestida de gala, con botas de trabajo y pantys de seda que, sin duda, tendrían agujeros cuando terminara la noche. Trató de tranquilizarse mientras luchaba por ponerse las botas y enfundarse en el abrigo color borgoña que había ocultado en el hueco debajo del asiento. Cuanto más oscuro fuera el tono del abrigo, mayores serían sus posibilidades de pasar inadvertida en las sombras de la noche. Después de comprobar que tenía la llave del candado del establo en el bolsillo, respiró hondo y se persignó antes de abrir la puerta trasera y sumergirse en la oscuridad.

Giró la muñeca hasta lograr que un rastro de luz de luna le permitiera ver la hora en el reloj.

"Las siete y veinte…"

El señor Cox abriría las puertas de los dos cobertizos cerca de su casa; la tarea de Charlotte consistía en encargarse de los demás. Había calculado el tiempo que le llevaba hacerlo en varias ocasiones. Si se daba prisa, utilizaba el seto que bordeaba el camino de Brinklow para guiarse y permanecía oculta bajo la línea de árboles, podía llegar a abrir las primeras puertas en ocho minutos, diez como máximo. Después el camino de regreso a los viejos establos le llevaría otros diez minutos al menos, tal vez un poco más porque era una noche oscura.

Si todo salía bien y lograba cumplir el plan...

Charlotte se levantó la falda del vestido y corrió por el campo lo más rápido que pudo. El aire de la noche comenzó a quemarle los pulmones; el cabello se le soltó de las horquillas que lo sujetaban y flameaba contra la línea de su mandíbula con cada paso.

El primer cobertizo se encontraba en una granja que el ministerio había aprobado, cerca de las fábricas de las afueras. Una extensión de campo lo conectaba con una pista perfecta para despegar si se necesitaba un avión de inmediato. Hizo a un lado con fuerza los restos de un viejo tractor y los trozos de madera podrida que había apoyado contra las puertas para que nadie entrara. Charlotte se acomodó el pelo detrás de las orejas para ver bien el candado temblando por los nervios. Metió la llave y la giró hasta oír el sonido de la apertura. Luego lo dejó caer y el candado golpeó la puerta colgando al final de la cadena.

Uno menos.

La noche convertía al cielo en un telón negro sobre el campo y las sombras no le permitían ver bien a través de los árboles. Sin embargo, había una forma más rápida para regresar: cruzando el arroyo y atravesando la arboleda en dirección al camino que pasaba por detrás de los viejos establos; si se atrevía, claro. Tal vez se trataba de otra falsa alarma. Contra sus propios instintos, tomó la decisión de encender la linterna... solo por un momento, lo suficiente para ver el camino.

Corrió junto al muro de piedra en dirección al sonido del torrente de agua; las botas se hundían con un ruido sordo en el pasto y la tierra, mientras Charlotte seguía la luz de la linterna hasta llegar al sendero de piedras de la entrada. Se detuvo y levantó la mirada. Apagó la linterna y trató de respirar más despacio para aguzar los oídos, pero solo oyó las sirenas a lo lejos y el agua que corría entre las piedras en el arroyo cercano. Entonces, entre los árboles... escuchó un traqueteo de muerte.

Un motor rugió en la noche.

Charlotte frenó en seco una fracción de segundo antes de que las balas ametrallaran el agua del arroyo y salpicaran el campo. Dejó escapar un grito cuando las balas rebotaron contra las piedras del muro y arrancaron las ramas de los árboles en el camino. Se agazapó junto al portón por instinto, con la barbilla contra el pecho, las manos entrelazadas en la nuca y el cuerpo apoyado contra las piedras en un intento desesperado por buscar refugio.

Los disparos cesaron tan de golpe como habían comenzado. El ruido del motor se alejó un poco. ¿Podría ser que el avión emprendiera la retirada?

Charlotte levantó la cabeza, miró a la izquierda y luego a la derecha. Trató de recuperar el aliento y de respirar con normalidad. ¿Le convendría correr en busca de la protección de los árboles o sería mejor quedarse escondida detrás del muro de piedra? Si ya la habían descubierto, en cualquier momento el muro estaría en la mira del bombardero. En cambio, si conseguía ponerse a cubierto bajo los árboles, quizá tendría la suerte de pasar inadvertida si el avión volvía…

Pasaron solo unos segundos, un lapso brevísimo para tomar una decisión fatal. Luego oyó el sonido de otro vuelo rasante, el rugido de los motores del avión que se acercaba.

Charlotte se levantó de un salto decidida a correr, pero unos brazos la rodearon y la retuvieron.

Los dos cuerpos cayeron al suelo; una mano le sostuvo la cabeza y amortiguó el impacto contra el cercado en el momento en que una andanada de balas repiqueteaba contra las piedras por encima de sus cabezas. Charlotte gritó cuando un sonido punzante partió el cielo, seguido por el chisporroteo del motor de un avión que iniciaba su descenso final hacia la tierra. Pasó por encima de ellos y se estrelló en el campo detrás de los árboles, en una lluvia torrencial de fuego y balas.

Charlotte levantó la mejilla del suelo y observó a través de las púas del cercado cómo las partes del avión se esparcían por el aire con el hedor de humo y de cordita, al tiempo que una nube naranja y negra ascendía hacia el cielo como un hongo desde las alas partidas.

—Lo siento mucho… no debí haber… —Se quebró en sollozos contra el suelo. El miedo teñía todos sus sentimientos, que se expresaban en forma de lágrimas en lugar de palabras coherentes. No podía creer que no estaba sola sino, gracias a un milagro, en los brazos de Amos.

—Calma, mi amor. Ya pasó —le susurró Amos al oído; la sujetó con fuerza mientras las llamas consumían la carcasa del avión y pequeños fuegos salpicaban el campo con los restos del siniestro frente a ellos—. Estás a salvo.

Permanecieron tumbados en la tierra sobre el pasto húmedo durante varios segundos. Abrazados. Respirando juntos. Escuchando el ruido del metal azotado por el fuego y el chillido de las sirenas a lo lejos.

—¿Fueron ellos? —murmuró Charlotte, temblando. Su aliento formó una nube de bruma en la noche.

—Ajá. Era un Me 110, un caza de la Luftwaffe. —Amos señaló hacia el camino de Brinklow, que apenas resultaba visible atrás del campo. El fuego iluminaba el contorno de un coche abandonado a un costado, con la puerta abierta colgando de una bisagra—. Lo vi desde el camino. No son aviones con buena maniobrabilidad pero se especializan en ataques a poca altura, como para destruir las fábricas ubicadas en el extremo más lejano de la propiedad.

—¿Cómo te enteraste?

—Fui al Centro de la calle St Mary antes de venir. Por eso sonaron las sirenas. Un guardia de incendios divisó un bombardero con los reflectores de la terraza de Drapers' Hall. Solo vio uno y es raro porque vuelan en formación.

Amos tragó con fuerza. Charlotte sentía el pulso de su cuello en la nuca, donde él tenía apoyada la barbilla. Parecía que luchaba por respirar para atenuar la emoción que lo embargaba.

—Pensaste que venía hacia aquí. A atacarnos.

—Sí, por Dios —susurró con la voz tan ronca que apenas

se escuchaba—. Y porque yo… —sacudió la cabeza—, casi no llego a tiempo.

—¿Porque tú qué?

Las palabras no decían tanto como la fuerza con la que la sujetaba. Amos se negaba a soltarla a pesar de que ya había pasado el peligro inmediato. Y Charlotte lo dejaba porque en ningún lugar del mundo se sentía tan segura como en esos brazos.

—¿Pensaste que los aviones venían a Holt Manor y no se te ocurrió mejor idea que conducir por los caminos despejados para venir hasta aquí?

—Jamás dije que fuera el más inteligente de los dos. —¿Sonreía, acaso? Le pareció que sí por el movimiento de la barbilla contra su cabeza; sintió, también, que la sujetaba con más fuerza aún—. Ambos siempre supimos quién lo era.

—No fui muy inteligente esta noche. Fue una locura encender la linterna. —Buscó a su alrededor en la oscuridad. ¿Dónde habría caído? Esa ínfima decisión de usar la linterna podría haber sido letal.

—No ha sido culpa tuya, ese bombardero habría pasado por aquí de todas maneras. Se dirigía a la fábrica en la colina. —Amos la soltó y apoyó una rodilla en el suelo para ayudarla a levantarse—. ¿Estás bien?

—Sí. —Le temblaba todo el cuerpo y debía de estar mugrienta, pero podía mover los brazos y las piernas cuando se puso de pie a su lado; eso sí, los pantys de seda debían de estar hechos jirones—. Creo que sí. ¿Y tú?

—Escucha. No hay aviones… —Amos escudriñó el cielo y luego miró el fuego y la cortina de humo que trepaba hacia la copa de los árboles—. La sirena es continua ahora.

—¿Cómo? ¿Es posible que sea el aviso de que ha pasado el peligro?

Amos se volvió hacia ella y Charlotte se dio cuenta de que

era la primera vez que se miraban. El pecho de él subía y bajaba con su respiración. Ella pensó en decir algo… que era un alivio enorme que hubiera venido a buscarla, que parecía un regalo de la Divina Providencia que hubiera sabido dónde encontrarla, o un centenar de otras cosas para las cuales le habría gustado contar con la colaboración de su voz.

En cambio, Amos la tomó de la mano y echó a andar.

—Debemos irnos… ahora mismo. —Levantó la linterna del suelo—. Mantente abajo. No quiero correr el riesgo de que el fuego atraiga a otros aviones hasta que estemos lejos de aquí.

Amos la guio en la oscuridad y corrieron junto al muro de piedra, alejándose del campo. Charlotte miró por encima del hombro y divisó el avión agonizante; la noche se tragaba el fuego y el espacio que los separaba del siniestro se agrandaba cada vez más.

—¿No deberíamos ir a los viejos establos? Todavía tengo que abrir un candado. —Charlotte hizo una pausa; no se escuchaba nada más que las sirenas. La noche estaba en calma absoluta—. Si ese fue el aviso de que el peligro ha pasado, significa que creen que fue una falsa alarma. Y no lo fue.

—Sí, y ese avión confirma que están equivocados.

—Con más razón. —Trató de llevarlo en la dirección contraria—. Amos, debemos ir a abrir la otra puerta. Es posible que la RAF necesite los aviones. Después tendremos que llamar a la Guardia Nacional de inmediato.

—Iremos a los refugios Anderson… Abriré el candado… cuando sepa que… estás en un lugar seguro —respondió Amos; todavía llevaba la delantera aunque respiraba con cierta dificultad. Luego, le apretó la mano con fuerza… con mucha fuerza, como jamás lo había hecho antes.

—¡Ay! Amos, me estás lastimando.

—Perdón —masculló—. Me…

Charlotte intentó retirar la mano, pero Amos trastabilló,

como si hubiera tropezado con una roca. Se tomó el lado con el brazo y, ante su mirada horrorizada, cayó de bruces.

—¡Amos!

Cuando se inclinó a su lado, comprendió que Amos había tratado de contener el dolor aferrándose a la mano de ella como si fuera un salvavidas. Aunque todos los folletos publicados por el gobierno, todas las noticias que proyectaban en los cines y su propio sentido común le gritaban que no volviera a encender la linterna, ya nada le importaba.

Con la cabeza de Amos en su regazo, Charlotte buscó la linterna en el césped y la encendió. Se le paralizó el corazón cuando la luz iluminó una ola roja que bajaba por su chaleco y le teñía la parte inferior de la camisa. Era demasiada sangre para tratarse de un raspón contra el muro de piedra.

—¡Ay, no! Amos… ¡estás herido!

CAPÍTULO 16

14 de octubre de 1940
Camino de Brinklow
Coventry, Inglaterra

EDEN SE MORDIÓ LA UÑA DEL PULGAR Y SE ANIMÓ A PRE-
guntar otra vez.

—¿Qué hora es?

—Alrededor de dos minutos más tarde que la última vez
que me lo preguntó. —Jacob estaba sentado en la litera del
refugio frente a ella, bajo la luz de la linterna que colgaba del
techo de hormigón entre los dos—. Las ocho menos cinco.

—Deberíamos ir a ver los otros refugios.

—Sabe que su madre me degollaría si lo hiciéramos.
Además, estos refugios Anderson solo tienen capacidad
para seis personas cada uno. Lady Harcourt sabe que los
demás se han llenado con el personal y vendrá aquí primero. Si dijo que vendrá, lo hará.

Eden se levantó de un salto y resbaló con los incómodos
tacones, que parecían empecinados en torturarla. Se enderezó con un suspiro de fastidio; jamás volvería a vestirse de
gala para la cena a menos que viniera el mismísimo rey en
persona. Y, si así fuera, juró que tendría un par de zapatos
con suela de goma a mano en caso de que debieran trasla-
darse a los refugios.

—Voy a salir.

—No. —Jacob se puso de pie también y bajó la cabeza para no golpearse con el techo corrugado del refugio, mientras le tendía la mano como si supiera que Eden iba a perder el equilibrio y a caer con esos tacones malditos.

—No puede impedírmelo.

—No, no puedo. Quise decir que su madre jamás me perdonaría si le permitiera salir a deambular por el campo cuando ella cree que está aquí sana y salva. Le garantizo que debe haberse resguardado en uno de los otros refugios de la propiedad y está esperando el aviso de que ya no hay peligro para venir a vernos.

—¿Si *me permitiera?*

Jacob suspiró y negó con la cabeza. Aunque parecía increíble, también esbozó una sonrisa encantadora que llegó al corazón de Eden y casi le hizo olvidar que debía mostrarse ofuscada ante tanta arrogancia. Además, él ni siquiera intentaba ocultar que esa situación descabellada le resultaba muy divertida.

—¿Qué le hace tanta gracia?

—Usted, lady Eden, *usted* me hace gracia. Con ese vestido deslumbrante, esos zapatos con los que apenas puede mantenerse en pie y ese abrigo tan liviano que, si saliera, no evitaría que tiritara de pies a cabeza al cabo de dos minutos. Pero insiste en querer salir y hacer frente al mismísimo Hitler con tal de hacer lo que sea que ha decidido hacer, incluso cuando lo que dice no tiene ni pies ni cabeza. Aunque jamás intentaría decirle lo que debe hacer en circunstancias normales, porque me doy cuenta de que lo único que puedo hacer en su presencia es sonreír, más allá de que quiera hacerlo o no.

"Vaya", sintió que el corazón le latía con fuerza: "ese vestido deslumbrante…"

Sabía que debería estar furiosa por la forma en que

Jacob se había atrevido a hablarle y a adoptar una actitud de mando. Sin embargo, no estaba acostumbrada a escuchar términos como *deslumbrante* en la hacienda, ni en la librería, ni... en referencia a ella. Y ahora, cada palabra del discurso que acababa de escuchar le hacía sentir deseos de bailar en lugar de querer ganar ese juego de ingenio entre ambos.

—Le aseguro que lady Harcourt está bien. Ya verá.

—De acuerdo. —Eden tragó con cierta dificultad: nunca le resultaba fácil admitir la derrota—. Supongo que no tiene sentido que ambas nos perdamos en la oscuridad. Esperaremos.

—Bien.

—Unos minutos más. —Volvió a sentarse y cruzó los brazos—. Ahora las sirenas suenan en forma continua, lo cual debe significar que el peligro ha pasado. Tal vez haya sido una falsa alarma y pronto podremos salir.

Jacob la imitó y regresó a su asiento bajo la luz de la linterna.

Eden se miró las manos; luego golpeteó el suelo con los tacones y, por fin, clavó la mirada en los estantes del fondo cargados con provisiones: un botiquín de primeros auxilios, latas con agua, raciones de comida y libros. Solo quería evitar mirar esos ojos azules ahora que la situación entre ambos se había vuelto incómoda... y confusa. ¿Por qué no podía dejar de pensar en su sonrisa luminosa y en su simpatía cuando había tantas cuestiones importantes que atender?

—Cuénteme algo sobre usted. —Jacob se llevó las palmas cerca de la boca y sopló para calentarlas.

—¿Quiere conversar sobre trivialidades en un refugio antiaéreo?

—Nos ayudará a pasar el rato y a no sentir tanto frío, a menos que prefiera zambullirse en ese montón de libros que miraba con tanta atención, como si esperara que alguno comenzara a trepar por las paredes. —El comentario le agradó. Jacob extendió el brazo y tomó un folleto que estaba en la parte superior del montón—. *"Su refugio Anderson en el invierno"*. ¡Qué entretenido! Estoy seguro de que todo aquí cumple las normas al pie de la letra, ¿verdad?

—Recibimos el folleto del gobierno por correo y sí, seguimos las instrucciones al detalle. El señor Cox construyó las literas de malla de alambre, aprendimos cómo mantener el ambiente calefaccionado toda la noche de manera segura. —Señaló la hilera de macetas de arcilla que irradiaban un calor escaso gracias a las velas que ardían en su interior— y si tuviéramos que quedarnos más tiempo, mi madre me ha asegurado que contamos con libros en caso de una emergencia.

—¿Tienen libros para emergencias?

—¿Acaso no los tiene todo el mundo? —Eden se encogió de hombros—. La vida en el campo a menudo requiere "darse prisa y esperar" y con una madre que tiene una filosofía muy particular con respecto a la necesidad de libros que tiene el mundo, solo diré que en mi infancia no abundaron los gramófonos ni las idas al cine. Los libros nos resultaban tan vitales como el oxígeno.

—¿Qué tenemos aquí entonces? —Jacob se acercó y comenzó a leer los títulos de los lomos de los ejemplares apilados—. Veamos… Dickens, Austen, las hermanas Brontë… y sir Walter Scott. ¡Qué selección tan interesante! —Enarcó una ceja en un gesto inquisidor y tomó uno de los libros—. *¿Bajo las lilas?*

—Así es.

—¿Le interesan las historias para niños?

—Era mi libro favorito en la infancia. ¿Ha olvidado quién es mi madre?

—*Touché.* —Abrió el libro y comenzó a pasar las páginas—. ¿Y su padre? ¿También leía mucho?

—No conocí a mi padre.

—Lo sé y le pido disculpas. Solo quería saber si su madre le había hablado de él lo suficiente como para que supiera ese tipo de cosas sobre su padre.

—Ha pasado mucho tiempo. Mi madre fue una de los miles y miles de madres viudas que criaron a sus hijos solas después de la guerra; supongo que por esa razón me inculcó la virtud de la independencia. No es el esquema típico para la posteridad de las familias británicas, pero es el que nos tocó. Holt Manor es el legado del apellido de mi padre y no voy a defraudarlo.

—Vi el cuadro de su padre en la galería. Se le parece… —comenzó a decir y cambió de rumbo en la mitad de la oración—. Quiero decir que se ve que era un hombre valiente.

—¿En serio? La mayoría de la gente dice que me parezco a mi madre excepto por el color del cabello. Pero, sí, mi padre era muy valiente. Se alistó cuando comenzó el conflicto y ejerció como capitán de un regimiento de caballería. Estoy muy orgullosa de ser su hija y de trabajar en la hacienda para honrar su memoria.

—Creo, lady Eden, que su padre estaría muy orgulloso de lo que usted ha logrado aquí en Holt Manor.

—¿De veras? No lo sé. Cuando murió mi abuelo, antes de que yo naciera, se descubrió que la hacienda corría peligro por una cantidad creciente de deudas que mi padre ni siquiera tuvo tiempo de afrontar antes de ir a la guerra. Mi madre debió hacerse cargo de todo… y ahora me toca a mí. —Ladeó un poco la cabeza mientras pensaba en ello, deseando saber qué pasaba por la mente de él—. ¿Qué he logrado, excepto mantenerla al borde de la muerte?

—Si hay una hacienda que merece sobrevivir esta guerra es la suya. Tienen una vida maravillosa aquí, a pesar de lo que el enemigo está tratando de hacer para destruirla. Creo que si hay alguien que puede reconstruir todo desde cero esa persona es usted, no me gustaría que la hacienda quebrara. Debo separar eso de la razón por la que estoy aquí y recordar mis responsabilidades para con mi propia familia.

Eden sintió que se le caía el alma a los pies; Jacob jamás había dicho si tenía esposa o alguien que lo esperaba en su país. Tal vez no había habido oportunidad de mencionarlo...

—Claro. ¿Tiene familia?

—Cuatro hermanas menores de edad y una madre que está desconcertada porque su esposo le legó la mitad de nuestro patrimonio a la hija de un desconocido. Ahora temo que confía en que su único hijo varón solucione la cuestión para que no quiebre nuestra familia. Puede resultar difícil lidiar con los inversores cuando se sienten apremiados.

Ah, Eden conocía bien el tema de los reinos en peligro.

—Entiendo que debe de ser una situación complicada.

—Más que complicada, lady Eden. Yo... —Jacob apoyó el libro a su lado en la litera. Se pasó la mano por el cabello y se inclinó hacia adelante, reduciendo el espacio que los separaba—. Escuche, debí haberle dicho desde un principio que los abogados de Detroit...

La puerta del refugio retumbó con un golpe desde el exterior y ambos dieron un respingo. Eden se levantó y Jacob hizo lo mismo, pero se plantó de espaldas a ella y extendió la mano para tomar un fusil mientras otro golpe resonaba en la puerta.

—¿Eden? ¡Abre la puerta!

—¡Mamá! —Eden pasó por delante de Jacob y se abalanzó por encima de la litera hacia la puerta. La abrió y encontró a su madre con los pantys rotos, el cabello revuelto, el abrigo y el vestido manchados y al señor Darby aturdido, apoyado con todo el peso sobre ella, con un brazo alrededor de sus hombros.

—¡Amos! —Jacob soltó el fusil y se apresuró a levantar el

cuerpo herido de Amos para recostarlo en la litera—. ¿Qué le pasó?

—Un bombardero alemán nos atacó a ambos en el campo. —Charlotte cerró la puerta—. Cerca de las fábricas. Amos me rescató… me salvó la vida.

—¡Mamá! Estás herida.

—No, la sangre no es mía. —Hizo un gesto de indiferencia ante la mancha roja en el frente del vestido y se arrodilló junto al señor Darby para quitarle la chaqueta y el chaleco, dejando al descubierto un orificio en la camisa bañada en sangre. Se volvió hacia Jacob, nerviosa, al borde de las lágrimas—. Creo que recibió un disparo.

Enseguida Jacob se arrodilló a su lado.

—Debemos girarlo para ver.

—¿Un disparo? ¿Cómo puede ser? —exclamó Eden mientras Jacob rompía la tela de la camisa, el señor Darby se quejaba y su madre intentaba reprimir el llanto—. Pensé que te habías quedado a revisar la casa. ¿Qué demonios estabas haciendo tan lejos, en el campo cerca de las fábricas?

—La bala entró y salió por el costado. Tuvo suerte. Si le hubiera dado unos centímetros más hacia el centro del cuerpo, no estaría aquí ahora. —Jacob gritó por encima del hombro—. ¡El botiquín Eden! Por favor. Necesito gasa, toda la que haya, y yodo, tenemos que limpiar la herida.

—Sí, por supuesto. —Eden se dirigió a la caja negra de cartón que estaba en el estante y abrió la tapa para revisar el contenido y leer las etiquetas de cada envase bajo la luz tenue del refugio.

—Charlie… yo… —susurró el señor Darby.

Las manos de Eden se paralizaron.

Se volvió y miró por encima del hombro a su madre, que acariciaba la frente al señor Darby con una mano mientras le sujetaba los dedos llenos de cicatrices con la otra. Había una ternura en sus gestos que Eden jamás había visto antes excepto cuando, de niña, había tenido fiebre y su madre se había pasado la noche poniéndole paños fríos en la frente. El mismo afecto se traslucía ahora y encajaba con la dulzura del señor Darby al dirigirse a ella con ese apodo cariñoso, así como con la ternura con la que ella lo miraba mientras él buscaba su rostro con los ojos vidriosos.

Jacob se dio cuenta de que algo pasaba entre ellos y cruzó su mirada con la de Eden.

—Shh, Amos, no hables ahora —murmuró Charlotte con lágrimas en los ojos y la palma de la mano apoyada en la mejilla desfigurada de Amos—. Estoy aquí y vamos a ayudarte, ¿sabes?

Eden dio un paso adelante.

—Aquí tiene. —Quitó la tapa a una botella pequeña y se la entregó a Jacob. El envase parecía tan escaso para ese espectáculo de sangre y el estado casi comatoso del señor Darby que Eden dudó de que fuera a servir para algo—. ¿Alcanzará?

Jacob echó yodo a la herida y después enrolló una de las sábanas limpias de la otra litera para hacer presión sobre la lesión. El señor Darby dio un respingo, cerró los ojos con fuerza y emitió un quejido; apretó los puños cuando Jacob lo sujetó con suavidad contra la litera.

—No soy médico. —Jacob negó con la cabeza al ver la sangre que le cubría las manos—. No sé qué hacer, pero tenemos que encontrar la forma de detener la hemorragia y tenemos que llevarlo a un hospital.

Volvió a mirar a Eden y, otra vez, negó con la cabeza. Después pidió a Charlotte que calmara al paciente mientras se levantaba para hablar con Eden junto a la pared del fondo.

—¿Qué pasa?

Jacob se le acercó y le susurró al oído.

—Podría ir a buscar a Alec. Tal vez tenga experiencia

con el manejo de heridas en el campo. Por lo menos sabrá dónde encontrar al médico más cercano. Podríamos tratar de llamar a una ambulancia desde la casa, pero quién sabe cuánto tardaría en llegar. Si vuelven a sonar las sirenas, no sé si lograremos que alguien lo atienda a tiempo.

—Cree que corre peligro, ¿no?

Jacob asintió.

—Y si no lo...

En ese momento se escuchó una melodía que lo hizo detenerse en la mitad de la oración. Jacob apartó la mirada y dio un paso adelante, recorriendo el refugio con los ojos, como si buscara una caja de música en ese lugar.

—¿Qué fue eso? —preguntó.

Charlotte también lo escuchó y comenzó a buscar con la palma de la mano en la litera hasta que encontró el chaleco del señor Darby. Metió la mano en el bolsillo y extrajo un reloj de oro.

—Esto. —Levantó la palma de la mano para mostrarle el reloj a Jacob, mientras la melodía sonaba más fuerte y retumbaba contra las paredes de acero. Abrió la tapa y acarició la esfera con los dedos—. Son las ocho.

La melodía se detuvo un instante después y solo quedó el sonido de la respiración profunda del señor Darby y los sollozos ahogados de Charlotte, que se giró hacia la litera otra vez y cerró el reloj con la mano.

—¿Qué ocurre? —Eden tocó el brazo a Jacob para traerlo de regreso a la realidad.

—Nada... Eh... —Jacob movió la cabeza y se miró las manos todavía ensangrentadas. Tomó una manta doblada que estaba sobre un estante y se las limpió—. Milady, ¿podemos usar su coche? Es arriesgado, pero creo que lo mejor sería llevarlo nosotros mismos al hospital; no podemos esperar a que venga una ambulancia.

—Sí, me parece la mejor opción. —Charlotte enjugó sus

lágrimas y se puso de pie—. ¿Puedo hablar un momento con usted afuera señor Kole? —Colocó la mano en la manija de la puerta—. Eden, por favor, ¿puedes quedarte con el señor Darby?

—Por supuesto.

—Ven a buscarme si hay algún cambio… lo que sea.

Ambos salieron y Eden permaneció en el refugio.

Se acercó al señor Darby inclinándose para quedar a la altura de la litera y, con suavidad, presionó las manos sobre la herida. Se dedicó a escuchar el sonido de la respiración del hombre herido, mientras el reloj de oro destellaba entre sus dedos cerrados e inertes. Eden intentó asimilar las recientes revelaciones mientras estudiaba las facciones de ese hombre: su barba, las líneas blancas que trepaban por el cuello y la media luna que le enmarcaba el ojo: todas las cicatrices que jamás había visto con detalle, iluminadas ahora por la luz de la linterna.

Las mismas cicatrices que su madre había mirado con tanta ternura inesperada.

Eden había creído durante toda su infancia y su adolescencia que el héroe de guerra cuyo retrato perfecto colgaba junto a los de sus ancestros en la galería de Holt Manor había sido el único dueño del amor de Charlotte Terrington-Holt. Sin embargo ahora, en el silencio de esas paredes de acero, la invadieron las dudas.

¿Quién era este librero de la calle Bayley? ¿Y por qué había arriesgado la vida para salvar a una mujer a la que había detestado durante años?

CAPÍTULO 17

25 de diciembre de 1914
Frente Occidental
Cerca de Fromelles, en Francia

AMOS GUARDÓ LA CARTA EN LA CHAQUETA DEL UNIFORME y trató de acomodarse mejor el cuello para protegerse del cruel aire frío mientras escudriñaba la tierra de nadie cubierta de nieve.

Las cartas solían tardar mucho, como había ocurrido con la más reciente misiva que había recibido de su casa, incluso con las rutas establecidas para que el correo llegara al frente de batalla, Después de leer la noticia de que Tate Fitzgibbons había muerto en Marne, deseaba que la carta no hubiera llegado nunca. Había sucedido meses atrás: apenas dos semanas después de llegar al frente, Tate había perdido la vida por una mina terrestre; en Coventry quedaban su viuda y su hijito, que crecería sin haber conocido a su padre.

"Una muerte sin sentido".

Se suponía que la guerra terminaría antes de Navidad; todos los soldados que se habían alistado por sentido del deber habían creído esa quimera durante los primeros días. Sin embargo, las semanas transcurrían y la máquina de la muerte seguía su marcha. Las trincheras se cavaban con la misma velocidad con la que volaban por el aire y cada vez más hombres quedaban enterrados en tumbas precarias. La guerra se tornó tan brutal y sangrienta como Amos había temido, pero mucho más arbitraria en sus atrocidades. El joven James, al que había conocido en el entrenamiento básico, había muerto y ahora también Tate, al igual que muchos otros. Algunos soldados llegaban al frente un día y fallecían antes del desayuno del día siguiente, sin que nadie tuviera tiempo de aprender sus nombres.

Había que aferrarse a un sueño del hogar para sobrevivir allí.

Fuera cual fuera.

El paisaje arrasado por las bombas se había suavizado con un manto de nieve y con las pequeñas fogatas que salpicaban el horizonte del mediodía. Alrededor de esos fuegos se reunían los soldados que no tenían permiso navideño y que deberían haber estado ahogándose con su propia sangre en el campo de batalla. En cambio, Amos presenciaba el espectáculo inverosímil de un partido de fútbol entre soldados británicos y alemanes en un campo de juego armado entre las líneas zigzagueantes de las barreras de alambre de púas y las trincheras de fango cubiertas por la nieve.

—*Fröhliche Weihnachten*.

Amos se giró con violencia y su máscara antigás cayó a la nieve cuando levantó el fusil Enfield para apuntar al soldado alemán que había logrado acercarse por detrás.

"Atrás". Se mantuvo firme, con la mira del fusil clavada justo entre los ojos del enemigo.

—Hablo inglés —respondió el soldado de bigote castaño claro, mandíbula cuadrada y una sonrisa en el rostro mientras levantaba las manos enguantadas. Se acercó, levantó la máscara antigás con delicadeza y se la ofreció a Amos, que no se atrevió a moverse para tomarla—. Dije "Feliz Navidad". ¿No se ha enterado? Hay una tregua.

Amos lo sabía aunque le resultaba imposible de creer.

Algunos soldados habían salido de las trincheras durante la noche y habían intercambiado cigarrillos y raciones de comida con los alemanes. Otros habían cantado villancicos, habían compartido una bebida caliente o un vino navideño alrededor del fuego. Incluso habían permitido que los soldados enemigos cruzaran la tierra de nadie para recoger a sus muertos y enterrarlos antes de que la lucha volviera a comenzar. Por esa razón continuaba el partido de fútbol informal y los hombres se pasaban la pelota como si no tuvieran que matarse unos a otros al día siguiente.

—Ajá, es posible que haya una tregua navideña, pero no se trata de un armisticio oficial. Sepa que estoy dispuesto a quebrantarla si ha venido a hacer daño a alguno de mis caballos.

—Es usted oficial —dijo el soldado más a modo de declaración que de pregunta.

—¿Es un problema para usted?

—*Nein*. Solo vine a verlos.

Amos bajó el fusil y extendió la mano para recibir la máscara mientras intentaba decidir si el soldado le parecía confiable como para permitirle acercarse a sus caballos. También tenía aspecto de oficial pero de mayor rango a juzgar por las insignias en la capa y el cuello. Además, se movía con el aplomo de un soldado experimentado. Si de verdad había una tregua, parecía que este hombre pensaba respetarla.

—Aquel. —El soldado señaló al semental que se encontraba delante de la manada, la estrella de la yeguada, con su reluciente pelaje negro y su cuerpo elegante y musculoso. Dejó el fusil en el suelo y se quitó los guantes, como pidiendo permiso para acercarse al animal—. Lo he visto en el campo de batalla. Las bombas explotan y las balas vuelan a su alrededor y no se inmuta, ¿verdad?

—Sí —Amos terminó de bajar el arma—. No se asusta.

—¿Me permite? —El soldado enganchó con un dedo la tira de su casco y lo depositó en el suelo junto a sus pies. Amos se dio cuenta de que todavía era joven cuando se acercó, pero más maduro que él con sus veintiún años. El alemán emitió un chasquido con la lengua y se dirigió al caballo con pasos seguros; empezó por acariciarle la crin, lo rodeó por delante y, con suavidad, le sopló las fosas nasales. El semental bufó y su aliento se convirtió en una nube de bruma antes de que levantara la cabeza y se quedara quieto.

—¿Por qué hizo eso?

—Tiene que saber cómo huelo si quiero que confíe en mí, aunque sea durante cinco minutos. —El soldado tomó el hocico del caballo con las manos—. ¿Cómo se llama?

—No les ponemos nombre, puede generar apego y eso es peligroso; solo tiene un número oficial del Ejército Británico.

—Es el animal más hermoso que he visto aquí. Me recuerda a uno que teníamos cuando era niño; en mi casa las caballerizas estaban llenas, mucho antes de que empezara esta guerra. Pero este… es especial, ¿ja? —El soldado volvió a acariciar la crin del caballo como si recordara el paisaje de su hogar. Levantó la mirada—. ¿Es suyo?

—No, pero yo soy quien debe sacrificarlos cuando los hieren las balas de su ejército.

—Lo siento. —El alemán asintió y enseguida su bigote tupido se distendió en una leve sonrisa—. ¿Cómo se llama?

Amos le devolvió la sonrisa. Por supuesto que había mentido, pues le había dado un nombre al caballo de todas maneras. ¿Cómo podría haberlo evitado? Solo un verdadero jinete entendería esa atracción.

—Toreador.

—Ya veo. ¿No Matador, con esa fuerza?

—Lucha con ferocidad pero no mata.

—Sí, se nota. —El soldado se giró para mirar a Amos—. ¿Como usted?

Amos negó con la cabeza.

—No, yo soy granjero nada más.

—Me gustaría montarlo, con su permiso, por supuesto.

A pesar de que el alemán aseguraba haber visto al caballo en el campo de batalla, el deber de Amos consistía en proteger a los oficiales de su división y a los caballos que montaban. Dirigió su vista hacia los hombres en el campo: los uniformes británicos se mezclaban con los alemanes mientras todos miraban el partido de fútbol. Si Amos permitía al enemigo montar el caballo del capitán cometería una falta grave. Sin embargo, el capitán Holt no estaba allí para molestarse: le habían dado permiso para ir a pasar la Navidad con su esposa, en los salones con las chimeneas encendidas de Holt Manor. Amos, sin nada ni nadie que lo esperara en casa, se había quedado en el frente, cuidando de los caballos y de los compañeros de armas.

—Un trayecto corto: ¿hasta allí y vuelta? —El oficial señaló un espacio de tierra despejada más allá de las trincheras, con árboles y barricadas detrás—. Guardaré distancia del alambre de púas y puede apuntarme con el fusil mientras lo monto.

—¿Cómo sabe que no le dispararé por la espalda?

—No lo sé —admitió y esperó—. Supongo que estoy dispuesto a arriesgarme.

Amos lo pensó un momento y asintió con la cabeza.

Si los soldados de bandos opuestos podían jugar un partido de fútbol y cantar "Noche de Paz" en el campo de batalla, no debía ser tan terrible dar a un hombre un instante de felicidad en medio de ese infierno. Amos observó cómo el soldado se sentaba en la montura sin ningún esfuerzo. Ya había hecho girar al caballo unos segundos más tarde y se alejaba al trote. Sonreía. Y dejaba que Toreador alardeara un poco, corcoveando ligeramente y golpeando la nieve con los cascos para demostrar su estado atlético.

El soldado señaló hacia el campo abierto para pedir autorización. Amos volvió a asentir, lo que le permitió salir al galope sin que le apuntara con el fusil.

Era una imagen de una belleza impactante: ver a ese animal, que podría haber estado listo para correr el Clásico de Coventry, estirando las patas y galopando a toda velocidad por la tierra de nadie, en lugar de esperar la muerte todos los días detrás de una trinchera llena de lodo. Por cierto, el soldado alemán parecía sentir lo mismo mientras recorría ese espacio abierto para, luego, aminorar la marcha y quedarse sentado en el lomo de Toreador, contemplando ese paisaje desolado antes de hundir las botas en la nieve tras bajarse de un salto. Susurró durante algunos segundos al caballo al oído, con la frente apoyada en la cabeza del animal. Le dio una palmada de agradecimiento en la frente y regresó conduciendo el caballo a paso lento hasta entregar a Amos las riendas.

—*Danke schön*. Gracias. —El soldado extrajo un pañuelo del bolsillo, lo abrió y le ofreció el contenido a Amos—. Un obsequio por su amabilidad.

El alemán dejó caer un reloj de bolsillo en la palma de la mano de Amos. El color exquisito del oro destellaba. Amos le dio vuelta y presionó la corona. La tapa tenía grabadas las iniciales *FBK;* el sol, la luna y varias estrellas de oro rotaban en la esfera como un paisaje nocturno mecánico pintado por Van Gogh.

No se trataba de una baratija: era una obra de arte de valor incalculable.

Amos levantó la vista atónito y le devolvió el obsequio.

—No puedo aceptarlo. Parece muy valioso.

—Sí, *ja*, tan valioso como fue para mí esa breve cabalgata.

Sin intención de recuperar el reloj, el soldado se inclinó

y limpió la nieve de su fusil y del borde de su casco. Una señal de advertencia puso tenso a Amos cuando notó que el alemán prestaba atención a su Mauser, que tenía una mira adosada.

Echó una mirada en dirección a la tierra de nadie, ese terreno bombardeado que yacía entre las trincheras donde se escondían los francotiradores alemanes para espiar a sus presas todo el día hasta encontrar el momento adecuado para matarlos con un solo disparo. ¿Habría venido desde allí?

—Es el reloj de un caballero no de un granjero.

—Y sin embargo ahora le pertenece. Tal vez tenga que cambiar de ocupación en el futuro. —Sacudió la nieve de los guantes contra la pechera de su abrigo—. Me sorprende encontrar en este frente a un soldado honorable que se niega a recibir un obsequio, aun sabiendo el verdadero valor que tiene. ¿Cómo se llama?

Amos sonrió.

—Tampoco deberíamos tener nombres para que no resulte más difícil matarnos.

—*Ja,* pero lo intentaremos de todas maneras. —El soldado rio y su aliento se elevó como una nube mientras le tendía la mano antes de colocarse los guantes.

—Amos. —Se quitó el guante y aceptó el gesto de estrecharse la mano—. Supongo que nos veremos ahí afuera mañana, ¿no?

—*Nein.* Yo lo veré a usted. Y también a Toreador, pero me temo que usted no me verá hasta que sea demasiado tarde.

Solo una clase de soldado podía aseverar algo así y la mira de su fusil ya había confirmado sus palabras.

—Es francotirador.

El alemán asintió con la cabeza, pero no lo hizo con aire orgulloso ni profesional sino con un gesto de pesar no disimulado. Después de mirar por última vez al caballo dijo: —Cuide a mi amigo, por favor. Y *danke schön*. Muchas gracias, otra vez.

Amos podría haber preguntado a qué amigo se refería, pero el soldado ya le daba la espalda y se había vuelto a colocar el casco. Se colgó el fusil del hombro y comenzó una lenta caminata hacia el mundo blanco que se extendía más allá de las trincheras alemanas.

—¿Cómo se llama? —gritó Amos—. Toreador quiere saberlo.

—¡Frank! —respondió el soldado y se llevó la mano a la cabeza como si inclinara el ala de un sombrero—. De verdad espero que no volvamos a encontrarnos.

***

16 de octubre de 1940
Camino de Stony Stanton
Coventry, Inglaterra

AMOS LUCHÓ CONTRA EL PESO QUE LE CERRABA LOS PÁRpados hasta que, por fin, logró abrirlos.

Entrecerró los ojos para acostumbrarse a la luz del día que entraba por las ventanas del otro lado del pasillo y al blanco brillante de las sábanas hospitalarias en una hilera de camas de metal. Una silla emitió un crujido junto a la cama. Dirigió la mirada hacia allí y encontró al yanqui sentado, sin afeitar, con una camisa de trabajo remangada hasta los codos y unos pantalones remendados en lugar de uno de sus trajes costosos. Llevaba lentes y sostenía un libro en la mano.

—¿Amos? —Jacob lo vio mirando a su alrededor y dejó el libro para tomar un vaso de cristal de la mesa de noche junto a la cama de hierro—. Aquí tiene. —Se inclinó hacia adelante y le ofreció agua.

Intentar tragar resultó más difícil de lo esperado. Amos escupió un poco cuando sintió una punzada afilada que pareció cortarlo a la mitad. Apartó el vaso y se dejó caer agotado contra la almohada.

—¿Dónde estoy? —preguntó, aunque era obvio que se encontraba en una sala de algún hospital.

—En el Hospital de Coventry y Warwickshire, en el norte del centro de la ciudad, creo. ¿Lo conoce?

—Sí —respondió Amos con voz ronca. Luego se pasó una mano por la cara y trató de moverse sobre el colchón. Sintió un dolor lacerante en el abdomen que lo obligó a quedarse quieto—. Debí haberlo imaginado.

—La bala le atravesó el costado, lo operaron y suturaron las heridas. Los médicos dicen que le va a molestar un poco durante un tiempo.

Una bala. Tenía sentido.

—¿Dijeron algo más?

—Sí, que usted es muy tonto, muy afortunado o ambas cosas.

Lo asaltaron los recuerdos… algunos al menos. La imagen horrorosa de Charlotte agazapada en el suelo con las manos en la cabeza, gritando mientras un avión de caza alemán apuntaba directo al muro de piedra del otro lado del campo. Después se vio a sí mismo corriendo en la oscuridad de la noche, estirándose para tomarla en sus brazos y cubrirla con su cuerpo mientras caían al suelo… dispuesto a todo con tal de llegar a ella y protegerla.

Sin poder recordar lo que había ocurrido después de la travesía por el campo, trató de incorporarse; sabía que le dolería como una puñalada pero no le importaba. Presionó los vendajes que le rodeaban el torso con la palma de una mano y apretó los dientes mientras se apoyaba sobre el codo.

—¿Charlotte… está…?

—Lady Harcourt está bien gracias a usted. —Jacob

colocó una mano en el hombro de Amos para que volviera a recostarse sobre la almohada—. Ella y la señorita Brewster están manejando con gran eficiencia la fila del té en su tienda.

"¡Ay, no!" Se reclinó otra vez.

Si la fila del té seguía funcionando quería decir que debían de haber caído más bombas. Y él no había estado en su puesto, ni en el Centro de la calle St Mary, ni con los guardianes de incendios en la azotea de Drapers' Hall. Ni siquiera para evitar que otro avión volviera a bombardear Holt Manor, a pesar de que había conducido como un loco en la oscuridad para llegar a tiempo la primera vez. Lo inundó la culpa por haberse dejado llevar por el temor de perder a Charlotte hasta el punto de no pensar con claridad y olvidar todo el entrenamiento que tenía.

Debió recordar como soldado que los sentimientos siempre complican el cumplimiento del deber.

—¿Hubo muchos daños anoche? Vi bien al *Messerschmitt 110*, un bombardero de la Luftwaffe, que se dirigía a las fábricas que se encuentran junto a la hacienda. No recuerdo mucho después de eso.

—Exacto: un avión caza alemán se estrelló en la hacienda... hace dos días.

Jacob se quitó las gafas y las guardó en el bolsillo de la camisa antes de inclinarse hacia adelante y apoyar los codos en las rodillas. Parecía que quería que esa conversación quedara entre ellos dos. Bajó la voz.

—Hubo una investigación del Servicio de Vigilantes Antiaéreos y de la Guardia Nacional. Les gustaría creer que nuestras armas antiaéreas lo derribaron, pero el avión estaba muy lejos de la ciudad para que haya sido así. Lo más probable es que el piloto haya cortado el cable de un globo de barrera sobre la zona de las fábricas y por eso se haya estrellado. Están tratando de que no se difunda el hecho de que el objetivo eran las fábricas... quizá para evitar el pánico y mantenerlas en funcionamiento.

—Podría ser. ¿Hubo algún herido en la hacienda?

—No, pero sí ocho muertos en la ciudad. Las autoridades dijeron que la mayoría de las muertes se produjeron en la planta de Daimler en Radford. Se rumorea que las bombas más fuertes cayeron con una gran cantidad de dispositivos incendiarios y el fuego destruyó un taller de pulido y las oficinas de ingeniería. Hubo decenas de heridos aunque parece que usted fue el único que recibió una bala de la ametralladora de un piloto alemán en el medio del campo esa noche.

—Tuve mala suerte.

—No creo mucho en la suerte. Lo que sí tengo claro es que no fue la suerte la que lo trajo al hospital. Lady Harcourt le salvó la vida.

—¿De veras? —Amos exhaló, aunque casi lo había adivinado—. ¿Y tú? ¿Y Eden?

—Estamos bien —asintió Jacob—. Yo me limité a conducir y lady Harcourt se encargó de mantenerlo con vida.

Los recuerdos posteriores al ataque todavía le resultaban confusos.

Comenzaban como destellos de un avión envuelto en llamas... que aparecían y desaparecían bajo el techo de un refugio de chapa... Luego el sufrimiento en el rostro de Charlotte cuando abrió los ojos en la parte trasera del coche y la encontró mirándolo...

Le palpitaba la cabeza con un dolor feroz que lo castigaba con cada latido del corazón. Además, mientras yacía en esa cama de hospital, le habían empezado a temblar las manos como para recordarle que no había bebido alcohol en varios días. La petaca. ¿Dónde estaba? La llevaba consigo siempre, guardada en una de las botas, al alcance de la mano en todo momento en caso de que la necesitara. ¿Y ahora? ¿Dos días sin ella? En breve comenzaría a rascar las paredes si no satisfacía esa necesidad.

—¿Y mi ropa? ¿Mi… eh… mis botas?

—Aquí están. —Jacob señaló el estante inferior de la mesa de noche—. ¿Necesita algo?

—No. —Amos se pasó la mano por el cabello para calmar el temblor y volvió a apoyar la cabeza en la almohada. La petaca tendría que esperar.

Jacob estaba callado… demasiado callado. Parecía expectante, lo cual intrigó a Amos. Miró al joven abogado.

—No lo tomes a mal, pero ¿qué haces aquí?

—Nos turnamos los tres: Eden, lady Harcourt y yo. Incluso vino la pequeña Ginny. Pasó la noche sentada junto a su cama en esta silla. —Jacob esbozó una sonrisa incrédula, aunque carente de calidez verdadera—. No sé qué decirle, excepto que debe significar algo que un enemigo le demuestre su respeto de esa manera.

—Parece que estaré en deuda con las Holt, me guste o no. ¿Quién puede seguir aferrado al odio después de algo así?

Amos se dio cuenta de que esta vez no había simpatía en las facciones de Jacob. Faltaban la sonrisa genuina y la mirada afable, tenía algo en mente y parecía decidido a hablar sobre el asunto.

—¿Qué pasa?

—El odio. Se trata de un sentimiento muy fuerte para referirse a una familia a la que ha ignorado durante tanto tiempo. —Jacob bajó la voz y cambió de tema—. Lady Harcourt me contó de los Spitfire.

—No debió haberlo hecho —gruñó Amos.

—Necesitaba ayuda Amos, y además no debería haber sido un secreto. La gente de la hacienda podría correr peligro. ¿Por qué no me lo dijo?

—Lady Harcourt no tenía alternativa, el ministerio la obligó a guardar el secreto.

Jacob negó con la cabeza como si no le creyera.

—Se lo contó a usted y al señor Cox.

—Apenas unas horas después de que me enterara de los Spitfire, la Luftwaffe apareció en escena. Si hubiera tenido más tiempo para decidir qué hacer, tal vez se lo habría contado a otros. Pero como formo parte de la Guardia Nacional, no puedo…

—¿No puede qué?

—No confío en ti todavía, ¿entiendes? ¡Eres alemán! —replicó Amos en voz tan alta que los demás pacientes levantaron las cabezas de las almohadas y los visitantes se giraron para mirarlos. Le indignaba haberse desquitado con el joven a pesar de que había algo de cierto en sus palabras.

—¿Y cómo llegó a esa conclusión?

—Lo vi aquella noche frente a la librería, cuando ayudaste a esa pareja de la tienda de pinturas; hablaste a la mujer y eso significa que tienes una educación de primer nivel, eres alemán o ambas cosas.

Jacob lo desafió con expresión impávida.

—¿Y usted qué cree?

—Dime la verdad.

—Mi familia es de origen alemán, es cierto, pero soy cien por cien estadounidense y mi ciudadanía lo prueba. Supongo que se puso en contacto con la Cancillería para obtener información del consulado cuando llegué a Coventry.

—Lo hice al poco tiempo.

—¿Y? ¿Qué averiguó? —quiso saber Jacob. Tal vez ya había tenido esa misma conversación muchas veces. Un estadounidense descendiente de alemanes resultaba sospechoso, por lo menos en un mundo que estaba en guerra con Hitler. La gente tenía miedo.

—Que no puedo darme el lujo de equivocarme contigo, en especial porque sé que debe haber algún motivo por el que estás aquí y mucho menos si existe la posibilidad de que hagas daño a las Holt antes de irte. No puedo arriesgarme a dejar que un extraño se inmiscuya en nuestras vidas.

—Es razonable. —Jacob asintió con la cabeza como si asimilara un golpe que esperaba o que, incluso, tal vez merecía—. Pero más allá de eso, no puede pasarse las noches yendo y viniendo de las librerías a la hacienda. Nadie puede estar en dos lugares al mismo tiempo, ni siquiera usted. Terminará muerto; de hecho, estuvo a punto de morir esta vez. ¿Por qué?

"Por ella".

Amos apretó la mandíbula como hacía siempre que debía enfrentar una realidad que no le gustaba. Igual que en las trincheras tantos años antes. Resistes. Aprietas los dientes y disparas cuando no queda más remedio. Tragas el horror mientras las ametralladoras derriban hombres y caballos a tu alrededor y aprendes a mantenerte firme en la determinación de hacer lo imposible cuando las bombas empiezan a caer sobre las personas que amas.

Cerró los ojos con fuerza ante ese pensamiento: la sola idea del amor había prendido una mecha en su interior antes de que pudiera impedirlo.

—No hace falta que responda. Me quedaré en la tienda para cuidarlo cuando le den el alta del hospital.

—No, de ninguna manera. Me he cuidado solo durante mucho tiempo, Jacob, y lo seguiré haciendo.

Jacob levantó las manos en señal de rendición con un suspiro profundo.

—Está bien. No voy a discutir con usted, pero llevaré mis cosas a Holt Manor para ayudar a lady Eden y a las muchachas al menos por ahora, hasta que usted se recupere. Luego decidiremos qué hacer.

—Entonces, ¿te quedas?

Jacob asintió con firmeza.

—Por ahora sí.

—¿Y lady Eden no sabe nada de los Spitfire?

—No y haré todo lo posible para que no se entere. Solo sería otra preocupación para ella, y lady Harcourt no lo toleraría. Así que guardaremos el secreto todo el tiempo que podamos. Trabajaré con lady Harcourt y el señor Cox para asegurar que los aviones sigan escondidos. Pero le aseguro que ni ella ni su hija andarán corriendo por la propiedad para abrir las puertas de los establos mientras los aviones alemanes surcan los cielos. ¿De acuerdo?

Amos se hubiera cortado el brazo sano con tal de mantener a Charlotte sana y salva en un refugio.

—De acuerdo.

—Bien. Pediré ayuda a Alec si hace falta, pero nos vamos a asegurar de que ninguna persona en esa hacienda corra peligro… pase lo que pase.

Una cosa era que Amos dijera algo así, ya que, a pesar de sus intentos por liberarse, su propia existencia parecía conectada con la hacienda de los Holt. Sin embargo, que este muchacho, a los pocos días de llegar en un viaje que se suponía solo tenía como propósito la entrega de un documento legal, ahora dijera que se quedaba era algo bien distinto. No solo planeaba quedarse: estaba dispuesto a enfrentarse a los bombarderos alemanes si volvían a la hacienda, al igual que Amos.

Tenía que haber una razón para ese comportamiento.

—¿Por qué te quedas? —Amos lo miró a los ojos.

—Por lo visto tengo mis motivos… al igual que usted. —Jacob se inclinó y extendió el brazo en dirección al estante inferior de la mesa de noche.

La petaca de metal destelló bajo la luz cuando el joven la depositó sobre la mesa de noche. Tomó el libro que había estado leyendo cuando Amos despertó, abrió la portada y extrajo la fotografía guardada en el interior. La apoyó en la mesa y con un dedo deslizó la imagen de la joven Charlotte

Terrington hasta que quedó en el borde más cercano a la cama.

—Descanse un poco. —Jacob se levantó y metió las manos en los bolsillos del pantalón—. Volveré pronto. Quiero avisar a lady Harcourt que ya está despierto. Pidió que la mantuviéramos al tanto.

Después de enfrentarse a las sospechas de Jacob, Amos miró cómo se alejaba y dirigió una mirada al libro gastado; no lograba decidir si ese funesto ejemplar de *Dombey e hijo* con el escudo de los Holt en la portada, donde ocultaba la foto secreta que había llevado consigo durante todos esos años, era un amigo o un enemigo.

Sí, ambos tenían sus razones para quedarse.

Y ahora Jacob conocía por lo menos una de las suyas.

CAPÍTULO 18

20 de febrero de 1915
Calle Bayley
Coventry, Inglaterra

EN LA GUERRA, EL SOLAZ TENÍA SUS PROPIOS RITMOS.

Muchos buscaban consuelo en los reclinatorios de las iglesias. Otros cuidaban las huertas comunitarias u organizaban conciertos para levantar el ánimo de la gente. Había quienes encontraban paz en las cartas que les escribían a sus seres queridos en el frente de batalla. Los patriotas iban a trabajar cada vez con más fervor en las oficinas públicas o en los servicios auxiliares, mientras cientos de mujeres acudían a las fábricas a ocupar puestos de trabajo que habían dejado vacantes los hombres que se alistaban. Conducían ambulancias y los camiones de reparto de pan, manipulaban los conmutadores y labraban la tierra. Charlotte, por su parte, descubrió que el título de Condesa de Harcourt le otorgaba un nivel inesperado de autonomía por su estatus social y encontraba consuelo en mantenerse ocupada.

Si no le quedaba más remedio que ser la reina del condado, por lo menos aprovecharía para hacer lo que quisiera. Por supuesto Will no habría estado de acuerdo aunque dedicara su tiempo a actividades benéficas. Su embarazo le dificultaba cada vez más realizar tareas en la hacienda y mucho más tocar el violonchelo. Además, Charlotte había encontrado una nueva ocupación que no requería que pasara los meses escondida tras puertas cerradas, tejiendo mientras esperaba la visita de la cigüeña.

El Servicio de la Biblioteca Británica había creado un programa para proveer de libros a los soldados heridos que se encontraban en el hospital auxiliar de la Cruz Roja Británica y su centro de recuperación, cercano a Coventry. Se hablaba de ampliar el alcance del programa para llevar libros también al frente de batalla a fin de reconfortar a los soldados en actividad. Las damas del condado de Warwickshire habían puesto manos a la obra con la esperanza de responder a la creciente demanda. No importaba la clase social de las mujeres que se encargaban de esta tarea: gracias a la guerra ese tipo de tonterías habían dejado de tener tanta importancia. Y para Charlotte era una alegría poder decidir quién trabajaría con ella.

La sombrerería abandonada que habían encontrado en la esquina de la calle Bayley ofrecía el espacio perfecto para el desarrollo de esas actividades. Inclinada sobre el mostrador de la antigua tienda, con el vientre rozando la madera, Charlotte deslizó una caja de libros hacia ella para revisarla.

—Las señoras de la junta directiva han hecho un trabajo extraordinario. No hay ninguna posibilidad de que podamos guardar todos estos libros y siguen llegando montones de cajas todos los días.

—¡Qué bien! Quiere decir que los soldados del hospital no tendrán que pasar ni un solo día sin algún tipo de entretenimiento que los distraiga de sus preocupaciones. —Marni estaba junto a las puertas de la tienda; la luz del sol que entraba a raudales por el escaparate le aclaraba el cabello castaño claro. Mientras llevaba un montón de libros al mostrador con una sonrisa cálida, se detuvo un momento para mirar al bebé que dormía en su cochecito.

—¿Se ha quedado dormido?

—Sí, recién —susurró Marni, depositando los libros en el borde del mostrador para inclinarse a acariciar suavemente los deditos apretados que formaban un pequeño puño—. Me gustaría que se atreva a soñar todos los sueños que desee durante todo el tiempo que duren.

Charlotte miró a su amiga consciente de que había sido un invierno muy largo.

En el otoño, el telegrama del Ministerio de Guerra había llegado a la Granja Foxhollow con la noticia de la muerte de Tate Fitzgibbons. Charlotte había visto a la viuda luchar con esa pena durante los meses que siguieron, mientras ella misma no cesaba de escribir a su esposo ni de rezar y encender velas por él todas las semanas en la catedral.

Vio que Marni trataba de disimular las lágrimas mientras miraba su hijito Alec, cuyo nombre había elegido su padre antes de partir a la guerra. El gesto conmovió a Charlotte: aunque las cartas que recibían fueran pocas y muy espaciadas, todas las esposas debían reprimir el temor lacerante de protagonizar algún día una escena como la que tenía delante.

—Deberíamos continuar... por lo menos mientras siga durmiendo. —Marni respiró hondo y procedió a inspeccionar una caja de artículos varios en el lote de las donaciones más recientes.

—Sí. —Charlotte se obligó a dejar a un lado su preocupación—. Estos que están en el mostrador son libros de ficción... una variedad de obras.

—Y aquí tengo... ¿libros de cocina? Cielos. ¿No le parece cruel repartirlos ahora? No me gustaría que la gente se fuera a dormir con antojo de ganso asado y pudín de Yorkshire cuando solo cenó un té aguado y tortilla de restos de verduras.

—Los lectores no se van a ofender. Se alegrarán con los

libros que podamos compartir con ellos del lote que nos envió la editorial Dunne.

—Sí, claro, es la tienda con el frente de ladrillos que está cerca de la catedral, ¿verdad? Hace años que distribuyen el *Almanaque del Agricultor*.

—Ya no. —Charlotte suspiró—. Cerró: otra víctima de la guerra. Los dueños donaron todo el inventario para los soldados del centro de recuperación.

—¿Cerró? ¿Cómo puede ser si hay una gran demanda de material de lectura?

—Tal vez haya demanda de libros usados, pero con la escasez de papel y los submarinos alemanes que bloquean todo lo que se acerca a nuestras islas, resulta muy riesgoso. Cada vez hay menos abastecimiento de libros nuevos, ni hablar del dinero que hace falta para comprarlos. La mayoría de la gente no puede permitírselos y los que pueden prefieren enviar un paquete al frente en vez de gastar dinero en algo para ellos.

—Para eso estamos nosotras.

—Así es. —Charlotte pasó los dedos por los lomos de los libros de ficción apilados. Por alguna razón siempre se detenía a buscar alguna obra de sir Walter Scott en los estantes o los lotes que veía—. Ojalá que, algún día, alguien venga a resucitar una librería en la calle Bayley. Hasta entonces daremos el mejor servicio que podamos.

Charlotte recorrió con la mirada el local abandonado tratando de no perder la esperanza de lograr su cometido. Algunos de los cristales enmarcados en plomo del escaparate estaban rajados y las telarañas se habían adueñado de todos los rincones. El suelo necesitaba un pulido y los estantes, una limpieza. Todavía había rollos de telas llenos de polvo apoyados contra el mostrador. En realidad resultaría una tarea ardua limpiar el lugar, acondicionarlo y llenarlo de libros. Además tendrían que hacerlo rápido. No obstante, a juzgar por las donaciones que recibían, pronto los soldados heridos tendrían un sinfín de novelas y publicaciones para leer sobre casi todos los temas imaginables.

—¿Y estos qué son? —Charlotte se arrodilló para examinar el borde de un rollo cubierto de papel que parecía demasiado pesado para moverlo ella sola. Cuando retiró el envoltorio, el brillo de unas rayas verde azulado iridiscente, como el color de un pavo real, la cautivó—. Es papel pintado para paredes...

—¿A quién se le ocurre donar papel para paredes? No tiene mucha utilidad en este momento.

El corazón de Charlotte comenzó a latir con rapidez.

—¿Acaso importa quién fue?

El ambiente más grande del local era el depósito del fondo. Charlotte miró más allá del corredor en sombras y se imaginó ese espacio lleno de libros, sillones cómodos, una mesa para servir el té y estantes repletos de historias. Una librería que ofreciera bienestar o afecto, entretenimiento o una vía de escape para cualquiera que tuviera esa necesidad. Allí la gente encontraría el amparo que ofrecían las páginas de un libro: la semilla de una paz temporal para cobijarse en un mundo atormentado por la guerra. Aunque solo pudieran brindar unos momentos de solaz, valdría la pena.

Y las paredes serían... de color verde azulado.

—¡Qué maravilla! —Charlotte se incorporó apoyándose en el codo de Marni y echó a andar con pasos decididos, seguida por su amiga—. Ya sé en qué paredes lo pondremos.

—¿Dónde?

La chimenea de piedra era la pieza central del ambiente, organizarían el resto del espacio a su alrededor. Más allá de lo que ocurriera, los amantes de los libros encontrarían un refugio en Coventry.

—Lo pondremos aquí, en las paredes de nuestro nuevo salón de lectura.

23 de octubre de 1940
Calle Bayley
Coventry, Inglaterra

ERA UN MILAGRO QUE LA CALLE BAYLEY SIGUIERA INTACTA.
Charlotte dejó caer la bicicleta en la acera cuando llegó a
la Librería Eden. El canasto delantero se soltó con el golpe
mientras ella corría hacia la entrada del local. Metió la llave
en la cerradura, la giró y la dejó allí para entrar en la tienda
como una exhalación.

—¿Amos?

Encendió las luces, fue a toda prisa hasta el mostrador y
luego pasó junto a las estanterías con los libros de ficción.
Sus zapatos de tacón repiqueteaban en el suelo mientras
buscaba entre las estanterías.

—¿Amos? ¿Estás aquí?

—¿Por qué tanto escándalo? —Apareció desde el salón
de lectura, sujetándose el lado herido con un brazo; en la
otra mano sostenía una lata de té Twinings.

Charlotte apoyó una mano en la mesa más cercana para
intentar calmarse ahora que ya lo había visto.

—No estabas en tu librería.

—Nos quedamos sin té —dijo él levantando la lata—, así
que vine a buscar más. La fila del té está lista para arrancar.

Apenas había amanecido. Las sirenas se habían acallado
después de una noche angustiosa de bombardeos. Durante
todo el trayecto desde la hacienda, cada vez que tomaba aire
y mientras pedaleaba con desesperación, Charlotte rezaba
por encontrar lo que ahora tenía delante: a Amos sano y
salvo, lo que disipaba todos los miedos de su mente, aunque
una vez más el humo inundara las calles de Coventry. Se
atrevió a hablar con las manos apretadas contra el estómago.

—No atendías el teléfono de tu tienda.

—No tengo teléfono.

—Sí que lo tienes. Te hice instalar uno mientras estabas en el hospital.

—Ajá —respondió, para luego negar con la cabeza—. Y yo lo hice desinstalar tan pronto como me dieron de alta.

"Por supuesto que lo harías, terco como eres".

—¿Por qué? —Charlotte dio un paso hacia adelante y sintió un fuego que la consumía por dentro al pensar en el terror que había sentido cuando intentó llamar desde Holt Manor y la operadora le informó que la línea estaba desconectada—. ¿Qué pasaría si hubiera un problema en la hacienda? Te recuerdo que eres el encargado.

—¿Lo hubo?

Charlotte se cruzó de brazos.

—No, pero eso no es lo que importa.

—Jacob y Eden podrían manejar cualquier situación hasta que yo llegara. Y puedes llamar a la Guardia Nacional cuando quieras; te daremos un informe sobre la calle Bayley. Aunque estoy seguro de que lamentas ver que mi tienda sigue en pie. Temo que no se le movió ni una teja.

—No quiero un informe —replicó ella tajante—. Y, a pesar de lo que crees, no deseo que ninguna de las dos librerías vuele por el aire. Prefiero que tengas que cerrar por los motivos de siempre: porque la Librería Eden es importante para la gente de esta ciudad, porque sentimos afecto de verdad por nuestros lectores y no los espantamos.

Como sabía que Amos era un hombre inteligente, Charlotte suponía que se había vuelto loco. De lo contrario, ¿cómo podría haber olvidado la noche que se estrelló el avión, cuando ella lo sostuvo en sus brazos en el asiento trasero del coche durante el trayecto aterrador hasta el hospital, hablándole, acariciándole la mejilla con la mano ensangrentada y luchando con todas sus fuerzas para mantenerlo con vida? Ahora tenía el descaro de deshacerse del único medio de comunicación que ella tenía para contactarlo.

—Era una broma. —Amos hizo una pausa y añadió con cautela—: Sabía que vendrías a ver cómo estaba tu tienda. Siempre lo haces.

Charlotte negó con la cabeza, tratando de contener la emoción que le impedía hablar. No le preocupaba la librería… de hecho, no le había preocupado en ningún momento. Le parecía una locura que Amos no comprendiera la situación: las paredes de ladrillos y los estantes de libros se podían reconstruir, sustituir, olvidar incluso… pero la vida no. Por esa razón, cada vez que se anunciaba que ya no había peligro, Charlotte corría hasta el teléfono solo para averiguar si Amos estaba vivo.

—Recibimos noticias de que anoche la calle St Mary sufrió un ataque directo. Los demás no estaban listos para venir en el coche, así que vine sola en bicicleta porque no podía comunicarme contigo.

—Ah, entiendo —respondió Amos—, pero estábamos en el refugio, bajo tierra, ¿recuerdas?

—¿Cómo iba a saber que estabas sano y salvo cuando todavía están sacando a las pobres víctimas fatales de los escombros? ¿O no lo sabías?

Amos asintió y bajó ligeramente la cabeza. Dio unos pasos lentos hacia el centro de la tienda, donde estaba ella. Apoyó la lata de té sobre un montón de libros de poesía que había en una mesa cercana.

—Lo siento.

—Amos, pensé… —Charlotte negó con la cabeza y bajó el rostro para evitar que él viera sus lágrimas… y descubriera por qué no podía revelar la verdad que le corría por el cuerpo—. No puedo volver a vivir otra noche como la del bombardeo en la hacienda.

—Lo sé y te pido perdón. —Amos volvió a asentir con

la cabeza, pero esta vez parecía que a él también le costaba hablar. Sus ojos buscaron los de Charlotte, esperando que ella levantara la mirada. Frunció un poco el ceño como para demostrar que se sentía tan arrepentido como sugería su tono de voz—. Debí haber pensado en ti, en Eden y en la hacienda. Debería haber ido de inmediato a Holt Manor como encargado. Pero vivo a mi manera, tengo mis normas, mis hábitos, nacidos de una vida entera de cuidarme solo, y eso es lo que puedo controlar en este momento. Entonces, si no quiero tener teléfono, a pesar de todo lo que está pasando... pues no voy a tener teléfono.

—Ya. Y en un mundo que se prende fuego más allá de estas paredes, donde las bombas explotan en las calles todas las noches, ansías poder *controlar* algo.

—No, no entiendes. Tiene que ser así.

"Esa respuesta no me sirve, te lo advierto".

—Entonces ayúdame a entender.

Amos cambió el peso del cuerpo de una pierna a la otra; apoyó las manos sobre la cadera, como si algo le impidiera responder.

—Dime algo que me ayude a entender lo que crees que puedes controlar. Está claro que no son los aviones escondidos en la propiedad. Ni lo que ocurrirá en el cielo de Coventry por las noches. Ni si nuestras librerías sobrevivirán y podremos abrir las puertas al día siguiente. Los ataques aéreos continuarán, Amos. No podemos predecir dónde caerán las bombas, solo podemos reunir la fuerza necesaria para sobrevivir y aferrarnos a la esperanza un día a la vez. Lo entiendes, ¿no? Entonces te pregunto por qué dices que tiene que ser así.

La tensión resultaba palpable entre ellos ahora que Charlotte había terminado su discurso y su acusación reclamaba una respuesta.

—Porque no puedo cometer más errores Charlie

—susurró Amos con voz ronca y sincera mientras levantaba la mano para tomar un mechón del cabello de Charlotte que le caía sobre la mejilla y acomodárselo detrás de la oreja—. Eres todo lo que me importa en este bendito mundo y eso me aterra.

Amos debía de creer que la conocía como la heredera aristocrática que había cumplido con su deber toda su vida. Sin embargo, en los años en que habían estado separados, Charlotte había madurado, se había vuelto independiente. Era terrateniente y madre, y no tenía miedo de llevar adelante sola una librería que representaba la mitad del sueño que habían compartido alguna vez. Dio un paso adelante para acortar la distancia que los separaba, tomó suavemente el cuello de la camisa de él y se puso de puntillas para acercar los labios de Amos a los suyos.

Fue como si no hubiera pasado el tiempo.

Tantos años más tarde, los labios de Charlotte recordaban el contorno de los de él. Su corazón no había olvidado la abrumadora sensación de haber llegado a casa que experimentaba con solo estar cerca de Amos. El miedo que la había atormentado mientras se dirigía en bicicleta a la calle Bayley se disipó en el instante en que él la rodeó con los brazos y dejó que sus labios se unieran.

—Nunca… —Charlotte sonrió con la boca sobre la de él e hizo una pausa para recorrer el borde rugoso del labio superior de Amos con la yema de un dedo—. Nunca te había besado con la barba. Me preguntaba cómo sería.

—Yo también. —Levantó la barbilla y le dio un beso lento y suave en la frente, al tiempo que susurraba—. No te imaginas cuánto.

Aunque el mundo se caía a su alrededor, Charlotte no podía negar los sentimientos en su corazón. Ya no. No después de todo lo que habían tardado en llegar hasta allí.

—Te eché de menos Amos —admitió, incapaz de

reprimir esa confesión ni un segundo más. Levantó la mirada y apoyó la palma de la mano en la camisa de él—. Siento como si la vida nos hubiera dado una segunda oportunidad después de la noche del ataque del bombardero alemán. Ahora, después de todos estos años, todavía te echo de menos. Jamás dejó de ser así, ni por un momento, desde el día en que nos despedimos en el invernadero y te fuiste a la guerra.

—Yo… No es tan sencillo.

—Pero es lo que estoy tratando de decirte. Nunca quise esta tienda, es decir, sí la quise pero no sin ti. Por favor, dime que no estoy sola, que, a pesar de lo que pueda haber pasado, esta disputa entre nosotros no ha matado hasta el último vestigio del amor que alguna vez pudimos sentir.

Se escuchó el crujido de la puerta del frente, un sonido hueco que retumbó en el espacio abierto. En la librería que había surgido como una fuente de solaz para Charlotte durante la primera guerra, las ilusiones de toda una vida quedaban al descubierto en esa segunda guerra.

Charlotte se giró, todavía en brazos de Amos, ya sin ocultar sus sentimientos, y se encontró con el rostro atónito de su hija que la miraba desde la entrada.

CAPÍTULO 19

23 de octubre de 1940
Calle Bayley
Coventry, Inglaterra

Las teclas de la máquina de escribir repiqueteaban de fondo cuando Eden regresó a Novelas Waverley; casi se torció el pie al pasar, rauda, por la puerta abierta.

La fila del té había evolucionado hasta convertirse en un operativo preciso en el que cada participante sabía la tarea que le correspondía y la llevaba a cabo a buen ritmo. Dale se encontraba detrás del mostrador de la tienda leyendo en voz alta la primera edición del boletín que publicarían pronto; del cigarrillo que sostenía entre los dedos se elevaban espirales de humo. Jacob y Ginny estaban reubicando las mesas con las obras más destacadas, casi sin levantar las patas del suelo de madera para no perder el equilibrio y hacer caer los libros apilados.

Eden cerró la puerta de un empujón. Sonó la campanilla de bronce y todos se volvieron para mirarla.

—¡Justo a tiempo lady Eden! Necesitamos su opinión. —Dale retiró el papel de la máquina de escribir hasta que se escuchó un timbre suave y se levantó para leer—. "Viajeros, trotamundos y antiguos narradores de Coventry, les presentamos... *Los Libreros de Coventry*". ¿Le gusta? Es el nombre de nuestra nueva gacetilla… es para todos nosotros. Aquí vendemos libros, ¿verdad? Y todos nos refugiamos juntos, ya seamos de Londres o de Coventry, excepto Jacob, que se convertirá en británico honorario durante su estancia aquí. Pensamos que podríamos repartir cada edición nueva en la fila del té por la mañana, así la gente podría leerla para pasar el rato en los refugios por la noche. Y podríamos incluir noticias de Coventry y del WLA cuando corresponda. ¿Qué le parece?

—Está bien —farfulló Eden.

—¿Encontró a lady Harcourt en la librería? —Ginny miró a Eden antes de dirigirse hacia el pasillo—. ¿Y el té? ¿Lo tenía el señor Darby? Si quiere puedo empezar a calentar agua en las teteras. En cualquier momento llegarán los *godcakes* de los bautismos cancelados.

—¿Cómo dices? —Sintiendo que le faltaba el oxígeno y con la necesidad de aferrarse a algo para que el mundo no se derrumbara bajo sus pies, Eden se volvió hacia Jacob—: ¿Qué pasa con la librería?

—La Librería Eden. Se salvó, ¿no es así? ¿No fue hasta allí a fijarse que todo estuviera en orden? —Jacob, que sostenía un ejemplar de *Distrito del sur. Un paisaje inglés*, dejó la mano quieta—. Las bombas explotaron a varias manzanas de aquí. Flo y Ainsley se quedaron con Alec y el señor Cox para trabajar en la hacienda, así que no hay nada de qué preocuparse.

Ginny empalideció. Desvió la mirada hacia los escaparates como si esperara que una bomba se estrellara en la acera y se los llevara a todos.

—¿Qué pasa Eden?

Jacob intercambió una mirada con Dale, cuyos dedos se paralizaron en la máquina de escribir en el momento en que estaba colocando una hoja de papel en el rodillo. El abogado dejó el libro sobre la mesa y se acercó a Eden mientras echaba un vistazo a la calle, donde todavía flotaba el humo, antes de traer a la joven hacia el interior de la tienda y cerrar la puerta.

—¿Qué pasa? —le preguntó en voz baja, inclinándose hacia ella.

—Necesito hablar con usted… a solas —murmuró Eden; sentía los ojos curiosos de los demás en el rostro y el ardor inevitable de las lágrimas que comenzaban a llenar los suyos—. Por favor…

Jacob asintió con la cabeza y miró a su alrededor, al pequeño ambiente y sus ocupantes. Después la tomó de la mano y la llevó hacia el interior.

—Pondremos las teteras a calentar —dijo por encima del hombro mientras se internaban en la tranquilidad del pasillo.

Habría sido una idea pésima derrumbarse en ese preciso momento.

Sin embargo, una vez que los demás ya no podían escucharlos desde la soledad del depósito trasero y con el corazón repleto de sentimientos encontrados, Eden ya no pudo resistir. Se abrieron las compuertas y cuando brotaron las lágrimas, se aferró con todas sus fuerzas al amparo que encontró en esa habitación.

Hundió el rostro contra el pecho de Jacob y se abrazó a él. Sin decir nada la rodeó con los brazos, la sujetó con fuerza y esperó mientras la apretaba contra sí durante el tiempo que fuera necesario, con la barbilla apoyada sobre su cabeza.

—Lo siento. —Eden negó con la cabeza, avergonzada, y al apartarse hizo que la barbilla de él rebotara. Por fortuna ese día no se había puesto el maldito rímel en crema; de lo contrario, el frente de la camisa de Jacob tendría unos surcos negros en lugar de las aureolas de sus lágrimas—. No era mi intención… hacer eso.

—Está bien. —Jacob recorrió la habitación con la mirada y vio un paño para secar los platos colgado del respaldo de una silla en la cocina contigua. Se alejó un instante para tomarlo y ofrecérselo antes de volver a su lado—. Aquí tiene.

—Gracias. —Eden se secó los ojos con el paño en un intento desesperado de no verse horrible con la nariz enrojecida por el llanto.

Jacob esperó con paciencia.

—¿Quiere contarme qué ocurrió?

—Vi a mi madre junto al señor Darby en la tienda… abrazados.

—Ah. Ya veo. —Suspiró, apoyó las manos en la cadera y asintió. Parecía increíble, pero Jacob no estaba sorprendido por lo que acababa de contarle. ¿Cómo podía ser?—. Tal vez estaban agradecidos porque su madre encontró al señor Darby con vida después del informe de la Guardia Nacional que recibimos esta mañana. La noticia del bombardeo en la calle St Mary debe de haber alterado a todos. Si lady Harcourt lo encontró en su propia tienda, quizá se abrazaron por el gran alivio que sintieron.

—No. —Eden negó con vehemencia y arrojó el paño sobre una encimera—. Eso no es lo que pasó… ni lo que dijeron. Mamá declaró su afecto por… el señor Darby. Con pasión. Y yo no dije una palabra. Me quedé mirándolos con total incredulidad. Confiaba en él… creo. Yo era la que trataba de que hubiera una relación amistosa entre las dos tiendas, que terminara esa supuesta guerra entre las librerías. Pero… salí corriendo, como una niña tonta.

—Eden, no llorará porque su madre sienta… afinidad con un hombre otra vez, ¿verdad? —Jacob hizo una pausa incómoda: parecía que le costaba encontrar las palabras para hablar de amor de esa manera, sobre todo con ella.

—No, en absoluto. La habría apoyado si hubiera deseado casarse otra vez.

Él levantó una ceja.

—¿Incluso con el señor Darby?

—Bueno, jamás se me ocurrió pensar en eso… hasta que…

—Hasta que… ¿qué?

—Hace tiempo ya que sospecho que podría haber algo más entre ellos, algo que no han contado. Siempre ha habido rumores en la ciudad, pero nunca les presté atención porque creía que eran habladurías sin ningún fundamento. —Eden se mordió el labio inferior mientras pensaba—. Pero, desde la noche en que se estrelló ese avión alemán… ¿Recuerda lo que dijo el señor Darby, el apodo que usó cuando estaba casi inconsciente por el dolor y la pérdida de sangre? Susurró algo, sin duda pensando que estaban solos. Pero nosotros dos estábamos allí y sé que usted también lo escuchó.

Jacob asintió.

—Charlie.

—Sí, y eso me sorprendió. Cuando era pequeña, mamá y yo solíamos leer libros y jugar durante horas en la rosaleda. Íbamos al viejo invernadero y me contaba cómo había sido antes, mucho tiempo atrás, cuando había un jardinero que tenía unas plantas bellísimas allí. Aunque mis dos abuelas no estaban en absoluto de acuerdo y sostenían que debía tener una niñera, mamá insistió en ocuparse de mi crianza. Éramos inseparables. Me puso un sobrenombre en honor a uno de mis juguetes favoritos, Eddy, un osito de peluche. Es una tontería pensar en eso ahora, pero recuerdo que me reí y le dije que si ella no tenía un apodo, teníamos que inventarle uno.

—¿Y ella dijo que ya tenía uno?

Eden asintió, apesadumbrada, sin poder comprender.

—Me contó que alguien muy querido le había puesto un sobrenombre: Charlie. Dijo que había amado mucho a

294

esa persona y que llevaba ese apodo en el corazón siempre. Supuse que hablaba de mi padre. No obstante, después de tanto tiempo, de tantos años... *él* usó ese apodo. Nadie más podría saberlo excepto la persona que se lo puso.

Jacob se quedó allí, mirándola con una expresión que se asemejaba a... la culpa. Eden pestañeó, cautelosa, y se apartó, sintiendo un malestar en el estómago.

Ese hombre era demasiado pragmático para ignorar los hechos o para evitar hacer preguntas al respecto. ¿Por qué tenía ese aspecto tan indiferente en ese momento?

—Usted... ya lo sabía.

—Puede ser —admitió—. O lo sospechaba al menos.

—¿Qué? ¿Qué sospechaba?

—Cuando estaba en el hospital con Amos, una de las cosas que tenía consigo cuando lo internamos era un libro que estaba en el bolsillo de su chaqueta. En la portada vi el escudo de la familia Holt y una fotografía de una mujer joven. —Jacob suspiró y bajó los hombros—. Su madre.

—¿Y usted no me dijo nada? —Eden lo miró a los ojos, incrédula.

—No me correspondía.

—¿No le correspondía decir la verdad? ¡Pero qué cosmopolita de su parte!

—Quiero decir que no me corresponde juzgar a un hombre o a una mujer por un pasado que desconozco por completo. Esto no es un caso judicial que los involucre; estamos hablando de sus vidas y no tengo derecho a intervenir.

—¿Pero no tiene ningún problema en intervenir para amenazar la estabilidad de nuestra hacienda? —Otro pensamiento la asaltó con la misma velocidad que el anterior—. ¿Habló de este asunto el señor Darby?

—De alguna manera...

—¿Y?

Jacob negó con la cabeza.

—No lo negó.

Había algo de cierto en lo que Jacob había dicho. Era como si Eden hubiera estado en la entrada de la tienda de su madre y hubiera visto una escena con una mujer desconocida, no con la condesa del condado de Warwickshire que luchaba por diversas causas y defendía a los arrendatarios de su hacienda. La imagen de la mujer que abrazaba al señor Darby en el centro de la librería hablaba de una devoción profunda y duradera. En un abrir y cerrar de ojos, la mujer que profesaba ese amor se había convertido en una persona que Eden no conocía.

—Mi madre aseguró que amaba al señor Darby desde que se conocieron. Y dijo que jamás había dejado de echarlo de menos. Sé que eran amigos de la infancia y que mantuvieron esa amistad hasta la Gran Guerra. Pero, si lo que dijo es verdad… ¿dónde encaja mi padre en esta historia? ¿Alguna vez lo amó?

Jacob se mantuvo firme, a unos pasos de ella. Metió las manos en los bolsillos como si lamentara enfrentar una cuestión en la que había estado pensando.

—Por favor, dígame que no se está preguntando si Amos Darby es su verdadero padre.

—¿Le parece una locura? Todo el mundo comete errores. Tal vez yo sea el error que cometieron ellos.

—¿Quiere saber la verdad o está buscando otra cosa?

Aquella noche en el refugio Anderson, Jacob había mencionado que Eden se parecía a su padre en el retrato que había en la mansión. El cabello color ébano. La mandíbula marcada. La silueta esbelta y los pómulos pronunciados podían ser de él… pero algo la había intrigado aquella noche y había seguido dándole vueltas en la cabeza desde entonces.

Eden trajo hacia adelante la larga trenza y se la enseñó a Jacob. Le exigió que contemplara una posibilidad que la había atormentado durante días.

—¿Qué ve?

Parecía que Jacob entendía la situación, pero se negaba a responder. Sacó las manos de los bolsillos y respondió:

—Su trenza.

—No me refiero a la trenza. —Eden se acercó hasta quedar a centímetros del joven. Le enseñó las puntas del cabello bajo la luz de la cocina. Había un destello rojizo en algunos mechones—. ¿Lo ve? El color cobrizo está escondido, pero está ahí, como en el cabello del señor Darby. Lo vi en él y lo veo en mí.

—Eden… —Jacob alargó el brazo y le acarició los mechones sedosos al final de la trenza con cierta timidez; sus dedos rozaron los de ella—. Está enfadada y dolida. Por eso ve cosas que no son reales.

—¿Le parece? Mi madre dice que anhela que yo tenga la vida que desee, que es salvar la hacienda de mi padre. ¿Pero no debo hacerme preguntas cuando las piezas del rompecabezas comienzan a encajar delante de mis ojos? Mamá ni siquiera me consultó cuando nombró al señor Darby encargado de la hacienda. Ahora ya sé por qué, la guerra no lo cambia todo: no puede cambiar los secretos del pasado.

—No, pero puede cambiarnos *a nosotros*… nuestro futuro, las personas en las que nos convertiremos. Creo que debería hablar del asunto con lady Harcourt. No es bueno que… —Volvió a hacer una pausa como si buscara las palabras adecuadas y dejó caer la trenza sobre el hombro de Eden—. No es necesario que avance en esa dirección. Su corazón ya sabe lo que es verdad, lady Eden Holt. Esas preguntas o esos rumores sobre los libreros no tienen sentido si usted ya sabe quién es.

Ese era el problema: ¿sabía Eden quién era en verdad? Si se ponía en duda todo lo que había creído hasta ese momento, ¿le quedaba alguna certeza firme en la cual apoyarse? Tal vez su madre en realidad quería que obedeciera las normas de la sociedad. Que se casara. Que asegurara la continuidad del apellido familiar y dejara de lado el amor en aras de un matrimonio rentable con tal de preservar el legado de los Holt.

En un rincón solitario había un escritorio con la tapa abatible abierta. Eden miró a Jacob primero y después al escritorio antes de acercarse al mueble a paso vivo. Abrió el cajón superior de un tirón y buscó en el interior hasta que encontró lo que buscaba.

—Tiene razón, Jacob. Las dudas no deberían tener ningún poder en nuestras vidas.

—¿Qué quiere decir con eso? —Desanimado, la observó levantar la silla de la cocina—. ¿Dónde va?

—Si voy a ser como mi madre, entonces debo deshacerme de lo que me impide avanzar. Si lo que quiere es una heredera que cuente con la aprobación de la sociedad, la tendrá.

De pie junto al mostrador de la tienda, Ginny y Dale conversaban en voz baja mientras esperaban que salieran del depósito. Se callaron de inmediato cuando vieron a Eden avanzando por el pasillo.

—Hedy Lamarr, por favor —Eden colocó la silla frente a Dale, que apagó el cigarrillo en un cenicero y se acercó.

—¿Cómo dice, querida?

—Me dijiste que si me cortaba el cabello, parecería una estrella de cine. Podría ser otra persona. Es lo que quiero: ser alguien totalmente diferente. —Eden le entregó unas tijeras, tomó aire con determinación, echó hacia atrás la trenza que le bajaba por el hombro y se sentó—. Vamos. Córtamelo.

CAPÍTULO 20

12 de junio de 1915
Frente occidental
Cerca de Artois, Francia

AMOS SOLO PODÍA PENSAR EN CÓMO MANTENER LOS PIES secos. Recostado contra un árbol caído, en la oscuridad, se sentó sobre el casco metálico; decidido a no meter las botas y las polainas en el fango, apoyó los pies en unos trozos de madera de un viejo cercado que había recogido en un pasto. Había visto que algunos muchachos sufrían de pie de trinchera y estaba dispuesto a hacer todo lo posible para evitar ese suplicio.

Sentían que perdían aun cuando ganaban en esos días.

El Ejército Británico había logrado una victoria en un pueblo con el nombre de Neuve Chapelle en marzo. Sufrió una derrota sangrienta un mes después ante los alemanes en un sitio llamado Aubers. Y había triunfado en Festubert después de varios días terribles brindando apoyo a una brutal ofensiva francesa en la Cresta de Vimy. Los pueblos arrasados no eran más que puntos perdidos en un mapa para entonces; los días y las noches se fundían en una secuencia infinita como el río de lodo que corría por las trincheras; los soldados tenían las máscaras antigás siempre a su alcance porque las bombas sacudían el suelo con un

ritmo demencial, dejando un reguero de fusiles destrozados, restos humanos y cráteres abiertos como cicatrices en
los campos vacíos; los francotiradores disparaban a todo lo
que se movía con balas que silbaban en el aire y atravesaban
cuerpos del otro lado de los parapetos. Cuando lograbas
por fin robar unos segundos de respiro a la muerte en medio de ese infierno de tierra y sangre, no los malgastabas
pensando en el mañana… y menos cuando había que pasar
otra noche más, sentado y temblando, a la espera de las
bombas que volverían con el amanecer. Lo único que importaba era mantenerse seco un día más.

Amos mantenía los ojos fijos en la oscuridad con una
taza de té tibio en la mano, atento a cualquier movimiento
detrás de los caballos y a lo largo de la cresta arbolada que
bordeaba el flanco de la Fuerza Expedicionaria Británica.
Había llegado un envío de libros al frente; se trataba de una
iniciativa nueva del Fondo de la Cruz Azul en la que Amos
participaba como voluntario clasificando libros para los
soldados y que le servía como entretenimiento entre una
batalla y otra. Dio la vuelta el ejemplar de *Dombey e hijo*
que sostenía en la otra mano; se preguntó si, ahora que tenía bolsas de lona llenas de libros para repartir, alguna vez
volvería a abrir su ejemplar para releerlo. El sencillo gesto
de tocar algo traído de casa se había convertido en un hábito y en una necesidad.

Oyó que se quebraba una ramita a sus espaldas; arrojó la
taza y en un instante se colocó en posición de ataque contra
el tronco caído, con el fusil apoyado en el brazo y amarti-
llado, listo para disparar a lo que viera en la mira.

—¿Te molestaría bajar el arma antes de que me metas
una bala en un lugar inconveniente?

Amos bajó el fusil al ver que se trataba de un rostro conocido y no de una emboscada alemana.

—Capitán Holt.

—Descanso. —Will desdeñó con la mano el intento de saludo obligatorio de Amos, se dejó caer junto a él y apoyó la espalda contra el árbol caído. Arrojó un manual de bolsillo en el regazo de Amos—. Te traje algo nuevo para sumar a esos libros que repartes.

Amos no quería averiguar si Will había visto el ejemplar de *Dombey e hijo*. Lo ocultó debajo de la máscara antigás y levantó el manual para que le diera la luz de la luna. No sirvió de mucho porque, sin una fogata ni una luna llena, no pudo leer el título en la cubierta de color azul pálido.

—Es un manual de cuidado de caballos y arneses para conductores y artilleros… Un trabalenguas incluso para el bendito Fondo de la Cruz Azul. Dudo de que vayas a encontrar algo que no sepas ya, pero todos los oficiales reciben un ejemplar. Tengo montones en las bolsas del correo que acaban de llegar.

—Gracias. Me encargaré entonces de repartirlos de inmediato. —Amos metió el libro en su mochila y se reclinó otra vez contra el tronco, convencido de que allí terminaría el asunto y podría volver a ocuparse del estado de sus medias durante el resto de la noche.

Pero no fue así.

El capitán no era un hombre al que le gustara socializar, muy poco con los oficiales de menor rango y mucho menos con Amos Darby, dado el pasado que compartían. Se habían limitado a luchar codo a codo hasta ese momento, dar y obedecer órdenes, cuidar a los caballos y, dentro de lo posible, evitar todo contacto entre ambos. Sin embargo, el hecho de que Will ahuecara una mano para encender un cigarrillo con la otra en la oscuridad y se dispusiera a fumarlo allí resultaba más elocuente que todas las palabras que habían intercambiado en su vida.

—Se supone que no debemos usar encendedores aquí, pero si vamos a morir mañana… —Will dio una larga calada al cigarrillo y exhaló con lentitud. El túnel de humo trepó hacia los árboles—, tenemos que hablar.

—¿Mi capitán?

—Debes saber que Charlotte y yo tenemos una hija. La última carta decía que nació en abril, así que ya debe tener un par de meses.

—Felicidades. —Lo dijo con sinceridad aunque sujetando el fusil con fuerza, solo para tener algo a lo que aferrarse mientras lo asaltaban con brutalidad mil pensamientos irreprimibles.

"Charlotte tiene una hija".

—No vine en busca de felicitaciones, aunque las acepto de corazón. —Will agitó el cigarrillo para que cayera la ceniza y apoyó los codos en las rodillas con la mirada fija, como la de Amos, en la espesura del bosque que tenían enfrente—. A pesar de que sé que sigues enamorado de mi esposa.

Amos tragó con dificultad pero no desvió la vista de los caballos junto a los árboles. Optó por guardar silencio aunque Will intentara azuzarlo.

—Tampoco puedo culparte por eso: la mayoría de los hombres la amaría. —Will volvió a fumar, echó hacia atrás la cabeza y miró el cielo estrellado por encima de las copas de los árboles—. Yo también estoy enamorado de ella a mi manera. Pero ella no lo sabe ni lo supo nunca, ni siquiera cuando éramos adolescentes.

—Eso no tiene nada que ver conmigo.

—Ah, pero sí que tiene que ver contigo. —Will levantó la palma de la mano para impedirle hablar—. No he venido a discutir, ni a advertirte que te cuides. Gran Bretaña necesita todos sus soldados en esta lucha y no pienso matar a uno de ellos por algo así. Pero, a fin de cuentas, la hija que Charlotte y yo tenemos es sangre de *mi* sangre. Es mi heredera. Y no voy a permitir que nada me impida proteger a mi familia, ni en Francia ni al regreso. ¿Me entiendes?

Ajá, lo entendía a la perfección.

Y valoraba el hecho de que Will tuviera las agallas de decirlo. No creía que el infeliz tuviera ese valor, aunque casi un año de batallas continuas podía infundirle valentía al soldado más débil del mundo. Por otro lado, a pesar de que Amos jamás lo habría admitido ante nadie más, debía aceptar —a regañadientes— que el hombre sentado a su lado era un verdadero capitán. Will había demostrado su valor durante varios bombardeos, más allá de sus defectos en los demás aspectos de la vida.

—Jamás le haría daño a Charlotte ni a su familia —respondió con franqueza.

—Lo sé. —Will lo miró; las facciones de su rostro se veían oscuras en la luz diminuta de la brasa del cigarrillo—. Por eso mi esposa nunca debe enterarse de lo que pasó aquel día en Gretna Green.

—¿Me está pidiendo que mienta?

—No, solo te estoy dando un consejo bien intencionado. No te acerques a Holt Manor ni a mi familia cuando esto termine. Entonces no habrá necesidad de hablar de ese asunto. Si sigues este consejo, no habrá motivo para que termines en el calabozo del condado otra vez… o en prisión, lo que sea que elijas la próxima vez.

"Amenazas vanas". Amos no era tan tonto como para morder el anzuelo.

Un matrimonio basado en una mentira no podía durar y menos con la naturaleza inquisitiva de Charlotte. Will también lo sabía y por esa razón estaba sentado allí, temblando de frío y dando lentas caladas a su cigarrillo. Tarde o temprano Charlotte lo descubriría y exigiría saber la verdad sobre el papel que había tenido Will en la ausencia de Amos en el altar. Y cuando llegara el día de rendir cuentas, Will no tendría dónde esconderse. Porque Amos no pensaba hacer nada para ayudarlo.

—¿Y si Charlotte me pide que le cuente la verdad?

—¿Tan seguro estás de que lo hará?

Amos no pensaba responder a esa pregunta.

—Es más inteligente de lo que usted cree. Ya lo protegí la primera vez y no volveré a hacerlo.

—Entonces tú y yo tendremos un problema. —Will hizo una pausa después de su velada amenaza. Incluso rio por lo bajo al ver que Amos no respondía y pateó algo con la bota—. Ya veo, quieres algo a cambio, ¿verdad?

—No señor.

—¿Vas a hacerte el moralista Darby? ¡Vamos! Todo hombre tiene su precio. ¿Cuál es el tuyo?

Amos negó con la cabeza.

—No quiero nada.

—Estoy seguro de que hay algo que te gustaría tener. ¿Tierras lejos de Coventry? ¿Una casa para tu madre y tu hermana? Puedo darte lo que pidas.

—Solo quiero que esto termine. Que se acaben las peleas.

—¿Estás cansado de pelear? ¿Aquí? —ironizó Will y se puso de pie para apagar el cigarrillo con la bota—. Y si recibieras algún tipo de beneficio cuando termine la guerra, ¿también lo rechazarías?

—Con todo respeto, no podría aceptarlo.

—Entonces no tenemos nada más que hablar. Te daré las buenas noches a fin de que ambos podamos prepararnos para lo que se avecina.

Podrían haber terminado la conversación allí.

Quizá deberían haberlo hecho por la dañina verdad que había salido a la superficie. Si solo se tratara de Will y de sus farsas, tal vez Amos lo habría dejado arreglárselas solo. Sin embargo, un bebé lo cambiaba todo. La vida de un hombre valía más cuando era padre porque ya no vivía para sí mismo. Y eso era importante para Amos.

—¿Will?

—¿Qué quieres, sargento?

Amos había apelado a la inocencia de la niñez compartida al llamarlo por su apodo. No funcionó: Will se atrincheró en su rango, coronado con su grado de capitán, y lo miró con una altivez fría y distante.

—Toreador, señor —Amos observó al semental que se movía inquieto con los otros caballos—. Debo pedirle otra vez que considere cambiar de caballo.

—¿Y por qué? No me digas que es por ese asunto de los francotiradores.

—Sí. Los francotiradores apuntan a los oficiales. No se lo digo por rencor sino porque es un hecho que corre más riesgo que sus hombres. Mataron al sargento Lockey la semana pasada, el día que montó a Toreador. Es un indicio.

—Los oficiales siempre somos el objetivo, no es ninguna novedad en esta guerra. Todos los hombres que están aquí arriesgan su vida; si la pierden, será que así debe ser.

Amos negó con la cabeza.

—Algo ha cambiado. Ese francotirador es un oficial que ha identificado a Toreador en el campo de batalla y eso quiere decir que ese caballo es un arma de doble filo. —Hizo una pausa y, en la oscuridad, señaló al semental casi al final de la fila de caballos—. Toreador es fuerte y estable en la lucha, sí, pero también llama la atención... en especial para un ojo en una mira que lo está buscando. Eso quiere decir que lo estará buscando a usted.

—Por supuesto que Toreador se destaca: es el mejor.

"Qué necio". Amos suspiró con disimulo, Will no quería escuchar y no cedería ni un centímetro, ya fuera por orgullo, por lo que consideraba su derecho de nacimiento o por ambas cosas.

—Solo quiero decir, señor, que me parece que ese alemán está esperando el momento oportuno.

—¿Crees que un francotirador me tiene en la mira?

—Will soltó una risotada que sugería que Amos debía dejar la estrategia militar en manos de aquellos con mayor rango—. Eso sí que es descabellado incluso viniendo de ti.

—Es solo un consejo, señor. Creí que, como se trata de su vida, debía saberlo… por el bien de su familia al menos.

—Lo tendré en cuenta sargento y te recomiendo que descanses un poco. Nos movilizaremos mañana. Ten… —Will le arrojó un encendedor hecho con la vaina de bronce de un cartucho de fusil y un cigarrillo armado a mano—. Una tregua, en nombre de los viejos tiempos. Enterremos el pasado, ¿sí? Como dice el refrán: "El enemigo de mi enemigo es mi amigo". Bueno, démosles con todo lo que tenemos a esos alemanes del demonio para demostrar que es verdad.

Will comenzó a alejarse; sus botas hacían crujir el suelo del bosque detrás del árbol caído.

—¿Cómo se llama, señor? Si me permite preguntar.

—Eden. —Will se rio detrás de Amos y agregó con la voz algo quebrada—: ¿Qué te parece? El paraíso terrenal… y me entero de que es el nombre de mi hija en medio de este infierno.

Amos dio vuelta al encendedor en la mano mientras Will se alejaba. Se quedó pensando, con el sonido de fondo de los relinchos de los caballos y el ruido de las cigarras en los árboles, además de algún disparo ocasional de advertencia de un bando al otro.

Encender un fuego hubiera sido arriesgado, incluso en ese sitio que parecía más seguro porque se encontraba lejos de las trincheras. No obstante, Amos tomó una decisión en ese preciso momento: arrojaría *Dombey e hijo* a las llamas la próxima vez que estuviera frente a un fogón. Ya no viviría más aferrado al pasado. Jamás destruiría una familia por lo que podría haber sido y no fue. Había tomado la decisión por los dos en Gretna Green y ahora debía vivir en consecuencia.

"Basta".

Apartó la máscara antigás y decidió enterrar el libro en el fondo de la mochila. Ojos que no ven... de esa manera dejaría de pensar en Charlotte. Sin embargo, las hojas se abrieron y algo que había estado guardado en un pliegue voló hacia el suelo como una mariposa herida. Amos lo levantó y, con el corazón al galope, encendió el encendedor delante de la imagen... La pequeña llama apenas lograba iluminar el rostro dulce y sonriente de Charlotte.

Lo apagó y se recostó sobre el tronco, apretando la fotografía en el puño tembloroso.

Will sabía que Amos todavía la amaba, pero encontrar la foto escondida donde Charlotte la había colocado confirmaba una verdad irrefutable: se habían despedido. Y, como ambos creían en el honor, la despedida sería para siempre. Pero, así como Amos sin saberlo la había llevado junto al corazón en cada batalla, ella también le estaba recordando que siempre lo llevaría consigo.

***

6 de noviembre de 1940
Camino de Brinklow
Coventry, Inglaterra

CUANDO CORRE LA FURIA POR EL CUERPO, NO SE SIENTEN ni siquiera las heridas más profundas.

Amos no las sentía mientras hacía equilibrio en la escalera de jardín para podar el seto que bordeaba el Camino de Brinklow: tiraba de las zarzas enredadas y cortaba las ramas espinosas como si la planta fuera la causa de esa ira. Y no un momento que había compartido con Charlotte días antes en la librería, que debería haberlos unido en lugar de alejarlos aún más.

Los días pasaban con una extraña monotonía de bombas, sangre y la rutina normal de la vida de campo. Las sirenas aullaban todas las benditas noches dejándolos aturdidos. Los horarios de los apagones, las guardias de incendios o de ataques aéreos se respetaban a rajatabla; los equipos de vigilancia montaban guardia en los tejados de Coventry durante la noche. El trío de reclutas del WLA, las Holt, Alec, Amos y Jacob se repartían las obligaciones entre las librerías, la fila del té, las labores del campo, la recolección de leche y el cuidado de los animales de la hacienda. El trabajo era interminable. La existencia estaba marcada por lo que había que hacer, cuándo y dónde. Todavía no había hablado con Charlotte sobre su confesión a corazón abierto aquella mañana antes de que Eden irrumpiera en la librería en medio de todo eso.

Ahora Charlotte lo evitaba.

O Amos la evitaba a ella. O quizá la tiranía de los horarios les impedía encontrarse, por lo menos en un lugar donde pudieran conversar sobre lo que pensaban hacer. De cualquier modo, así había llegado Amos a esa batalla campal contra el seto en la que la endrina era víctima de su frustración.

—¿Amos?

Al oír el grito de Jacob interrumpió el ritmo frenético de las tijeras y arrancó un nudo denso de ramas y hojas que le había dado trabajo.

—¿Sí?

—¿Lo va a dejar así? —El joven hizo una pausa en la tarea de atar un cordel grueso para guiar el crecimiento del seto y señaló con la mano—: el brazo.

Amos bajó la mirada y vio un hilo de sangre que le corría por el antebrazo hasta la muñeca y manchaba el borde del guante de cuero.

"Debe de haber sido una espina". No la había sentido.

Siguió trabajando. Sin embargo, ahora que había tomado conciencia de la herida, las terminaciones nerviosas se ensañaron y comenzó a arderle la piel como si le hubieran pasado un atizador al rojo vivo. Se quitó el guante con los dientes mientras intentaba frenar el flujo de sangre del corte con el borde de la camisa.

—Espere, tenemos algo mejor para eso. —Jacob dejó las tijeras de podar en uno de los peldaños de la escalera. Se dirigió a la camioneta estacionada junto al camino, abrió el botiquín y extrajo un rollo de gasa que lanzó hacia Amos.

—Gracias.

—Deberíamos descansar un poco de todas maneras. —Jacob se acomodó en una roca plana entre los dos. Dejó junto a sus tobillos la botella de sidra que traía, se sentó y estiró las piernas en toda su longitud. Se echó hacia adelante y le ofreció un pequeño envase de yodo—. Le convendría ponerse esto.

—No es más que un rasguño. —Amos desdeñó el antiséptico, pero luego recapacitó. Había visto muchas infecciones en el frente de batalla. Las pequeñas heridas o los roces de bala, sumados al tiempo y a la suciedad, solían dar paso a la gangrena para que terminara el trabajo. Tal vez podía dejar de lado el orgullo por una vez y comportarse de manera razonable. No quería volver al hospital tan pronto—. Pensándolo bien, lo acepto.

—¿Está seguro de que ya está en condiciones de andar por aquí? No hace tanto que salió del hospital.

Amos le dirigió una mirada severa que indicaba que no pensaba responder a esa pregunta. Y que no insistiera con el asunto o lo lamentaría.

—De acuerdo. —Jacob levantó las manos con las palmas hacia arriba en señal de derrota—. No soy su padre.

Era un día fresco de otoño, pero trabajar y sudar al sol con tierra en la piel hacía que pareciera pleno verano, más allá de la temperatura que hiciera o de lo que marcara el calendario. Jacob descorchó la sidra, tomó un trago y suspiró, mientras Amos se vendaba el brazo con la gasa y las hojas de álamo caídas revoloteaban con la brisa.

—Nunca más nos ofreceremos para podar el seto. —Jacob aflojó los hombros—. Es la muerte.

Amos sonrió. "Por eso nos ofrecimos a hacerlo".

No podía decir que las reclutas del WLA no se las hubieran arreglado sin ellos. Todas desempeñaban sus trabajos con dedicación; Flo, en especial, había sorprendido a todos con sus habilidades como jardinera. El asunto era que Amos no quería que tuvieran que luchar contra esos arbustos, ya que conocía el seto de Holt Manor desde cuando había trabajado en la Granja Foxhollow tantos años atrás: eran plantas tempestuosas, implacables y terriblemente salvajes.

La endrina frenaría sin piedad a los alemanes si llegaban a invadir esa tierra.

—¿Qué hora es? —Jacob se llevó una mano a la frente para evitar el sol.

Amos se ató la venda, buscó el reloj en el bolsillo y lo abrió.

—Cuatro menos cuarto.

Jacob lo miró con un destello curioso en su expresión.

—¿De dónde salió ese reloj?

—De alguien que conocí hace mucho. —Amos guardó el reloj en el bolsillo y miró la extensión de tierra de Holt Manor que se abría frente a ellos—. No es importante.

—¿No es importante algo que lleva consigo todos los días?

—Nos queda poco más de una hora antes del apagón. —Amos cortó de cuajo la conversación personal, por más irrelevante que pareciera el tema.

—¿Y una hora después de eso lo necesitarán en la calle St Mary?

—Ajá.

La mansión se erguía serena a lo lejos; las sombras del final de la tarde ya oscurecían las ventanas. Una brisa otoñal mecía los arbustos podados en los jardines impecables.

—¿Ha hablado con ella?

"No empieces ahora tú también". Amos suspiró ante el interrogatorio.

A esta gente le encantaba hablar y, para ser un recién llegado al grupo, Jacob encajaba a la perfección. ¿Por qué no veía lo que todos los demás ya sabían? Amos era un hombre desfigurado, hosco, solitario y le gustaba que lo dejaran en paz. Esta bendita guerra estaba alterando los cimientos mismos de la normalidad, empezando por la gente que de pronto esperaba que Amos hablara a corazón abierto. Y ahora, encima de todo, este yanqui que no tenía edad suficiente para saber nada de la vida ni del amor pretendía aleccionarles sobre las sutilezas de esas cuestiones.

—¿A quién te refieres?

El joven rio ante la pregunta.

—A cualquiera de las dos; diría que empiece con lady Harcourt y que luego le pida ayuda para que su hija no lo mire con tan malos ojos. Siempre y cuando logre hablar lo suficiente sin que alguna de las dos le haga tragarse las palabras. He intentado razonar con Eden….

—¿Sin éxito?

Jacob negó con la cabeza.

—Ninguno. Esa chica es increíblemente inteligente. —El joven sonrió, como perdido en un recuerdo divertido que no intentó disimular—. Siempre gana, incluso contra un abogado.

—Ajá. Las mujeres Holt son una fuerza para tener en cuenta.

"De tal palo, tal astilla". Amos también rio por lo bajo. Pero el hecho de que el muchacho hablara abiertamente del asunto y no le molestara que ambos estuvieran en el mismo barco con la madre y la hija resultaba sugestivo.

—¿Qué es lo que me estás preguntando?

—Ya sé que esto no le agrada… pero supongamos que estuviera hablando de lo que pasó en la Librería Eden… —Jacob esbozó una sonrisa tímida con la que se declaraba culpable de todos los cargos—. Eden me lo contó. Disculpe.

—Entonces me imagino que no fue una sorpresa para ti dado que viste la foto aquel día en el hospital… y el libro. Sabes que tiene el escudo de Holt Manor en la portada.

—Sí. —Jacob hizo una pausa, como si quisiera calcular con cuidado cada paso.

—¿Por qué te callas ahora?

Jacob se encogió de hombros y miró hacia las colinas, al igual que Amos.

—No es asunto mío: a quién amó antes, a quién ama ahora. A mí no me cambia nada.

—No tan rápido: ¿quién habló de amor?

—¿No es amor acaso?

Quedaba claro, por cómo Jacob planteaba las preguntas, que sabía lo que estaba haciendo y buscaba acorralar a Amos para que revelara más de lo que quería. Pero él no pensaba abrir las puertas de su vida a nadie, ni ahora ni nunca probablemente. El encuentro con Will aquella noche en la oscuridad, cuando se enteró de la existencia de Eden, le había dejado un sabor lo bastante amargo como para que lo pensara dos veces antes de confiar con tanta facilidad.

—Tal como lo sospechaba. Mire, Amos, no es nada de lo que avergonzarse. El amor ha atrapado a hombres mejores que nosotros… debo admitir que me alegré al descubrir que es un ser humano. Confieso que lo dudé por un instante.

Amos ignoró la broma.

—Puede ser que todo esto no te importe, pero sí le importa a lady Eden, ¿verdad?

—Sí, es cierto. Le importa muchísimo todo lo que tiene que ver con esta hacienda y con el legado de su padre. —Jacob tomó la botella de sidra y comenzó a balancearla con suavidad entre las rodillas—. Me parece que usted y lady Harcourt forman... una buena pareja, si sirve de algo mi opinión. Ella necesita a alguien aquí, no para que asuma el mando ni porque ella sea mujer. Necesita un socio, un compañero al que le importe este sitio y la gente que lucha por esta tierra. A todos nos gustaría encontrar ese tipo de apoyo en la vida. Incluso cuando llega más tarde de lo esperado, es una bendición inusual.

—Puede ser.

—Entonces, ¿cuál es el problema? —Jacob cambió de táctica al ver la mirada fulminante de Amos, que dejaba claro que se había extralimitado—. Le pido disculpas, por supuesto. ¿Pero qué respondió cuando lady Harcourt compartió sus sentimientos con usted ese día en la librería?

"Por todos los..."

¿Qué debía hacer ahora? Amos sentía como si lo hubieran arrojado dentro de una novela de Austen, lo cual le generaba muchas dudas con respecto a sincerarse con Jacob, si bien era lo más parecido a un amigo que tenía en ese momento.

—Es complicado, Jacob.

—Bueno, por lo menos es capaz de admitirlo. Creo que, para usted, eso es un salto del tamaño del Gran Cañón del Colorado. —Jacob sonrió y dio una palmada a Amos en un hombro.

Amos asintió con la cabeza y dio al joven una pequeña dosis de su aspereza habitual con un escueto y sarcástico "Ajá" por toda respuesta.

—Bien, entonces. ¿Qué le parece si hacemos un último esfuerzo por hoy? Vendré a su lado. —Jacob estiró los brazos y las piernas al ponerse de pie—. Así al menos terminaremos esa parte del seto antes de tener que salir corriendo a escondernos detrás de las cortinas de oscurecimiento.

Siguió a Amos con la escalera a cuestas hasta que uno de los peldaños se enganchó en una raíz que sobresalía. Jacob trastabilló y casi cayó de narices sobre el seto.

—¡Ay! —La escalera resonó contra el suelo y Jacob se impulsó con sus manos, que habían frenado la caída, para levantarse. Las espinas de las plantas le habían dejado marcas rojas y profundas en la piel—. ¿De dónde salió eso?

Amos se acercó y se inclinó para recoger las tijeras de podar que habían terminado en el suelo y para inspeccionar la raíz. Podrían cortarla para que nadie más tropezara con ella si no era muy gruesa.

Vio un destello en medio de las hojas y ramilletes de frutos morados, el reflejo punzante de la luz solar que solo podía provenir de un trozo de metal o cristal. Amos miró más adentro, apartó el follaje y sintió que se le hacía un nudo en el estómago cuando vio lo que estaba escondido allí.

Splittermuster. El estampado de la tela de camuflaje del ejército alemán resultaba inconfundible y tenía un aro de metal sujeto con una tira de cuero doblada contra el borde.

—¿Encontró la raíz? —Jacob se arrodilló junto a Amos, todavía con un dedo en la boca para frenar el sangrado causado por una espina—. Vaya… ¿qué tenemos aquí?

Amos tomó la tela y el contenido se desparramó junto a los pies de ambos. Había visto fotos que la Guardia Nacional había difundido ante la posibilidad de que alguien encontrara un equipo similar: una chaqueta de aviador, un casco, los pantalones M37 y partes de una cantimplora. También había un paquete abierto de una ración de comida, el envoltorio de una máscara antigás, un arnés de cuero y estuches de cargadores de balas… todos vacíos. Además, estaba el paño de seda largo, mojado y sucio, de lo que debió haber sido un paracaídas alemán.

—No son las pertenencias de un aviador que ha desertado o se ha tomado licencia sin permiso, ¿verdad?

—No, no se trata de un soldado que se fugó. —Amos observó el sendero junto al seto en busca de huellas frescas—. Por lo menos, no es un soldado británico.

—Entonces... ¿Es lo que creo que es? —Jacob sujetó los bordes de la tela del paracaídas, que parecía interminable. Dirigió una mirada inquieta a Amos; el corazón le latía con fuerza.

—Sí. —Amos se puso de pie de un salto y fue hasta la camioneta. Se olvidó de la escalera, tomó el fusil y comenzó a escudriñar el campo a su alrededor en busca de una silueta que no debería estar ahí—. ¡Recoge todas las cosas! ¡Nos vamos!

—Entendido —respondió Jacob, al tiempo que recogía el equipo del paracaidista en los brazos—. Necesitaremos esto, ¿verdad? Para informar a la Guardia Nacional.

—Por supuesto.

Amos observó el interminable recorrido del seto de pie en el estribo de la camioneta, que seguía la curva del camino hasta llegar a las fábricas emplazadas detrás del límite de la propiedad. La hierba en esa zona todavía estaba negra por el fuego del avión que había caído unas semanas antes y el muro de piedra tenía agujeros donde las balas lo habían perforado como un queso gruyere. Por allí, en algún lugar, se ocultaba un nuevo enemigo que se había escabullido sin que lo vieran... y que podía estar en los alrededores en ese preciso instante.

—¡Vamos, sube! —gritó Amos al ver que Jacob se alejaba del seto y arrojaba todo lo que habían hallado en la caja de la camioneta. Cerró la puerta trasera y trepó a la cabina.

—¿Qué era eso? —Jacob se aferró a la ventanilla abierta para mantener el equilibrio cuando Amos maniobró con brusquedad para no pisar la escalera y aceleró colina abajo.

—El equipo de un paracaidista alemán.

—Es lo que me temía.

—Ajá. Y te diré más: los "diablos verdes" son una fuerza de élite. Si han enviado a uno, seguro que han enviado a muchos. Y lo han hecho por una razón: están explorando el terreno antes de causar más problemas. Eso significa que Holt Manor está en aprietos porque a ese equipo le faltan dos cosas importantes.

Sin aliento, Jacob amartilló su fusil y lo sujetó con fuerza, por las dudas.

—¿Qué cosas?

—Una metralleta nueve milímetros y un diablo con intenciones de usarla.

CAPÍTULO 21

17 de septiembre de 1915
Camino de Brinklow
Coventry, Inglaterra

EL COCHE OFICIAL AVANZABA CON ELEGANTE DETERMINA-
ción por el camino de grava. Charlotte sintió que un esca-
lofrío le subía por la espalda mientras lo observaba desde la
ventana de la habitación de niños en la planta alta.

Había pasado una mañana agradable con Eden en brazos, contemplando el vuelo de los estorninos del otro lado
del cristal y siguiendo con la mirada a las ardillas que, en
una danza ágil, saltaban de rama en rama hasta sus nidos
en lo alto de los álamos. Como tener una habitación para la
niña lejos de la suya le resultaba impensable, ocupaban habitaciones conectadas por una puerta. Eso significaba que
Charlotte podía presenciar cada sonrisa, cada siesta, cada
risa. Además, sus habitaciones, situadas en la galería más
cercana a las escaleras, tenían la mejor vista de los jardines,
el portón y el largo camino que subía zigzagueando hasta la
puerta de entrada.

Charlotte presionó los labios suavemente contra la frente
de Eden, soltando el aliento en exhalaciones entrecortadas.

Un lacayo salió apresuradamente de la mansión y abrió
la puerta del coche. Charlotte apoyó una rodilla sobre el

cojín amarillo del asiento contra la ventana y una mano contra el vidrio, tamborileando con un dedo índice mientras esperaba para ver quién había llegado. Descendió un solo caballero; no llevaba uniforme militar, sino un impecable traje gris oscuro con corbata color borgoña. Su cabello blanco estaba cuidadosamente peinado bajo un elegante sombrero de fieltro. Cargaba un enorme maletín de cuero en una mano, tan imponente que parecía que debería transportarlo a él y no al revés.

"No es del Ministerio de Guerra…"

"Ya puedes calmarte corazón".

—¿Has visto eso tesoro? —Aliviada, Charlotte depositó besos tiernos sobre los rizos oscuros de la sien de Eden. Su hija se movió, inquieta, y manoteó las borlas de las cortinas—. Tu padre está… —Charlotte suspiró. "Cálmate"—. Está bien. Muy bien. Y eso significa que mamá debe atender a nuestro visitante, sea quien sea.

Tiró del cordón para llamar al personal y un segundo después la señora Mills llamó a la puerta abierta y entró.

—Disculpe milady, pero un tal señor Evansbrook desea verla. —Charlotte se sobresaltó al escuchar el nombre. "¿Qué querría ahora?"—. Vine a informarle que lo hemos hecho pasar a la biblioteca.

¿El abogado de la familia Holt? Charlotte había oído su nombre pero Will jamás le había permitido reunirse con él por asuntos familiares. Apenas podía recordar si habían cruzado palabra alguna vez, salvo aquella noche cuando una reunión de hombres se extendió más allá de la cena y lo obligó a quedarse. Incluso entonces, Charlotte había estado sentada al otro lado de la mesa, rodeada de invitados, mientras los sirvientes maniobraban con bandejas de plata entre los comensales.

Sintió un cosquilleo de nervios en el estómago. ¿Qué podía necesitar de ella ahora?

Tras depositar un último beso en la cabeza de Eden, la dejó con cuidado en la cuna.

—Si se queda aquí con Eden señora Mills, iré a atenderlo. Pediré que Harriet o una de las otras doncellas suba a reemplazarla en cuanto sea posible.

—Muy bien milady.

Charlotte intentaba proyectar una calma digna de su rango de condesa a pesar de su desconcierto. Salió hacia las escaleras, frenándose para no bajar los escalones de a dos. Apretando las manos contra la cintura fruncida de su vestido de un suave color pistacho, cruzó el vestíbulo de mármol sin saber qué esperar.

El mayordomo la anunció y ella inspiró hondo para calmarse antes de entrar en la biblioteca.

—Lady Harcourt. —Evansbrook se puso de pie y la saludó con una inclinación de cabeza que ocultó su espeso bigote blanco—. Me disculpo por presentarme sin aviso.

—No es necesario señor Evansbrook —respondió Charlotte y dirigió una mirada al mayordomo—. Té por favor Andrews. Y pida a Harriet que suba a la habitación de la niña.

—Muy bien milady.

Charlotte se unió al caballero en los sillones frente a la chimenea. Se sentó y esperó a que se cerrara la puerta antes de hablar—. No puedo decir que lo esperaba hoy, señor Evansbrook, pero como abogado de mi esposo sepa que siempre es bienvenido en esta casa, sea cual sea la noticia que viene a traer.

—Gracias milady. Pero permítame tranquilizarla: no traigo malas noticias.

Charlotte soltó el aire, dejó escapar un "Ah" y se apretó ligeramente el estómago antes de volver a apoyar la mano en el regazo.

—Gracias. Sin duda, es una buena noticia. Pero entonces, ¿a qué debemos su visita?

—A su esposo, milady. No hace mucho recibí una carta con instrucciones explícitas: si él no hubiera regresado a casa dentro de los seis meses posteriores al nacimiento de cualquier hijo de vuestra unión, yo debería poner ciertas medidas en marcha. Solo como precaución, claro.

—Entiendo.

Deseaba llevarse una mano al pecho, pero enderezó la espalda con actitud decidida, dispuesta a afrontar lo que viniera como correspondía a la condesa de Harcourt.

—Continúe.

—El conde de Harcourt me ha enviado aquí por dos asuntos que requieren su firma para ser oficializados, milady, en calidad de su representante.

—¿Y cuáles son esos asuntos?

—El primero. —Sacó una carpeta y un grueso fajo de papeles de su portafolio; pasó directamente a la última página de lo que parecía un contrato y lo entregó a Charlotte—. El conde desea hacerlo oficial: la pequeña lady Eden Holt será su heredera, destinada a recibir Holt Manor y todos los principales bienes de la familia Holt. Exceptuando, por supuesto, las asignaciones para la condesa viuda y para usted.

El impacto la dejó helada.

Su corazón, que acababa de reponerse de la perspectiva de malas noticias, se detuvo en seco ante semejante revelación. Sus padres —y Will también, creía— siempre habían tenido la ferviente esperanza de que Charlotte diera a luz hijos varones para asegurar la sucesión. Y aunque no era inaudito declarar heredera a una niña, hacerlo con ambos padres vivos y supuestamente capaces de engendrar más descendencia era muy irregular. Sorprendente. Pero… maravilloso.

—¿Y esto es realmente lo que desea el conde?

—Le aseguro que sí, fue muy claro al respecto. Y aunque su hija no recibirá el título, que pasará al próximo heredero varón, el conde ha solicitado que usted firme en su lugar para que la hacienda y el patrimonio queden asegurados en caso de que algo... —Evansbrook carraspeó, se acomodó en su asiento y se inclinó hacia adelante para ofrecerle una elegante pluma estilográfica—. Bien, como he dicho es solo una precaución, pero el conde ha hecho un esfuerzo considerable para garantizar que se realice. Desea que usted y su hija estén... protegidas. —Señaló una línea en la última página—. Aquí, milady, firme al pie.

Charlotte se levantó, dio unos pocos pasos hasta el reluciente piano negro Chappell que ocupaba la esquina delante de las estanterías y colocó los documentos sobre la tapa. Garabateó su firma con manos temblorosas.

Miró la tinta fresca de su propia caligrafía: una firma que había abierto una caja de Pandora llena de preguntas. ¿Por qué Will había hecho ese cambio tan drástico? ¿Por qué ahora? Aunque extraordinario, no era lo que habían conversado. O, mejor dicho, lo que Will había decidido como plan para su futuro. Él quería hijos y el deber de ella era dárselos. Pero si Eden iba a heredar Holt Manor y todo su patrimonio... entonces, ¿qué?

Charlotte levantó la mirada hacia el techo artesonado.

Una heredera, con apenas seis meses de vida, balbuceaba en su cuna en el piso de arriba. ¿Cómo podría esa criatura entender lo que esto significaba? ¿Cómo podría comprender que una simple firma en una hoja de papel podía cambiarlo todo? Giró hacia el abogado.

—¿Es todo?

El señor Evansbrook asintió; tomó los documentos que Charlotte le devolvió y buscó otra carpeta en su maletín.

—Sí, milady. En lo referente a este primer asunto, sí. Su firma lo deja resuelto.

—Muy bien.

Charlotte ansiaba que llegara el té, cualquier cosa que pudiera distraer sus manos nerviosas.

—¿Y el siguiente?

—Una cuestión menor, milady. Se trata de un fideicomiso a nombre de un conocido de su esposo. Es una cantidad considerable no obstante: dos mil libras. Esto requiere de una firma para autorizarme a completar la transacción. Como milord no puede proporcionarla, usted puede actuar en su lugar.

—¿De veras? —Era una verdadera fortuna para un obsequio. Charlotte se levantó, fue hasta el piano y tras hojear rápidamente el documento, inspeccionó la firma del notario en la última página.

Todo parecía en orden hasta donde podía ver.

—Muy bien entonces —dijo. Tras firmar el documento se lo devolvió. Evansbrook le entregó copias de ambos acuerdos y eso, al parecer, era todo.

El abogado se levantó para despedirse.

—¿No se queda a tomar el té, señor Evansbrook?

—Le ruego me disculpe, milady. Si me permite retirarme, tengo otros compromisos que atender. Conozco la salida.

—Tonterías, lo acompañaré. —Sonrió mientras se dirigían a las puertas de la biblioteca—. Una última pregunta. No vi el nombre del beneficiario. ¿Se trata de una organización benéfica? ¿Tal vez el Hospital Auxiliar y Centro de Recuperación de la Cruz Roja Británica? —Una chispa se encendió en su interior, una pequeña llama de esperanza al pensar que Will podría haber leído las cartas en las que le hablaba de su improvisada biblioteca circulante en la tienda de la calle Bayley. Quizá lo había tomado a pecho y deseaba mostrarle afecto a su manera—. Últimamente he trabajado con ellos en beneficio de los veteranos heridos de Warwickshire —continuó— y me encantaría que pudiéramos colaborar más con sus necesidades. No tiene idea de cuánto podría significar una donación de esa magnitud para nuestros esfuerzos.

—No, milady.

Se colocó el sombrero, visiblemente ansioso por marcharse. Eso la llevó a insistir con el tema.

—No es una organización benéfica ni tampoco el hospital.

—Ah, ya veo. ¿Y quién es el beneficiario?

—Nadie de importancia. Pero... —Se detuvo en la entrada, buscó en su maletín y tras una rápida ojeada a los papeles, añadió—: un conocido de negocios, al parecer. Un tal señor Darby. Amos Darby.

Charlotte parpadeó.

—¿Cómo dice?

Él volvió a guardar los documentos.

—El señor Amos Darby. No estoy al tanto de las circunstancias, salvo que el conde me pidió que dispusiera el fideicomiso con esos fondos. Fue muy claro también con este asunto, tengo una carta que lo respalda.

—Entiendo —murmuró Charlotte y se obligó a sonreír con serenidad—. Bien, muchas gracias señor Evansbrook. Aprecio la rapidez con la que ha atendido las solicitudes de mi esposo.

Nunca había recibido una visita como esa.

En definitiva, el hecho de que el abogado viniera y se marchara en apenas diez minutos era una clara bendición. No habría podido soportar el impacto de esas noticias si, tras obtener su firma, el señor Evansbrook se hubiera quedado a tomar té. ¿De qué habrían hablado? ¿De lo impulsivo que había demostrado ser su esposo?

Y aunque era un alivio que una niña que no había conocido a su padre recibiera de él la fortuna de ser dueña de su propio futuro, el hecho de que Will hubiera hecho algún tipo de arreglo financiero para beneficiar a un hombre al que seguramente odiaba no tenía ni pies ni cabeza.

Gracias a Dios, el Ministerio de Guerra no había enviado un telegrama ese día. Más revelaciones habrían sido demasiado para ella. Ahora solo podía rogar que Will regresara sano y salvo; también ansiaba poder comprender, a su debido tiempo, qué demonios estaba tramando su esposo.

***

11 de noviembre de 1940
Brinklow Road
Coventry, Inglaterra

HOLT MANOR ERA UN HERVIDERO DE COCHES, HOMBRES de traje y rumores.

Charlotte se había visto envuelta en un circo constante desde el momento en que se reportó el hallazgo del equipo de un paracaidista alemán en la propiedad. Funcionarios iban y venían como por una puerta giratoria, y para cuando el último de ellos se marchó, el desafortunado seto de endrinas había sido podado hasta las raíces, habían interrogado al personal por triplicado y casi habían arrestado al pobre Jacob solo por estar allí. Sin embargo, no encontraron conexión alguna con el "diablo verde". Quedaron con la preocupante información de que un soldado enemigo podía estar acechando por la propiedad con una metralleta de 9 mm, lo que tornaba inquietantes los paseos nocturnos por la rosaleda.

Y como si fuera poco, Eden estaba destrozada.

La información sobre los aviones Spitfire se había mantenido en secreto tras el accidente aéreo para que solo estuvieran en riesgo aquellos que tenían responsabilidades cuando sonaban las alarmas. Pero cuando llegaron los investigadores, la verdad se derramó como un río sobre el tapete. La brecha entre madre e hija se agrandó hasta convertirse en un abismo enorme, pues lo único que Eden veía era que su madre no confiaba en ella para manejar la propiedad.

324

Ahora, días más tarde —y demasiado tiempo después del desafortunado incidente con Amos en la Librería Eden—, su hija se había volcado de lleno al trabajo con las reclutas. Por razones que Charlotte no alcanzaba a comprender, se había cortado el precioso cabello del tono característico de los Holt. Madre e hija apenas se hablaban, salvo para decirse "buenos días", "buenas noches" y "cuídate" antes de partir hacia sus respectivos puestos.

Charlotte estaba de pie junto a la ventana de la biblioteca en la planta baja observando cómo el último coche desaparecía bajo el sol del atardecer que teñía de rojo la tarde. Se secó una lágrima de la mejilla, abrumada por el cansancio del día.

Sonaron unos golpecitos en la puerta abierta de la biblioteca que la trajeron al presente. Tras secarse rápidamente las pestañas inferiores, se giró. Amos estaba en el umbral con una tarjeta de visita en la mano.

—Han dejado otra —dijo levantando la tarjeta.

Charlotte miró su reloj de pulsera. Las cuatro.

"Vaya, es más tarde de lo que pensaba".

Sonrió y señaló la bandeja de bronce sobre el piano.

—Déjalas allí. Las registraré en mi agenda más tarde.

Amos entró, dejó la tarjeta sobre el montón y se demoró unos segundos revisando las otras.

—Centro de Control e Información sobre Ataques Aéreos... Ministerio de Relaciones Exteriores... Ministerio del Interior... Ejército Terrestre Femenino... Inteligencia del Ministerio del Aire... —Suspiró y apoyó las manos en la cintura—. Lo siento. Una tarde entre los setos y parece que te hemos arrojado encima a todo Londres.

—No es culpa tuya. Aunque no tengo idea de por qué todos los ministerios parecen haber enviado un funcionario al condado de Warwickshire en los últimos días. También estoy bastante segura de que vino un agente del MI5 con

el investigador del Ministerio de Producción de lord Beaverbrook, ya que ambos pasaron un tiempo considerable
asegurando los Spitfire. Ahora están a cargo de ese asunto.
No puedo entender por qué nuestra propiedad es distinta
de miles de otras por todo el país aunque aprecio que haya
más seguridad.

—Diría que tu intuición no te falla, milady.

—Díselo a la presidenta del WLA del condado. Su secretaria vino a asegurarse de que sus chicas estuvieran en
un "puesto seguro", como expresó. Lo cual es ridículo, si se
considera que cada noche llueven bombas por todas partes. —Charlotte entrelazó las manos delante de su cintura
para no comenzar a retorcérselas otra vez; lo cierto era que
ningún lugar de Inglaterra era seguro—. Pero cuando oyó
que la Guardia Nacional patrullaría la hacienda, la mujer se
quedó más tranquila y accedió a dejarnos en paz.

—Me alegra escucharlo —dijo Amos; permanecía frente
a ella como si tuviera algo más en mente.

—¿Hay algo más?

Se oyó un alboroto en el vestíbulo cuando las muchachas
entraron como una ola de uniformes color caqui y con la
piel bronceada tras un largo día de trabajo. Charlotte miró
por encima del hombro de Amos al escuchar las voces que
se filtraban desde el vestíbulo. Dale se unió a Flo y Ainsley
y el grupo pasó junto a las puertas abiertas de la biblioteca
hacia las escaleras.

Charlotte se apartó de la ventana.

—¿Eden? ¿Está...?

Amos negó con la cabeza.

—Lady Eden y Jacob están ocupados con el invernadero.
Nos hemos atrasado con el trabajo en los jardines con todo
esto.

—No imagino por qué —sonrió Charlotte; el sarcasmo
era un recurso fácil cuando estaban hasta el cuello de

problemas. Luego, casi como en una confesión, susurró—: ella y yo no hemos hablado mucho en los últimos días, así que no lo sabía.

—Jacob me aseguró que volverían antes del apagón. Y Ginny y Dale acaban de regresar de la librería, así que todos están localizados.

—Por supuesto. Gracias. —Charlotte vio que las chicas se detenían en las escaleras y lanzaban miradas curiosas hacia las puertas de la biblioteca. ¿Qué pensarían? ¿Qué les habría dicho Eden? Al menos no fue necesario preguntar; Amos se adelantó como si le hubiera leído la mente, cerró las puertas con discreción y volvió al centro de la habitación donde estaba ella.

Amos había sido un roble en la propiedad en los últimos días, haciendo mucho más de lo que requería su papel como encargado. La había apoyado, sentándose a su lado en todas las reuniones, mientras los coches iban y venían y la colección de tarjetas crecía. Hasta había llegado al punto de ir armado con un fusil Enfield cuando las reclutas estaban en la hacienda. Sin embargo, a pesar de esa solidaridad, ahora estaba incómodo en el silencio que flotaba entre ambos.

—Hay algo más.

—Ajá.

—Bueno, no estamos en 1914. Supongo que puedo estar a solas en la biblioteca de mi propia casa con el encargado de mi propiedad. —Aunque era la mejor de las actuaciones, Charlotte aparentaba serenidad y firmeza, pero por dentro sentía que se deshacía. Amos no tenía idea de lo atractivo que era incluso ahora, con pantalones y una camisa de trabajo gastada con las mangas enrolladas sobre sus antebrazos bronceados. Los años detrás del mostrador de una librería no habían cambiado su cuerpo musculoso, aunque sí habían alterado su espíritu. Algo turbada, Charlotte lo invitó a sentarse en uno de los sillones de brocado junto a la chimenea y fue a sentarse frente a él—. Ven, siéntate. Me vendría bien el calor del fuego.

Él esperó a que ella tomara asiento antes de hacer lo mismo.

—Tendré que irme pronto —dijo, señalando con el pulgar hacia el camino del otro lado de la ventana. Esta noche estoy a cargo de la vigilancia contra incendios por petición del padre Howard.

—Sí, claro.

—No quiero alarmarte. —Se inclinó hacia ella y bajó la voz, aunque no había nadie lo suficientemente cerca como para escuchar—. ¿Qué opinas de todo esto?

—¿A qué te refieres? ¿A que toda la burocracia de Inglaterra se haya presentado en nuestra puerta en estos días?

—Exacto.

Una respuesta típica de Amos, de una sola palabra. No malgastaba palabras y rara vez las suavizaba. Pero ya no ocultaba sus cicatrices delante de ella, lo que debía significar algo. Incluso ahora, con la luz del fuego sobre su perfil, sus ojos avellana la observaban con determinación, sin apartarse mientras esperaba su respuesta.

—Nada de esto me cuadra, Amos.

—A mí tampoco. En el último año he recibido suficientes informes del condado de Warwickshire como para llenar una docena de libros para la Guardia Nacional. Encontramos el paracaídas alemán en el seto. Eso es grave. Pero no tan fuera de lo común comparado con lo que ha soportado Londres hasta ahora, con bombardeos alemanes todas las noches. Y tuvimos el accidente del avión de caza aquí mismo en la hacienda, lo que trajo aparejado un sinfín de llamadas telefónicas y una montaña de papeleo que resolver.

"¿Eso era lo que había pasado?" Charlotte lo recordaba de manera muy distinta: veía el horror de sus manos manchadas con la sangre de Amos cada vez que cerraba los ojos y tenía que reprimir el recuerdo del trayecto en coche cuando creía que él se moría en sus brazos.

Carraspeó.

—En los últimos días he tenido que relatar varias veces lo sucedido aquella noche.

—Yo también. Pero, aun así, nunca había visto semejante reacción. —Amos apoyó los codos sobre las rodillas y entrelazó las manos, como intentando encontrarle sentido a todo—. Me pregunto por qué todo Londres se nos ha venido encima ahora.

—¿A qué crees que se deba? Debes de tener alguna idea o no te habrías quedado a hablar conmigo.

—No sé nada con certeza, pero corren rumores.

—¿Qué rumores? —preguntó Charlotte; tragó saliva y contuvo la respiración. "Por favor, no"—. ¿Una invasión?

Él negó con la cabeza.

—Un ataque dirigido.

—¿Qué? ¿Aquí, en Coventry?

—No podemos descartarlo. Los funcionarios estaban bastante preocupados por las fábricas que lindan con la hacienda. Querían saber todo sobre ellas, hasta cuántas flores crecen en el prado de atrás. Ahora tiene sentido por los rumores que hemos oído en la Guardia Nacional.

—¿Qué rumores?

—La RAF lanzó un ataque sobre Múnich hace unos días. No fue gran cosa comparado con los bombardeos de la Luftwaffe sobre Londres, pero alcanzó para afectar la confianza alemana. Algunos creen que Hitler no dejará que Inglaterra salga impune. En la Guardia Nacional hay quienes suponen que tenemos más fábricas en Coventry de las que se conocen: "fábricas ocultas" las llaman; están situadas fuera de la ciudad y producen piezas de aviones Spitfire para casi toda la RAF. Si el enemigo se enterara de eso y lograra destruirlas en represalia, no podríamos mantener nuestros aviones en el aire, al menos no por mucho tiempo.

Charlotte dejó escapar un suspiro cuando comprendió las implicaciones.

—Si eso es cierto, y tenemos pruebas claras de presencia alemana en esta hacienda, entonces...

—Coventry podría estar en la mira del enemigo. Pero son todas conjeturas. También podrían atacar Londres, Birmingham, posiblemente Edimburgo o un centenar de otros sitios.

Que Dios los ayudara si los alemanes habían obtenido información sobre los Spitfire o la producción en las fábricas. Los bombardeos sobre civiles inocentes ya eran suficientemente brutales y habían destruido barrios enteros. Pero si Coventry estaba en la mira de la Luftwaffe por su apoyo crucial a la RAF... las consecuencias podían ser desastrosas para Gran Bretaña y para el mundo.

—¿Qué hacemos? Sin duda, uno de los nombres en esas tarjetas puede asegurarnos que el gobierno está haciendo todo lo posible para protegernos.

—¿Crees que si pudieran dar garantías no habrían protegido Londres de los bombardeos alemanes?

Cierto. Tenía sentido.

La batalla había asolado Londres durante varias semanas; Gran Bretaña había resistido a duras penas, mientras los ciudadanos dormían en el metro y la RAF intentaba sustituir las devastadoras pérdidas para mantener a los pilotos en el aire. Y a ellos, con todo lo que tenían entre manos —las reclutas, la fila del té y las librerías—, les sobraban motivos para preocuparse. Aunque Charlotte tendía a actuar primero y a disculparse después, esa estrategia no serviría ahora, cuando todo podía cambiar de un momento a otro.

—Llamemos al gobierno entonces. El primer ministro no me conoce ni le importará un rábano que sea condesa.

Pero seguramente alguien del gabinete de Churchill recibirá nuestro informe sobre estos rumores. Tendrán que escucharnos.

—Son las mentes más afiladas de toda Inglaterra. Diría que ya están enterados. —Quedaron sumidos en silencio durante varios segundos bajo el peso de las palabras de él—. Bueno, haremos todo lo que podamos. Pero de momento será mejor que todos permanezcan cerca de la hacienda.

—De acuerdo.

—Le he pedido a Jacob que pase por Novelas Waverley y el Centro de la calle St Mary varias veces por día. Me sentiría más tranquilo sabiendo que todo está en orden cuando no puedo estar allí.

Charlotte lo miró a los ojos. Lo que veía en ellos no era la animosidad del pasado ni la incertidumbre del presente, sino una ternura que decía que Amos había estado a su lado durante días y seguía ahí, sentado frente a ella, porque realmente le importaba.

—¿Cómo te las arreglarás sin teléfono?

—No me importa aceptar la derrota... *a veces.* —Amos sonrió a regañadientes, confirmando sus palabras, aunque añadió—: No fue difícil lograr que me lo volvieran a instalar.

—¿Lo instalaste? —preguntó ella con tono animado.

—Ajá —suspiró él—. Alguien una vez me recordó que no hay que ganar todas las batallas para salir victorioso en la guerra.

"¡Ay, fortuna! ¿Podrías, por favor, favorecer a los valientes ahora?" Charlotte tragó saliva con fuerza, pero mantuvo la compostura, rogando que sus nervios no la traicionaran. Si esta era una puerta que se abría, rogaba tener la fuerza para atravesarla.

—¿Deberíamos... hablar de aquel día en la librería? Cada palabra que dije sobre el teléfono fue en serio. Y todo lo que vino después también.

Se le cayó el alma a los pies al ver que él permanecía en silencio. ¿Pasaría otra vez por la situación de Gretna Green? ¿El miedo se burlaría de ella de nuevo?

—¿No tienes nada que decir?

—Quisiera pero... no puedo. Si supieras todo, no querrías que te lo contara. Jamás volverías a hablarme. —La incomodidad dio paso a una extraña expresión de angustia en su rostro. Amos movió la cabeza y, como si de repente recordara sus cicatrices, apartó el rostro para evitar que se vieran. Luego se incorporó a medias, dispuesto a marcharse.

—Los apagones. Debería irme.

Charlotte se inclinó hacia adelante y levantó una mano para rozar la de él con la punta de los dedos, lo que bastó para detenerlo.

—No tienes que irte —suplicó en un susurro—. Quédate, por favor.

Amos volvió a sentarse aunque en el borde del sillón, como si estuviera listo para levantarse de un salto. Pero, incluso entonces, evitó mirarla a los ojos.

La noche en que Charlotte se había quedado a cuidarlo en el hospital había visto una petaca en la mesa junto a la cama. Y Jacob, con genuina preocupación, le había revelado un secreto: creía que Amos recurría a la bebida en su habitación, todas las noches y a veces también durante el día, desde que lo habían dado de alta. Charlotte bajó la mirada hacia la bota de Amos. ¿Acaso esa ligera elevación contra su pantorrilla era la prueba de que aún llevaba consigo esa salvación de metal plateado?

—¿Amos? —Charlotte susurró su nombre con toda la suavidad y ternura que pudo y pasó el pulgar por las gruesas cicatrices blancas de su mano—. Vi las botellas.

Él levantó la mirada de golpe.

—¿Botellas?

—Las encontré por accidente, te lo aseguro, aquel primer

día de la fila del té. Desde entonces he querido ayudarte, decirte algo. Nunca me parecía el momento adecuado y mucho menos delante de los demás.

—Entonces ¿vas a regañarme en privado? ¿Crees que por eso llegué tarde la noche del accidente del avión, porque estaba borracho? ¿Y me culpas de lo que pasó?

Apretó la mandíbula con fuerza y se puso de pie, apartándose bruscamente de las manos que habían intentado consolarlo. Luego se giró, como si quisiera lanzarse contra las puertas de la biblioteca y atravesarlas.

—¡No! Me malinterpretas. No quiero discutir contigo por esto, ni te juzgo. Es todo lo contrario. —Charlotte lo siguió y le tocó el codo desde atrás—. Solo digo que sea lo que sea… puedes contármelo. Puedes confiar en mí, Amos.

—¡No tienes derecho! —estalló él—. Y no puedes entenderlo, nunca lo entenderás.

—Entonces, ayúdame a que lo entienda —lo instó Charlotte, sujetándolo de los hombros y haciéndolo girar con suavidad—. ¡Mira a tu alrededor Amos! Todas las personas que se interpusieron en nuestro camino… se han ido. La biblioteca está vacía. Solo estamos nosotros, tú y yo. Prometí una vez que todos los años, el día en que murió Will, iría a la catedral a encender una vela en recuerdo de mi esposo. Y lo he cumplido. Por su hija, por el valiente sacrificio que él hizo y por todo lo que perdimos en esa guerra. Pero eso es el pasado. Y aquí estoy ante ti ahora, con una nueva promesa, diciéndote que ya no tenemos que huir de un futuro juntos.

—¿No? ¿Crees que soy yo el que huye?

—¿Qué quieres decir?

—¿Por qué no tocas más el violonchelo? —Amos bajó la mirada, casi atravesándola con la intensidad de la acusación. Era una táctica evasiva por supuesto, un ataque surgido de sus propias heridas. Aunque Charlotte sabía que tenía razón. Y la enfurecía que la flecha que le había lanzado diera de lleno en su corazón.

—No tengo por qué explicarte nada.

—No. No tienes que hacerlo. Porque lo supe desde que éramos niños, aquel día en que vendí tu baúl en la tienda de segunda mano: amabas ese instrumento como yo amaba la palabra escrita. Y estabas dispuesta a renunciar a todo por ese amor. Sin embargo, vi tu violonchelo el día que fui a la Librería Eden: en un rincón, escondido bajo el polvo, como si nunca hubiera significado nada para ti, cuando solía ser lo que te daba vida. Y ahora nadie te impide tocarlo. No soy el único que oculta su dolor, ¿verdad?

—No es lo mismo y lo sabes.

—Sí, lo es.

—Entonces, seguramente entiendes que lo que nos atormenta, sea lo que fuere, no puede ser tan malo como para mantenernos separados para siempre. Volvería a tocar... si mi corazón tuviera un motivo. Y creo que, si compartieras conmigo lo que atormenta al tuyo, podríamos encontrarnos a mitad de camino de este mundo desordenado y roto en el que vivimos. Y encontrar consuelo allí. Reconocernos... ¿no es lo que todos deseamos?

—¿Y puedes mirar más allá de todo lo que ha pasado entre nosotros?

—Te estoy diciendo que puedo. Y creo que tú también eres capaz de hacerlo.

Amos respondió con voz ronca, temblando:

—Me pides demasiado.

—No pido nada, salvo que sepas que no tienes que enfrentarlo solo. ¿No lo entiendes? —Charlotte buscó en su rostro esos rasgos bellos que conocía tan bien y vio el sufrimiento en sus ojos. Levantó las manos con infinita suavidad y las apoyó a ambos lados de su cara, atrayendo su mirada hacia ella—. No estabas solo. Ni cuando te hicieron esas heridas que dejaron las cicatrices ni cuando las trajiste contigo al final de la guerra. Ni cuando el avión se estrelló en el campo aquella noche. Como tampoco estás solo ahora.

—*Es necesario* que lo esté, milady. —Amos parecía estar librando una batalla interna; apartó las manos de ella con expresión de dolor—. Debo irme para protegeros a ti y a Lady Eden. Y la próxima vez, no regresaré.

CAPÍTULO 22

14 de noviembre de 1940
Calle Bayley
Coventry, Inglaterra

18:15

—Así es como nos burlamos de Hitler —declaró
Dale mientras acomodaba los ejemplares de la última edición del boletín *Los Libreros de Coventry* sobre la mesa del
pub—. Repartimos todos los boletines que podemos aquí y
luego bailamos jazz toda la noche detrás de las cortinas de
oscurecimiento.

—¿Tan fácil?

—No es nada fácil —Dale deslizó un boletín sobre la
mesa para que Eden le echara un vistazo—. Pero las librerías encarnan el espíritu de la calle Bayley. No hay suficientes bombas en el mundo para doblegar ese espíritu.

La determinación de la muchacha se complementaba
con una notable puntualidad. Habían logrado acicalarse,
llegar a la ciudad y meterse dentro del pub Lion's Gate justo
antes de que comenzara el apagón. Aunque se había cancelado el baile en Drapers' Hall y la noche prometía ser otra
velada en la que la seguridad de Coventry pendería de un
hilo, el pub de al lado ofrecía música y diversión a la gente

que se había reunido... por lo menos hasta las nueve de la noche, hora en que tenía orden de cerrar.

Eden vio que todos los taburetes del bar estaban ocupados con una mirada rápida. Había una banqueta junto a la puerta, cubierta con una mezcla de máscaras antigás, bolsas y linternas. Los músicos rodeaban el piano junto a la chimenea de piedra y, con sus mandolinas, guitarras y violines, daban un toque de espontaneidad al baile improvisado allí. Las reclutas se habían integrado al ambiente general, mezclándose con los operarios de las fábricas y los dueños de las tiendas para descomprimir la tensión acumulada durante los últimos días de trabajo intenso y las largas noches que pasaban en los refugios.

—¿Qué le parece?

—Maravilloso, Dale. De veras. —Eden estaba encantada con el boletín y con lo rápido que se había convertido en una realidad, lo cual demostraba la facilidad evidente que tenía Dale para lograr sus ambiciones literarias—. Escuché a mamá decir que, cuando la secretaria de la presidenta del WLA vino a Holt Manor esta semana, se llevó un ejemplar.

—¡No! ¿En serio?

—Sí, y también mencionó que el WLA va a publicar un manual oficial y una revista para las reclutas, llamada *Muchachas del WLA*. Dicen que el Ministerio de Agricultura va a comenzar a publicar las primeras ediciones en Sussex en la primavera. Seguro que van a quedar muy impresionados con tu boletín; no me sorprendería que te contactaran. ¿Quién sabe lo que puede llegar a ocurrir?

—Bueno, esta vez sí que me he quedado sin palabras. Me pregunto... ¿cuántas puertas podrían abrirse para las mujeres una vez que sobrevivamos a todo esto? —Dale golpeteaba la mesa con la palma de la mano al ritmo de la música—. Parece una locura que los dueños hayan dejado de lado las reglas para permitir la entrada de las mujeres al pub esta noche. Estoy impresionada con cómo ha avanzado Coventry.

—No te apresures a sacar conclusiones. ¿Ves a la vieja guardia sentada en la barra? —Eden sentía una frustración enorme al comprobar que, aunque la guerra afectaba muchos aspectos de la vida de la gente, todavía no había logrado alterar las tradiciones arraigadas de los viejos pubs ingleses. La fila de hombres abarcaba de un extremo al otro del mostrador del bar y todos custodiaban los taburetes para evitar la presencia furtiva de alguna intrusa—. Es verdad que han permitido la entrada de mujeres, pero nos han relegado a dos espacios bien definidos: los reservados o los brazos de un caballero en la pista de baile... y, aun así, nos vigilan como linces.

—Entonces admiro su tenacidad. Tal vez me robe un taburete solo para verles las caras. —Dale se rio con un brillo impetuoso en los ojos—. ¿Nos acompañará lady Harcourt esta noche? Estoy segura de que a su madre la tratarían con más respeto.

—Sí, lo harían, pero no vendrá —respondió Eden con certeza. ¿Una condesa en un pub? Ni siquiera su madre era tan progresista—. No es el tipo de sitio que le guste a mi madre, a pesar de que defienda la igualdad de derechos de hombres y mujeres. Creo que habría preferido que nos quedáramos más cerca de la hacienda en este momento, dadas las circunstancias.

—Pero usted es mayor de edad. Y capaz de tomar sus propias decisiones. *Debería* bailar, ¡es joven! Nadie sabe cuánto durará la guerra; tenemos que vivir a pesar de la incertidumbre. Lady Harcourt debe comprender la situación.

—Mejor que nadie.

Dale se acercó a Eden con una expresión más distendida mientras golpeaba el vaso de cerveza con una uña pintada.

—¿Ha hablado con ella desde que se enteró del asunto de los Spitfire?

—No. —Eden jugueteó con el borde del boletín que tenía en la mano—. Casi nada.

Eso sí que era un eufemismo. Entre los secretos relacionados con su madre y el señor Darby, el descubrimiento de que Jacob también estaba al tanto de los Spitfire y el hecho de que todos le habían ocultado esa información hasta el día en que encontraron el equipo de un paracaidista alemán, se sentía traicionada en todos los frentes.

Eden tocó las pequeñas cerezas que colgaban de uno de sus pendientes mientras echaba un vistazo al boletín tratando de no ser tan tonta como para desviar la mirada hacia la escena que se desarrollaba más allá del papel.

—A que adivino lo que está pensando. Ese yanqui suyo tan guapo no ha llegado aún. —Dale exhaló el humo del cigarrillo y giró la muñeca para mirar su reloj de pulsera—. Pensaba que tendría agallas suficientes como para venir.

Eden concentró su atención en la conversación con Dale.

—Jacob no es *mi* yanqui.

—¿No? Entonces, ¿por qué lo está buscando? —Dale sonrió y bebió el último trago del líquido que quedaba en su vaso—. ¿Recuerda el día en que le corté el cabello? Todas vimos la expresión en la cara de él cuando salió del depósito. Casi se vuelca encima dos teteras de agua: la vio y quedó atónito. Nunca vi un jaque mate tan contundente querida... por lo menos para él.

Eden sintió que le ardían las mejillas. Había notado el aleteo en su interior cuando Jacob la abrazó en el depósito de la librería y el recuerdo de esa sensación había perdurado bastante más allá de su fecha de vencimiento.

Dale encendió un cigarrillo y señaló hacia donde estaban Alec y Flo en un rincón del salón.

—Esos dos han estado bailando abrazados desde que

llegamos. Creo que vamos a tener una boda en un par de semanas. Ainsley ha logrado pescar al único caballero con uniforme de la RAF que ha entrado en el pub. Yo me he sentado y me he levantado de este asiento tantas veces que los tacones de mis zapatos de baile ya están gastados. ¿Y usted? —Dale chasqueó la lengua un par de veces—. Nada: ni un baile... y con ese vestido nuevo precioso, para colmo. Me parece tan triste que me dan ganas de llorar.

—Me queda perfecto, la verdad. —Eden sintió un leve cosquilleo interno mientras paseaba la mirada por el pub, mientras daba palmaditas sobre la hilera de botoncitos rojos que ceñía la cintura de su nuevo vestido color marfil con lunares también rojos.

—Se lo dije: nuestra Ainsley es una artista.

Por cierto parecía serlo. La velocidad de trabajo de Ainsley era una maravilla, sobre todo con el poco tiempo que habían tenido esa semana. La hábil modista había tomado vestidos de otras temporadas y algunas medidas básicas para aprovechar el tiempo en los refugios haciendo magia con una aguja y un carretel de hilo. Flo ya tenía un vestido azul marino con ribetes dorados cuando salió el sol el primer día. Dale recibió un modelo color borgoña con mangas festoneadas y un audaz escote cuadrado, ideal para bailar al día siguiente. A Eden le había hecho un vestido tan elegante que parecía salido de una pasarela parisina. Al combinarlo con su nueva melena color ébano y el toque rojo intenso del pintalabios prestado, Eden por fin veía la semejanza con la sirena de la pantalla de cine idolatrada por las reclutas.

—Es nuestra arma secreta. Justo a tiempo además. —Dale apagó el cigarrillo y agitó sus rizos para enfatizar su comentario—. ¡Atención, atención! Nos adentramos en terreno peligroso —susurró, y dio un suave empujón al hombro a Eden antes de sonreír a dos uniformados que se encontraban en el extremo del bar.

"¿Qué significa eso?"

Demasiado tarde. Los soldados avanzaban hacia ellas, por lo que pronto lo averiguaría.

—Vimos que estaban muy solas aquí señoritas —expresó el primer muchacho asomando la cabeza en el reservado. Era guapo, de cabello oscuro. Y tenía un destello de picardía en los ojos, además de una arrogancia imposible de disimular—. ¿Les gustaría bailar?

—Con locura —respondió Dale; se levantó de un salto y tiró de Eden para que se pusiera de pie también. Pasó un brazo por la cintura esbelta de la joven y le dio un empujoncito suave—. Vaya. —La condujo hacia un joven con uniforme y cabello castaño claro demasiado engominado—. Lleve esa falda tan hermosa a volar por la pista de baile.

Eden colocó la mano en la del soldado para que la llevara a bailar; de pronto, quedó sin aliento cuando casi atropella a una persona que los esperaba allí.

Jacob se encontraba en el centro de la pista de baile, impecable con su traje elegante y su aire de señor Detroit, igual que el día que había entrado por primera vez en la Librería Eden. Los gemelos de oro brillaban en sus muñecas. Por Dios, además se había afeitado y el aroma que desprendía parecía sacado de un anuncio de colonia de Cary Grant en la revista *Vogue*. De pronto, ese rostro apuesto que conocía tan bien y esos ojos celestes que había buscado toda la noche la miraban a ella. Parecía dispuesto a pelear por un baile con la terrateniente granjera que interpretaba el papel de Hedy Lamarr.

—Voy a interrumpirlos. —Jacob ignoró al soldado y ofreció la mano a Eden.

El muchacho replicó con una ceja enarcada:

—La señorita ha aceptado bailar conmigo.

—Para que usted pueda interrumpir, señor Kole, lady Eden tendría que estar bailando con el caballero —se

341

entrometió Dale desde la pista, como si la escena de dos pretendientes que se disputaban una compañera de baile fuera lo más maravilloso que había visto en la vida después de su primer par de pantimedias de seda—. Son las reglas de etiqueta.

Guiñó un ojo a Eden con una expresión traviesa que delataba que no solo había visto a Jacob entrar en el pub, sino que también había tramado la invitación a bailar de los soldados con el único propósito de obligar al yanqui a actuar.

"Fantástico". No podía contar con Dale. Eden tendría que lidiar con la situación… y, luego, quizás, asesinar a la muchacha.

Jacob no apartaba la vista de ella; repitió, en un tono más suave, pero con igual firmeza:

—¿Me concede esta pieza, lady Eden?

—Ya la escuchó y la respuesta es no. —El soldado soltó un improperio y sostuvo la mano de Eden para que quedara detrás de su hombro—. Sabemos quién es usted: el yanqui. Corren rumores sobre usted en la Guardia Nacional… tanto es así que no quiere que la vean con usted.

—Quítele las manos de encima. —Jacob dio un paso adelante con los puños apretados en un gesto elocuente.

—No voy a bailar con ninguno de los dos si no terminan con estas tonterías. —Eden dio un paso entre ambos para quedar frente al soldado—. Está mal informado, no sé qué insinúa pero este caballero colabora con la Guardia Nacional. Puede corroborar ese dato con Amos Darby en el Centro de la calle St Mary si tiene alguna duda.

—¿Quiere decir que estaría dispuesta a bailar con este sucio…?

—Basta. —Levantó la palma de la mano a la altura del hombro del soldado para tranquilizarlo—. Gracias por su ofrecimiento señor, pero esta conversación ha terminado.

Los hombres intercambiaron miradas fulminantes pero, por fortuna, no se inició otra guerra dentro del pub. El joven uniformado se llevó su vaso de cerveza para rumiar su frustración en otro rincón. Los bailarines se dispersaron; Dale sonreía, encantada de que su plan hubiera funcionado. Eden y Jacob quedaron de pie en la pista de baile cuando el pianista y el violinista comenzaban a tocar una versión suave de "If I didn't care" como música de fondo.

—Qué demostración de sutileza señor Kole.

—Lo siento. —Movió la cabeza como si realmente lamentara lo ocurrido, aunque todavía se le notaba un cierto alarde en la expresión—. Aun así, ¿me haría el honor de bailar conmigo?

—Lo que faltaba. La vieja guardia allí en la barra nunca más permitirá la entrada de mujeres —murmuró Eden por lo bajo, tratando de no reír mientras Jacob la tomaba en sus brazos para bailar.

—Debería haber partido la cara a ese engreído...

—¿Piensa amenazar a todos los hombres de Coventry o vamos a bailar? —Eden le dio una palmadita juguetona en el hombro—. ¿De qué hablaba? ¿Qué rumores?

—No me importa lo que piensen los demás, mucho menos ese infeliz que está ahí ahogando sus penas en un vaso de cerveza. Necesitaba hablar con usted —respondió en un tono nada romántico. De inmediato, logró resarcirse al agregar—: Luego la vi y... me di cuenta de que necesitaba todavía más bailar con usted.

—Ah —susurró, ya que ese pequeño discurso lo había redimido por el momento—. ¿Por qué ese traje?

—¿Por qué ese vestido? —replicó Jacob.

Eden se encogió de hombros con elegancia.

—No lo sé. A las chicas nos gusta ponernos un bonito vestido nuevo de tanto en tanto. Aunque no esperaba que usted viniera esta noche.

—Lady Harcourt se preocupó cuando llegó y encontró la casa vacía. Me cambié lo más rápido que pude después de trabajar con el señor Cox y su madre me envió a buscarlas.

—¿Ella no recibió mi nota?

Jacob negó con la cabeza y frunció el ceño.

—¿Qué nota?

—Le dejé una nota en la bandeja que está en el vestíbulo para decirle dónde iríamos.

—No sé nada de una nota. Alec mencionó más temprano que ustedes planeaban ir a bailar a Drapers' Hall esta noche. Me pareció una buena idea empezar por allí, pero luego me enteré de que todos habían ido al pub. De todas maneras, tendré que llamar a lady Harcourt por teléfono para decirle que las encontré y que no se preocupe.

—No, yo debería hacerlo.

"Qué insensata". Se dio cuenta de las consecuencias de sus actos. Por ir a bailar una noche, había hecho que Jacob corriera peligro saliendo al camino a buscarlas y había enloquecido de preocupación a su madre. Todo porque estaba enfadada por el asunto de los Spitfire y sentía que la había desairado en su propia hacienda. Y tampoco tenía respuestas sobre lo que realmente la inquietaba: la tormenta que llevaba tiempo gestándose entre los libreros de Coventry.

—Perdón, Jacob. Ahora tendrá que quedarse en la ciudad toda la noche.

—Como usted.

—Sí, pero fue impulsivo. Deberíamos haberlo pensado mejor antes de…

Entre la música, las luces tenues y el inevitable estremecimiento que sentía cada vez que tenía a Jacob tan cerca, Eden giró y trastabilló; estuvo a punto de caer encima de una pareja que bailaba junto a ellos. Pero Jacob la sostuvo y la estrechó con fuerza, como había hecho antes. Sin embargo, esta vez no la soltó, como si no *quisiera* soltarla.

—¿Otra vez con esos zapatos? —le preguntó en un susurro mientras le rozaba la curva de la espalda con la punta de los dedos—. No se preocupe, lady Eden. La sostendré para que no se caiga.

Jacob sonrió, solo un destello, y bajó la mirada. Sus ojos se clavaron en los de ella a escasos centímetros de distancia; el suave vaivén de sus cuerpos hacía que la falda de Eden rozara sus piernas desnudas en una caricia inesperada.

—Puede que parezca una estrella de cine en este pub y tal vez tenga que pelear con todos los hombres de Coventry para bailar con usted, pero la conozco bien. Tiene un gran corazón detrás de su belleza y su fortaleza exterior. Renunciaría a cualquier cosa con tal de honrar el legado de su padre y preservar la fuente de trabajo de todas las personas en la hacienda. Ese infeliz que está allí no le llega a los talones. Ni aunque se esfuerce durante un millón de años. Ni siquiera merece bailar una pieza con usted.

—¿Y quién sí? —Sin aliento, Eden esperó que él respondiera y sintió que las dudas la inundaban con cada segundo que pasaban en silencio.

"Recuerda lo exasperante que es este hombre". Además, no debía olvidar que Jacob era el único obstáculo que podía impedir la subsistencia de Holt Manor. Se veía muy guapo con traje. Tenía una sonrisa peligrosa. Y se había adaptado con soltura a Coventry en el poco tiempo que llevaba allí. En ninguna circunstancia debía enamorarse de este hombre.

¿O tal vez ya era tarde para evitarlo?

—Eh… dijo que necesitaba hablar conmigo…

—Sí, así es.

—¿De qué se trata? No hay nada más escondido en la hacienda, ¿verdad?

—No. Es decir, se lo diría si así fuera… —Jacob respondió con tono ambiguo y apresurado. Luego, suspiró, como si las siguientes palabras que debía pronunciar no fueran tan agradables como las anteriores—. El juicio por la herencia ya está en marcha.

—Ah, vaya. ¿Y eso qué significa? —Qué pregunta tonta. Significaba mucho, por supuesto: Tal vez lo significara todo para ambos. Medio en broma, con un dejo de esperanza, Eden ocultó su temor tras una pregunta ligera—: No tendré que enfrentarme a usted en un tribunal en un futuro cercano, ¿verdad?

—No exactamente, pero... —Jacob negó con la cabeza y la miró con una sombra de indecisión en los ojos—. Debo marcharme. Parto a Londres mañana en el tren de las seis.

CAPÍTULO 23

3 de noviembre de 1915
El frente occidental
Cerca de Artois, en Francia

EL FUEGO DE LOS FRANCOTIRADORES ALEMANES FUNCIO-naba con precisión quirúrgica. Se había cobrado más vidas de las que Amos podía contar en las últimas semanas, dejando a su unidad envuelta en polvo, sangre y el hedor de humo que emanaba de la carne quemada tras la batalla por el pueblo de minas de carbón llamado Loos. Aunque la BEF, la Fuerza Expedicionaria Británica, finalmente había quebrado la línea alemana y se rumoreaba que la lucha entre ambos bandos estaba entrando en un punto muerto, los francotiradores enemigos se habían atrincherado en la zona y elegían cuándo y dónde eliminar a los oficiales del ejército británico, uno por uno.

"¿Dónde se esconden?"

Amos escudriñaba el flanco de la BEF desde su caballo, tamborileando con el índice sobre el cerrojo de su fusil Enfield, observando el telón de fondo de las minas de carbón y el llamado "Puente de la Torre", un montacargas de mina bautizado así por los soldados británicos debido a su parecido con el Puente de la Torre de Londres. Era cierto que se parecía a un puente, una estructura solitaria que ya no acarreaba montañas de carbón como antes. Ahora era la única construcción intacta tras los bombardeos y se alzaba lo bastante alta detrás del pueblo como para ser visible desde las trincheras británicas.

¿Su tarea? Vigilar a los oficiales británicos posicionados a lo largo de la línea de árboles y buscar cualquier indicio de movimiento en los huecos que llevaban al pueblo. Amos fijó su mirada en el tramo entre el puente y las montañas de escombros a ambos lados de la carretera, que había sido despejada solo lo necesario para que pasaran los camiones británicos de suministros y los vehículos de la Cruz Roja pudieran llevarse a los heridos.

Will iba al frente, liderando la unidad montada, seguido por los sargentos. Una bomba sacudió el suelo cerca de allí: un fenómeno cotidiano pero siempre perturbador. Amos desvió la mirada del puente hacia los oficiales mientras los troncos ennegrecidos de los árboles se partían y crujían tras ellos, y los escombros se desintegraban como en un espectáculo de fuegos artificiales.

Fue la distracción perfecta por un segundo.

Un silbido atravesó los árboles y un sargento cayó abatido. El impacto del disparo fue tan brutal que lo arrojó de su montura; el caballo se encabritó cuando el jinete tiró de las riendas al caer.

—¡No, no se agrupen! —murmuró Amos entre dientes, sin apartar la vista del humo; Will había dado la orden de detener el avance sin saber que había escogido el peor lugar posible: justo frente a uno de los pocos edificios que aún seguían en pie.

—¡Dispérsense... dispérsense...!

Cuando un francotirador revelaba su posición con el primer disparo, lo habitual era que huyera y buscara otro escondite desde donde atacar. Pero este tirador no parecía dispuesto a seguir el protocolo para salvar su vida. La intuición de Amos le decía que la retirada alemana del puente había dejado a esos hombres sin nada que perder. Si iban a perder terreno, se llevarían consigo a tantos enemigos como pudieran antes de verse obligados a retroceder.

Apartó los ojos de los árboles y fijó la mirada en el edificio, buscando movimientos entre la fachada dañada y el inquietante vaivén de un trozo de tela deshilachada en el tercer piso, que flotaba en el viento.

"Podrías haber disparado desde ese punto".

"Y ahora ya no tienes nada que perder".

Mientras revisaba las ventanas, paseando la vista piso por piso desde el lado sur completamente destruido, calculó el ángulo exacto desde el que la bala debió salir para alcanzar al desafortunado sargento, cuyo cuerpo yacía ahora junto a las patas de su caballo en un charco de sangre que se iba agrandando. Amos desmontó; necesitaba estabilidad para localizar el escondite del francotirador mientras vigilaba por el rabillo del ojo a Will, que avanzaba con su sargento a la izquierda.

Otra explosión. Un silbido atravesó los árboles antes de que Amos pudiera hacer algo más que mirar.

"Otro oficial abatido".

Amos dio una palmada en las nalgas de su caballo y se arrojó al suelo con plena certeza de lo que vendría, pegándose a un montículo de escombros mientras el segundo oficial se desplomaba de su montura. El caballo, ya sin jinete, huyó como un espectro hacia el puente, atravesando el humo que se había acumulado como un velo sobre el agua.

El francotirador había mostrado su juego y revelado su escondite al disparar.

"Ya van dos… Will es el siguiente".

Amos lo descubrió esta vez: en la ventana del tercer piso que daba al puente y al camino, vio un pequeño destello de sol reflejándose sobre metal en el borde de un alféizar roto, entre las piedras derruidas. Pero sin la ayuda vital de una mira en su fusil ni las habilidades de un tirador para asegurar el disparo, lo único que podía hacer era sacar a Toreador y a su capitán de la línea de fuego.

La unidad se replegó. Otra explosión derrumbó el borde del puente; el estruendo desgarró el aire y dispersó a los caballos ya nerviosos. Amos aprovechó los segundos fortuitos, mientras una nube de humo envolvía la escena, para lanzarse a la refriega. Con el fusil preparado, avanzó pegado a la orilla del arroyo, agazapado y fuera de vista, hasta llegar donde estaba Will.

Se lanzó sobre él desde atrás, lo hizo caer de la montura y sumergirse hasta los tobillos en el agua justo cuando una bala silbó entre los árboles.

—¿Te has vuelto loco Darby? —gritó Will, forcejeando para recuperar las riendas que Amos le había arrebatado de un tirón—. ¡Mis hombres!

—Sus hombres están muertos, señor —respondió Amos, sujetándolo del hombro para impedir que pusiera el pie en el estribo. Lo empujó hacia atrás y ambos quedaron en cuclillas detrás de los escombros acumulados junto al flanco de Toreador.

—Póngase detrás del caballo.

—¡Perderemos a toda la unidad si no vuelvo a montar!

—¡Y si no se queda detrás del caballo será la siguiente víctima de ese francotirador! —dijo Amos señalando la oreja de Will, donde la carne de la parte superior sangraba por un corte, dejando un rastro rojo sobre su cuello.

Will se llevó un dedo al corte y se manchó la mano con sangre.

—No abandonaré a mis hombres —masculló, mirando hacia la línea de árboles más allá del puente. El humo era demasiado denso como para distinguir algo, pero se escuchaban los gritos guturales de los heridos y los relinchos de sufrimiento de los caballos mientras las bombas estallaban a su alrededor.

—¿Está loco? Piense en Charlotte. Y en Eden. Esos sargentos muertos... les disparó cuando se alejaron de Toreador. —Amos negó con la cabeza y señaló con el cañón del fusil una grieta en el edificio y la ventana rota del tercer piso—. Allí. Tercer piso. Es él. Y está dispuesto a esperar para hacer un disparo limpio. Modificará su tiro si cree que puede salvar al animal.

—¿Cómo lo sabes?

—No importa —respondió Amos utilizando toda su convicción para lograr que Will lo escuchara—. Por una vez en su vida, permítase valorar el juicio de un hombre de baja cuna como yo. Le aseguro que es cierto y puede salvarle la vida.

El traqueteo ensordecedor de las ametralladoras resonó tras otra explosión. El puente se transformó en un aterrador tiro al blanco. Desde la orilla, ambos observaron cómo su unidad de caballería se dispersaba; los alemanes, en un último y desesperado intento por conservar el flanco, disparaban hacia los árboles. El sufrimiento de ver hombres y caballos perforados por las balas era insoportable. Will empujó a Amos y trató de volver a subir por la orilla.

—Si se va, morirá igual que ellos —le advirtió Amos, tirando de los pantalones de Will para bajarlo al suelo—. La unidad está perdida.

Era la pura y angustiante verdad. El flanco había caído. El puente se partió en dos. Las barricadas de alambre de púas se convirtieron en trampas entre el humo y grupos de alemanes acribillaban el camino con fuego de ametralladora mientras los hombres huían montados sobre caballos ensangrentados... En pocos minutos no quedaría nada.

—¡No me comportaré como un cobarde! ¡Moriré con honor junto a mis hombres!

—¡No, volverá a casa con ella! —gritó Amos; levantó a Will por las solapas hasta que estuvieron cara a cara, nariz con nariz—. ¿Me escucha? ¡Va a sobrevivir a esta guerra, y si tengo que matar a cada uno de los alemanes que están aquí para que así sea, lo haré!

Will lo miró, como aturdido; un surco de sangre le corría desde la oreja, entre el fango y la ceniza que cubrían su rostro. No se movió hasta que Amos lo hizo bajarse, le puso un fusil en las manos y, tirando del cuello de su uniforme, lo obligó a avanzar en la dirección de los uniformes británicos que retrocedían desde el puente.

—¿Lo ve? La unidad debe de haber recibido la orden de retirada. ¡Ahora muévase o juro que le dispararé yo mismo!

Amos tomó las riendas de Toreador; el semental seguía allí donde lo habían dejado al margen del camino.

"Gracias, viejo amigo". La valentía del animal les había proporcionado un escudo cuando más lo necesitaban y Amos sabía que no alcanzaban las palabras para expresar el valor de un caballo que se mantenía firme como el acero cuando el mundo se desmoronaba a su alrededor. Si salían con vida de allí, sería en gran parte gracias a ese soldado de cuatro patas.

Las balas estallaban en un coro ensordecedor entre los árboles.

Echaron a correr; Amos no pensó en el peligro de las minas, en la muerte o en la unidad que estaban diezmando a su alrededor. Solo mantuvo a Toreador junto a Will y se posicionó él mismo como un obstáculo entre el edificio y la espalda del capitán; corrió al mismo ritmo que los pies de él hasta que vieron una trinchera británica donde lanzarse.

Amos no tuvo tiempo de comprender si estaba muerto o vivo. Lo único que supo fue que el mundo se detuvo. Oyó un silbido. Toreador se encabritó y Amos cayó detrás de un velo de oscuridad, sin escuchar el disparo que lo derribó.

***

14 de noviembre de 1940
Calle St Mary
Coventry, Inglaterra

18:17

AMOS YA HABÍA VISTO EL CENTRO DE CONTROL E INFORmación sobre Ataques Aéreos en modo de batalla.

Pero nunca como esta vez.

Los informes de la RAF habían hecho que las advertencias aumentaran desde la tarde. Para cuando el reloj de bolsillo de Amos marcó las seis, las alertas marcaban tantos puntos en la cinta telegráfica del Centro de la calle St Mary como estrellas había en el cielo, mientras que los teléfonos del comando sonaban sin parar.

Un reloj de pared daba la hora, inaudible entre el bullicio de voces masculinas. En cada estación estaban listos los fusiles y los cascos por si era necesario salir a la superficie en un instante. Amos, sentado allí, en medio de noticias cada vez más alarmantes, sentía que tenía las manos atadas.

—Hay luna llena esta noche Amos. Parece un reflector en las calles.

—Sí —le respondió a Patrick, el hombre de mediana edad que de día era carnicero y de noche, como miembro de la Guardia Nacional, manejaba el puesto telefónico junto a él—. Es lo que no paran de decirnos.

—Tengo al padre Howard en la línea. —Patrick hizo una pausa en su conversación y hojeó sus notas—. Así es Dick. Son demasiados para contarlos. Nos llegan de todo tipo… Una hacienda a sesenta kilómetros de la ciudad informó sobre un Junker abatido en el este. —Pasó a la hoja siguiente—. Varias estaciones en la costa están informando que han visto pájaros en el aire. Nada confirmado aún por el ARP ni la RAF. Pero parece que la trayectoria de señales no apunta a Londres esta vez, así que todos se están movilizando.

Miró a Amos tras una pausa inquietante y asintió mientras repetía:

—Entendido. Guardias de incendios en el techo de la nave. Nos aseguraremos de que lleguen. —Otra pausa—. Si hay que tomar esa decisión, hágalo. No es necesario que baje para informarnos, todos sabremos si es real o no.

—¿Qué dijo el padre Howard? —preguntó Amos tan pronto como Patrick cortó la comunicación.

—Está pidiendo guardias de incendios para el techo de la nave de la catedral. Quería saber si deberíamos hacer sonar doce veces las campanas en caso de que haya que alertar a todos los que están en la zona… para que tomen las armas.

—La señal de que la invasión aérea ha empezado. Sabemos qué hacer si llega ese momento —murmuró Amos, preparándose para llamar y alertar a las cuadrillas de bomberos más cercanas a la calle Bayley—. Pero no corramos tras sombras aún, hasta que tengamos algo concreto que temer. Todavía estamos esperando que la RAF nos pase un informe de los hechos.

—Claro. —Patrick volvió a su escritorio para atender la siguiente llamada.

"No. Esta noche hay algo diferente…"

"Vienen hacia aquí".

Amos lo temía en su mente. Su corazón se rebelaba. Aunque la experiencia le decía que debía confiar en su intuición —ya lo había salvado una vez—, él deseaba, más que nada, poder ignorar esa corazonada.

Donde sea que vayan los aviones, que Dios nos ampare, se dijo.

"Charlotte". Con ese pensamiento, Amos se volvió a

poner los auriculares y con manos temblorosas llamó a Holt Manor. Contuvo la respiración hasta que la línea hizo clic y exhaló, aliviado.

—¿Me comunica con el señor Kole, por favor? Habla el señor Darby.

—No está aquí, señor —dijo una voz aguda femenina—. El señor Kole ha salido.

—¿Señora Mills? ¿Dice usted que Jacob ha salido? ¿A estas horas, después del apagón?

—Sí. Ha ido a buscar a las muchachas, señor…

El ama de llaves, habitualmente serena, tenía un matiz de urgencia en la voz que resonaba en esas últimas palabras. Mil pensamientos lo atacaron a la vez: la proximidad de las fábricas, el paracaidista que había desaparecido sin dejar rastro, un sinfín de situaciones que podían impedirle intervenir a tiempo.

—¿Qué ha pasado?

—Un verdadero lío. Las muchachas y lady Eden han ido al baile en Drapers' Hall. Estaban emocionadísimas con sus vestidos nuevos después de trabajar todo el día.

La mente de Amos cambió de rumbo mientras la mujer seguía hablando. Aún no eran malas noticias. Drapers' Hall tenía un refugio sólido en el sótano que podía albergar a doscientas personas si era necesario.

Estaban bien de momento.

—Ajá. Pero hay un refugio seguro en Drapers' Hall. Las chicas estarán bien. ¿Puedo hablar con milady, por favor?

—No, señor —respondió la señora Mills tras unos segundos, casi al borde de las lágrimas—. Milady tampoco está.

Amos se puso de pie de un salto, derramando una taza de café sobre el escritorio.

—¿Cómo dice?

—Regresó tarde de la librería tras llevar a algunas mujeres

a sus granjas después del turno en las fábricas. Cuando vio que no había nadie en la casa, pidió al señor Kole que fuera a buscar a las chicas. Le informé que lady Eden le había dejado una nota en la bandeja de correo. Pero parece que también llegó un telegrama para el señor Kole. Ella lo encontró después de que él se fue y lo leyó por error.

—¿Qué decía ese telegrama? —Amos intentó recuperar la compostura al ver que los otros hombres lo miraban con atención. Limpió con un paño de cocina el desastre que había hecho y se dejó caer nuevamente en la silla.

—No lo sé, señor. Pero milady empalideció como un fantasma delante de mis ojos y llamó al chofer para que trajera el coche. Salió detrás del señor Kole sin decir una palabra.

—¿Fue a Drapers' Hall?

—No dijo una palabra, pero me atrevería a decir que sí. Me fue imposible detenerla, aunque lo intenté —lloriqueó la mujer.

—Ajá. Claro que lo intentó —murmuró Amos, tratando de aliviar la culpa de la mujer, sin importar lo que sucediera esa noche. La culpa de todo esto la tenía él. Desde aquella tarde en la biblioteca. Y lo sabía—. Vaya a los refugios Anderson señora Mills. Llévese a todo el personal y no olvide los botiquines, las bolsas con las máscaras de gas y las linternas. Por favor, esta noche no espere a que suenen las sirenas.

—Lo haremos, señor. Que Dios lo acompañe. —La comunicación se cortó.

Drapers' Hall. Amos miró el reloj de pared. Charlotte podría estar allí en unos veinte minutos, tal vez menos, con la luna tan brillante como estaba. Y una vez que llegara, estaría a salvo en el refugio debajo del salón. Era más seguro que los Anderson bajo la rosaleda de Holt Manor, sobre todo si los aviones se dirigían a las fábricas... Pero

¿sería peor estar en el centro de la ciudad con lo que podría avecinarse?

Se arrancó los auriculares con un gesto de furia y los lanzó contra la pared.

Se pasó una mano por el pelo y luego apoyó la otra, tensa, en la nuca. Lo que más deseaba era poder controlar de alguna manera la situación, que se perfilaba como un desastre inevitable. Si no hubiera fallado a Will tantos años atrás, si hubiera tenido solo una pizca de fe en que las cosas saldrían bien, ahora sabría qué hacer.

—Maldita sea —murmuró Patrick a su lado y alargó el brazo para darle un firme apretón en el hombro.

Amos se giró hacia él y lo vio escribiendo notas como si el lápiz ardiera en sus dedos. Patrick dijo "Gracias" con voz firme en el teléfono antes de quitarse los auriculares y deslizar la silla hacia Amos, aplastando el papel contra el escritorio frente a él.

—En Dorset han avistado una unidad *Kampfgruppe* 100. Contaron trece exploradores, todos dirigidos hacia el norte. Las señales apuntan a Coventry, aunque no siguen el camino directo… aún.

Un silencio inquietante se apoderó de la sala.

Todos pensaban lo mismo. Todos veían el mismo temor reflejado en los ojos de los demás. La verdad los invadió, silenciando el bullicio hasta que solo escucharon el tictac del reloj y los latidos acelerados de su corazón.

—Los exploradores llevan bengalas, Amos.

—Y la Luftwaffe no va a esperar al amanecer para hacer daño —admitió él; tenía una sensación de asco y quería golpear la pared con todas sus fuerzas—. Lanzarán bombas incendiarias como balizas para los aviones que vienen después. Y así continuará.

—¿Qué hacemos? —Patrick se estremeció.

Sumido en la impotencia, Amos pensó en las personas

que más le importaban, todas ellas en una línea de fuego impredecible. Y no había nada que pudiera hacer para detenerlo. Sentía la petaca en su bota, un peso frío contra la pierna. Quería maldecir el líquido ardiente que lo había controlado durante tanto tiempo y que ahora intentaba poseerlo otra vez, en el momento en que lo peor estaba por venir.

—De nuevo a los teléfonos, muchachos —ordenó, volviéndose a colocar los auriculares—. Que alguien prepare otra cafetera. Va a ser una noche larga.

Recordó aquella mañana en la catedral de San Miguel cuando el padre Howard lo había convocado. Se había sentido esperanzado al salir por las puertas hacia el sol, a pesar de lo que se avecinaba. Era la primera vez que sentía esperanzas desde Artois. Pero ¿qué podía hacer ahora? ¿Apostarse en el techo de la nave de la iglesia mientras el enemigo venía hacia él, soltando fuego desde el cielo? Amos sentía una furia y un miedo cegador que amenazaban con nublarle los sentidos.

—Patrick… —Odiaba lo que tenía que decir.

—¿Sí, Amos?

—Si recibimos confirmación de Dorset, entraremos en Alerta Amarilla de Ataque Aéreo. —Resuelto, Amos sabía lo que vendría, pero aun así, lo temía—. Cuando sepamos que el ataque es contra Coventry, prepara las sirenas para la Alerta Roja. Y tal vez sea buena idea empezar a rezar para que se nuble el cielo ahora, antes de que sea demasiado tarde.

CAPÍTULO 24

14 de noviembre de 1940
Calle Bayley
Coventry, Inglaterra

18:48

EL RENCOR NO HABRÍA SIDO SUFICIENTE PARA EMPUJAR A Charlotte a atravesar la puerta del pub.

Tampoco la ira. Ni la decepción, aunque la entristecía que sus dudas iniciales sobre Jacob Kole hubieran resultado ser ciertas. Permaneció al borde de la pista de baile durante un largo instante, observando a Eden en los brazos de Jacob, tan cerca que sus frentes casi se tocaban con cada paso de baile. Pero lo que realmente pesaba sobre Charlotte era el golpe emocional que sería para su hija lo que debía decir.

Le rompería el corazón.

—¿Eden?

La pareja se detuvo. Ambos se giraron. Jacob soltó a Eden, cuyo rostro se iluminó al ver a su madre.

—¡Mamá! ¡Has venido! —Eden tomó a Charlotte de los codos y soltó una risa leve cuando se dio cuenta de dónde estaban—. ¡Ay!... ¿qué hemos hecho? La condesa en un pub, atrapada aquí en la ciudad por los apagones.

—Me disculpo por estropearte el momento, cariño. Pero

tengo que hablar contigo. —Charlotte miró hacia Jacob, que permanecía a un lado; su rostro había adoptado un gesto de preocupación en un abrir y cerrar de ojos.

—¿Qué ha pasado? Si es sobre la hacienda…

—No se trata de la hacienda, señor Kole. Pero necesitaría unos minutos a solas con mi hija —dijo Charlotte, tajante y directa—. Si me permite…

—Por supuesto, milady —Jacob inclinó ligeramente la cabeza y retrocedió. Pero Eden lo tomó de la muñeca y deslizó su mano hasta entrelazarla con la de él, dándole un pequeño tirón para pedirle que se quedara.

—Sea lo que sea, mamá, puedes decírnoslo a ambos. Jacob se ha ganado un lugar entre nosotros. Y si se trata del caso judicial, ya sé que están avanzando. Él acaba de contarme lo peor: tiene que marcharse mañana.

—¿En serio? —Charlotte los guio hacia la privacidad del reservado de madera con paneles oscuros; luego buscó en su bolsillo. Extendió la mano; el telegrama doblado temblaba levemente entre sus dedos—. Lo siento, mi querida. Pero tal vez sea mejor que el señor Kole se vaya esta misma noche.

Eden tomó el telegrama y lo desdobló con cuidado. La desilusión se pintó en su rostro mientras leía en voz alta:

—Señor Jakob Kole… clara evidencia de dudas en la filiación del demandante… se confirma que no desciende de William Holt III, conde de Harcourt, como se menciona en los artículos de periódico fechados durante agosto de 1914… —La mirada de Eden se posó en Jacob, interrogante. El corazón de Charlotte sangraba al ver la sinceridad de su hija—. ¿Jacob? ¿Qué es esto?

Él dio un paso hacia adelante.

—He estado intentando decírtelo.

—¿Decirme qué? Porque me da la impresión de que has estado jugando para ambos bandos. —Eden intentó volver a doblar el telegrama, pero el temblor de sus manos se lo impidió. Dándose por vencida, lo arrojó sobre la mesa—. ¿Te llamas Jakob? ¿Jakob Kole, con K?

—No debería tener importancia pero la tiene. Al menos en Inglaterra. —Él suspiró, aceptando la revelación en lugar de negarla.

Eden lanzó una mirada hacia el hombre de uniforme al que había echado de la pista de baile, que aún hacía girar un vaso de cerveza en su mano mientras le dirigía miradas fulminantes desde el otro extremo de la barra.

—¿A eso se refería ese hombre cuando habló de rumores? La Guardia Nacional debe de haber investigado el asunto, porque si tu apellido se escribe con K, no importa en qué país sea, es una señal inconfundible.

—Ven, cariño. Tal vez deberíamos... —Charlotte alargó el brazo y rozó el codo de Eden. Ella rechazó el contacto y mantuvo la mirada fija en Jacob.

—¿Eres alemán? —preguntó, tajante—. Quiero saber la verdad.

—Mi familia lo era... o lo es. Pero yo soy cien por ciento estadounidense. Mi padre cambió el nombre de la empresa cuando, después de la Gran Guerra, se intensificó la animosidad hacia los alemanes y lo mantuvimos así cuando comenzó esta guerra.

—¿Y ahora cómo vamos a creerte? Los artículos en los periódicos... ¿qué significan?

—Eden, no vine aquí por eso. Y en cuanto a lo que los abogados descubrieron en Estados Unidos mientras investigaban el pasado de los Holt... no lo creí. Y no les permitiré ir más allá con sus sospechas. Por eso debo regresar, para convencerlos de que no tienen fundamento.

—¿Sospechas? Esa era tu misión desde el principio, ¿no es así? Venir a Inglaterra, sembrar dudas en mi mente para reforzar tu caso y evitar que una desconocida herede tus millones. ¿O es que no querías decírmelo porque sabes que es cierto?

Los clientes del pub se percataron de que había una tormenta en el aire cuando Eden negó con la cabeza y sus ojos se llenaron de lágrimas. Retrocedió y cruzó los brazos sobre la cintura cuando él alargó el brazo hacia ella. Pero en lugar de enfrentar a Jacob con el enojo que merecía por su traición, Eden se volvió hacia Charlotte.

—¿Y bien? Los periódicos habrán tenido motivo para publicar esos rumores sobre los Holt. ¿Es cierto? ¿Amos Darby es mi padre?

—¡Eden! —exclamó Charlotte—. ¿Cómo puedes siquiera preguntártelo?

—Para serte franca mamá, hace tiempo que me lo pregunto. Sé del libro que el señor Darby llevaba consigo la noche en que lo hirieron. Y de la foto que guardaba en la portada. También sé lo que vi entre vosotros dos aquel día en la librería. Por favor, no nos deshonres a ambas tratando de negarlo.

—Lo que viste fue inocente. Y de ninguna manera justifica que me hables así.

Jacob se movió incómodo, arrepentido por haber echado combustible a las llamas de un asunto tan privado. Con la integridad de Charlotte puesta en tela de juicio frente a su hija y cualquiera que los estuviera escuchando dentro del abarrotado pub, sabía que los rumores sobre un alemán y una hija ilegítima alimentarían los chismes durante mucho tiempo.

—¿Eden? Quédate. Yo me iré. —Jacob alargó la mano hacia ella, intentando guiarla hacia un rincón apartado—. Por favor, ve adentro a hablar de esto con milady. Cerraremos la puerta y podrán hablar con tranquilidad.

—¿No merezco una respuesta ahora? —Eden retiró su mano y dio un paso hacia atrás. Se secó las lágrimas con furia contenida, lanzando una mirada angustiada no hacia Jacob, sino hacia Charlotte—. Este telegrama revela la verdad: que Jakob Kole no es digno de confianza. Pero también revela una traición más profunda que ha existido desde el día en que nací. De la persona que siempre estuvo a mi lado, alimentando falsas historias de un romance de cuento de hadas entre mis padres y del legado de esta hacienda ruinosa que tanto hemos luchado para salvar. Y eso, mamá, es lo que me resulta tan difícil de entender.

—Por favor, deja que te explique. —Charlotte inspiró hondo para serenarse—. No conoces toda la historia.

—¡Porque nunca me la has contado!

—Todas las mujeres tienen rincones secretos en su corazón, Eden.

—Pero esto pone todo en duda, y por culpa de esos secretos mi mundo entero se desmorona. ¿Y ahora, qué? —Eden negó con la cabeza, un gesto más cargado de dolor que de reproche—. Os miro a los dos… y me doy cuenta de que no os conozco en absoluto.

—¿Eso piensas de mí? —dijo Charlotte con la voz quebrada—. ¿Eres capaz de cuestionar la integridad sobre la que hemos construido nuestra vida?

—Él te llamó *Charlie*.

—¿Y qué?

—Es un apodo que sé que no viene de tu esposo, sino del hombre al que has amado en secreto todos estos años, ocultándole la verdad incluso a tu propia hija. Y solo puedo imaginar una razón por la que una mujer respetable haría una cosa así.

—Sí. Supongo que solo hay una razón. *Lo hice por ti.*

Por el amor de una madre hacia su hija. Pero ¿cómo podía Charlotte explicarlo ahora, cuando el mayor amor que había conocido en su vida estaba frente a ella, con un precioso vestido nuevo para bailar, mirándola con el hoyuelo característico de su padre en la mejilla y unos ojos color esmeralda en los que solo había dolor y acusación? ¿Cómo explicar que cada decisión del pasado y del presente habían sido y siempre serían… por ella?

—¿Cómo sé que William Holt es mi padre?

Charlotte levantó la barbilla.

—Porque yo te lo digo. Sabes quién es tu padre y siempre lo has sabido.

—Ese es el problema —murmuró Eden, con la voz quebrada; la barbilla le temblaba bajo el peso de las emociones—. No lo sé.

La guerra siempre elegía su momento con la más cruel de las precisiones.

Las sirenas comenzaron a ulular; su agudo lamento atravesó las antiguas paredes del pub. Los bailarines se dispersaron, la música se detuvo abruptamente y la multitud se agolpó junto a los asientos para recoger sus pertenencias y salir a toda prisa.

—Ve a Drapers' Hall con los demás. Allí estarás a salvo. —Charlotte guardó el telegrama en el bolsillo y salió del reservado. Acarició la mejilla de su hija, surcada de lágrimas, con un último vestigio de esperanza—. Para que experimentes el amor más profundo tal como es, mi niña adorada, ruego que algún día lo comprendas. Hice una promesa a una persona y por eso debo irme ahora para cumplirla.

Charlotte salió a la calle, donde la luna, brillante como un reflector, proyectaba sombras largas, y huyó hacia la noche.

CAPÍTULO 25

14 de noviembre de 1940
Coventry, Inglaterra

19:16

UN MANTO DE LUZ DE LUNA RECORTABA LAS PIEDRAS IRRE-
gulares y los entramados de madera y fango donde los fondos de las tiendas de la calle Bayley daban a un callejón.

Eden atravesó la verja a toda prisa. Sus tacones resonaron sobre los adoquines cuando pasó junto a pilas de
cajas detrás de la panadería y un carro cubierto por una
lona frente a la florería. Siguió por el callejón hasta el final,
donde las ventanas traseras de la Librería Eden, oscurecidas
para el apagón, se alzaban en la penumbra. La pálida luz
plateada iluminaba la puerta trasera de la librería, adornada
con paneles color azul Francia, igual que la puerta principal
y un cartel de CERRADO. La tela negra requerida para el
oscurecimiento cubría los cristales reforzados.

—¡Las sirenas Eden! —gritó Jacob desde atrás.

—Debe de haber venido aquí —Eden maldijo sus manos
temblorosas que le entorpecían el proceso de insertar la
llave en la cerradura y girarla—. Tenemos un refugio bajo
las escaleras. ¿A dónde más podría ir?

—Milady debe de haber ido a Drapers' Hall, donde

deberíamos estar todos. O a los refugios de la calle, a cualquier lugar menos este callejón a cielo abierto.

—Pero dijo que tenía una promesa que cumplir. ¿Qué promesa puede ser, salvo su amada librería?

Jacob la alcanzó justo cuando la puerta se abría con un chirrido. El pasillo de la parte posterior de la librería estaba más oscuro que el callejón bañado por el brillo de la luna.

—¿Mamá? —dijo Eden, pero solo la recibió un silencio desolador.

—No está aquí —aseguró Jacob; la tomó de la mano e intentó llevarla hacia el sendero que conducía al frente de las tiendas de la calle Bayley—. Ven. Puedes enfadarte conmigo todo lo que quieras mañana; solo quiero estar seguro de que esta noche estés a salvo.

—No estoy enfadada… —Eden negó con la cabeza y se soltó suavemente de la mano de él, sintiendo el ardor punzante y humillante de las lágrimas. La confusión aumentaba y las sirenas, a las que ya estaban tan acostumbrados, sonaban más agudas y desesperadas por el solo hecho de que no estaban bajo tierra ni protegidos por muros de acero corrugado.

—Entonces, ¿qué pasa?

—¡Sentía algo por ti! —le espetó Eden, acercándose tanto que la puntera de sus zapatos rozó la de Jacob—. ¿Eso es lo que quieres oír? ¿Toda la verdad sobre ese telegrama? Muy bien, señor Kole con K. Me dejé llevar por cada una de tus palabras, como una tonta enamoradiza. Entre la rosaleda, los bailes y este ridículo vestido… más la promesa de salvar mi hogar. Te creí. Y quise fervorosamente confiar en ti, aunque todos mis instintos me gritaban que no lo hiciera. ¡Qué idiota fui!

Oyeron un rugido que se acercaba, un extraño zumbido aéreo que resonaba entre los edificios del callejón. Jacob levantó la mirada hacia la porción de cielo estrellado que se extendía entre los tejados y luego arrastró a Eden dentro de la librería, cerrando la puerta de golpe tras ellos. La guio por el pasillo; pasaron junto a las ventanas y se refugiaron bajo el arco de entrada a la sala de lectura.

"Seguramente sería la RAF, ¿no?"

Contuvieron la respiración en la oscuridad pegados el uno al otro, con el ancho marco contra la espalda de Eden mientras los motores zumbaban por encima de ellos.

Por los bordes de las cortinas negras se colaban rayos de luz de la luna; Jacob bajó la mirada hacia Eden, como si acabara de darse cuenta de que la tenía apretada contra él; la sujetaba con tanta fuerza que si hacía un movimiento en falso sus narices se tocarían. En el silencio aterrador, la observó con una mezcla de miedo genuino y afecto. Luego, con palpable desesperación, dejó que sus labios rozaran los de ella. En un instante, el roce se convirtió en un beso pleno, una confesión tan franca como lo habían sido las palabras de ella.

—¿Así que sentías algo por mí? —susurró Jacob, sin apartar la boca de la de ella. Al ver que no respondía, le dio un ligero apretón en la cintura para animarla a hablar—. Por favor, dime que no lo imaginé, o tendré que insistir en que me beses otra vez.

—¿Qué importa ahora? —respondió Eden con un dejo de resignación—. Si estás decidido a hundirnos a ambos.

—No. Significa… todo. —Jacob tragó con dificultad y le apartó un mechón de pelo de los ojos con un dedo que acarició su piel—. Me siento ligado a esta familia, a Coventry y a ti, en esas colinas de la hacienda por la que tanto luchas. No entiendo cómo exactamente y aún no sé por qué. Solo sé que no quiero irme sin una explicación. Enviaré un telegrama diciendo que no podemos seguir adelante. A pesar de los deseos de mi familia, haré todo lo que pueda para arreglar la situación.

—¿Qué quieres decir con que estás ligado a mi familia? ¿Por el caso judicial?

—No es solo por eso, Eden. Es… algo más. Ni siquiera yo lo he desentrañado del todo. —Negó con la cabeza, manteniendo a Eden lo suficientemente cerca como para que pudiera ver el dolor en su rostro, a pesar de la penumbra—. Es el reloj de bolsillo de Amos.

Eden dio un paso atrás.

—¿El reloj del señor Darby?

—¿Recuerdas la melodía que escuchamos en el refugio Anderson?

Ella asintió.

—¿Esa pequeña melodía? Sí, creo que sí.

—Es "Schlaf, Kindlein, Schlaf", una de las canciones de cuna de Brahms. La letra coincide con la esfera que muestra cómo giran el sol, la luna y las estrellas. Su diseño es único; una pieza inestimable, de hecho, e inconfundible. Lo sé porque he visto ese reloj y he escuchado su melodía antes, tantas veces que está grabada para siempre en mi mente.

—Pero ¿cómo puede ser si te enteraste de nuestra existencia solo por el testamento de tu padre?

—Se fabricaron solamente dos relojes como ese, prototipos para una joyería fundada por dos hermanos en Berlín en 1905. Yo tengo uno, que heredé de mi padre. No entiendo cómo es posible, pero el que mi familia creía perdido hace años está en posesión de Amos. Y si este caso avanza, no importa cuál sea el resultado para mi familia, necesito saber la verdad sobre él.

—¿Qué estás diciendo? —El corazón de Eden le retumbaba en los oídos—. ¿Crees que el señor Darby está relacionado de alguna manera con…?

Un silbido dejó el tiempo en suspenso.

La caída de una bomba partió en dos el universo que separaba las palabras de Eden de la explosión en una fracción de segundo. La presión estalló. Los cristales se hicieron añicos. Los brazos de Jacob soltaron los suyos cuando la explosión los separó y dejó la célebre librería de la calle Bayley sumida en un manto de oscuridad.

***

14 de noviembre de 1940
Calle Bayley
Coventry, Inglaterra

19:25

TROZOS CHAMUSCADOS DE PAPEL TIPOGRÁFICO FLOTABAN en el aire como una nevada sombría.

Eden yacía en el suelo con la mejilla pegada a la madera; con un fuerte zumbido en los oídos y el corazón al galope, luchaba por recuperar el sentido. El ruido aterrador de los aviones surcaba el cielo sobre su cabeza y el edificio gemía, asentándose sobre sus heridas. Levantó una mano hacia una estantería que la explosión había volcado sobre ella y el movimiento agitó una nube de polvo que se le adhirió al cabello y los hombros, llenando el aire de partículas de yeso y provocándole un ataque de tos.

Con el temor de un impacto directo que tanto temían en Coventry, los ciudadanos habían aprendido lo básico: ponerse la máscara antigás. Eden tanteó la oscuridad, buscando con desesperación su bolsa, pero se había perdido en el caos. La búsqueda no dio resultados, salvo un escozor en la piel delicada de su sien.

Llevó la mano hacia arriba y sus dedos se tiñeron de rojo. Los vio en la tenue luz que quedaba tras el apagón. La herida no debía ser grave, pues ya no sangraba tanto. Estiró el puño del vestido de pequeños lunares rojos sobre marfil para que cubriera la palma de su mano y, con un quejido, presionó la tela suave contra el corte mientras esperaba que sus ojos se adaptaran a la oscuridad. Una débil luz se filtraba desde arriba, dejando la librería cubierta de sombras que se extendían por el suelo como espectros crueles y burlones. El suelo estaba cubierto de libros. Vio ladrillos apilados, cubiertos de polvo. El relleno blancuzco de un sillón eviscerado estaba esparcido por el lugar.

Al sentir contra la espalda los paneles de madera y el viejo pomo de bronce de la puerta del refugio, dedujo que la explosión debía haberla arrojado contra las escaleras del fondo. Así de rápido. Y entonces, los recuerdos la golpearon. No había estado sola en la librería esta vez.

Esta vez eran dos.

—¿Jacob? —La voz se le quebró por el esfuerzo.

Siguieron unos desesperantes segundos de silencio. Luego la tienda se vio invadida de ruidos extraños donde debería haber estado la voz de él.

Una serie de explosiones sacudió las calles, no muy lejos de allí, a juzgar por el temblor bajo su cuerpo. El ruido de las sirenas antiaéreas y el distante gemido de los camiones de bomberos que advertían que el AFS local había sido desplegado se combinaban con el extraño crepitar de algo que bien podría ser las temidas fugas de gas.

Los aviones de Hitler habían llegado para castigar a Coventry. Y esta vez el castigo sería duro.

—¿Jacob? —volvió a gritar Eden con voz más fuerte esta vez. Empujó la estantería con el hombro en un esfuerzo desesperado por moverla—. ¡Jacob Kole, contéstame!

"Cava". La mente de Eden no articulaba otra palabra que esa: *cava*.

El libro más cercano en el montón de escombros resultó ser *Muerte en el Nilo*, una novela de Agatha Christie que seguía vendiéndose bien. Eden lo apartó de un manotazo y le siguieron obras de Orwell... Tolkien... Faulkner... y el paisaje rural verde y rojizo de *Distrito del Sur*. *Un paisaje inglés*, de Winifred Holtby, apenas reconocible con su cubierta hecha trizas.

La mezcla de nombres indicaba que la sección de novelas más vendidas en el frente de la librería debía de haber sido dañada. Y un marco quebrado con una foto que mostraba a su madre sonriente en las carreras hípicas de Coventry años atrás confirmaba que también el mosaico de fotografías de la pared de la sala de lectura había sufrido estragos; había trozos de yeso con restos de empapelado verde azulado por todo el lugar.

Eden se puso de rodillas, pensando en arrastrarse para salir. Pero volvió a desplomarse, gritando, cuando los escombros se le hundieron en las palmas y le lastimaron las rodillas desnudas bajo el dobladillo de su vestido.

—¡Charlotte! —Un grito resonó desde la calle: un alma bendita dispuesta a ayudar. El hombre volvió a gritar—: ¡Charlotte! —Esta vez con más fuerza; se oyó el ruido de cascotes y escombros que caían.

—¡Estoy aquí! —respondió Eden.

—¿Lady Eden? —Una pausa, y luego... —¿Es usted?

—¡Sí! Estoy aquí. —Eden arrojó un libro desde debajo de la estantería, con la esperanza de que guiara al rescatista hacia el sitio donde cavar—. ¡Junto a las escaleras de atrás!

—No se mueva. La sacaré de allí.

Siguió una serie de estruendos, como de cristal haciéndose añicos contra el suelo de baldosas negras y blancas de la entrada. Eden se levantó de nuevo, esta vez evitando la trampa de escombros, y se estiró para mirar hacia afuera, esperando confirmar su ubicación al hombre que se adentraba en la oscuridad. Pero su rescatista quedó olvidado en el instante en que sus ojos se adaptaron al peso de la realidad que la rodeaba.

La mitad de la Librería Eden... había desaparecido.

En lugar de la imponente bóveda de madera del techo, vio que el esqueleto de los pisos superiores se había desmoronado sobre la amada librería de su madre, dejando únicamente un parpadeante cielo estrellado a la vista. Los edificios vecinos también parecían dañados; la luz plateada de la luna delineaba paredes de madera de la época medieval expuestas a la intemperie. El resplandor naranja de incendios iluminaba el horizonte a lo lejos. Los haces de los reflectores cortaban el cielo con movimientos inquietantes, vigilados por una luna llena resplandeciente que, en esa noche apacible, sin duda había guiado a los aviones alemanes directamente hasta ellos.

—Aquí estoy lady Eden. —Apareció un brazo y una mano se abrió camino hasta el hueco debajo de la estantería.

Esa voz...

Cuando Eden no se movió para tomar su mano, él la agitó.

—Deprisa... antes de que llegue el próximo avión.

Eden tomó su mano y se apoyó en su fuerza mientras él la sacaba de allí. Si el estado de la librería había sido un golpe para ella, la identidad de su salvador fue otro, pues a la luz de la luna, vio que no era el rostro de un desconocido, sino del hombre de barba cobriza salpicada de canas y facciones marcadas por cicatrices: su viejo enemigo, el hombre que durante años había convertido la vida de su madre en una competencia amarga y agotadora.

Y ahora, al mirarlo, con mil preguntas en su interior, Eden pensó: "¿Es mi padre?".

El señor Darby estaba frente a ella, con el cabello alborotado por el viento; respiraba agitadamente como si hubiera corrido todo el camino por la calle Bayley casi sin poder imaginar que alguien seguía vivo bajo esos muros derrumbados. Decían que nunca sonreía. Sin embargo, Eden recordaba aquel día en la hacienda cuando caminaba junto a su madre y vio las líneas de expresión en el borde de sus ojos que delataban un pasado más amable. Y lo que era aún más raro para un hombre que se había aislado del mundo para evitar que la gente susurrara y mirara las cicatrices que le había dejado la Gran Guerra, esos mismos ojos miraban ahora a Eden con preocupación genuina.

—¿Puede ponerse de pie?

La voz sonaba tan clara ahora. ¿Cómo no se había percatado de que era el señor Darby cuando oyó el primer grito?

—Creo que sí. —Lo intentó. Se aferró a él y esperó que sus tacones se estabilizaran sobre los escombros.

Él asintió pero mantuvo una mano firme en su codo mientras ella se esforzaba por conservar el equilibrio. Luego dirigió su atención al cielo; con la mirada fija en lo alto, la guio hacia la abertura donde habían estado las ventanas de la tienda; las cortinas de oscurecimiento eran ahora una alfombra sobre los cristales rotos.

—Vamos —dijo, mientras las sirenas aullaban en la calle desierta—. Será mejor que salgamos de aquí.

Eden apenas comprendía dónde quería llevarla, pero cerró la mano alrededor de la solapa de cordero de su chaqueta y sujetó con fuerza, suplicándole que regresara.

—¡No puedo! No puedo sin…

—Entonces, ¿milady está adentro? —El señor Darby frenó en seco y la atravesó con la mirada, como si la respuesta lo aterrorizara.

—No. —Eden negó con la cabeza—. Pero Jacob sí.

—¿Me está diciendo que su muchacho está allí dentro?

Eden lo miró, sin corregir la presunción de que Jacob le pertenecía. No era así. Pero lo único que importaba ahora era encontrarlo… vivo.

—Un momento… ¿está herida? —El señor Darby debió de ver la sangre, porque la tomó de la barbilla y giró su cara hacia la luna para inspeccionar su perfil. Soltó un suspiro y dijo—: No es grave. Pero deje que la saque de aquí. Lady Harcourt querría que un médico atendiera a su hija. Le prometo que volveré enseguida a buscar a Jacob.

—No, no puedo dejarlo. Tengo que decirle que lo que sucedió entre nosotros... no importa. ¡Por favor señor Darby! ¿Me ayuda?

A pesar de su dureza habitual, él no discutió. Ni hizo preguntas. Solo asintió.

—Ajá. Entonces, saquémoslo de aquí. —Amos extrajo un pañuelo del bolsillo de la chaqueta, se tocó la sien y se lo entregó a Eden—. ¿Dónde dice que estaba?

Eden presionó el pañuelo contra su herida y señaló hacia la parte trasera de la tienda.

—Allí. Por la puerta de atrás, junto a la sala de lectura.

—¡Jacob, muchacho! —gritó el señor Darby, ahuecando la mano junto a su boca mientras se adentraban en la librería—. ¡Quédate donde estás! ¡Estamos yendo a buscarte!

—¡Jacob! —gritó Eden, escudriñando los escombros en busca de algún movimiento.

Hombro con hombro, avanzaron sorteando maderas y escombros que habían caído desde los edificios vecinos. Buscaron debajo de vigas y alrededor de estanterías caídas. Cuanto más se adentraban en la librería peor era lo que encontraban.

—Cuidado con eso. —Amos señaló un tramo peligroso—. ¿Y las muchachas? ¿Y Alec? —preguntó.

Eden evitó el fragmento de metal dentado que podría haberle cortado el tobillo.

—No están aquí.

—¿Está segura?

—Sí. Deben de haber guiado a la gente al refugio de Drapers' Hall. Las muchachas están entrenadas para ayudar a los demás y lo hacen muy bien.

—Entonces son cuatro las personas a las que no es necesario buscar. —El señor Darby se detuvo y la miró con esa intensidad que casi la perforaba—. ¿Y lady Harcourt?

—No... —Eden negó con la cabeza—. No sé dónde está mi madre.

—¿Cómo que no lo sabe? Llamé a Holt Manor. Me dijeron que había ido a Drapers' Hall. ¿No estaba allí con usted?

—No. Cancelaron el baile.

—¿Estaba aquí, entonces? —Amos tensó el puño contra la estantería que estaba moviendo—. Su madre siempre está en la tienda después de cerrar. Siempre.

—Lo estaba, sí. Pero fue a buscarnos al pub. —Eden se llevó la mano a la sien, intentando ordenar sus pensamientos. No era fácil después de que las bombas habían destrozado su mundo—. Y después... no lo sé.

—¡Piense! Tiene que recordar. Seguro dijo algo.

Reconstruir los fragmentos de esa noche en el pub Lion's Gate era revivir lo mal que había salido todo. Mientras el telegrama exponía su dolorosa verdad y las sirenas ululaban, las advertencias de una madre exaltada habían escalado hasta convertirse en la fuerte discusión que madre e hija finalmente tuvieron.

¿Cómo podía Eden decirle que, en medio del caos, se habían separado?

"Y en malos términos".

Por eso estaba aquí ahora. Aturdida. Su cabeza pulsaba, castigándola con cada latido frenético de su corazón mientras buscaban a Jacob. Intentó desenmarañar lo ocurrido bajo la mirada implacable del señor Darby.

—Mamá no habría vuelto a la tienda, no después de lo que pasó esta noche.

Aliviado por un momento, él volvió a apartar escombros.

—¿Qué fue lo que pasó?

—Nada. O algo, sí. Estaba enfadada. Yo también. Dijimos

cosas… —"Cosas de las cuales no podemos retractarnos".
Eden se ocultó detrás del pañuelo y apartó la cara en un
esfuerzo por no llorar delante del hombre que, sin quererlo,
la había dejado al borde de las lágrimas—. Sé sobre Jacob.
Sobre su familia. Su pasado… Ella vino a advertirme. Me
avergüenzo de lo que hice. Y de lo que dije.

Amos asintió. Parecía apenado, pero no sorprendido.

—Lo único que sé es que dijo que tenía una promesa que
cumplir y se marchó.

—¿Una promesa? —Él miró hacia ambos lados de la
calle; en la distancia, las bombas hacían temblar el suelo—.
¿En medio de una Alerta Roja de Ataque Aéreo?

—Sí, justo cuando empezaron a sonar las sirenas. Podría
estar en cualquier lado.

—Entiendo. —El señor Darby aceptó la explicación,
aunque algo pareció encenderse en su rostro. Se quitó la
chaqueta, la arrojó a un lado y se enrolló las mangas de la
camisa. Con renovada intensidad, apartó los escombros
más rápido, como si una criatura dormida se hubiera liberado en su interior y él estuviera dispuesto a desafiar a toda
la Luftwaffe para alimentarla.

Cruzaron la arcada de la sala de lectura; la pared del
fondo también había sido destruida. Solo quedaba una línea irregular recortada contra el cielo. Desde allí se veía el
tejado de Drapers' Hall contra la luz de las llamas que se elevaban en la distancia, un horrendo resplandor naranja que
consumía los alrededores de la amada catedral de Coventry.

—¡Ay, no…! —Eden miraba cómo el fuego arrasaba el
centro medieval—. ¿Dieron a la catedral de San Miguel?

—Con bombas incendiarias —Amos señaló hacia la calle St Mary—. Nos llegó el aviso de que el padre Howard
había llamado a la guardia contra incendios para que ayu-
daran a apagar el fuego del techo de la nave. Un escuadrón
de exploradores atacó la calle Radford y otro destruyó la

calle Bayley y lanzó bombas aquí. Ahí fue cuando supe que debía venir.

Por supuesto. El Centro de Control e Información sobre Ataques Aéreos de la calle St Mary se habría enterado antes que nadie de dónde habían explotado las bombas y habrían coordinado inmediatamente una respuesta de emergencia. El señor Darby debió de haberse enterado y luego habría corrido hasta la otra calle cuando escuchó que las librerías estaban en la línea de fuego.

—Entonces fue un ataque a gran escala.

—Ajá. No habíamos visto nada así hasta ahora. Y si el viento cambia... —El señor Darby se inclinó hacia adelante y señaló unas luces movedizas que Eden no había visto hasta ese momento: extraños candelabros de luces que flotaban como fantasmas en el cielo—. Mire... allí.

—¿Qué...? ¿Esas luces?

—Son bengalas.

Eden exhaló un suspiro tembloroso.

—Que Dios nos ampare.

—Entre los incendios y las minas lanzadas en paracaídas, lo que queda de estos tejados no tardará en desmoronarse. Y cuando caigan las bombas incendiarias, se encenderán fuegos. La Luftwaffe seguirá esas balizas para saber dónde golpear después.

Eden asintió; comprendía. Tendrían solo unos minutos para llevar a los sobrevivientes a un sitio seguro antes de que la próxima oleada de bombas cayera sobre sus cabezas.

—Espere... —Lo detuvo con una mano en su brazo—. ¿Escuchó eso?

Un ruido seco, una sacudida y las piedras de la chimenea se desplomaron desde un montón de escombros. Luego, en medio del caos, emergió un gemido débil.

—¡Allí! —Eden avanzó hacia una sección rota de la pared de la sala de lectura que había caído sobre la chimenea, dejando al descubierto un puño ensangrentado que asomaba desde el muro caído—. ¡Jacob!

El terror y el júbilo colisionaron en su interior y Eden cayó de rodillas bajo su propio peso. El pañuelo pasó al olvido; cayó al suelo cuando ella empezó a cavar entre los escombros. A su lado el señor Darby trabajaba con igual frenesí, logrando liberar la mano con el destello inconfundible del sello de la familia Kole grabado en los gemelos dorados.

—¡Te encontramos! —sollozó Eden, aferrando la mano de Jacob mientras con la otra seguía cavando—. Todo va a estar bien.

El señor Darby retiró ladrillos de los hombros y el cuello de Jacob, pero ambos retrocedieron cuando un chorro de sangre le manchó el cuello de la camisa. El señor Darby lanzó una mirada de advertencia a Eden que enseguida comprendió. Mientras él sacaba una petaca de su bota y vertía líquido sobre la herida, Eden rasgó una tira de tela de su falda para hacer presión.

—¡Aquí, muchachos! —gritó Darby, agitando un brazo para llamar la atención de los camilleros de la Brigada de Ambulancias que avanzaban por la calle—. ¡Por aquí! ¡Tenemos otro!

Una aterradora película en cámara lenta se desarrollaba delante de Eden: hombres desconocidos trabajaban en conjunto, moviendo escombros, gritando órdenes; las brigadas de bomberos pasaban corriendo por la calle, lanzando miradas nerviosas al cielo mientras las bombas seguían sacudiendo la tierra. Se puso a trabajar con ellos hasta que los rescatistas desenterraron el cuerpo inerte y cubierto de yeso del hijo del joyero alemán. Solo entonces se dio cuenta de que había estado conteniendo el aliento.

—A la cuenta de tres… —Amos pasó los brazos bajo los hombros de Jacob y, juntos, los hombres lo levantaron hasta la camilla de lona—. ¡Dense prisa! Pongámonos en marcha antes de que vuelvan los aviones.

Eden se mantuvo cerca mientras levantaban la camilla con manos fuertes y llevaban a Jacob hasta la ambulancia que esperaba.

Una duda la detuvo antes de subir con él. Se giró hacia el señor Darby, que estaba sacudiéndose el polvo de la chaqueta en el umbral de la librería. Quería preguntarle qué haría ahora, adónde iría… Si seguiría hacia la catedral o buscaría a su madre. Si, por algún milagro, tuvieran todo el tiempo del mundo, quería la respuesta a esa única pregunta que ardía en su interior antes de que fuera demasiado tarde y corriera el riesgo de perder también a otro padre.

Él pareció comprender que ella no podía marcharse sin alguna certeza y se acercó a las puertas traseras de la ambulancia.

—Tome, aquí tiene. —Le cubrió los hombros con la chaqueta. Solo entonces Eden se dio cuenta de que estaba temblando. ¿De frío o de miedo?—. Vaya con ellos. Será más seguro refugiarse en el hospital. Le haré saber a lady Harcourt adónde han ido tan pronto como pueda.

La emoción quebró la voz de Eden cuando preguntó:

—¿Sabe dónde está mi madre?

—Sí, creo que sí. Y la encontraré, se lo prometo.

Eden tragó con fuerza y, para su propia sorpresa, le ofreció la mano a ese hombre que había sido su enemigo durante tanto tiempo. El señor Darby vaciló solo un instante, mirando su palma como si deliberara. Luego, con cuidado, extendió su mano derecha y se la estrechó.

—Señor Darby, no sé cómo… —murmuró Eden, envolviendo los dedos ásperos y llenos de cicatrices de él en la suavidad de los suyos—. Gracias. Esta noche estamos en deuda con usted. Otra vez.

Él asintió. Un único movimiento de la cabeza.

Un gesto que parecía comprensivo, profundamente *humano*. Con una autenticidad que, en un instante, enterraba las disputas de años entre las librerías rivales y también las preguntas sin respuesta del pasado. Eden no comprendía cómo el señor Darby, siendo un alma tan atormentada, podía entenderla, pero de algún modo, allí, delante de las ruinas de la tienda amada por su madre, parecía hacerlo. Y si algo había aprendido Eden en las últimas semanas era a mirar más allá de las apariencias, hasta lo profundo de un alma, y ahora sabía por qué.

—¿Señorita? ¡Debemos darnos prisa!

Con la urgencia del conductor de la ambulancia, Eden subió al asiento metálico, acomodó sus rodillas magulladas junto al camastro y tomó la mano de Jacob entre las suyas. Le dedicó una última sonrisa esperanzadora al señor Darby mientras los hombres cerraban las puertas.

—¡Espere, por favor! —Darby detuvo la puerta metálica con tanta fuerza que los hombres no pudieron ignorarlo. Mirando a Eden dijo, angustiado—: hoy es 14 de noviembre.

Eden dio un respingo; el corazón le dio un vuelco... "Esa fecha".

¿Cómo podía habérsele pasado por completo una fecha tan amarga y a la vez tan importante para su familia? La misma que estaba grabada en la lápida de un padre al que Eden nunca había conocido, en su tumba junto al invernadero de la rosaleda, escondida en la propiedad familiar.

—Sí. Con todo esto, lo había olvidado.

—Es el día en que murió su padre.

Eden exhaló lentamente, casi aterrada por tener que pedirle una explicación.

—¿Y cómo lo sabe usted, señor?

—Lo sé porque yo estaba con él. —El señor Darby apoyó las manos sobre la cadera con un suspiro profundo, y se miró las botas, como rindiéndose a un tormento oculto—.

Lady Harcourt prometió que siempre encendería una vela en la catedral el día en que murió su esposo. Para mantener vivo su recuerdo.

Eden miró desde el otro lado de la calle al señor Darby, el enemigo de siempre, y supo que no quedaban palabras por decir.

Era muy posible que lady Charlotte Holt, condesa de Harcourt, hubiese sido víctima del bombardeo. Lo que significaba que —salvo que hubiera intervenido la Divina Providencia— ambos padres de Eden habrían muerto el mismo día.

CAPÍTULO 26

4 de noviembre de 1915
El frente occidental
Cerca de Artois, en Francia

AMOS NO LOGRABA ENTENDER POR QUÉ, SI ESTABA muerto, un martillo neumático del más allá le estaba taladrando el cráneo desde dentro. Gruñó y se llevó una mano hacia el punto de dolor en la parte posterior de su cabeza; abrió apenas los párpados cuando sintió que alguien lo detenía.

—No la toques —ordenó una voz grave y seria—. Es una herida de metralla.

Amos miró hacia las sombras y reconoció a Will tumbado junto a él en el suelo, con la cara contra la madera, como si los hubieran arrojado allí sin miramientos.

—Pensé que era una bala...

—Shh. —Will se llevó un dedo a los labios, interrumpiendo la frase, y señaló el otro lado de la habitación. Dos figuras con abrigos largos se recortaban contra la penumbra, de espaldas a ellos, vigilando desde ambos lados de una abertura que parecía una ventana.

Debería haber sido un consuelo darse cuenta de que ni él ni Will habían muerto... todavía. Pero por la inconfundible forma redondeada de los *Stalhelms,* los cascos nazis de acero sobre sus cabezas, quedaba claro que habían despertado en un nido de francotiradores alemanes. Y si los había capturado el enemigo, su destino podía ser peor que una muerte rápida. Ningún soldado deseaba el estatus de prisionero de guerra cuando significaba estar en un campo con condiciones deplorables, hambriento, y viviendo cada día con la tensión de saber que algún soldado alemán podía decidir volarle los sesos.

—No saben que estamos conscientes —susurró Will; su aliento formó una pequeña nube de polvo de yeso contra el suelo—. Quédate quieto como un muerto.

Amos asintió de manera casi imperceptible.

Evaluó rápidamente la situación tratando de no moverse. Era de noche y el aire frío que entraba por la ventana rota calaba los huesos. No podía saber si estaban en la planta baja o en un piso superior; no había escaleras a la vista, solo una puerta cerrada y un empapelado en la pared hecho jirones. No veía muebles ni más hombres. Solo dos francotiradores enemigos y el esqueleto de un edificio abandonado. Imposible saber qué sucedía afuera.

El sonido de una conversación rompió el silencio: palabras en alemán pronunciadas en voz baja, pero vehementes y tensas.

Los dos francotiradores estaban discutiendo. Al menos entendía eso, aunque su falta de educación lo frustraba. Al mirar a Will, se dio cuenta de que él sí los entendía. Su atención iba de los hombres a Amos y viceversa, mientras escuchaba e interpretaba cada palabra.

—¿Sabe lo que están diciendo?

Will asintió apenas.

—Discuten sobre a cuál de los dos van a matar.

—Ah, vaya. Mejor no haber preguntado.

Amos supuso que habían retomado la costumbre de decirse mutuamente la verdad.

Si el destino o la Providencia los había arrojado juntos, no serviría de nada endulzar la verdad. Como mínimo, eso era algo que Amos valoraba. Sin embargo, significaba que, como capitán, Will era el oficial de mayor rango y, por lo tanto, el más valioso. Y si alguien iba a tener que enfrentarse a un pelotón de fusilamiento, sería el sargento de apoyo logístico.

—¿Por qué no nos mataron en el puente?

—Para usarnos como intercambio de prisioneros, tal vez. —Will negó con la cabeza, un leve movimiento de la mandíbula contra el suelo—. Pero hoy nadie va a morir si puedo evitarlo. Así que mantendrás la boca cerrada. Pase lo que pase. Diga lo que diga. ¿Entendido, sargento?

Hizo una pausa antes de añadir con firmeza:

—Es una orden.

—Ajá —respondió Amos entre dientes.

Will gritó algo en alemán sin previo aviso, lo que llamó la atención de sus captores. Amos miró con incredulidad primero a Will y luego a los francotiradores; uno de ellos se acercó con el fusil levantado.

—¿Se ha vuelto loco? —murmuró Amos, arrastrándose con dificultad hacia atrás al ver que el cañón del arma se les acercaba—. ¿Qué hace?

Will soltó otra ráfaga de palabras en alemán, una diatriba tan furiosa que le caían gotas de saliva de su labio inferior. Amos solo reconoció una palabra: *Holt*.

De pronto, el alemán pateó el rostro de Will, que gruñó y escupió sangre en el suelo. Amos rodó de lado, agradecido de que le funcionaran las piernas, aunque no tenía idea del estado de su cuerpo. Trató de proteger a Will con su torso, lo que le valió una patada en el abdomen que lo hizo lagrimear y doblarse. Antes de que pudiera recuperarse del golpe, lo levantaron del cuello del uniforme; desorientado como estaba, apenas logró afirmar las botas en el suelo.

El alemán gritó algo que Amos no entendió; Will seguía tosiendo sangre detrás de ellos.

—No entiendo lo que… —Amos negó desesperadamente con la cabeza. Apenas había logrado leer a los poetas alemanes y entendía solo los rudimentos del idioma—. No hablo alemán.

El soldado le arrancó el cinturón, que cayó con estruendo. Acto seguido, le arrancó también la chaqueta, haciendo que los botones rebotaran contra la madera. Vació sus bolsillos y lo empujó de rodillas; luego levantaron a Will y lo obligaron a adoptar la misma posición. Ambos quedaron de rodillas frente a muchos objetos esparcidos en el suelo: municiones, la funda de una cantimplora, el reloj de bolsillo, el encendedor de Will, hecho con un casquillo de bala calibre 303, y un libro gastado que ambos conocían demasiado bien.

Amos miró a Will de reojo y vio que se tambaleaba, como si estuviera luchando por no desplomarse hacia adelante.

"Pobre tonto". La sangre corría como un río desde su nariz rota; luchaba por enfocar la mirada, pero el dolor le impedía ver con claridad. Amos se inclinó apenas para que el hombro de Will pudiera apoyarse en su espalda si llegaba a desmayarse.

El alemán lanzó una orden. Levantó el rifle apuntando a ambos. Despacio, Will alzó las manos y las llevó detrás de su cabeza.

—Manos arriba —murmuró a Amos. El cabello le cayó sobre la frente cuando se incorporó y dirigió una mirada desafiante a los alemanes—. Parece que están algo molestos con nosotros.

—No me diga —replicó Amos, imitándolo y entrelazando las manos detrás de la cabeza—. ¿Qué ha hecho? ¿Ha insultado a sus madres o algo así? Podría haberlo convencido de no hablar, si lo que dijo provocó todo esto.

El soldado alemán se detuvo delante de ellos y, con la

punta del fusil, revolvió los objetos. Dijo algo en alemán al francotirador que vigilaba desde la ventana, luego golpeó el reloj de bolsillo con el cañón del arma antes de detenerse en la novela de Dickens. Apoyó el fusil sobre sus muslos, levantó el libro y abrió la portada.

La foto cayó al suelo, flotando frente a las rodillas de ambos.

Will tuvo que haberla visto, claramente, antes de que el alemán la recogiera y se la mostrara al otro francotirador, posicionado bajo un tenue rayo de luz de luna cerca de la ventana.

—¿Qué están diciendo? —murmuró Amos.

—El que le gusta patear está… haciendo comentarios lascivos… —Will resopló, luchando por respirar; la sangre le goteaba de la barbilla— sobre mi bella esposa.

—Will…

—Que te calles he dicho.

"Este no podía ser el final". No así. No con Will desfigurado y con el corazón hecho añicos tras ver la foto de Charlotte. Existía una sola razón por la que podía estar allí. Amos merecía ese puntapié. Él debería haber cargado con toda la furia de los francotiradores. Tendría que haber quemado ese libro hace tiempo y dejado atrás todos los recuerdos de Coventry antes de destrozar más vidas.

Tragó con fuerza mientras escuchaba cómo los francotiradores debatían sobre el libro abierto.

—¿Qué está diciendo el otro?

—Le está diciendo al que le gusta patear… que somos oficiales. —Will hizo una pausa para escupir sangre, y se secó la barbilla contra el hombro—. Y que muestre un poco de… respeto.

Amos giró la cabeza y vio a Will erguido en la oscuridad, con la mirada al frente. Como si no estuvieran en una Francia devastada por la guerra sino en el comedor de Holt

Manor y del otro lado del salón estuviera Charlotte. Y a pesar de todo lo que se había roto entre ellos, Will Holt hizo lo que Amos menos esperaba: sonrió.

—Si tienen que matarnos —dijo Will con voz ronca, entre accesos de tos—, me gustaría que fuera ese quien apretara el gatillo.

—Ajá —respondió Amos, sin entender por qué le ardían los ojos de emoción; con expresión estoica, le devolvió la sonrisa—. A mí también.

La melodía de un reloj cortó el silencio.

Los francotiradores levantaron la mirada y la fijaron en ellos y en el reloj.

Desde un rincón oscuro detrás de ellos, se escucharon pasos. Fuertes. Rítmicos. Lentos. Una voz dio una orden en alemán, tan cortante que cerró de inmediato las bocas de los francotiradores junto a la ventana.

—Te lo dije, Amos. No quería volver a verte en esta guerra.

Amos vio cómo la figura rodeaba a Will, se detenía frente a ellos y se ponía de rodillas: otro francotirador. Reconoció el rostro que lo miraba a los ojos, esta vez con más frialdad que en Navidad.

—Estoy muy decepcionado por el hecho de que eligiera no escucharme.

—Ajá —respondió Amos con voz firme, ignorando la mirada atónita de Will, que lo observaba de reojo, preguntándose qué demonios estaba pasando—. No reconocí a los otros dos, Frank, pero esperaba que estuviera rondando por aquí.

—Llámeme *Hauptmann,* o sea capitán. —Frank recogió el reloj y la cadena—. Veo que lo ha cuidado bien.

—Y a mí llámeme sargento. Entonces, ¿está buscando a Toreador?

—*Nein.* Está afuera, a salvo. —Frank bajó la vista al reloj, levantó la tapa despacio y contempló la esfera antes de continuar—: Pero ya que somos viejos amigos, me gustaría pensar que podemos ser sinceros el uno con el otro.

Si Will estaba sorprendido, no lo demostraba; mantenía la vista al frente.

—¿Sobre qué? —respondió Amos.

—Quizá pueda explicarme por qué el capitán está intentando convencer a mis camaradas de que usted es el oficial superior y no él. Y ha usado el nombre en la portada de ese libro como prueba.

Amos miró rápidamente a Will, cuyos ojos acerados no negaban nada.

—Siento curiosidad, sargento, por saber por qué el capitán Holt querría salvar su vida en lugar de la propia.

***

15 de noviembre de 1940
Calle Bayley
Coventry, Inglaterra

10:44

LOS HABITANTES DE COVENTRY DEAMBULABAN ENTRE cortinas de humo como fantasmas en la niebla. La estructura de la catedral de San Miguel seguía humeando, aunque habían pasado cuatro horas desde que se había dado el aviso de que habían cesado los ataques. Amos avanzaba con dificultad por la calle Bayley, con el fusil colgado de la espalda, sorteando montículos de escombros, ruinas humeantes y restos de edificios desmembrados; con los últimos restos de energía que le quedaban, cargaba el estuche de un violonchelo. Pasó junto a Drapers' Hall y vio cómo los rescatistas subían cuerpos cubiertos con mantas a las camillas de lona. Era un milagro que el edificio hubiera sobrevivido; en toda la calle, las cuadrillas del AFS apagaban incendios en los restos esqueléticos de las tiendas.

Todo se fundía en una misma escena: los heridos, los maltrechos, los aturdidos que aún emergían de refugios y sótanos solo para descubrir que su ciudad estaba devastada.

Con cada paso, Amos rezaba para encontrar a Charlotte entre ellos.

Durante toda la noche, mientras las llamas consumían la catedral, había ayudado a combatir el fuego, que ardía con tanta furia que los ladrillos de arenisca brillaban como lava. Participó en búsquedas entre las ruinas bombardeadas, cargó heridos y desenterró el macabro despliegue de muertos: amigos, vecinos, tenderos, desconocidos, incluso almas desafortunadas que reconocía de la fila del té. Había revisado cada rincón de los escombros en la Librería Eden dos veces, solo para encontrar montones de libros y el amado violonchelo de Charlotte como únicos sobrevivientes.

Sintió algo de alivio al encontrar a Flo y a Alec, conmocionados pero vivos, en el refugio de Drapers' Hall. Aun mientras revisaba los refugios por toda la calle y las listas de fallecidos comenzaron a pegarse en las paredes del ayuntamiento, se mantuvo esperanzado. Rezaba, rebelándose contra la inquietud que le retorcía las entrañas y le decía que si no recibía en la calle noticias de que Charlotte estaba con vida, no habría ningún otro sitio adónde ir salvo a casa.

Alcanzó a ver la fachada de ladrillo rojo de Novelas Waverly desde lejos, cuyo techo todavía estaba en pie a pesar de los daños. Bajo su sombra, algunos residentes habían colocado las mesas de madera de la tienda para servir té.

Amos se unió a la fila, junto a otros rostros aturdidos y cubiertos de hollín. La fila avanzaba con la velocidad de siempre: las manos aceptaban tazas y platitos de juegos diferentes y cuencos con panecillos calientes que humeaban en el aire frío de la mañana.

Ginny Brewster, una niña con un suéter remendado y un delantal manchado de ceniza, llenaba las tazas con una tetera. Fue entonces cuando Amos creyó que su mente le jugaba una mala pasada por la falta de sueño: entre las mesas divisó un destello de cabello dorado.

Se estiró para mirar por encima del caos de la calle con el corazón al galope.

Y allí estaba.

"Viva". Y hermosa como siempre, igual que en la foto que le había dado tiempo atrás.

Charlotte caminaba por la acera delante de Novelas Waverley, mostrando algo... ¿una foto?... a cualquiera que quisiera escucharla. Tenía una mancha de sangre en su delicada blusa color marfil, el cabello desordenado recogido detrás de las orejas y las mejillas y la falda azul manchadas con ceniza. Reconfortó a una mujer con una taza de té y le cubrió los hombros con la manta; luego se inclinó delante de un niñito con pantalones cortos, calcetines hasta la rodilla y una chaqueta escocesa abotonada para protegerse del frío. Agitó el osito de peluche que él había dejado caer y se lo ofreció con una mano extendida. El niño lo abrazó antes de seguir andando junto a su madre.

Una sensación de júbilo invadió a Amos al verla; se quedó mirándola, limitándose a respirar y dejar que las lágrimas le nublaran los ojos durante unos segundos antes de hablar. Antes de que ella volviera a desaparecer de su vista.

—¡Charlie! —gritó a voz en cuello desde el fondo de la fila.

Algunas personas se giraron para mirarlo con preocupación, sobresaltadas tras los sucesos traumatizantes de las últimas horas.

—¡Charlie! —bramó otra vez, sin que le importaran las miradas. Salió de la fila hacia la calle destrozada.

Apoyó el violonchelo sobre una pila de ladrillos y esperó.

Observó cómo Charlotte buscaba el origen de la voz. Cuando lo encontró, sus miradas se entrelazaron.

Las lágrimas le nublaron la vista, igual que a Amos cuando comprendió que no era un espejismo sino que realmente se habían encontrado el uno al otro en el caos. Charlotte abandonó la fila, esquivó la mesa y echó a correr hacia él a toda la velocidad que le permitían su falda estrecha y la necesidad de sortear los obstáculos en el camino.

Esta vez no hubo pasado que los detuviera ni remordimientos que los separaran. Corrieron el uno hacia el otro hasta fundirse en un abrazo.

"¿Eres real?", se preguntó cuando Charlotte cayó contra él y lo aferró con fuerza mientras la levantaba en el aire.

Amos enterró la cara en su cabello y lloró contra su cuello. Llevó una mano surcada de cicatrices a la nuca de ella y la apretó contra él, agradeciendo al cielo con cada aliento por tenerla de nuevo entre sus brazos, viva y entera.

—¡Te busqué toda la noche! ¡Toda la mañana!

—¡Yo también! —exclamó ella—. Encontré una foto tuya en tu tienda. He recorrido la calle cien veces, preguntando si alguien te había visto...

Amos no sentía vergüenza de murmurar palabras entre lágrimas contra su oído. Ni de temblar mientras la abrazaba. Ni de besarla con desesperación hasta que pudo reunir fuerzas para volver a hablar.

—Que Dios me perdone, pero estuve a punto de darme por vencido.

—Yo también. Pensé... —Charlotte negó con la cabeza y hundió la frente contra el cuello de él—. No importa lo que pensé.

Amos se apartó un poco al recordar.

—¿Eden? ¿Jacob?

—Están bien. Ambos están bien —respondió Charlotte, con los ojos húmedos—. A Jacob lo llevaron al mismo hospital donde te llevaron a ti después del accidente del avión. Allí los encontré. Apenas dieron el aviso del fin del ataque esta mañana, revisé primero los hospitales. Eden me contó que los salvaste. Que los sacaste de entre los escombros y fuiste a la catedral. Ardió toda la noche… no podía llegar hasta ti. Tuve que quedarme mirando el reloj y sintiendo el impacto de las bombas en la calle, sabiendo que estabas allí afuera, en algún lado, ayudando a los demás.

Los elogios eran algo extraño, inmerecido. Amos negó con la cabeza.

—Mírame. —Charlotte hizo una pausa, mirándolo con ojos llenos de lágrimas—. Lo único que quedaba de mi librería era parte de la sala de lectura. Pero salvaste la vida de mi hija. La vida de los dos. Es algo que no puedo olvidar.

—¿Cómo supiste que debías volver aquí cuando todo este lado de la calle, incluso tu propia tienda, había desaparecido? —Ardía por besarla de nuevo. Hacerla suya. Ser de ella. Acabar con cualquier guerra que pudiera interponerse un segundo más entre ambos en esa vida preciosa que les había sido concedida.

—Dijiste que habías prometido encender una vela por Will en San Miguel cada 14 de noviembre.

—Así es.

La estrechó con más fuerza; el miedo era tan intenso que no podía soltarla todavía.

—Pero busqué por todas partes en los alrededores de la catedral. No te encontré. Tampoco en los refugios.

—Encendí la vela ayer por la mañana. —Charlotte lo miró con total franqueza, como siempre lo había hecho—. Y también le hice una promesa a otra persona, ¿recuerdas? En la biblioteca de Holt Manor hace unos días. Esa persona eras *tú*. Y supe entonces que el único lugar al que podía ir anoche era allí donde estuvieras tú.

—Pudimos habernos cruzado en la calle. —Amos negó

con la cabeza. Sintió una oleada de temor en el pecho ante la sola idea y la abrazó con más fuerza. Una diferencia de una fracción de segundo en cualquier dirección y podrían no estar abrazándose ahora.

—No deberías haber salido a buscarme. Podrías haber...

—Pero no fue así. Sabía que estaría a salvo si lograba encontrarte. Esperé en el Centro de la calle St Mary toda la noche. Ese fue el único lugar, mi amor, al que no se te ocurrió volver para buscarme.

Él le dio un beso suave sobre esos labios sonrientes y cómplices.

—¿Así que viniste aquí? ¿A buscar en la fila del té?

—Por supuesto.

—Pero ¿cómo sabías que volvería?

—El violonchelo —susurró Charlotte, desviando la mirada hacia el amigo polvoriento que estaba sobre la acera detrás del hombro de Amos—. Era lo único que faltaba de la sala de lectura. Comprendí que, si tenía paciencia para esperar, al final traerías mi corazón de vuelta a casa. Como ya lo hiciste una vez.

CAPÍTULO 27

4 de noviembre de 1915
El frente occidental
Cerca de Artois, en Francia

—SÉ DÓNDE ESTAMOS —SUSURRÓ AMOS A WILL, CON LOS brazos cruzados contra el pecho. Estaban sentados en las sombras, con la espalda contra el papel pintado descascarillado de una oficina industrial.

—¿Y qué?

Amos movió la barbilla hacia la ventana.

—Mire.

La luz del sol iluminaba las trincheras de la Fuerza Expedicionaria Británica justo más allá del alféizar, y en la distancia se veía el pueblo arrasado de Loos, lo que indicaba que estaban en un piso superior. Ante la inquietud cada vez mayor de sus captores, los bombardeos habían vuelto a empezar; la batalla se había acercado lo suficiente como para desprender polvo de las paredes cada vez que una explosión sacudía los alrededores.

—¿Ve la sombra? El sol está en un ángulo de cuarenta y cinco grados.

Will miró más allá de los dos francotiradores de bajo rango que conversaban sentados frente a ellos moviendo solamente los ojos. Fusil en mano, murmuraban y trazaban mapas imaginarios en el polvo del suelo, levantando la vista de vez en cuando para comprobar que sus cautivos seguían sentados en las sombras en aparente silencio.

—Entonces son…

—Son las tres, más o menos. No falta mucho para que se ponga el sol.

Amos calló cuando los alemanes levantaron la vista.

—Tendrán que tomar una decisión: retenernos o pegarnos un tiro y salir corriendo cuando caiga la noche.

Will giró su rostro ensangrentado y magullado hacia él, con la habitual expresión de altanero desconcierto que exhibía cada vez que alguien de clase inferior mostraba la menor señal de inteligencia más allá de unas manos de obrero y una mente con telarañas. Amos habría hecho un gesto de fastidio e impaciencia si no fuera porque, en ese momento, solo se tenían el uno al otro.

—Esa sombra que cruza las ruinas…

—Lo sé. Significa que estamos en el Puente de la Torre.

Will gruñó y maldijo entre dientes.

—No es una buena noticia para nosotros.

—Ni para ellos. —Amos no pudo evitar lanzarle un comentario mordaz—: Por cierto, se ve fatal, capitán.

—¿Sargento, estás molesto porque alguien modificó la nariz que tanto ansiabas golpear? Ponte en la fila.

Amos fijó la mirada en los francotiradores, la ventana —tal vez su única vía de escape— y los objetos que tomaría cuando huyeran. Un destello de sol se reflejaba en su reloj de oro, que estaba junto al libro y otras pertenencias en una precaria posición junto a la bota de uno de los soldados.

Si los franceses habían retomado la Cresta de Vimy, y la BEF había asegurado los puntos destruidos en la línea alemana que conducían hasta allí, el Puente de la Torre era la única estructura capaz de proyectar una sombra de ese tamaño. Según la sombra de la ventana, estaban al menos en un primer piso, justo bajo la torre principal del puente… en el centro de un avispero de tropas británicas en avance.

Los francotiradores estaban rodeados. El problema era que lo sabían.

—Esos muchachos están asustados sin su capitán. Hace rato que ha desaparecido, dejándolos con deseos de apretar el gatillo.

Will hizo una pausa como para pensar.

—¿Cómo sabía ese capitán quién eras? Hablo de anoche.

—No es nada. La tregua, en Navidad; usted estaba de permiso. Tiene una afinidad especial por los caballos y el caballo que usted monta es una joya. Me di cuenta cuando mencioné al caballo: ni siquiera parpadeó. Dijo que Toreador sigue vivo y me atrevería a adivinar que lo tiene cerca. Ese caballo podría ser nuestra opción de vuelta si salimos de aquí.

—Así que por eso… —Will cerró los ojos y apoyó la cabeza contra la pared de yeso—. Intentaste advertirme.

—¿Y por qué intentó usted convencerlos de que yo era el capitán?

—Podrían querer intercambiar a un oficial de mayor rango. —Will negó con la cabeza y se miró las botas—. Es mi deber. Un oficial protege a sus hombres.

—Ajá. Pero ambos somos oficiales. Por eso, solo tenemos una oportunidad antes de que vuelva el capitán. En la próxima explosión…

—*Den Mund halten!*

El francotirador aficionado a patear rostros se levantó de un salto, gritando, y se acercó a ellos apuntándolos con el Mauser. Amos bajó la cabeza. Will también. Ambos trataron de no temblar mientras el francotirador despotricaba, moviendo la punta del fusil de un lado a otro frente a sus cabezas; su compañero se mantenía detrás, con los ojos abiertos de par en par y el rostro pálido.

Amos apretó los dientes y, por el rabillo del ojo, buscó algún indicio de lo que Will podía estar tramando. Si lo apoyaría en caso de que se atreviera a hacer una jugada. O si lo creería con agallas suficientes para hacerla. El otro francotirador tenía el arma en la mano, pero no levantada ni preparada.

Sin previo aviso, otra bomba estalló y Amos tomó la decisión por ambos: "ahora o nunca".

En la fracción de segundo en que la explosión sacudió la pared, los francotiradores encorvaron la espalda para protegerse y Amos se abalanzó encima del que tenía más cerca. Tomó el fusil y lo giró con fuerza, desequilibrando al soldado alemán. El fusil cayó de su mano y resbaló por el suelo mientras ambos hombres se enredaban en una pelea cuerpo a cuerpo.

—¡Will! —gritó, al ver que el otro francotirador levantaba su Mauser; Will se lanzó hacia adelante, esquivando la bala que rozó su cabeza y perforó el yeso justo donde habían estado sentados.

En medio de un forcejeo de brazos, piernas y puños apretados que competían por el control del Mauser, Amos logró lanzar un fuerte gancho al rostro del alemán, aturdiéndolo lo suficiente como para ponerse de pie. Cargó el cerrojo del fusil, se giró y disparó.

Dos veces.

Una serie de explosiones sacudieron la habitación justo cuando la puerta se abrió de golpe a sus espaldas. Amos, en un movimiento rápido, disparó dos tiros consecutivos eliminando a los francotiradores. Después se produjo un ruido sordo cuando el cuerpo de Will, inerte, cayó contra su hombro tras recibir un disparo en la parte superior de la espalda.

—¡Alto! —gritó el capitán alemán, apuntando con firmeza a la frente de Amos, mientras Will se desplomaba en el suelo—. ¡No te muevas!

Ambos se quedaron inmóviles, respirando con dificultad. Amos apuntaba con el fusil al *Hauptmann* Frank, que estaba paralizado en la puerta y lo miraba con ojos helados.

—¿Mataste a mis hombres, *ja?*

—Sí. Y si vas a disparar... ¡pues dispara! —le gritó Amos, y con total indiferencia hacia lo que pudiera suceder, bajó su arma. Levantó las manos en señal de rendición. Y mientras su enemigo lo seguía mirando, arrojó el fusil a un lado—. Pero te advierto que pienso ayudarlo.

Se arrodilló junto a Will, que respiraba con dificultad. La sangre fluía de su cuello como por un colador roto. Amos rasgó su propia chaqueta y aplicó presión en la herida, a pesar de los gritos guturales de Will. Sin previo aviso, un segundo par de manos se unió a las suyas. Frank, con fuerza y determinación, lo ayudó a sujetar a Will contra el suelo.

—Déjame ver. —Frank apartó la tela para examinar la herida.

Amos contuvo un estremecimiento al ver el agujero en la clavícula de Will. La bala había entrado y salido, pero no sin dejar un daño devastador. Necesitaban atención médica. Rápido.

—Les dije que no dispararan. Les dije que los oficiales británicos eran nuestra única salida. ¡Idiotas! —exclamó Frank lanzando una mirada furiosa a los cuerpos de los francotiradores, mientras buscaba el botiquín de primeros auxilios junto al cuerpo de uno de ellos—. Nos han condenado a todos.

—Fui yo quien empezó todo —replicó Amos con amargura, revolviendo el botiquín. Estaba acostumbrado a la sangre, pero ver a Will desangrándose en el suelo le hacía temblar las manos—. Pero ¿qué importa eso ahora, no? Cuando está derramando su sangre en el suelo.

—Vi lo que hizo: se puso delante y recibió la bala que era para ti.

—¡Ya lo sé! —gritó Amos; Will luchaba contra las manos que intentaban ayudarlo, gimiendo de dolor—. ¡Pero él tiene familia! Yo no. ¿Me ayudas? ¡Por favor!

—Dame eso —dijo Frank, señalando un paquete de gasa—. Ahí.

Amos rasgó el envoltorio con los dientes y se lo pasó. Frank presionó la gasa y una venda contra el pecho de Will. La gasa blanca se tiñó enseguida de rojo y el alemán movió la cabeza con pesimismo.

—Estamos rodeados por las tropas de tu BEF —suspiró—. Pero si se marchan ahora, llegarán a la línea británica. Hay un Puesto de Asistencia del Regimiento detrás de la mina de carbón. Del lado sur. Ayer cedimos ese terreno. Se ve desde la ventana: trescientos metros en línea recta, a las doce en punto.

Frank se levantó de un salto y corrió hacia los objetos de Amos que estaban esparcidos en el suelo. Recogió el libro y el reloj, volvió y se los entregó.

—Si corres lo lograrás. Nadie te detendrá.

—¿Quieres decir que no me dispararás por la espalda mientras escapo con Toreador?

La imagen de Frank cabalgando a través de la tierra de nadie en Navidad reapareció en su mente. Tal vez también en la del alemán, que negó con la cabeza.

La compasión era tan escasa en la guerra que Amos la tenía delante de él y casi no la reconocía. No eran enemigos en ese momento, mientras Frank observaba el sufrimiento de Will y prometía no cumplir la orden que se le había dado. Estaban dispuestos a salvar una vida, enemigo por enemigo, hombre a hombre, sin que importara el precio.

O quizá matar fuera el precio más caro.

—Dale... mi uniforme... —El pedido ronco de Will cortó el silencio.

—Tiene razón —admitió Amos. Era cierto—. Las tropas

de la BEF protegerán a uno de los suyos. Reconocerán a Toreador. Mi chaqueta no significa nada, pero no te dispararán si sales con el uniforme del capitán, aunque esté manchado de sangre. Ve por el camino que atraviesa el pueblo, cruza el puente y dirígete al último sitio donde estuvo nuestra unidad. Puede no funcionar, pero es una oportunidad al menos.

Amos quitó la chaqueta del uniforme a Will con cuidado, evitando movimientos bruscos para no desgarrar aún más la herida, después se puso de pie y se la ofreció al enemigo.

—Toma, *Hauptmann* —Amos se la tendió—. Vete. Es lo que desea el capitán Holt o no lo habría dicho. Y yo cumplo las órdenes de mi capitán.

Frank se quitó la chaqueta del uniforme alemán, tomó la ensangrentada de Will y se la puso. Se detuvo unos segundos, mirando el cuerpo peligrosamente inerte de Will en el suelo, y luego volvió a mirar a Amos. Extrajo la pistola Luger de su cinturón, la giró para que la culata apuntara hacia Amos y se la tendió.

Amos la tomó, y al sentir el arma en la mano, sus músculos se cargaron de adrenalina.

—No olvidaré esto, sargento —le aseguró Frank, pasándose la correa del Mauser por encima de la cabeza. Miró al suelo y añadió—. Ni a usted, capitán Holt.

Con un leve asentimiento desapareció en las sombras del pasillo.

Los segundos pasaron, largos y aterradores, marcados por el tictac del reloj; una explosión sacudió la ventana. Amos cayó de rodillas y una nube de polvo cubrió el lugar donde Will yacía en el suelo.

Sin más tiempo que perder, Amos guardó el reloj en su bolsillo, metió el libro dentro de la cintura de los pantalones y cargó a Will sobre su hombro para seguir los pasos del alemán por la puerta. Bajó dos tramos de escaleras tambaleantes y corrió por un pasillo lleno de humo, pegado a la pared, mientras las bombas rompían ventanas y sacudían la estructura como si fuera un castillo de naipes. Anduvo en la oscuridad hasta que vio la luz de una puerta abierta en un extremo.

—Que Dios nos acompañe. —Amos acomodó a Will sobre su hombro para sujetarlo mejor y tras inspirar hondo para darse valor, cruzó el umbral y salió a la luz infernal del sol—. ¡Vamos!

CAPÍTULO 28

15 de noviembre de 1940
Calle Bayley
Coventry, Inglaterra

12:02

LA HABITACIÓN ESTABA EN SILENCIO; UN CONTRASTE ABsoluto con el bullicio de las calles de Coventry.

Charlotte dejó que Amos se apoyara, agotado, contra el marco de la puerta de su habitación y fue hasta la ventana para abrir las cortinas de oscurecimiento. La luz inundó la habitación, y una vez que sus ojos se adaptaron al resplandor, Charlotte vio cómo danzaban las motas de polvo en el aire. El sol iluminó el humilde espacio: un edredón desordenado y un surco en la almohada sobre la cama, una mesa de noche con una lámpara, la repisa de la chimenea atestada de libros apilados, un tocador con un espejo y un recipiente de porcelana en la superficie. Y dos botellas de whisky Glenlivet casi vacías.

Había notado el temblor de las manos de Amos cuando intentaron ayudar en la fila del té. Su cuerpo extenuado, al borde del colapso. Al ver sus nervios tan destrozados, no tuvo más remedio que insistir en que se tomara unos momentos de privacidad, a solas, para serenarse.

Charlotte miró hacia un rincón sin prestar atención a las botellas por el momento. Tomó una silla de madera con respaldo de barras que descansaba en las sombras y la llevó hacia el centro de la habitación, donde la luz era más fuerte.

—Ven —dijo, dando unas palmaditas en el respaldo de la silla—. Siéntate.

Charlotte se giró hacia el tocador; el ruido de los pasos cansados y el crujir de la silla confirmaron que Amos había seguido sus instrucciones. Abrió el cajón superior y rebuscó entre las cosas hasta encontrar lo que buscaba: una navaja de afeitar, un peine, unas tijeras y un paño de cocina de algodón que colgaba de una barra de hierro fijada a la pared. Los llevó a la cama, los dispuso con cuidado y, sin necesidad de explicaciones, salió al pasillo en dirección al baño. Llenó el recipiente con agua tibia y regresó a su lado.

Colocó el paño de cocina sobre los hombros de él.

Y empezó a trabajar.

Amos la observaba; ella lo sabía. Cada arruga y contorno que los años habían dibujado en su rostro parecían capturar la atención de él. Sus ojos avellana tenían una expresión tierna, abierta y sincera; Charlotte tomó las tijeras y empezó a recortarle el cabello. Se dedicó a cada detalle del pelo y de la barba, peinando, cortando, quitándole así la máscara que él había llevado durante tantos años.

Mojó sus manos en el recipiente y dejó que el calor le entibiara la piel. Extendió crema de afeitar sobre la mandíbula de Amos y contuvo el aliento al deslizar la navaja por primera vez, en un movimiento lento y firme. Lo repitió, una y otra vez, en una suave cadencia de hoja contra piel. Enjuagaba la navaja en el agua y continuaba la íntima melodía.

—Las botellas, Charlotte.

—Calla, ahora —susurró ella, sumergiendo un paño en agua tibia para limpiar los rastros de sangre y cenizas de las cicatrices—. Hoy no importan.

—Quiero explicártelo.

Amos le tomó la mano mientras ella deslizaba el paño por su mandíbula recién afeitada.

—Por favor. Necesito decirte por qué.

—Ya lo sé. Por eso te traje aquí. No es necesario que nadie más lo sepa.

—Pero hay algo que no sabes. —Amos bajó la mano de ella, junto con el paño y lo dejó en el recipiente, para que ella se sentara en el borde de la cama frente a él.

—Cada vez que cierro los ojos, veo la muerte.

—Ay, Amos... —murmuró Charlotte y se mordió el labio inferior.

Coventry se moría afuera, ¿y él cargaba con esa misma visión atormentada todos los días de su vida? La idea le resultaba insoportable.

—¿Qué quieres decir? —preguntó, buscando comprender el peso que lo oprimía.

—La veo aquí mismo, tan real como tú sentada frente a mí. Cuando las cortinas están cerradas y el reloj suena como un cañón en la noche. Cuando estoy solo, vuelven la sangre y las bombas, me atraviesan hasta los huesos, una y otra vez. Es tan real dentro de estas paredes como lo fue hace años en el campo de batalla. No puedo escapar, no puedo respirar y no puedo descansar... si no es por ellas. —Amos movió la cabeza hacia las botellas que estaban sobre el tocador, iluminadas por los rayos de sol que atravesaban el cristal.

—No quería necesitarlas pero las necesité y sigo necesitándolas.

—Lo sé, veremos qué podemos hacer al respecto. Pero hoy no, hoy necesitas descansar.

—No. Necesito decirte algo sobre Will... —Amos cerró los ojos con fuerza, atormentado, y negó con la cabeza; un leve rastro de crema de afeitar manchaba la base de su mandíbula—. Él...

Charlotte tragó con fuerza y una lágrima desobediente surcó su mejilla y se perdió en su mentón.

—¿Qué pasó, Amos?

—Al final, Will sabía que me amabas. Incluso antes de ver tu foto, la que yo llevaba conmigo en el libro. Yo olvidé durante casi un año que me la habías dado y para entonces ya era tarde. Creo que por eso Will se rindió en el frente. Él os tenía a Eden y a ti, y yo... yo no tenía nada por lo que vivir. Will estaba tratando de enviarme de regreso contigo en lugar de salvarse a sí mismo.

—Amos —susurró Charlotte entre sollozos, sabiendo que él necesitaba desahogarse—. No es tu culpa.

—Lo intenté, te juro que intenté sacarlo de allí.

—¿Sacarlo de dónde?

—Estábamos casi en la trinchera británica, podía verla, casi podía tocarla, pero nos alcanzó una bomba y cuando desperté varios días después en un hospital, me enteré de que tenía este aspecto... y de que Will había muerto en la cama junto a la mía. Fue la mañana del 14 de noviembre —lloró. Temblaba, aferrado a la mano de ella con tanta fuerza que sus nudillos estaban blancos—. Después de eso ya no podía hacerle daño, no podía herir su recuerdo ni la imagen que Eden ha amado y admirado desde su nacimiento. Puede que no sea su padre, pero soy la razón por la que murió y eso es imperdonable. He tenido que vivir con eso desde la guerra, todos los días de mi vida.

”Cuando volví, necesitaba tener algo tuyo, así que abrí esta tienda. Por mi cuenta, después de que tú abriste la Librería Eden, cuando, en realidad, lo único que quería era pedirte perdón. Ya no quiero esto, las botellas. Las habría vaciado si hubiera tenido fuerzas. Pero no las tuve. Soy débil, Charlie, estoy herido y tengo miedo... de no volver a sentirme entero jamás.

Charlotte levantó una mano despacio y acarició la mejilla

de Amos con la intención de calmar su dolor con la suavidad de su piel.

—Ahí estás —susurró, levantándole la barbilla y mirándolo a los ojos. Las lágrimas le rodaban por las mejillas mientras sus dedos recorrían las cicatrices de Amos con ternura infinita—. Has estado aquí todo este tiempo, ¿verdad? Encerrado en esta tienda, justo al otro lado de la calle. Valiente, leal y más fuerte de lo que crees. Has intentado cargar con esto tú solo, pero no tienes que hacerlo. Todos llevamos cicatrices, Amos. ¿Crees que las tuyas son tan terribles que no pueden redimirse?

—No. —Amos bajó la vista y negó con la cabeza, como si la culpa fuera una visita demasiado frecuente—. Will entregó su vida para salvar la mía cuando yo no lo merecía.

—Necesito que entiendas algo. Recibí una carta después de la muerte de Will, él se la había enviado a su abogado con instrucciones de que, si ocurría lo peor, debía entregármela. En esa carta me pedía perdón… por impedirte ir a Gretna Green aquel día a encontrarte conmigo.

Amos frunció el entrecejo desconcertado.

—¿Te contó eso?

—Will decía que te convenció de que si seguías adelante, te casabas conmigo y después morías en la guerra, la familia que pudiéramos haber formado quedaría en la miseria y yo quedaría deshonrada. ¿Lo entiendes? Will usó tu amor por mí en nuestra contra y me pidió que si algún día recibía la carta, enmendara ese error.

—¿Por qué haría algo así?

—Will dejó un dinero en un fideicomiso a tu nombre…

—¡Le dije que no aceptaría dinero! —exclamó Amos e intentó ponerse de pie, como si el orgullo hubiera activado resortes en las suelas de sus botas—. Y no voy a hacerlo.

—Lo sé. No te estoy pidiendo que lo hagas. —Charlotte hizo una pausa, dejando que asimilara lo que acababa de decirle. Imaginando qué clase de intercambio de palabras desagradables habrían tenido en Francia tantos años atrás—. Pero si vas a hacer confesiones, yo también tengo una; sabía que jamás aceptarías el dinero y por eso ha estado intacto todos estos años, hasta que pudieras liberarte de esta carga.

Le tomó las manos para calmarlo y soltó un suspiro.

—Nunca quise esta guerra contigo —dijo Amos.

—Yo tampoco. Ni siquiera cuando disparé la primera bala cuando abrí la Librería Eden del otro lado de la calle. —Soltó una risita; el peso de la verdad ya no era una carga, sino más bien algo tierno y amable sobre lo que se podía compartir una broma—. Pero me pregunto, después de tanto tiempo, si podríamos cambiar nuestras tácticas. Del mismo modo en que compartiste conmigo las cicatrices de esas botellas, si yo compartiera contigo la carga de mis propias cicatrices, ¿podríamos dejar de pelear y decidirnos a caminar por la vida lado a lado? El corazón humano no fue hecho para la soledad.

—¿Soy un necio, entonces, por creer que se puede cambiar a mi edad?

—En absoluto. Siempre y cuando haya una mujer dispuesta a colaborar con la tarea. —Le sonrió a través de las lágrimas, esperanzada.

—No puedo decir que esto haya terminado —dijo Amos, mirando las botellas sobre el tocador—. Pero las vaciaré hoy mismo; el deseo de beber no se irá de la noche a la mañana, tal vez no se vaya nunca. No sé si podré liberarme de las garras del alcohol. He estado solo con él durante tanto tiempo que tal vez te decepcione. No soy perfecto, Charlie, jamás lo seré.

—¡Qué alivio! Entonces, supongo que deberíamos casarnos en cuanto sea posible, señor Darby, para que nunca vuelvas a pasar un día en soledad. Espero que otra excursión a Gretna Green no sea un favor demasiado grande para pedirte, una vez que todo aquí se haya solucionado. Y en cuanto al fideicomiso que sé que rechazarás con cada fibra de tu ser, ¿tal vez podamos usar la generosidad de Will para restaurar las tierras de su familia? Esta vez se lo diremos a Eden los dos juntos, le contaremos de nosotros y del dinero. Y si te parece bien, ¿podrías amarme por el resto de nuestras vidas? Si no es mucho pedir.

—No, no es mucho pedir, tratándose de una vieja amiga. —Amos se inclinó hacia adelante y rozó la frente de Charlotte con la suya; con los labios a centímetros de los de ella, aseguró: —Sobre todo porque te amo.

CAPÍTULO 29

15 de noviembre de 1940
Calle Stony Stanton
Coventry, Inglaterra

19:12

LA YEMA DE UN DEDO ROZÓ LA PUNTA DE LA NARIZ DE Eden, que se despertó sobresaltada. Abrió los ojos y se dio cuenta de que se había quedado dormida en la silla, junto a la cama de Jacob en el hospital, con la cabeza apoyada en la almohada. Cuando levantó la vista, unos ojos celestes muy claros parpadearon y Jacob pasó la punta del dedo por la curva de su mejilla.

—Eden.

—Estás... des... despierto —tartamudeó, incorporándose rápidamente para inspeccionar el rostro que había temido no volver a ver.

—Así parece. Sentí pena por Amos cuando estuvo en una de estas camas. Ahora me doy pena yo mismo por haber seguido sus pasos.

Con los ojos llenos de lágrimas, Eden le apartó con delicadeza el cabello de la frente y depositó un beso suave como el roce de un ala sobre la magulladura en la comisura de su boca. Jacob giró el rostro hacia ella y la piel áspera por la barba sin afeitar le rozó la mejilla. La besó y levantó un brazo para estrecharla contra su pecho.

Permanecieron un largo rato así, en silencio, tranquilos.

—No vuelvas a hacerme esto nunca más —susurró Eden, no a modo de broma ni de reproche, sino solo con una desesperada necesidad de sentir su calor—. ¿Me escuchas? Nunca más.

—Creo que no es necesario que pregunte qué pasó. A juzgar por cómo me siento, diría que intenté apoyarme en una pared de ladrillo —dijo Jacob con una sonrisa que se convirtió en una mueca de dolor cuando cambió de posición.

—Algo así. —Eden se apartó para no causarle más dolor.

Las vendas que cubrían los puntos de sutura en su cuello hacían que tuviera un aspecto terrible. Una herida profunda en su frente, hinchada y suturada, sobresalía de los hematomas que teñían casi cada centímetro de su piel. Eden habría intentado tomarle la mano si no fuera porque hasta los raspones en las muñecas y nudillos se veían enrojecidos y desgarrados.

—Nos dijeron que tienes conmoción cerebral leve y un tobillo fracturado —le informó, apartándose el cabello del hombro en un gesto inconsciente, como hacía cuando lo llevaba más largo—. Y que la herida en tu cuello fue...

Jacob abrió la mano sobre la manta como si pudiera sentir su angustia. Eden la cubrió con la suya y con cuidado entrelazó sus dedos con los de él.

—¿Sigues enfadada conmigo?

—Sí. Todo el tiempo —respondió ella, negando con la cabeza ante la habilidad de Jacob para bromear incluso en ese momento—. Pero ahora por un motivo completamente distinto: por asustarme así.

Él la observó con detenimiento y llevó un dedo hacia el rasguño en su sien. Bajó la mirada hasta su vestido y vio con ternura que era el mismo del baile, ahora cubierto de polvo y sangre bajo la chaqueta del señor Darby, que le quedaba enorme.

—¿Estás bien?

"No. En absoluto". Eden se obligó a asentir.

—No es nada, solo un rasguño.

—Te quedaste conmigo.

—Claro que me quedé. Y ahora temo que este vestido solo haya servido para un único baile. Jamás podría volver a usarlo.

—Qué pena —respondió él con un destello travieso en los ojos—. Quería recordar la primera vez que lo llevaste. Al menos los momentos buenos de la noche.

Desde el pasillo llegaba ruido, el alboroto del ingreso de nuevos pacientes. Se quedaron en silencio unos instantes; Jacob observó la sala de techos altos y las hileras de camas ocupadas, mientras las enfermeras corrían a atender a un paciente que acababa de llegar. Afuera, en las calles de la ciudad, había actividad: equipos del AFS seguían trabajando para apagar los últimos incendios. Pero la lluvia había ayudado; una serena neblina se había asentado sobre la ciudad humeante y por primera vez en mucho tiempo reinaba un silencio apacible.

—¿Qué día es hoy?

—Viernes —respondió Eden; su mirada se posó sobre las cortinas negras que cubrían la ventana sobre la cama del hospital. Un hábito, tal vez. Ahora no podían mostrarle nada—. Creo que es tarde, ya ha caído la noche.

Jacob se detuvo a escuchar.

—¿No hay sirenas?

—Hasta ahora no. Creen que la Luftwaffe no volverá tras el ataque de anoche, no a Coventry por lo menos.

—¿Por qué?

—Porque… no queda nada en pie.

Jacob se puso serio; en sus ojos había dolor e interrogantes.

Eden comprendió que trataba de encontrar un sitio donde afirmarse tras haber despertado en el umbral de la devastación absoluta. O tal vez sentía ira ante la pérdida de vidas que había detrás de las palabras de ella; Jacob, en alguna medida, tenía la misma sangre alemana que las había causado. O tal vez hasta sentía miedo, porque si preguntaba ella tendría que contarle que el ataque no había dejado intacto el pequeño grupo de la librería.

—Cuéntame —murmuró Jacob, acariciando con el pulgar la mano de Eden. Por pequeño que fuera el gesto, le dio algo de valor para comunicarle la noticia.

—Ainsley… ya no está. —Su voz se quebró en un sollozo ahogado—. Nos enteramos esta tarde, cuando no la encontramos con el resto y después pegaron las listas de víctimas. El señor Darby se lo tomó muy mal, sintió que la había defraudado. Como encargado de la hacienda, se cargó toda la responsabilidad sobre sus hombros.

—¿Por eso dijiste lo del vestido?

—Sí, ella lo hizo para mí, hizo uno para cada una de las chicas. Ahora lo siento casi como un tesoro, aunque esté cubierto de tierra y hollín.

Jacob apretó los dientes; sentía que la sangre le hervía en las venas y lo único que deseaba era descargar su frustración golpeando la pared más cercana.

—¿Cómo fue?

—Una bomba, cerca de Drapers' Hall. Dijeron que estaba ayudando a la gente a llegar a los refugios cuando… —Eden hizo una pausa y respiró hondo para calmarse—. También destruyeron la Librería Eden en la primera oleada. El señor Darby nos encontró allí y nos rescató a ti y a mí con sus propias manos.

—¿De verdad? Tendré que darle las gracias. ¿Y lady…? ¿Alec, Flo, Dale y Ginny? ¿También los encontró a ellos?

—Están a salvo, todos están a salvo —dijo Eden. Se sentía afortunada pero también consumida por la culpa de tener aún a sus seres queridos mientras tantos otros buscaban, desesperados, nombres en las listas de desaparecidos publicadas en la pared del Consejo de la calle St Mary.

La desolación se había apoderado de su ciudad, reducida a cenizas en un día. Calles marcadas por cráteres, edificios enteros borrados del mapa y cadáveres que se acumulaban sin que hubiera suficientes tumbas para darles sepultura. Les quedaba aceptar la idea de una ciudad en ruinas, aunque nadie parecía capaz de hacerlo.

—Han mantenido la fila del té funcionando sin descanso desde que sonó el aviso de que ya no había peligro. Pero el centro de la ciudad sufrió un golpe devastador, incluida la librería y casi todas las tiendas de la calle Bayley. La catedral de San Miguel ha quedado reducida a cenizas. Casi todas las fábricas y hogares están dañados o destruidos. Cientos de personas han muerto, tantos que este hospital no ha podido identificarlos a todos y temen encontrar más a medida que sigan cavando —dijo Eden al borde del llanto—. Mamá ha enviado telegramas al WLA y a la familia de Ainsley en Londres. Unos tíos, creo; les ha ofrecido quedarse con nosotros en Holt Manor el tiempo que necesiten.

Jacob exhaló, despacio; apoyó una muñeca sobre su frente y miró el techo.

—¿Y la hacienda? ¿La bombardearon?

—Ginny vino a la ciudad con su madre para traer las noticias. Holt Manor sobrevivió, pero una parte de la rosaleda quedó destrozada. El personal está a salvo, gracias a Dios, pero no los refugios Anderson en el otro extremo del parque. Y el invernadero... se ha perdido.

—¿Quieres decir que si hubiéramos estado allí...? —Jacob se incorporó, apoyando los codos sobre la almohada detrás de él.

Eden negó con la cabeza.

—Los refugios no nos habrían salvado.

—Amos lo llamaría suerte.

—¿Pero tú no?

—No podría. Mucho menos después de esto —respondió, recostándose de nuevo contra la almohada. Buscó la mano de Eden y la llevó a sus labios—. No ahora, cuando desperté y vi tu rostro angelical compartiendo mi almohada.

—Jacob, te debo una disculpa, por lo que dije, por lo que pensé sobre tu familia. Me siento muy mal. —Eden acercó más la silla a su cama al pensar en el riesgo de lo que había ocurrido mientras él estaba inconsciente—. El señor Darby también se sentía mal, vino a ver cómo estabas.

—¿Qué dijo?

—No creo que lo recuerdes, pero cuando nos sacó de la librería me ofreció su chaqueta para ir en la ambulancia contigo. Más tarde, cuando estabas en el quirófano y yo en el refugio esperando a que pasaran las bombas, encontré el libro del que me habías hablado con la foto de mi madre. Pero también encontré esto. —Eden hizo una pausa, buscó en el bolsillo de la chaqueta, extrajo el reloj y se lo puso en la mano—. Sonó mientras estaba en el bolsillo y recordé lo que me habías contado sobre la melodía en la tienda; se lo conté al señor Darby y me dijo que te lo diera, que cuando despertaras sabrías lo que significaba. Y dice que cuando te recuperes tiene una historia para contarnos sobre el hombre que se lo dio y por qué lo hizo. Alguien llamado Frank. ¿Sabes quién puede ser?

Jacob pasó los dedos por la superficie del reloj mientras contemplaba la esfera de oro. Asintió lentamente y abrió la tapa; cuando lo vio señalar las iniciales grabadas, Eden se dio cuenta de que él había comprendido.

—Mira —susurró Jacob, señalando las iniciales *FBK* grabadas en el reloj—. Franklin Beckton Kole, mi tío.

—Kole. Sí, con K.

—¿Y mi chaqueta? —Jacob miró a su alrededor y dio una palmada en la cama—. ¿Está...?

—Aquí. —Eden buscó la chaqueta del traje en el estante debajo de la cama. Estaba arrugada y manchada de sangre—. La tengo aquí. Me dieron tus pertenencias para que las cuidara.

Jacob dejó escapar un quejido tras un movimiento brusco.

—El bolsillo interno, por favor.

Eden sintió el peso de un reloj en la chaqueta y extrajo uno idéntico al que sostenía él.

—¿Cómo es posible?

Jacob señaló el interior de la tapa y prosiguió:

—*CEK*. Carl Eduard Kole, mi padre. Viajó a Estados Unidos por primera vez en 1912, para fundar una joyería familiar en Detroit. Al ver que la animosidad contra los alemanes crecía, cambió el nombre de la compañía a Kole con C, pensando que podría eliminar algunos prejuicios. Mi tío, por ser el mayor, se quedó en Berlín para manejar las propiedades de la familia. Tenían un buen número de caballos y activos que él sentía que no podían abandonar. Y, entonces, las tensiones aumentaron. Cuando la guerra se volvió inminente, ya no pudo emigrar. A mi tío lo reclutaron para servir al káiser mientras mi padre servía a su nuevo país.

—¿Qué? ¿Me estás diciendo que lucharon uno contra el otro en la Gran Guerra?

—Nunca se enfrentaron en el campo de batalla. Pero sí. Sabían que sus armas apuntaban al otro y el vínculo más fuerte entre ellos había sido durante su juventud, como socios comerciales y hermanos, antes de la guerra. Yo entendía la ausencia de un padre más de lo que pensabas, aunque la del mío fue debida a las exigencias del negocio. Y el dolor terrible de perder a su hermano. Me viste llegar a Coventry vestido con traje y supusiste de inmediato que no podía saber nada de tu situación, ni de tu pérdida, ni de tus dificultades. Pero tal vez, por primera vez, tener un motivo para ensuciarme las manos me hizo sentir orgulloso tras un día de trabajo honesto. Y me ayudó a entender a un padre con quien no pude hablar antes de su muerte. —Jacob giró el reloj en su mano, envolviendo con cuidado la cadena alrededor de su palma—. Mi tío murió en el Somme en 1916.

—Ay, Jacob... lo siento tanto.

—Pensábamos que el reloj se había perdido con él. Mi padre recibió una carta de su hermano, entregada algún tiempo después de su muerte. El tío Frank hablaba de un oficial británico que mostró un gran valor en la batalla y que le salvó la vida al cederle su caballo. Aunque el destino de mi tío se selló un año después en el Somme, dijo que el caballo sobrevivió y fue devuelto a los británicos. Tras leer la carta, mi padre dejó de dar cuerda a su propio reloj... nunca volvió a mencionarlo. Pero ahora aquí están, juntos, después de tantos años. Desearía que estuviera vivo para verlo, habría significado mucho para él.

Eden dejó el reloj de Jacob sobre la manta y él bajó la mano para aproximarlo al del señor Darby, de manera que las tapas se tocaran. Luego buscó la mano de Eden de nuevo, esta vez como si no quisiera soltarla ni siquiera por los tesoros del pasado.

—Siempre me pregunté qué más decía esa carta. Pero mi padre se llevó el resto del contenido a la tumba.

—¿Crees que ahora tu tío es la conexión con mi padre? ¿O con el señor Darby, dado que él tiene el reloj? —preguntó Eden. Jacob asintió; teniendo en cuenta el recorrido del reloj, ciertamente era una posibilidad—. ¿Recuerdas lo que me dijiste, Jacob? Que la guerra no puede cambiar el pasado pero sí puede cambiar quiénes somos en el futuro.

—¿Yo dije eso? —Frunció el ceño al sentir una punzada de dolor; cerró los ojos por un momento y se apretó un lado del torso con el brazo libre, dejando escapar un quejido—. Suena un poco filosófico para un abogado maltrecho.

—Pero es verdad, ¿no? Es lo que estabas tratando de decirme en Novelas Waverley cuando cuestioné por primera vez a mamá y al señor Darby. No querías que dudara de mi madre ni de quién es mi padre. Parecías querer alejarme de las preguntas que podrían dar sustento a tu caso judicial en nuestra contra. Me gustaría saber por qué.

—Al principio solo estaba cumpliendo con mi trabajo. Se suponía que iba a estar en Coventry el tiempo necesario para entregar los papeles, solo un día. Pero aquella primera noche, cuando Amos y yo guiábamos a la gente a los refugios… algo cambió.

—¿Qué fue?

—Me di cuenta de que tal vez había algo más en la vida, algo más por lo que luchar que la riqueza, el privilegio y el afán de proteger nuestros reinos. Tú me lo hiciste ver al permitirme trabajar en Holt Manor. Me enseñaste que hay valor en hacer cosas por los demás, en cuidar de otros y en luchar por lo que sabemos que es lo verdadero. Y solo ahora pude entenderlo. Tal vez el caso siga adelante, pero será sin mí. En cuanto logre levantarme de esta cama, enviaré un telegrama para retirarme. No impugnaré el testamento ni creeré las mentiras de esos periódicos. Ni ahora ni nunca.

—¿Y tu madre? ¿Tus hermanas? —La idea la atravesó hasta lo más profundo: Jacob estaría renunciando también a su propio futuro. A su derecho de nacimiento por una conexión que aún no entendían del todo—. ¿Y tú? ¿Qué hay de tu futuro?

—Mi familia estará bien, tal vez ahora solo tengan una mansión de verano en Newport. Y en cuanto a los abogados… hemos sabido encontrar trabajo mientras los seres humanos tengan desacuerdos. No creo que eso vaya a cambiar.

Eden se atrevió a preguntar conteniendo el aliento:

—¿Renunciarías a un millón de libras? ¿Por mí?

Jacob le apartó con delicadeza un mechón de cabello de la cara y lo alisó para que rozara su hombro.

—No estar dispuesto a renunciar a todo por ti es ser necio.

—¿Y si gano el juicio pero rechazo el dinero al final?

—¿Qué quieres decir?

—El legado de tu familia te pertenece, igual que el mío me pertenece a mí. Encontraremos la manera de hacer que la hacienda prospere de nuevo. Mamá siempre lo dice: "Lo mejor que sabemos hacer las Holt es arreglarnos con lo que tenemos". Entonces, te lo pregunto: ¿soy una Holt o no?

—Creo que lo eres... —respondió Jacob e hizo una pausa antes de pronunciar su nombre con suavidad—, Eden. —Omitió el título, dándoles a ambos la intimidad de ser simplemente ellos mismos—. Pero tal vez algún día consideres la posibilidad de cambiarte el apellido.

Después del sufrimiento de las últimas semanas y el horror de las últimas veinticuatro horas, Eden podría haber pensado que tal vez no volvería a sonreír. Pero al mirar a Jacob, con su rostro magullado, el más bello que había visto en toda su vida, no pudo resistirse al impulso de inclinarse hacia él y besarlo. Y mostrarle el resplandor de una sonrisa esperanzada que brotaba de su corazón hasta sus labios.

—¿Podrías quedarte un poco más, señor Kole?

—Creo que tendré que hacerlo —respondió Jacob, mirando su tobillo vendado, elevado sobre la cama del hospital—. No estoy listo para alejarme de ti, ni lo estaré nunca si es que tengo algo de sentido común.

CAPÍTULO 30

16 de noviembre de 1940
Avenida de la Catedral
Coventry, Inglaterra

¿QUÉ DEFINE LA CAPACIDAD HUMANA DE AMAR?

Para Charlotte, siempre había sido poder encontrar la bondad inherente en otro, pasando por alto fallos y defectos, dejando que la luz iluminara las sombras más oscuras. Sin embargo, al observar las montañas de ladrillos y vigas retorcidas en el santuario derrumbado de San Miguel, le parecía lo contrario. Amar significaba aceptar todo: el dolor entrelazado con la belleza. Soportar los golpes de la vida no con desesperación sino con esperanza. Porque si podían perdonar el inmenso daño que había dejado Coventry en ruinas, ¿qué derecho tenía el odio de permanecer en sus corazones?

El sacrificio de Will se volvió aún más desinteresado y hermoso para Charlotte una vez que Amos le contó lo que había hecho su esposo. La gratitud de Frank Kole hacia un hombre que apenas conocía y el deseo de su propio hermano de honrar esa voluntad como un último deseo se convirtieron en un lazo de común unión que les permitía sanar tantos años después.

—¿Lista, Charlie? —preguntó Amos, estabilizando su

silla sobre el montón de piedras que quedaba donde había estado el altar de la catedral—. No tienes que hacer esto si no lo sientes. Me lo dices y te llevo de vuelta a casa.

—Sí, debo hacerlo. Pero te amo por decírmelo.

Charlotte se acomodó en la silla de madera mientras la gente seguía congregándose; su falda liviana de color marfil ondeaba con la brisa fresca. Amos abrió el estuche del violonchelo y le entregó el instrumento. Ella tomó el arco y puso el violonchelo en posición mientras observaba a un hombre que descargaba sus herramientas: un caballete, pinceles y un lienzo blanco que contrastaba con los escombros.

—¿Quién es?

—No sé mucho —respondió Amos—. Dicen que es un artista llamado John Piper. Vino a capturar imágenes de Coventry como está ahora. Apenas escuchó las noticias, subió todo al coche y condujo hasta aquí. Seguro querrá pintarte en la escena con los demás.

—Bueno, qué alivio. No estaré sola aquí arriba.

—No estarás sola. Yo estaré al lado, por si necesitas una cara amiga. Solo mírame. Luego, el padre Howard hará entrar al rey por esa puerta. —Amos señaló una esquina de las ruinas—. Saludará a los ciudadanos y se quedará a escucharte.

—O sea que solo voy a tocar para el rey de Inglaterra —murmuró Charlotte, tratando de calmar sus manos temblorosas—. Ay, mi Dios.

—Así es, preciosa. Tocarás, tal como siempre dijiste que lo harías —susurró Amos, apretándole las manos para calmar los temblores—. Solo que hoy es en un escenario diferente.

—¿Crees que debí elegir otra pieza?

—¿Podrías haberlo hecho? Ambos sabemos la respuesta. Imagina que estás en nuestro invernadero. Toca Bach solo para nosotros, la música volverá.

Amos le dio otro beso rápido y se apartó, dejando que Charlotte ocupara el lugar de importancia en una humilde silla con su violonchelo, rodeada de ruinas y un camino polvoriento por el que en breve caminaría un rey.

El sol dorado atravesaba los huecos en los muros, y diminutas partículas de color se refractaban a través de lo que quedaba del vitral de la catedral. Un estornino surcaba el cielo, apenas visible entre las nubes detrás de la torre del campanario. Los vítores de los ciudadanos llegaban desde las calles: "¡Dios salve al Rey!", mientras la multitud de funcionarios se ajustaba las corbatas y sacudía las chaquetas entre los escombros.

Charlotte cerró los ojos, exhaló y disfrutó del regreso a casa.

Apretando la silueta lustrosa del violonchelo contra su cuerpo, dejó que la música fluyera al ritmo de su corazón, dejando volar el arco y moviendo los dedos con destreza para que las notas profundas del instrumento se elevaran hacia el brillante cielo azul.

Tocó durante el tiempo que sintió necesario. Cuando abrió los ojos vio primero a Amos, radiante de orgullo, mirándola a ella, y luego al público, que escuchaba en silencio. Estallaron las luces de las cámaras en un coro de clics, capturando el momento en que su soberano se detuvo, conmovido por la destrucción hasta el punto de no poder contener las lágrimas. El rey Jorge VI, solemnemente de pie, con el uniforme de gala y zapatos brillantes cubiertos de ceniza, contempló la devastación y lloró junto a su pueblo.

A pesar del tiempo que había pasado desde que Charlotte había interpretado por última vez la *Suite número 1 en sol mayor para violonchelo* de Bach, la música le volvía desde la memoria de su alma. No había elegido la pieza por el desafío de tocar una composición alemana en esa ocasión. Lo había hecho para hacerse eco del llamado del padre Howard a que prevaleciera el perdón sobre la venganza, pues el amor debía entregarse libre y generosamente a quienes desearan recibirlo.

EPÍLOGO

21 de mayo de 1948
Calle Bayley
Coventry, Inglaterra

—EL LETRERO ESTÁ TORCIDO, ¿NO ES CIERTO?

Charlotte se cubrió los ojos con la mano a modo de visera, intentando bloquear el sol que se reflejaba en los cristales curvos del escaparate mientras trataba de comprobar si el letrero de *Los Libreros de Coventry & Cía.* estaba nivelado.

—Sí —respondió Amos—. Un poco más hacia la… izquierda, creo.

Ella miró de reojo a su esposo, incrédula. ¿Cómo podía un hombre tan apuesto e inteligente como Amos Darby ser tan irremediablemente ciego respecto de lo que tenía delante de los ojos? Y estar equivocado, encima de todo.

—Quieres decir a la derecha.

Amos ladeó un poco la cabeza y asintió.

—Es exactamente lo que quise decir, mi amor. Hacia abajo y hacia la derecha.

—No es momento de complacerme Amos. Es hacia arriba y hacia la derecha. El coche de la princesa Isabel pasará justo por aquí mañana durante su recorrido para reabrir la Plaza de Broadgate. Todo debe estar perfecto. Es por el orgullo de la calle Bayley, y para que Coventry resurja ante el mundo, debemos tener todo impecable.

—Entonces, pongámoslo bien. —Amos, impecablemente afeitado, la besó en la mejilla y se dirigió a la escalera abierta en la acera, desde la cual los obreros estaban colgando el letrero nuevo sobre la fachada de ladrillo y paneles azul Francia—. Iré a decirles que milady desea que la apertura de esta librería sea una gran ocasión. Y si el letrero está torcido… no puedo calcular cuántos libros de Austen dejaremos de vender, lo que sería una gran tragedia, ¿no crees?

—Sí. Lo sería, realmente.

Charlotte rio y, mientras se acomodaba las gafas sobre la nariz, volvió al interior de la librería. Antes de desaparecer, gritó:

—¡Pondré todos los libros de sir Walter Scott en el estante más bajo si no tienes cuidado! ¡E inundaré tu lado de la oficina!

El latido vital de Coventry nunca se había detenido, aunque volver a las risas, al olor de pintura fresca y las pinceladas de color en los nuevos letreros llevó años.

Ahora las fachadas reconstruidas comenzaban a surgir a lo largo de la calle Bayley. Desde la panadería salía un aroma a pan recién horneado y *godcakes,* aunque el racionamiento mantenía las existencias algo limitadas. La florería también había reabierto y cubos de flores del mes de mayo adornaban ambos lados de su entrada de color lavanda; la puerta estaba coronada con un arco de lirios del valle, que se decía eran los preferidos de la princesa Isabel. La librería de los Darby, erigida sobre las cenizas del centro de la ciudad, combinaba lo que habían perdido de ambas tiendas en un único sueño que había vuelto a iluminar la esquina de la calle Bayley.

—¿Ves? —Amos regresó a su lado y le rodeó la cintura

con un brazo para sujetarla y evitar que escapara al trabajo y se concentrara en el letrero—. Te lo dije. Hacia la izquierda.

—Si Eden estuviera aquí, estaría de acuerdo conmigo. Siempre ha tenido buen ojo para lo que necesita una librería.

—Y también una hacienda. Nuestra encargada de Holt Manor, lady Eden, tiene ingenio… como su madre. —Extrajo el reloj del chaleco y abrió la tapa—. Pero lamento decir que se están retrasando, así que tendrás que arreglártelas con la opinión de tu esposo, milady. Si es que tiene algún peso para ti, claro.

—Por supuesto que lo tiene. ¿Pero Jacob te dijo que vendrían?

—Llamó, sí. Dijo que él y Alec tuvieron problemas con el invernadero: algunos paneles de cristal llegaron rotos y la cuadrilla no terminó a tiempo. Eden y Flo siguen trabajando en la rosaleda, así que serán sus esposos quienes se encarguen de preparar a los niños. Imagino que nuestros nietos estarán causando algún alboroto, junto con las niñas de Flo y Alec. Cuando llamó Jacob se oía como si se estuviera gestando otra guerra.

—Sabía que deberías haberte quedado para asegurarte de que todo saliera bien. Sacar los aviones Spitfire de la hacienda fue una cosa, pero el invernadero es un trabajo demasiado grande para dejárselo solo a ellos.

—¿Crees que algo relacionado con Holt Manor es demasiado para Eden y su esposo? Sabes que cuidarán la propiedad como nadie cuando ya no estemos.

—Lo sé. No quise sugerir otra cosa. Es solo que…

La sombra de la indecisión se dibujó en su rostro cuando Amos la miró. Metió las manos en los bolsillos del pantalón y con una sonrisa cómplice en su rostro afeitado levantó una ceja con expresión interrogante al verla con las manos entrelazadas delante de la cintura.

—Reconozco esa expresión cada vez que aparece en tu bello rostro. Pero ya basta de trabajar por hoy. —Esperó a que captara el sentido de sus palabras mientras ella se quitaba las gafas y las guardaba en el bolsillo de la falda—. Esta es una ocasión especial. Eden y Flo vendrán con sus familias para la apertura. Por nada del mundo se perderían la dedicatoria para Ainsley, te lo aseguro.

—¡Pero es que hay tanto en lo que pensar! La princesa Isabel te va a condecorar por tu trabajo con los veteranos en el centro de convalecientes, por cómo has luchado para obtener más apoyo para los veteranos y sus familias después de la guerra, sobre todo los que sufrieron heridas graves como tú. No podemos perdernos un honor como este. Pero también está el telegrama de Dale que dice que llegará en el último tren, por culpa de no sé qué evento editorial en Londres que se alargó. Y el horario de la universidad de Ginny es tan complicado que ni siquiera sé si puede tomarse el autobús para...

—¿Charlie? Shhh. —Amos sacó las manos de los bolsillos, las levantó frente a ella y abrió las palmas. Esperó a que aceptara la señal de detenerse antes de abrazarla y alejarla de los obreros para susurrar—: Hemos esperado mucho tiempo para esto, ¿no es así? Todos estaremos aquí para la apertura de la tienda. Como debería ser, con los libreros originales para bautizarla y honrar el recuerdo de Ainsley y de todo Coventry. Estuviste muy bien en juntarnos a todos.

—Lo hicimos los dos, ¿recuerdas? Socios al cincuenta por ciento cada uno. Es lo que dijiste.

—Ajá. Pero fue idea tuya poner fin a esa disputa de librerías en la misma calle y unir fuerzas para enfrentarnos a la guerra más grande que teníamos en puerta. No existe mujer en el mundo de la que pueda sentirme más orgulloso que de ti ahora. Y es mucho decir, considerando que una princesa está a punto de colocarme una medalla en la chaqueta.

Las cicatrices del pasado... Charlotte no las cambiaría.

Ya no, pues podía devolverle la sonrisa. O mirarlo y ver cómo el sol iluminaba las marcas en su rostro, lo que lo volvía aún más bello por todo lo que había soportado. Algunos dolores jamás desaparecerían, algunas decisiones nunca podrían cambiarse. Pero si algo habían aprendido juntos de la belleza y fragilidad del mundo, era que la luz siempre terminaba venciendo a la oscuridad. Y que, para Charlotte, el hogar sería siempre el lugar donde estuviera con Amos.

FIN

NOTA DE LA AUTORA

Cuando el 1 de septiembre de 1939 las acciones de Hitler desataron un nuevo conflicto mundial, la ciudad de Coventry ya había comenzado a prepararse para lo que se avecinaba desde el verano anterior.

En los parques públicos se habían iniciado excavaciones para trincheras, a las que pronto seguirían refugios revestidos de hormigón. Las numerosas fábricas de Coventry comenzaron a aumentar la producción de bienes relacionados con la guerra, como máscaras antigás y botas de goma. Desde 1935, Inglaterra ya había estado preparando sus industrias para adaptarlas a la producción de piezas de aviones en caso de ser necesario y pronto el floreciente sector automotriz de Coventry se convertiría en una parte integral del esfuerzo bélico. En esas fábricas se harían repuestos para bombarderos como los Whitley, Mosquito, Lancaster, Manchester y los famosos Spitfire de la RAF.

Para Coventry los indicios de la guerra eran claros y cercanos. Las alarmas antiaéreas sonaron por primera vez en la ciudad el 25 de junio de 1940. En las semanas siguientes, la Luftwaffe de Hitler (la Fuerza Aérea Alemana) atacó el centro oeste del país con bombardeos que se cobraron vidas de civiles en varios puntos de la ciudad y de pueblos aledaños. Sin embargo, nada fue comparable con el devastador ataque de la noche del 14 al 15 de noviembre de 1940, durante la operación "Sonata a la luz de la luna" de los alemanes, conocido más tarde como el *blitz* (de la palabra alemana *Blitzkrieg*, que significa "guerra relámpago") o bombardeo de Coventry.

Las primeras bombas cayeron a las 19:20 de una fría noche otoñal con una luna llena espectacular. Las oficinas del jefe de bomberos de Coventry recibieron informes de incendios y fugas de gas en cuestión de minutos. El ataque, que se prolongaría durante once horas y en el que participaron unos quinientos aviones de la Luftwaffe, desató un bombardeo masivo que incluyó bombas incendiarias, quinientas toneladas de explosivos de alto poder, bombas de aceite, bengalas y minas lanzadas en paracaídas. Además, los alemanes probaron un arma nueva y devastadora: la bomba incendiaria explosiva.

Aunque las cifras varían, se calcula que alrededor de treinta mil bombas incendiarias arrasaron el centro industrial de la ciudad, matando a unas seiscientas personas e hiriendo a casi mil más. El bombardeo destruyó un tercio de las fábricas de la ciudad y causó daños graves en el resto, además de destruir o dañar unas treinta y siete mil viviendas. Manzanas enteras quedaron reducidas a cenizas y los incendios fueron tan feroces que hubo informes de que los ladrillos de piedra arenisca de los edificios, incluidos los de la famosa catedral medieval de San Miguel, brillaban de color rojo por el calor. Se dice que el resplandor de las llamas en el cielo de Coventry era tan intenso que los pilotos alemanes lo veían mientras sobrevolaban el Canal de la Mancha, a 266 kilómetros de distancia.

El régimen nazi calificó el bombardeo como un éxito total tras el ataque, y acuñó incluso un nuevo término de la guerra moderna: *coventrieren*, que significa "devastar o arrasar una ciudad hasta los cimientos". Coventry sigue siendo recordada como uno de los escenarios del llamado "Bombardeo Olvidado", que hace referencia a los bombardeos que afectaron a ciudades más allá de Londres, como Norwich, Liverpool, Leicester y Coventry en Inglaterra, así como Clydenbank, Greenock, Glasgow, Aberdeen y Peterhead en Escocia; esta última fue la ciudad más bombardeada de Gran Bretaña, con un total de veintiocho ataques.

En las décadas posteriores al bombardeo de Coventry, surgieron teorías de que el gabinete del primer ministro Winston Churchill había recibido informes de inteligencia de un ataque inminente sobre Coventry pero optó por no actuar para prevenirlo. Una de ellas sostiene que, aunque el gobierno tenía informes de que se planeaban ataques, no disponía de pruebas concluyentes de que Coventry sería el lugar elegido. Otra hipótesis más controvertida sugiere que los estratos más altos del gobierno británico decidieron no alertar a las autoridades de Coventry para evitar que el enemigo descubriera que en Bletchley Park habían descifrado el "Código Enigma" de los mensajes cifrados de las fuerzas alemanas, una jugada que podría haber tenido consecuencias desastrosas en el conflicto global.

Aunque aún son objeto de debate, los relatos sobre la falta de acción de Churchill para prevenir el bombardeo de Coventry han sido en gran parte desacreditados por los historiadores. No obstante, los ciudadanos de Coventry soportaron una devastación que fue minimizada por la prensa británica durante los años de la guerra, lo que dio origen al nombre de "Bombardeo Olvidado". Se cree que la decisión de silenciar los informes sobre los bombardeos de la Luftwaffe en áreas fuera de Londres, en especial la destrucción de la ciudad y la pérdida de vidas en Coventry, se tomó para mantener en alto la moral en las costas golpeadas de Inglaterra, un factor crucial en una larga lucha por derrotar a Hitler y a las potencias del Eje.

Un factor esencial para que Inglaterra triunfara en la Segunda Guerra Mundial fue el fortalecimiento de la contribución y la resiliencia de quienes luchaban desde casa, como las mujeres del Ejército Terrestre Femenino (*WLA: Women's Land Army*). Creado hacia el final de la Gran Guerra, el WLA llegó a tener unas veintitrés mil inscritas en servicio activo entre 1917 y el final del conflicto. Con el inicio de la Segunda Guerra Mundial en 1939 se volvió a recurrir al WLA, ya que la producción de alimentos se convirtió en una necesidad urgente y el racionamiento se instauró desde el primer año de la guerra.

Miles de muchachas londinenses fueron arrancadas del bullicio de las ciudades y enviadas a granjas y haciendas del Reino Unido para cumplir con su deber hacia el rey y la patria; muchas vivían en albergues colectivos que apenas satisfacían las necesidades básicas. En 1944 se estima que había unas veinte mil mujeres del WLA alojadas en setecientos albergues en todo el Commonwealth. Sus tareas en los campos y granjas incluían conducir tractores, sembrar y cosechar, trabajar en la producción y distribución de leche, cuidar del ganado, trabajar en la tala de madera y la silvicultura, así como en la avicultura, la cría de ovejas y la jardinería. También hacían trabajos menos atractivos, como cavar zanjas o conformar las llamadas "brigadas contra alimañas", donde se desempeñaban como cazadoras oficiales de ratas.

Todo esto se llevó a cabo bajo condiciones climáticas a menudo adversas, en puestos aislados y lejos de las comodidades de la vida urbana, un verdadero choque para muchas jóvenes metropolitanas del Ejército Terrestre Femenino (conocidas como las *Land Girls*), asignadas a regiones agrestes del norte de Inglaterra y Escocia.

Incluso con la escasez de papel y las interrupciones en la producción durante la guerra, las historias se convirtieron en un refugio para muchos, como las familias improvisadas que se formaban en las librerías de la calle Bayley. Desde libros escritos y publicados durante los años de guerra hasta publicaciones oficiales destinadas a las trabajadoras del WLA en todo el Reino Unido (como *The Land Girl Magazine* o *Land Girl*, el manual oficial para las voluntarias publicado en 1941), pasando por los boletines vecinales creados en comunidades de refugio en las estaciones del metro de Londres y más allá, las publicaciones de la época narraban en estilo de diario personal las vivencias de quienes soportaban valientemente los bombardeos nocturnos en 1940 y 1941.

Como en muchas de las historias surgidas en Gran Bretaña durante la guerra, los lectores con conocimiento histórico reconocerán a figuras reales en esta novela, como lord Beaverbrook, ministro de Producción Aeronáutica de Gran Bretaña; su secretario, David Farrer; el artista oficial de la Segunda Guerra Mundial John Piper (famoso por pintar la destrucción de la catedral de San Miguel en el lugar de los hechos, tras llegar deprisa a Coventry al día siguiente del ataque); el rey Jorge VI, monarca de Inglaterra, quien visitó Coventry el 16 de noviembre de 1940 para recorrer la ciudad devastada y levantar el ánimo de su pueblo, y el reverendo Richard "Dick" Howard, clérigo de la Catedral de Coventry entre 1933 y 1958, reconocido por su llamamiento al perdón durante un servicio fúnebre masivo en el cementerio de London Road el 20 de noviembre de 1940, con las famosas palabras: "Hagamos un voto ante Dios de ser mejores amigos y vecinos en el futuro, porque hemos sufrido esto juntos y hemos estado aquí hoy".

En esta novela se incluyen relatos de incidentes irregulares que precedieron al bombardeo de Coventry, algunos sin conexión aparente entre sí (y que fueron incorporados con fines ficticios). Un avión chocó el 24 de mayo de 1940 con el cable de acero de un globo de protección y se estrelló en un campo de críquet en Binley Road, pero el incidente involucró a un bombardero Hampden británico con problemas en los motores, un accidente que lamentablemente acabó con la vida de la tripulación. En los campos ingleses se emplearon, en efecto, "Nidos de Petirrojo" para ocultar aviones Spitfire en establos y edificios rurales, una estrategia implementada por el gobierno británico desde julio de 1940 para evitar que se acumularan en las bases aéreas de la RAF. Asimismo se registró que el 3 de noviembre de 1940, en una finca a unos 100 kilómetros de Coventry, se hallaron equipos de paracaidistas alemanes, cuidadosamente doblados y escondidos entre setos junto con un paracaídas y un paquete de comida que ya había sido consumido.

Todos estos eventos previos al bombardeo de Coventry podrían ser simples incidentes aislados en tiempos de guerra. Pero, tras aquella noche funesta, una sucesión de hechos como estos podría trazar el panorama de las circunstancias apremiantes que estaban por venir.

En esta novela el bombardeo de Coventry sirve como telón de fondo para una historia que podría haberse reflejado en numerosas ciudades de Europa y del mundo. Ante la inmensa pérdida de vidas, la determinación de un pueblo decidido a no doblegarse —y, por cierto, a no quebrarse jamás— y la capacidad de una generación para levantarse con valor, fe y fortaleza extraordinarios, el legado del bombardeo de Coventry nos lleva a seguir investigándolo y relatándolo por escrito en la actualidad.

Que la historia nos enseñe a preservar con responsabilidad estas lecciones.

AGRADECIMIENTOS

"Cuando lees un libro en la infancia, se convierte en parte de tu identidad de una manera que ninguna otra lectura en tu vida lo hará".

Un librero trabaja con magia; entiende lo que significa compartir el arte de la experiencia humana y lo hace como propósito de vida. "Pregunta a los libreros sobre las historias que los han cambiado", como dice Kathleen Kelly en la película de 1998 *Tienes un e-mail*, y obtendrás un torrente inagotable de respuestas. Y así como esa querida película sigue siendo un homenaje al encanto de los libros, de las librerías y de los viajes de nuestras propias historias, el romance que tuvo una segunda oportunidad entre libreros rivales en esta novela evolucionó como un guiño *vintage* inspirado por esa obra. (Así también lo es la Librería Eden: "Patricia Eden, de Librería Eden…"). Es a las generaciones de libreros que han existido y existirán —lectores, escritores, forjadores de caminos y amigos— a quienes dedico esta novela con tanto cariño.

Mi gratitud al equipo de los archivos del Coventry History Center del Herbert Art Gallery and Museum en Coventry, Inglaterra. Su generosidad al brindar a los investigadores acceso virtual a mapas, fotografías, artículos de periódicos, planos de edificios y otros datos históricos sobre la ciudad de Coventry fue de valor inestimable para dar forma a esta historia.

La esencia de esta novela radica en las historias que vivimos.

A toda la familia editorial de Thomas Nelson y en especial a mi querida amiga y editora Becky Monds, quien ha transformado para siempre la historia que he vivido: tu corazón habla por sí mismo. Me siento honrada de haber pasado más de una década creando historias contigo. (¡¿Qué?!) Hasta ahora, los mejores años de mi vida. A Julee Schwarzburg: ¡lo volvimos a lograr! He disfrutado de cada minuto de risas y aprendizaje contigo.

A las amigas que se erigieron como defensoras de sueños durante la escritura de este libro, no puedo agradecerles lo suficiente: Sarah Ladd, Katherine Reay, Beth Vogt, Maggie Walker, Marti Jackson y Jodi Seevers (quien, con sabiduría, me recordó siempre mirar hacia adentro para encontrar lo que es verdadero).

A Rachelle Gardner: sabes que siempre has sido más que una agente. Por ser la líder, mentora, compañera y querida amiga que eres, y que ha cambiado mi vida… gracias por creer en mí.

La deuda que tengo con los fieles compañeros de mi vida no puede expresarse en palabras. A Jeremy, Brady, Carson y Colt: es el privilegio de mi vida compartir cada día con vosotros. Os amo más de lo que expresan las palabras. A mi papá Rick, a mi mamá Lindy y a mi hermana Jen: siempre seremos la familia que alguna vez fuimos. Les estoy muy agradecida.

Y al Salvador que nunca se ha ido: sigues aquí, en cada palabra. En mi corazón. Y en cada "gracias" que alguna vez escribiré.

NOVELAS HISTÓRICAS EN VIDIS

HISTÓRICAS ROMÁNTICAS
El secreto de París • Natasha Lester
Una novela sobre la resistencia en París que presenta a las primeras pilotos de guerra y el origen de la casa Dior.

Las tres vidas de Alix St. Pierre • Natasha Lester
En la postguerra en París, una exespía debe encontrar al nazi que arruinó su vida, mientras brilla como publicista de la alta costura y resiste a un amor inesperado.

La casa de la Riviera • Natasha Lester
Una mujer que lo arriesgó todo: el amor y la propia vida, para evitar que los nazis destruyeran obras de arte invaluables durante la Segunda Guerra Mundial.

La última rosa de Shanghái • Weina Dai Randel
Un amor apasionado entre una rica heredera china y un joven judío refugiado del nazismo, en el ambiente glamuroso del viejo Shanghái de los 40.

Bajo el sol de Creta • Jenny Ashcroft
En 1936, Eleni y Otto se enamoran en Creta. En 1941, se reencuentran como enemigos bajo la ocupación nazi, enfrentando amor, guerra y lealtades divididas.

HISTÓRICAS ÉPICAS
Escape de Viena • Weina Dai Randel
Viena, 1938. La conmovedora historia real del cónsul chino, Dr. Ho Fengshan, que junto a su esposa salvó del nazismo a miles de judíos.

Las brujas de Vardø • Anya Bergman
En una fortaleza noruega del siglo XVII, se encarcelaba a las mujeres y se las quemaba por brujas.

Los hijos de Rachel • Eleanor Shearer
La increíble aventura por tierra y por mar de una esclava fugitiva que decide recuperar a sus hijos robados.

HISTÓRICAS DE AVENTURAS
Entre nosotras, la libertad • Chitra Banerjee Divakaruni
Tres hermanas sufren la muerte de su padre y la trágica partición de la India, mientras luchan por sus sueños, su libertad y la inquebrantable fuerza del amor.

Las cuarenta ladronas • Erin Bledsoe
Inspirada en la historia real de Alice Diamond, la reina de los ladrones de Londres en 1920.

HISTÓRICAS MITOLÓGICAS
Ítaca • Claire North
Ulises se ha ido con todos los hombres jóvenes de la isla y Penélope gobierna desde las sombras. Es hora de que las mujeres cuenten su versión del famoso mito griego.

La casa de Ulises • Claire North
Penélope debe proteger Ítaca ante la inminente batalla entre Orestes, rey de Micenas, y su tío Menelao, rey de Esparta, que busca usurpar su trono.